ひとりぼっちの異世界攻略
life.14
果てなき星へのレクイエム
五示正司
author Shoji Goji
イラスト 榎丸さく
illustrator Saku Enomaru

ビッチリーダー
Bitch Leader
副委員長B
FukuiincyoB

「お待たせしました――、焼き魚定食です♪」
料理部っ娘
Ryouribukko

安慈恵凜華《アンジェリカ》神社にて
シャリセレス
Shariceres
メリエール
Meriel

ひとりぼっちの異世界攻略

life.14 果てなき星へのレクイエム

Lonely Attack
on the Different World
life.14 Requiem for many stars

五示正司
author — Shoji Goji
イラスト — 榎丸さく
illustrator — Saku Enomaru

CHARACTER

アンジェリカ
Angelica

「最果ての迷宮」の元迷宮皇。遥のスキルで『使役』された。別名・甲冑委員長。

遥
Haruka

異世界召喚された高校生。クラスで唯一、神様に"チートスキル"を貰えなかった。

ネフェルティリ
Nefertiri

元迷宮皇。教国に操られ殺戮兵器と化していたが遥の魔道具で解放。別名・踊りっ娘。

委員長
Iincyo

遥のクラスの学級委員長。集団を率いる才能がある。遥とは小学校からの知り合い。

ファレリア
Faleria

元迷宮皇。大聖堂の地下深くで死んでいたが、遥の魔道具で復活。別名・眠りっ娘。

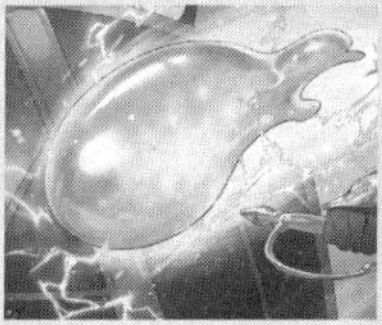

スライム・エンペラー
Slime Emperor

元迷宮王。『捕食』した敵のスキルを習得できる。遥のスキルで『使役』された。

STORY

第三の迷宮皇ファレリアを救い出した〝ぼっち〟の高校生・遥。一件落着かと思いきや、その戦いの中で遥の身体は自己崩壊を起こし、今までの感覚では全く制御できない身体に変わっていた。さらには今まで身につけた全ての技術《わざ》も崩れ去ってしまい、最弱への逆戻りを果たすのだった。

教国を後にし、無事にオムイの街へと戻ってきた一行。遥は最弱となった新たな身体で戦うため、辺境の迷宮で修行をすることになるのだが、感覚が違い過ぎて動くのもやっとのこと。周りの女子たちが心配する中、遥は再びチートに頼らず、チートを超えるため工夫《ズル》を考え始める……。

副委員長A

FukuiincyoA

クラスメイト。馬鹿な事をする男子たちに睨みをきかせるクールビューティー。

副委員長B

FukuiincyoB

クラスメイト。校内の「良い人ランキング」1位のほんわか系女子。職業は『大賢者』。

副委員長C

FukuiincyoC

クラスメイト。大人の女性に憧れる元気なちびっこ。クラスのマスコット的存在。

裸族っ娘

Razokukko

クラスメイト。元水泳の五輪強化選手。水泳部だったギョギョっ娘と仲良し。

ギョギョっ娘

Gyogyokko

クラスメイト。異世界で男子に追い掛け回されて男性不信気味。遥のことは平気。

ビッチリーダー

Bitch Leader

クラスメイト。ギャル５人組のリーダー。元読者モデルでファッション通。

アリアンナ

Arianna

教国の王女。教会のシスターでもあり、教皇と対立する派閥に所属。別名・シスターっ娘。

シャリセレス

Shariceres

ディオレール王国王女。偽迷宮の罠による“半裸ワッショイ”がトラウマになる。別名・王女っ娘。

セレス

Ceres

シャリセレス王女の専属メイド。王女の影武者も務める。別名・メイドっ娘。

看板娘

Kanbanmusume

宿屋「白い変人」の看板娘。明るく優しい性格。遥たちの帰りを出迎えることが一番の楽しみ。

メロトーサム

Merotosam

辺境オムイの領主。「辺境王」「軍神」などの異名を持つ英雄にして無敗の剣士。

メリエール

Meriel

辺境オムイの領主の娘。遥に名前を覚えてもらえず「メリメリ」という渾名が定着。

一体いつから朝プロメテウスが日常用語になったかは不明だが、今朝も朝プロメテウスだった。

122日目　朝　宿屋　白い変人

夢のような甘美な夜と呼ぶには、荒々しくも激しい蹂躙戦《じゅうりんせん》だったが効果能力《スキル》の最大値も確かめられたし、男子高校生さんも満足のスッキリ爽やかな爽快感が快感だった？　その結果、まあ大方の予想を裏切る事なくやはりそうだ致し方ないという世間一般の評価が下されるであろうが如《ごと》く……やっぱりオコだった？　うん、朝プロメテウスなんだよ？

「うん、昨今《さっこん》では『いやー、今日は朝プロメテウスで朝から大変だったよ』と朝プロメテウスが日常用語になりそうな勢いだけど、これって……装備がないと抜け出せないんだよ？」

厳密には術理さんによる拘束からの脱出術と、仙術による逃躰《とうたい》の術で逃げられる可能性はあるの。ただ、迷宮皇3人が押え付け、油断なく包囲してプロメテウスの肉を啄《ついば》む大鷲《おおわし》の如く縛られた男子高校生の男子高校生的な意味の男子高校生さんを啄み再生させてはまた啄むリアル・プロメテウスな朝プロメテウスなんだよ？

「確かに広義な意味合いで捉えるなら、これは正しい意味での気持ちの良い朝の目覚めと断言できるんだけど……その気持ちの良さの種類《ジャンル》が爽やかさとは何か違う種類《タイプ》の目覚めで、

男子高校生的に覚醒《めざ》めちゃいそうで危険な朝プロメテウスなんだよ……ぐはああああっ！」

（（はむうはむぅ♥））

全く17歳ともなればそれなりに大人で、その17歳も歴史になってるレベルの永遠さだと云《い》うのに全く大人気《おとなげ》ないな？

そう、ちょっとちょっぴり幼気《いたいけ》な高校2年生の熱い欲望の男子高校生が激しく荒ぶり虐殺の限りを尽くし、ちょびっとだけ大量の触手さん達《たち》が熱い友情パワーで協力してくれて、ちょっと友情出演で蛇《ヒュド》さん鶏《コカ》さん蜥蜴《バジ》さんの魔獣大戦争が勃発して目眩《めくるめ》く官能の夜が大盛況に大暴走しただけなのに？

「うん、まさか完全ミスリル合金の寝台《ベッド》が破砕しちゃうとは、現状の技術力では新型寝台《ベッド》の作成には設計段階からの見直しが必要そうだ？」

結界すら張る端から割れちゃうから結界機構も組み込みたいところだが、衝撃の分散吸収と高反発性をフレームだけに求めるのは過酷なのだろう。

「前回は折れたから頑強にしたのに、今度は衝撃が逃がせずに砕けたようだな？　もう3人で狂ったように暴れ回っちゃうから困ったものだ？」

そうなると板バネの形状と張力限界から見直しで、どうやら内職は基礎研究から行わなければならないようだ？

（ぱくりっ♥）「って、ぱくりってまだ続くの！　ぐうはあああああああっ!!」

爽やかな朝かは怪しいけど、爽やかな笑顔でえげつない唇の咀嚼《そしゃく》を……うん、聖女って

なんだったっけ？

そうして悠久の賢者の時間を過ごした男子高校生さんは、朝御飯係だ？　そう、どうも女子会が深夜にまで及び、料理部っ娘《こ》が寝坊さんのようで……でも、女子会って夜中まで何してるんだろう？

（（……♪））

そして食堂では朝御飯の催促に孤児院からデモン・サイズさん達が来ていて、ホットケーキを持って帰って孤児っ子達と食べるらしい？

「まあ、今は幼児姿でも最初は小悪魔お姉さんだったんだけど、幼女路線で問題ないらしい？　うん、焼けたんだよ？」（（……♪））

ただ、迷宮魔物経験者の年齢を聞くのは禁忌《タブー》だ。特に一体どれだけ歴史的スパンで17歳なのかとかを聞くと命は全くさっぱり保証されない！　そう、異世界って怖いんだよ？

「「「いただきまーす！」」」

そして完成と共に歓声が湧き、慣性でホットケーキが空を舞うと……すかさず朝帰りの莫迦《ばか》達が食いつく！

「「「投げんな！　普通に食わせろ!!」」」「なんで飯だけ食いに帰ってくるんだよ！　もうマッチョおねえさん達といちゃついてたんなら、そのまま領館で食えよ!!」

超高速で手首のスナップをきかせ高速回転で射出するが、次々に喰《く》い付かれる。途中ス

ライムさんがインターセプトで御機嫌だが、盗《と》られた莫迦は他の莫迦の射出分を狙い仲間割れを起こしていく？

「まったく朝くらい静やかに過ごせないものだろうか、風情がないな？」（ポヨポヨ♪）

そして絶賛お食事中の委員長《バトルロイヤル》さん達に内職品を渡す。なにせ有り金を張り込んで注文してくれたんだから、ちゃんと頑張ったんだよ？

「これ、最新型の戦闘用完全版の薄々ぴっちりむっちり密着食い込みぴたぴたスパッツさんとトップ？　一応、丸一日常時魔力を流して防御と強化の状態でも辺境なら吸収分で賄えるからエコ？　あと新型下着の上下一式が3種と新型布ナプさんで、以前の服や下着の再構築《リフォーム》分は夜にでも部屋に持って行かせるよ？」「「「あっ……あ、ありがとう……ございます？」」」

なんで顔が赤いの？　りんご病!?

伝染性紅斑は感染症だが、実は頬《ほ》っぺが林檎《りんご》のように真っ赤になっている時点で伝染時期は過ぎている。そして、もともと血液の病気を持っているか、妊婦さんでなければ通常は感染しても頬っぺが紅《あか》くて痒《かゆ》いだけだし小児期に免疫を獲得するのが普通だから問題はないだろう……って言うか顔全体が赤いから違うな？　もじもじ？

「って言うかなんで敬語？　丁寧語？」「「「乙女は難しいお年頃なのよ!!」」」

そして拡散されて薄まって空気を汚染中のオタ達に話を聞きに行く。それは計画されていた海運というか河下り輸送が頓挫中らしい？

「お前等《まえら》って船で王国にも普通に行き来できてたよね？って言う事は地下空洞になって船で行き来できるって言う事だよね？　何か辺境外への物流に時間がかかってるから貨物船を作ろうと思ったら地下水脈になって流れてるから船は無理って言われたんだよ？」「あぁー、偽迷宮の下ですよ。地下水脈は」「あれはムリムリ城の前に作った池から潜れますよ？」「浅いから水圧自体は大した事ないし、20㎞もせず浮上できます」「流れが速いんで外殻圧は強いけど、時間は10分もかからないかな？」

嗚呼《ああ》、どうして一瞬でもこいつらに常識があると信じてしまったんだろう。そう、船が水中に潜るわけがないなんて良識をこいつらが持ってるわけなかったよ！　そう、めちゃ当然のように潜ってやがった！　それって、きっと絶対船といえば潜水とか訳のわからないオタ理論なんだよ！

「つまり潜らないと行けないと？」「「「はい？」」」「つまるところ、潜水機能がないと海運は不可能だと？」「「「そうですよ？」」」「……って言うか潜水できると？」「「「いや、だって船だし？」」」「普通に潜水してドリルで掘削しましたけど？」

ドリルまで付いてたのか、あの船！

「ああ、なんだか見る度に何かでかくなって、何かに似ていく気はしていたけど……轟天《ごうてん》号《ごう》かよ！って、海底軍艦化してたの!?」「「「……だって船ですよ？」」」

そう、どうやらオタ《こいつら》にとっては船は潜水してドリルが有るものらしい！

それで、普通の帆船の構造を知らなかったのか……うん、こいつらって最初から隔壁式軍艦構造の設計しか覚えてないんだよ！

「だから戻りは蒸気機関か、魔動機関でしか上れませんよ？」「あと広いけど王都の向こうは浅いんで水中翼船機能がないと大型船は無理かも？」「そうなんですよ。何故《なぜ》かどうやっても船なのに飛ばないんですよ？」「「「うん、何が悪いんだろう？」」」「飛ばない船はただの船だ？」

そして、飛ばそうとしていたらしい。

「何が悪いんだろうってお前らの頭だよ！　飛ばないよ、飛んでたらライト兄弟は船乗りだよ！って言うか水中翼船機能まで付けてたの!?　飛ばない船が普通の船で、飛んだらそれは飛行船なんだよ!!　一体何を基準……ああ、アニメか。って言うか今時のアニメって船はみんな潜水して水中翼船で空飛んでドリルなの!?」「「「当然ですよ？　船なんだから？」」」

聞いちゃ駄目だ、聞いちゃ駄目だ、だって絶対オタ理論だ！　だって最初からそもそも構造からして違う。外殻構造は外圧に強い分だけ薄く軽くできるけど、あの小さな船に戦艦の隔壁構造に水圧に耐えうる剛構造となれば、内側は構造材を張り巡らせた小分けされた柱と隔壁室《シエルブロック》で組み上げられた隔壁構造しかない。それでは広大な空間が確保できず大型貨物や大量の物資を運ぶのに向かないはずで……あっ？

「ああー、そう言えば……異世界ってアイテム袋があるからいらないのか!?」「まあ、容量に限界がありますから、結局は積載量は必須になるんですけど?」「ただ小さく軽く運べるから。隔壁構造でも十分収納できますよ?」

そう、それは共通規格でちょいちょい注文される小型のアイテム・コンテナ。その物流を変革させたと言われる共通規格《コンテナ》のサイズで設計し、その詰め込み積み重ねて固定したコンテナまで剛構造に含めて設計して強化されていたらしい!?

「だと、すると相当重いよね」「あの船は重いでしょうけど、どうせ浮かべるし?」「そうそう、アイテム袋で積荷が軽量化されてますから?」「しかもドリルって……どうりで商国の軍船が脆《もろ》いと思ったよ! そりゃ、一隻で無双できるよ!!」「「「ドリルのない船なんて、ドリルへアーじゃない悪役令嬢みたいなものですよ!!」」」

魔石粉入りの鉄板で覆われた装甲船だから魔法や火も効きづらい突撃艦で、尚且《なおか》つ蒸気機関と魔動機関を併設《ハイブリッド》してるから速度でも圧倒できる!

商国の本拠地で防衛の要である港まで攻め込むなんてオタ達にしては無茶をすると思っていたら、自分達じゃなく船の方を無茶していやがった! ここまでくればわかる、これは耐メテオ装甲! うん、新たな技の開発を急がねばオタを焼けない!

「くっ、となると水を凍らせてもドリルで脱出だと!」「「「ふっふっふ、無限軌道《キャタピラ》も開発中ですよ!」」」「まあ、まだ自走が無理なんで今度ここの部品お願いします」

儲《まいどあり》かった?

一体いつから朝プロメテウスが日常用語になったかは不明だが、今朝も朝プロメテウスだった。


「潜れるなら大質量で押さえ込んでも、沈まず潜水!!」「なので急速浮上設備に重力魔法対策の緊急浮上《エアバラスト》装置用に風魔法の酸素発生装置とかできませんかね?」

追加注文《おおきに》?

「それって注入水《バラスト》を空気で圧縮噴射で……ウォータージェット!?」「「神速の逃げこそ虐《いじ》められっ子《こ》最大の武器です! なので、ここのノズルを削り出しの一体加工《ワンオフ》で」」

更に特注《おおもうけ》!

「そこの男子組! なんで、虐めっ子と虐められっ子が共同計画で虐めの打ち合わせしているの! どんだけ仲いいの! あと、遥《はるか》くんお代わりは!?」

怒られた。だけど副Aさんは食べても栄養はお胸のみ華麗にスルー……いえ、焼かせて頂きます。はい、何も悲しい目で見てません!!

「いや、あそこまで苛《いじ》められる準備を徹底されたら、苛めなきゃいけない気がしてくるじゃん? うん、使命感? あと、1人5枚はホットケーキを渡してたよね!?」

「「異世界で耐遥君用の虐め装備が最も高い安全基準で安心だし?」」「そうそう、そもそも設計計算も部品作れるのも遥君だけだし?」「遊んでないで、あと2枚ずつお願い。割増料金でジャム・シロップでお願いね!」

よくよく考えたら、辺境を塞ぐ問題の岩壁ってマスター・ゴーレムだから、「開けて」って言えば開けてくれるから洞窟に河を通せば良い。きっと潜水輸送艇を大量生産するより、

「開けて」って言う方が早いしマスター・ゴーレム管理で安全確実だ？　解決だった。全く以て無駄な会議だった。全く何故俺はオタ技術を当てにしようなんて愚かな魔が差したんだろう？　疲れてるのよ？

しかし……あっちに帰れたら帰れたで今の身体《からだ》だと女子さん達は食費で破産しそうだな、普通これ1枚すら食べきれないよね？　1枚でキロ単位ありそうな気がするんだよ？　うん、怖いから言わないけどね？

「で、今日も彼女と薄暗くて人気のない地下迷宮にしけ込んで良い事するの？　ひゅーひゅー熱いね（棒）灼《や》いていい？　拒否権ないけど？」

うん、とりま焼こう？

「焼くな！　しかも、灼くな！　それ骨も残らない方だろう！」「人気ないけど魔物いるからな？　ちゃんと戦ってるっつうの！　人聞きが悪い！」「しかも第一師団連れてLv上げだから退屈なんだよ、儲《もう》からないし？」「「「うん、魔石とドロップ分が全額貯金されてるんだよ（涙声）」」」

全男子高校生が泣いた。いや、こいつらの場合結婚資金で同情の余地がないのだが気持ちがわかってしまう。結局は前払いで支払いが済まされているだけで損はないし計画的だと頭で理解できても、目の前の現金が消えていくのは悲しい。ましてこいつらのは結婚式に使われるから戻ってこない。うん、リア充ざまー！

「で、何処《どこ》まで行けるの、第一？」

少数部隊の近衛《このえ》以外の師団では最精鋭の部隊。其処《そこ》へ脳筋が加わり考えず感じて脊椎反射で戦える凶暴な部隊に変貌を遂げているらしい。うん、もう師団名とか国名とか忘れちゃってるかも？

「全隊でなら50階層の迷宮王は殺《や》れる。ただし被害なしだと40までだろうな」「ああ、元々強い彼女組の5人だけがお前の贈った豪華装備で武力が突出しちまってて、他がついてこれてねえんだよ」

まあ、獣人軍のようには行かないだろう。あれは亜人の中でもずば抜けた身体能力と、野生の勘を持った獣人達の最精鋭。だからこそ莫迦達と噛《か》み合っていたけど、人族ではついていくのすら難しいのだろう……うん、だって絶対人族じゃないんだよ？　知能から言っても？　莫迦ケモ族？

「軍としての対人戦はできてるから、人型とか多数はいけるけどな」「ああ、ただ30層から下は魔物に癖があるからなー」「まあ、死なせねえから確実に強くするしかねえけど……集団戦は面倒臭いんだよなー」

数が最も多い第一師団はその数の多さで逆に手間取り、順調な近衛師団は王女っ娘抜きだと攻撃力が激減してしまう。そして、最強の辺境軍はあまりにも数が少な過ぎる。

「うーん、冒険者が無理するからってギルドで制限をかけてて、そっちもじわじわとしか進めてないらしいんだよ？」

だったら、深層と下層は全部こっちでやるしかない。だが本来は浅い内に潰すのが正統

派の迷宮攻略法で、実は多数で浅い階層を潰して回る現在の形の方が実は正しい。うん、浅いと儲からないけど？

「冒険者は基本少数部隊だろ」「ああ、広間型階層《フロア》の総力戦は不利だよな」

話し合いと言うか会議と言うか、まあ割り当て？　そうして最新版の迷宮の地図を確認していく。

「やっぱ、深層級の迷宮があると周りに迷宮ができてないし成長も鈍化してない？」「ああ、だけど深いのこそ潰さないと本末転倒だよな？」

攻略の手が足りないまま中層まで育ち、強くなって梃子《てこ》摺るうちに下層へと至る。そう、多分迷宮を潰せば潰すほど増えるのが早まっている。

「本来は大量の迷宮を浅い内に人海戦術で潰すのが正しいんだけどよ」「迷宮の成長に攻略が追い付けてねえんだよなー」

50階層以下の浅い迷宮から氾濫《スタンピード》はほぼ自然発生しない。そして50階層までなら格段に弱く、そこで潰すのが最適だ。

しかし深層も上層だけでも魔物を間引いて、安定化させていけば成長はある程度制御できる。ただ、それで氾濫《スタンピード》の可能性を残せば意味がなく、だから深い迷宮に戦力を集中させると他に手が回らなくなる。

「それに、まあ深い迷宮の方が儲かりはするんだけどな」

そう。全然儲かる。ただ、その危険《リスク》に見合うだけの利益なんて存在しない。だって、そ

れで儲かっても、それは氾濫《スタンピード》の危険《リスク》が対価になんだよ？

「そうしたら、今日まで迷宮皇さん組で中層迷宮で訓練とLv上げしとくか？　まあ、もうじきメリ父さんや王女っ娘も戻るだろうし、それから分散して下層を狙うって言うので良いのかな？」

攻略が先か、指導と育成が先か。そう、指導と言いながらガンガン攻略すれば解決だ？

「でも本当に無理してない？」「そうそう、ファレリアさんのLvアップも早すぎる気がするんだけど？」「い、い、い、いや、眠りっ娘さんだから寝る子は育つ？　眠る度にLvアップとか？　うん、毎晩沢山寝てるし？　バッタバッタと寝てるんだよ、激しいな？」

「えっと……そのR18な寝てる意味合いは置いておいて、遥くんは前に出ちゃ駄目だよ」

「うん、私達よりも弱い間は絶対に戦闘は駄目だからね！」「うん、約束するんだよ？

バッチリOK？　みたいな？」

うん、だって勝てる。昨日の感触からいって、今日深層迷宮を潰す間に技術を体系化し最適化すればおそらく女子さん達にももう勝てるはず？　つまり結局は間違っていないから、約束しても問題はない？　そう、ちょびっと時系列が入れ替わるだけで俺は悪くないんだよ？

現状、突出して危険な深層迷宮は2つだった。そして、昨日の内に1つは潰したんだから、今日で急ぎの迷宮は潰しきれる。そしてなにより、おそらく今晩までには深層迷宮に行ってるのがばれるだろう。だから今日がラストチャンス。うん、ラスト御大尽様計画発

動だな！

大体社会科見学で見に行って、仕事してなさそうに見える仕事ほど給料が高いのが社会の問題で見学してる場合じゃないんだよ？

ある日　辺境　オムイの街　冒険者ギルド

辺境の新人研修会。これを受講すると豪華な装備や武器の貸出が受けられるために、腕に覚えがある熟練の冒険者達《たち》まで仕方なく受講している。そう、辺境へ来ようなんて冒険者は、皆が歴戦の強者《つわもの》か才能に溢《あふ》れ平和な地を後にしたものばかりだというのに。

だから私も仕方なく受けた。そして、初日から私の自信《プライド》は粉々に砕かれていく。

知ってはいた。そう、知っていただけだった——辺境の魔物は強い。当たり前のように危険な魔狼《まろう》が彷徨《うろつ》き、邪鬼《ゴブリン》が徘徊《はいかい》し、凶悪な獣鬼《コボルト》が森に潜む。そんな魔の森の深淵《しんえん》には大鬼《オーク》までいると言われ誰もが息を呑《の》む。

そのLvが2桁の上位種の魔物達が当たり前に存在する魔境。そんな現実に常識は根底から覆され、最果ての地獄と言う言葉の意味を思い知る。

「まずは慣れて下さい。辺境で生きる者達程度になるには時間が必要ですから」「嘘《うそ》だろ、辺境人はなんともないのかよ!?」「慣れですよ、このくらいは」

この世界の終わりの如《ごと》き様相を辺境の誰もが、口を揃《そろ》え「平和になった」と言う。その意味をようやく理解できた、冗談だと思っていた言葉を辺境人は本気で言っていたんだと。

「最初は頭がおかしいのかと思ったが」「ああ、だけど街人や村人の動きが違うよな」

それは、歴戦の達人のような身のこなし。それを当たり前のように誰もが身に付けていて、そのただ歩く姿にすら隙が微塵《みじん》もない。

誰もが最初に座学を受けさせられ、そこで辺境の魔物の分布を聞いて息を呑む。迷宮どころではなく、当たり前に街の外に平然と魔物がいるという危険極まりない世界を知る。

「ぐはあああっ！」「ぐうぉおおっ!?」「おおー、今回は全員筋がいいな？」「ああー、うかうかしてたら追い抜かれちまうな」

そして実技で皆が鼻っ柱を圧《へ》し折られる。辺境に来る奴《やつ》なんて自信家の実力者ばかりだ、誰もが一流どころで立ち振舞だけで強さがわかる。

それが適当にギルドにいる冒険者が呼ばれ、教官を任されるが誰もが化け物のような強さ。最初はヤラセかとも思ったが、誰を見ても凄《すさ》まじく強い。

「考えれば当然の事だったな」「ああ、辺境では弱者は生き延びられないんだからな」

そして、どれだけ自信を打ち砕かれようと、誰もが食らいつくように稽古をつけて貰《もら》い訓練を受ける。それも当たり前だろう、こんな凄《すご》い相手に指導を受けられるなんて辺境以外では考えられない幸運だ。

「げうおおっ！」「おいおい、無理はすんなよ？」「そうそう、生きて帰ってきてこそ冒険

者だからな」

惨めに弱さを思い知らされながら、誰もが喜びを噛《か》み締める。自分の弱さを思い知らされる度に自分が強くなった事を知り、そうして実感できるほどに実力が伸びていくのがわかるのだから。

そんな食って寝て訓練する毎日が続き、やっと実習が始まる……場所は伝説の魔の森だ。

「あれが……魔の森」「な、なんて魔力だ……」

実習で森へ向かい途中の野原で驚愕《きょうがく》する。大人はまるで遊びに来たかのように気楽に軽装で平原でくつろぎ、子供が遊んでいる……そして誰もそれをおかしいと思っていない事が怖い。

「あ、あ、あれは?」「ああ、ピクニックですね」「「「はあ?」」」

全員が頭が混乱したまま森の中へ、そして其処《そこ》で辺境を知る。そう、もしこの初心者講習を受けずに自信満々のまま森へ入っていれば、私は此処《ここ》で死んでいたと。

「くそっ」「声を立てるな」

森林の視界の悪さと足場の悪さに加え、樹木が硬い。普通ならば多少引っかかろうと、上級者なら木を掠《かす》めた程度なら振り切れるはずが……弾《はじ》かれる。狭く見通しが悪い最悪の環境で、魔素が濃すぎて魔素酔い用の茸《きのこ》まで支給して貰っているけれど濃厚な魔素は感覚を狂わせ魔物の気配が感じられない。

「いるのか!」「集中するな、周囲を警戒しろ!」

重たい風にざわめく森の騒々しさで、音も気配も摑《つか》めない魔境。まさに魔の森。最果ての地を舐《な》めていた者など誰もいない。魔の森の伝説は誰もが知っていた。ただ、想像を絶していた。人が思う最悪より、ずっと凄まじい魔境。

「初心者講習って……これ、生きて帰れるのかよ？」「ここで死ぬなら辺境では生き延びられないと振り落としを掛けられておるんだろう、弱いやつは死ねとな」

だから、こんな高級な装備を気軽に貸し出すと言い切れるはずだ。見合わない者は、ここで死ぬのだから。

「……くっ！」

そんな事を考えていた時には、地面を蹴りつけて飛び退《すさ》っていた。これでも冒険者としては名を売ってきた。だけど振り下ろされた棍棒《こんぼう》の風圧に驚き、その威力に怖気《おぞけ》立《だ》つ。背こそ低いが、魔獣の膂力《りょりょく》と小賢《こざか》しくも知性を持ち俊敏で剛力な魔物。邪鬼《ゴブリン》。

「くそっ、囲まれてるぞ！」「バラけるな、円陣を組むぞ！」

硬い皮膚と頑強な体軀《たいく》は全力で斬りつけなければ切り裂けない。強い力と速さを併せ持ち、知性まである危険極まりない魔物。何度となく討伐に参加した事もあるが、辺境の邪鬼はものが違う。

「この強さは……Lv5《ウォーリアー》超えか!?」

牽制《けんせい》するが全く動じず、不敵な顔で睨《にら》みつけてくる悪鬼と目が合う。焦れば死ぬ、竦《すく》めば終わる。逸《はや》る呼吸を落ち着けて、指の1本ずつでしっかりと剣を握り直す。

借り物とは言え、私の手にはこの邪鬼を斬れる名剣があり、鎧《よろい》もあの凶悪な棍棒の豪打にすら耐えられる名品。そして講習で力をつけ、技を磨いた。私は戦える！

「くそっ、強えな！」「どんだけいやがるんだ!?」

動揺しながら、それでも訓練で身に付けた身体《からだ》の動きは眼前の空気を抉《えぐ》り取る棍棒の軌道を躱《かわ》す。そして、僅かだけど振るったダガーで腕を切りつけた。戦える！

「攻めるな、まずは守れ！」「怪我《けが》したら下がれよ」

他の冒険者も、絶望的な状況下であっても鍛え抜いた身体が反応し即座に立て直す。あの一瞬に突入を果たしていたゴブリンの数匹は倒れている。

せめて冒険者ギルドから派遣された指導官が、相当な腕利きならば耐え抜けば活路はある……だけど指導官はのんびりと見守るかのように後ろへ下がって戦闘に参加しない。

あの一瞬の攻防で私達を守り怪我をした!? だけど、助けに行く余裕すらない。また一匹現れている！

「気配読めるやつはいるか」「スキルは持ってるが無理だ、魔力が濃すぎる」

目が眩《くら》むほどのゴブリンの猛打をしのぎ、僅かでも傷つけて弱るのを待つ。だけど、数が減らない。これでは、こっちが先に疲労で崩れる。そもそも体力と膂力が人とは違う……逃がせるか？

「パーズギヤのジェシカ！　お前さん脚が速えだろう。森の外の家族を連れてよ、街まで護衛して退《ひ》いてくれ」「ここは俺らが止めるからよ、頼むぞ！」

私達の背後の森の外には何も知らない子供連れの家族がいた。食い止めても時間の問題なら、逃さねば助からないが……でも、1人でもここを抜けると持ち堪《こた》えられない。今もぎりぎり耐えている状況なんだから。

「何を言ってんのよ!?」「あと街に知らせてくれよ。この数のゴブリンが森を出ちまったら……わかるよな、あんたなら」

もう汗すら止まり、荒い息は錆《さ》びた味しかしない。全身は疲労で重く為《な》り、徐々に反応が遅れ始めている……限界だ。

「……わかった。けど、目眩まししていくから時間が経《た》ったら絶対に逃げなよ！　街で一杯奢《おご》るから、先に行って帰りを待ってるからね！」

笑い返す顔。それは死ぬと決めたんだろう悲しくも力強い笑顔。それはもう、此処を死地と定めたからこその優しい笑《え》みだ。

「おおー、良いな美人の奢りだぞ」「そりゃ早く魔物潰して、めかし込まないとな」

冒険者になった時から、いつも思いを馳《は》せるのは己の死に場所。それを選んだんだ……冒険者として、此処を死に場所だと定めた顔が笑う。

「お前の顔でめかしても魔物と見分けつかねえよ」「うるせー、お前もだろ！」「違えねえ」

笑い声と、見送る優しい顔。それはもう、そんな時間《とき》は永劫《えいごう》に来ないと知り、死に際を覚悟した男の壮絶な笑い。

「頼んだぜ」「ええ、待ってるからね！」

脚に力を込め、最後の魔力で気休め程度の炎の帯を振るい周囲に投げ付ける。もう、脅かすだけの微々たる攻撃力しかない技だけど、これだけしか残してやれない。

だから、もうあとは前だけを見つめ、唇を噛み締め振り返らずに走る。戦いの音は止《や》まない、まだ戦っている。

「くっ！」

森の木々を縫い、叢《くさむら》を掻《か》き分け走り続ける。まだ戦い抜いている、刃鳴りの音は減っていない。きっと最期の力で1匹でも道連れに、1秒でも長くと戦い抜いている。

「はあ、はあ、はぁ」

冒険者をしていれば人の命を背負うのも預けるのも日常だった。だけど背中が重い、預けられた命《もの》が圧《お》し掛かってくるみたいに。

「はあ、はあ、はぁ……」

やっと森の切れ目が見え、暗い森が明るさを取り戻し白い光を溢《こぼ》す。それだけで力が抜けそうな情けない脚を殴りつけ、魔力を送り込んで走る。

もう私には命尽きるまで休む事なんて許されない。背後からゴブリンに追われている気配はない。それは、みんなが身体を張って食い止めてくれている証《あかし》なんだから！

（ギギギギギギィ！）

なのに5頭も……いや、6頭！

大人達は動かず、ただゴブリンを見ている。逃げもせず放心したかのように緩慢な動き。子供達はそれが何なのかわからないのか、恐怖で混乱しているのか……立ち上がって、ただゴブリンの方を見ている。間に合わない！

「こっちだよ化け物！　このパーズギヤのC級冒険者のジェシカ様が相手してやるから、こっちに来なっ！　あんたらは逃げな、そんなには保たないからね！」

力を振り絞り剣を投げつける。当たるわけもないが、ゴブリン達が一斉にこっちを見る。もう武器は短剣だけ。戦いにもならないだろう。だけど託された命の分だけは戦い抜く。

なのに……届かない。間に合わない。子供が……動かずに立ち竦んでいる!?

「うわあああああああぁっ！」

ありったけの咆哮《ほうこう》を上げ、魔力超過で脚の筋肉を千切りながら全速力で子供とゴブリンの間に飛び込む。もう立ってもいられない無力なただの餌だけど、その首を絞めてでも道連れにしてやる！

「あああああああああああぁ…………………あっあえっ？」

なのに私に向けられた優しい笑顔。微笑む子供が笑いながら跳ねる。

それは、まるで楽しい遊びの時間。まるで見えない羽がある天使のように、私に笑顔を向けながらゴブリンに向かって飛ぶ。

もう脚の筋は千切れ、立ち上がる事すらできずに必死で手を伸ばすのに届かない。子供が……子供が……回転しながらゴブリンの頭部を蹴り抜き吹き飛ばす!?

(ギャアアアアッ!!)「「ひゃっはー――、孤児っ子キックだー♪」」

舞い散る肉片の中を更に跳躍し、もう1頭のゴブリンに突っ込んで蹴り抜く。

「なに!? そして『孤児っ子キック』って何なの!!」

その瞬《まばた》きの間の出来事に、凶悪な悪鬼は動きが止まる。そこへ若い奥様が2頭のゴブリンへと突撃し、巨大な棍棒で頭部を粉砕して血の雨を降らせる! 満面の笑顔で仁王立ちし邪鬼《ゴブリン》を睥睨《へいげい》する。悪鬼の王者の如く棍棒を振り血肉を払い、群がるゴブリンが肉片に変わり飛び散っていく……えっ、私は今なにを見ているの? 滅茶《めちゃ》怖い!!

だが動かない脚がゴブリンに掴まれる。痛みに叫びそうになるが、短剣を引き抜き刺し違える覚悟で……えっ?

(グゲェッ……)「えっ、ええええええええっ!?」

2頭の邪鬼《ゴブリン》の2つの頭が転がり落ちる。コロコロと音がしそうなほど、あっけなく大鎌が一線に薙《な》がれると魔物の頭部が転がっていく。

銀の斬線だけが虚空に糸を引き、そして邪鬼は死んだ。そこには吹き上がる血の噴水を背に、妖艶に笑う美貌の幼女。

場違いに豪奢《ごうしゃ》な漆黒のレースのドレスを身に纏《まと》う、この世為らざる美しく残酷な姿で優しい笑顔と手に持った漆黒の大鎌が陽光を弾き輝く。そして微笑みながら、たどたどしい口調で私に語りかけてくる。

「ぼ、くの、きのこ、おたべ?」

……意識が戻った時には荷馬車の中だった。夢かと思うまま見回すと、全員が無事でギルドの職員が平然とした顔で何事もなく告げる。

「研修はこれで終わりです、お疲れ様でした」

これは夢？　それとも、あの世への旅路？

「この最終研修では皆様の資質と心根を見させて頂きました。合格どころか、我ら辺境のギルド一同が伏してお願い致します。どうか我ら辺境のギルドと共に戦う一助をお願い致します」

呆然《ぼうぜん》と見やる。偽装されていたのか、全く感知できなかった謎のギルド職員は美しい受付嬢の1人だった。

「は、はい？」「あ、ああ？」「お、おう……おねがいします？」

しかも、軍の司令官級の強さを感じる。以前の王都の迷宮討伐で、遠目から後ろ姿に憧れ羨望した剣の王女シャリセレス様を拝見した時と同等の衝撃。だから誰もが口を利けないまま、何もできずに助けられた私達に恭《うやうや》しく膝を曲げ頭を下げられてギルドへの加入を請われただ肯《うなず》く。

心根。ただ、それだけが辺境のギルドの入会基準。強さも武器も与えられるが、心は自前。それが辺境のギルドの入会試験だと後で聞かされた。

「辺境では魔物も強いですが、人も強くなれます。それはもう、あの子供達や奥様達のよ

うに……だから、その力で何をするのかこそが問われるのです」

その誰かを護《まも》りたいという心根だけが冒険者の証。そして、それこそが本物の力だと。

そうして街に戻り、茫然自失《ぼうぜんじしつ》のまま一杯奢るどころか祝宴でさんざん飲まされる。これが辺境のギルドの歓迎会なんだそうだ。誰も彼もが化け物のように強くて優しい、おかしなギルド。

私は子供の頃から夢にまで見た辺境のギルドにやってきた。でも、此処が目標ではなく、此処からがやっと始まりだった。

それは王国の伝説吟遊詩人達が歌い、お芝居で上演される辺境王や剣の王女が戦う伝説の舞台。ようやくやってきた辺境は、夢見たよりもずっと遠かった。だから、私の物語はこれからが果てしないみたい。

だけど——きっと生き残って、きっといつか誰かに自慢してやろう。私はあの伝説の舞台の隅っこに参加してたんだって。

「って言うか、なんでこんなに料理が美味《おい》しいの!?」「あの黒髪の子供がシェフなのか!?」

「凄い早さで、凄まじい料理が!!」「しかも全部美味《うま》い!?」

ああ、駄目。これ美味しい……うん、太りそう!!

人とは成長する生き物で俺は人族なんだから日々成長しているはずだ。

122日目　朝　宿屋　白い変人

辺境でこれほどまでの悲しみに包まれたのはいつ以来だろう。街の門から出るのすら後ろ髪を引かれてポニーテールになりそうな勢いだ。

こんな悲しい気持ちで迷宮に向かわねばならないとは……うん、冒険者ギルドによると深層迷宮を潰したのが委員長達にバレるから掲示板に寄れなかったんだよ！　いや、見なくても変わってないのはわかってるし帰りは絶対に寄って文句言うんだけど朝の受付委員長のジトがないのは寂しいものだ。

「ふうー、ルーティンの大切さをもっと大事にしないと切なくて大事《おおごと》なんだよ？」

昨日は装備品に出物がないと思っていたら、思わぬ拾い物だったのが意味不明で装備品ですらなかった『連結増幅の魔石　連結し増幅する、数量等級に比例』と謎な魔石さん。使い道がわからず、魔石と一緒に後で鑑定しようとアイテム袋へ入れておいたら……連結増幅されていた？　そう、魔力バッテリーとして保管されている売り切れなかった膨大な魔石の魔力が全て、連結されて増幅され巨大超強力魔力バッテリーとして発動していて……なにも知らずに朝身に着けた瞬間に、ぶっ倒れたよ！

「うりゃ？　みたいな？　うん、痛いな!?」

そんな漲《みなぎ》る魔力で上層の魔物を蒸発させる。身体中の細胞が焼けて、脳が灼熱《しゃくねつ》するような痛みに襲われるが徐々に慣れてきた。

「いや、痛みに慣れて新たな性癖に覚醒《めざ》めてるんじゃなくて、徐々に使い方が学習されて、最適化され身体も修復される都度錬成されて適応していくんだよ？　異世界だし魔法だし大魔法での殲滅戦《せんめつせん》は一度はやりたかったのに魔法がしょぼくてできなかったんだよ？」

そう、興に乗って即興の即行で速攻だ！

「灼《や》き尽くせ我が左腕に封印されし太古の炎龍よ、覚醒め灼熱の劫火《ごうか》で焼き尽くせ燃え燃えふぁいあー、みたいなー！」

まあ、ただの火魔法に風魔法で空気を注ぎながら、温度魔法で熱増幅を加え圧倒的な魔力量で一挙に焼き尽くす超絶ＭＰ無駄遣い技「燃え燃えふぁいあー」だ。きっと、無駄に無意味に、ただこれだけのためにＭＰ５００以上使ってるんだろうなー……下手したら４桁？

しかもしょぼい。13階層でもう焼き切れない。だから燃え上がってる魔物にとどめを刺していく。そう、深層迷宮の魔物とはいえ、上層なんて本来なら一撃で殺せるから実際は二度手間だったりする。

「まあ、燃えてるから楽といえば楽だけど、熱いし熱風が発生して軽気功が使えないんだよ？」「その魔力量、身体《からだ》、破壊します」

そう、でもこんなの痛くて熱いだけだ。

「ああ、俺は如何様《いかさま》してるから大丈夫だよ？　うん、直接全部流し込んだら死んじゃうから、『百魔の服　InT30％アップ　100の魔法陣が縫い込まれた魔術衣裳《いしょう》　常時3つ発動』の効果3つを『魔力伝導』のトリプルにして、更に世界樹《ユグドラシル》の杖《つえ》の『石《ティンクトウラ》の鈍器　All　30％アップ　物理魔法錬金相乗反応（極大）撲滅　完全無効化　賢者の石に神聖文字の刻まれし鈍　器《バールのようなもの》』に流し込んでるから、身体は魔力制御をしてるだけで伝導から変換まで全部装備任せなんだよ？」

実際は仙術と錬金術による身体錬成で、身体を1つの魔法陣に変えて魔素を魔力変換している。それで全身に莫大《ばくだい》な負荷がかかり1階層目では控えめにしたのに軽く死にかかった。うん、かなりこっそり死にかかったんだけど、それで心配されているのだろう？

「人とは成長する生き物で、大体10回くらい繰り返すと何とかなるものなんだよ？」

魔道具と魔法使いの最大の違いは、人という制御装置の存在。それなりの負荷はあるけど、人は細やかに臨機応変にその制御を可変できる。それが元々膨大だった量が連結増幅で莫大になれば、ちょっと負荷破壊くらい起きるのは仕方ない事だ。でも、膨大でも莫大でもできるようになるに決まってる、だって俺は人族さんなんだよ？

「それは、中身は、全く、成長していない、です！」「身体、適応してる。中身は、10回やっただけ！」「身体だけ成長しないで、中身が、学習しましょう！」（ポヨポヨ）

若さと可能性に満ち溢《あふ》れた男子高校生の成長力が全否定された！　古来から習うより慣れよという格言にもある通り、無理が通れば道理が引っ込むと言う通背拳《つうはいけん》にも通じるあり

がたいお言葉もあるんだよ？

「ちょ、俺がいた世界では理に勝って非に落ちて、石が流れて木の葉が沈むって言う理不尽な世界だったんだよ？　うん、殺《や》った者勝ちで勝てば官軍負ければ賊軍、踊る阿呆《あほう》に見る阿呆で踊った者勝ちの世界だったんだよ？　図書委員に聞いてみると良いよ？　うん、小狸《こだぬき》には聞いてもわからないと思うんだよ？」（プルプル）

世間話をしながら灰燼《かいじん》に帰す魔物達《たち》。うん、灼き尽くせないなら、二度灼きすればいいじゃないの？

「うむ、含蓄のある言葉だな……誰が言ったんだろう？」

あっと言う間にと言うほどではないが、さくさくと24階層。流石《さすが》に20階層台からは魔法耐性がある上に、火属性なんかの特定属性に強い種族が現れる。まあ、常識から言って「フレイム・ドッグ　Lv24」が火魔法で焼けるのはどうかと思うんだけど、思いの外大ダメージのようだが……生きている？　火属性でも焼けちゃうの!?

「いや、これは『火』にだけ耐性があって、温度上昇が駄目だったのかな？　もしかして限界温度を超えたの……まあ、お酢だと蒸発しそうだから雹凍弾《ひょうとうだん》！」

不思議と魔法戦の時は余り殲滅しても怒られない。甲冑《かっちゅう》委員長さん達的には、俺には後衛で魔法使いをさせたいのかもしれない？

「いや、そこの聖杖《せいじょう》だって言い張ってるけどハルバートが実は方天画戟《ほうてんがげき》なんじゃないっていう天下無双の猛将してる人は後衛の聖女だからね？　無職の俺は自由だけど、その人こ

そが後衛だと思うんだよ？」（イヤイヤ！）

4人が横列展開した時点で終わりだ。もう、犬《ドッグ》さんはこっちに来られない。そして地味に俺が入り込めないように幅を操作してる！　うん、上も無理かー？

結局、階層を下りて魔物の属性に合わせ大魔法を打ち込んでる間に4人が速攻をかけるから、接近戦に持ち込めず出番が迷路《メイズ》のみ。なのに無駄に弾丸《バレット》や肩剣盾《ファンネル》の試行《チェック》をしてると上層では出番がなく、近付かれた時だけ一刀で斬り落として終わりで訓練にはならない。

「あれっ、魔法使いって不人気職!?　そう言えば聖女さんは今も銅鑼《どら》でも鳴らそうかっていうくらい、強大無比の旋風で兎《ウサ》たんを斬り飛ばしているし……まあアルマジロに見える兎《ウサ》たんに需要はないんだけど？」

魔法は全部身体強化特化な癒やしの聖女って、それは自分しか癒やしてないよね？　そして大賢者の副Bさんも魔法は使わず接近戦でその大力無双のおっぱ……長杖《ハンマー》で撲殺専門だったし、オタ達以外魔法を使っていないし……オタ達もあれは魔法というよりスキルの1つとしてコンボに組み込んでいるだけだ。

「まあ、でも確かに莫大な魔力バッテリーによるMPを持っているか、錬金持ちで実弾頭を使うかしないと魔法はかなり非効率だよね？」

触媒と媒体がなければ魔力は距離で霧散する。だけど、杖だけでは集約と効率上昇に距離上昇くらいしか付与効果がない。うん、不遇だ！

「ああー、魔力バッテリーは高価なんだ？」（ウンウン）

冒険者ギルドで魔法使い養成としてアイテム袋を貸し出しているんだけど、バッテリー化するためには大量の魔石が必要で売らずにとっておく必要がある。すると収入が減るから当然貧乏になる……だから不人気。

杖も改良して武器屋やギルドに卸しているけど、俺のは元々がおかしいのに世界樹《ユグドラシル》の杖と寄生木《ミストルティン》の蔦に神剣2本に賢者の石とその他諸々《もろもろ》で増幅制御されているけど普通は有り得ない。そう、普通は杖だと致命的に武器として弱い。

「ついでに仙術の気功を混ぜてるから劇的に効果が上がってるし、相手に魔法耐性があってもダメージを与えているけど……普通は耐性があると、よっぽどのLｖ差がないと威力は激減するよね？」

うん、魔法職さんは不遇だった！

「これは冒険者さん用の装備も考え直さないとまずいな？」

物理が効かない相手は魔法が頼り。女子さん達みたいにオールラウンドなら良いけど、物理と魔法特化は装備がないと無力化してしまう。これは急いで魔法職の装備全般を見直さないと、中層辺りからは不遇職になりかねない。

「要は属性を付けるか、威力を……いや、それ以前に効率化だな？」

物理特化には魔力対応の武器装備だけでいい、問題は魔法職。先《ま》ず魔素の吸収と魔力への変換効率。そして、魔力の魔法への術式属性化と魔法発動の短縮と伝達による杖の高性能化だろう。

呼吸法の指導で魔素の吸収と魔力への変換は普及するはず。うまくすれば気も扱えるかもしれない。そして発動の短縮と伝達の補助装備、これは特性に合わせれば安く作れる？

「問題は杖……棒と何が違うんだろうね？」

どうやら魔法使いの杖に対して、俺の知識と認識には誤りがあったらしい。

(例1、俺の場合)

木の棒でボコってたら世界樹《ユグドラシル》の杖で神道夢想流杖術《じょうじゅつ》までできて便利　↓　物理。

(例2、副Bさんの場合)

魔法の長杖《ちょうじょう》と言いつつ形状はハンマー。超重量破壊兵器　↓　物理。

(例3、眠りっ娘《こ》さんの場合)

聖杖と言いながら万夫不当の天下無敵の英傑な方天戟《ほうてんげき》　↓　物理。

うん、物理兵器だ？　魔法の要素皆無なために破壊力以外が何一つ研究されなかったが、驚くべき事に魔法に重大な効果を齎《もたら》すようだ!?

「いや、だって今も目の前で少林拳の棍術《こんじゅつ》を覚えて、旋風棍が吹き荒れハルバートが群がる梟《ふくろう》さんを吹き散らしてるんだよ？　まあ、刃物みたいな銀色の梟さんだけど？」

延々と杖の魔法理論を考え、構造を調べながら魔法をぶっ放しては思索に耽《ふ》ける。やっぱり後衛は不遇だな！

人とは成長する生き物で俺は人族なんだから日々成長しているはずだ。


だけど、魔法特化ならば魔物が突破してきた時が危ない。

「いや、全く突破できる期待感はないんだけど、普通はあの梟の大群は全滅しないと思うんだよ？」（ポヨポヨ）

物理防御を兼ね備えて魔法効率と効力を上昇させる機構を安価に一般的な材料で……うーん？

「多分、冒険者が中層で手間取る原因は魔法で、魔法武器と強力な魔法使いがいないと中層からは一気に厳しくなるんだよ？」

なんか目の前で全てを物理で解決してるけど、俺も女子さんもあれを目指しちゃったせいで魔法が全く重要視されていなかった。うん、よくよく考えれば剣と魔法の世界だったはずなんだよ……多分？

「風属性、魔法耐性ありか……うん、物理だな？」

空歩で天井に立ち、逆さまなままに天井の地面を杖で穿《うが》つ。そして、破砕された岩石の礫《つぶて》で岩弾《ストーン・バレット》の豪雨を降り注がせて穿つ、加速と回転を与えて破壊力を高め質量で連打する。

いまいち前衛がやる気がないのは敵が、「オイリー・トード《Toad》　Lv49」な蝦蟇《がまがえる》さんで、「トドとは違うのだよトドとは」ってトードな蝦蟇さんだからだろう？

その身体を覆う蝦蟇の油が魔法無効化し、斬撃すらも逸《そ》らし弾《はじ》くらしい。だけど、絶対そのグロい見た目と、溶解液を吐くのが不人気の原因だ！

「油まみれだけど、なんか燃やすと引火したまま跳んできそうだし……うわっ、破裂してもグロいな？」（ウンウン！）

連弾の連射で、いつの間にか魔法職でも行けそうな気はしてきたけど余り天井で逆さまに立った魔法職さんは見かけない気がする？

「いや、むしろ天井で逆さまに立ってるのが一般的ならば、ミニスカ美人魔法使いさんに弟子入りしよう！　うん、それはもう基礎からみっちりとねっちょりと逆様なむっちり状態で是が非でもお願いしよう！」

しかし魔法職は集中力が求められ、持続は試練へと変わる。最初は精密に弾丸のようだった岩が、段々飽きてきてライフルから大砲へと変わり……もう、ただの岩だな？

「うん、飽きた！」

ただ岩石を落として潰して埋めてるだけで、魔法が関係ない土木業者状態。世界樹《ユグドラシル》の杖は削岩機のようなバールのようなもので破砕作業中？

「うん、魔法土木業？　余計に魔法職さんが不人気職になりそうだな？」

結局、蝦蟇は落石で埋め立てて50階層へ――そこには地面を滑り高速に滑走するスケート靴のような足を持った「スケーティング・ワイルドボア　Ｌｖ50」。

（（ヴモオオオオオオオオ――!!））

異質にして凄《すさ》まじく速い巨体が複雑な動きで突進してくる、鋭い牙の刺突と巨体が高速で突っ込んでくる衝撃力、おそらく盾職を並べても蹂躙《じゅうりん》されかねない大地を高速で滑る大

人とは成長する生き物で俺は人族なんだから日々成長しているはずだ。


「なんか巨大な突進が滑走っていう巫山戯《ふざけ》た外見なのに、逆に普通にヤバいな!?」

だって、氷の上をトラックが滑りながら突っ込んでくるようなもので、実は危険極まりなく迷惑な魔物さんだった!

但し、上の階層からゴロゴロとさっきの岩が落下していて、滑りにくそうでみるみるスピードが落ちていく?

((ヴモオオオオオオオオ——!?))

岩を砕くと砂利になってガタガタと滑りにくそうな魔物さんは悪路に弱い高速滑走型の取り柄を失い串刺しの上にスライムさんのご飯と化した?

「いや、あれは蝦蟇さんのせいで俺は悪くないんだよ?って、甲冑委員長さん達だって気持ち悪がって斬りに行ってなかったじゃん!?」

しかし、あの蝦蟇の油は剣の斬れ味を落とすらしく、魔法も斬撃も無効化される。

「打撃も滑って難しいのかー?」

この猪は猪で回避できないと危険で、莫迦《ばか》達なら得意だがオタ達や女子さん達は結構危ない。

「まあ、負ける事はないけどダメージを食らうとじわじわと疲弊するし、装備だって傷むし蝦蟇はキモいし猪はウザかったし?」(コクコク!)

正攻法に強いほど安定はするけど、邪道に弱い傾向がある。だから此処《ここ》は結構厄介な迷

宮になるのだろう？　だけど俺達だと邪道はカモ？　だって特化型って弱点も突出しているから、弱り目に祟り目《たため》でジト目もいっぱいに狙い放題なんだよ？

「この辺りが下層迷宮や深層迷宮との相性に関わってくるのかも？」

今の猪だって軍隊だったら壊滅しかねないし、蝦蟇だって大被害だっただろう。

「中層からは少数精鋭で各階層の弱点を究明しながらギルドが指示を出さないと難しいかも？」

やはり成長が49階層までの間に確実に潰しきるのが確実っぽい？

「本来は1階層ずつ攻略していくべきもの、です」「何十階層も情報もないままに遭遇戦なんかしない、です」

だとすると魔法職はやはり重要そうだ。冒険者は迷路型《メイズ》階層には強いが大集団の広間が力負けする、大量殲滅こそが魔法の醍醐味《だいごみ》だ。逆に軍は広間戦も物量で押し返すが迷路型《メイズ》階層が苦手だし時間がかかるらしい、何せ人数は力だが移動と補給が弱点になる。

「杖かー……棒だよね？　ああー、そういえば？」

随分昔の事で忘れていたけどゴブの棍棒やコボの杖に魔力を通そうとしたら壊れた事がある。つまり絶対条件は魔力が通る事だ。

それを知らずに作った杖なんて支給していたら、魔力を阻害して最悪壊れる。流石に魔法職なら感覚でわかるだろう。だけど、それが生産職には違いがわからない可能性が高い。それどころか知識として確立されているかも怪しいな？

「う――ん？」

アイテム袋から片っ端から木を出して検分しながら魔法をぶっ放してみる。あれこれ調べ、見比べ検査して魔法をぶっ放す。うん、魔法職ってやっぱり問題だよ？　だってマジで暇なんだよ？　だって、やっぱ原因は杖だよ！

あまりの暇さに内職兼迷宮踏破で杖ができたが最低だった。

122日目　昼前　迷宮　51F

魔力を通す――やはり魔の森の木が魔法杖《まほうづえ》には最適みたいだ？　しかも森の奥の樹《き》ほど芯が詰まっていて堅いけど最適。ただし節くれだっていると通りが悪く効率が落ち、これが曲者《くせもの》で魔力の変換効率が落ちると威力は下がりMPは無駄に減るし速射性や連射性にまで大きく関係する……これはちゃんと作らなければ物凄《ものすご》い非効率《デメリット》的になる。

そして、おそらく迷宮ドロップ以外にまともな魔法用の杖が販売されていない可能性がある……そう、だって錬金術師がいなかったのだから。

「階段って……もう、次の階層？」

魔物に向け魔法をぶっ放す。考えてみれば余らせるより魔力吸収分を常に消費しておいた方が効率的ではある？　まあ、大して効いてないけど？

「うりゃー？　とおー？」（ポヨポヨ）

しかし魔法杖は盲点だった。迷宮ドロップなんて俺以外は滅多に拾えないし、上層のドロップなんて質的にもそれなり程度だ。それでも高価らしい。そうなると新人冒険者が買えるような値段ではないし、Ｌｖの低い新人が魔力効率の低い杖なんて持ってたら出力不足とＭＰ枯渇で足手纏《あしでまと》いだし最悪身も守れないまま死んでいく。

「どりゃー？　てえ――い？」（プルプル）

試射会、階段を下りて魔法をぶっ放す簡単なおしごとです？　三連射でも50階層では援護程度で、『４大耐性』持ちの魔物ばかりになってきたから『魔力変換の脚飾《アンクレット》（雷）ＩｎＴ30％アップ　雷撃属性増大（極大）雷撃　雷天　雷鎧《らいがい》　雷刃』を通して雷撃中心に変える。するとＭＰ消費は激減して感電や麻痺《まひ》も通り密《ひそ》かにお役立ちだ。

「さて杖は昔はできなかったんだけど、今なら魔力の精密感知と精密操作が可能なはず？　うん、ちゃんと魔力を流し込んだら抵抗を受けてるのがわかるんだよ？　うん、ゴブやコボの棍棒《こんぼう》は魔力を纏わせても良いけど、中に流しても流れないし無理に通すと壊れてたのって……これが魔法装備との違いなのかな？」

だから副Ｂさんも魔法に最適化された、あの杖に拘《こだわ》りを持っていたんだ……まあ、あれは絶対にハンマーだけど？　そうして、何階かに何回か何かが何かいたので魔法をぶっ放す？

「うん、連射機能は３発でいいかな？」

経路と抵抗。最優先で魔力の通りやすさを確かめながら、錬金と木魔法で魔力の通りが良くなるような加工を加え最適化していく。

「うん、30本も作るとコツが掴《つか》めて自動で生産が可能になってきたし、これで魔力の精査と整流化と循環で入力問題は解決と言っていいかも？」

あとは増幅と蓄積、そして変換が出力の命題だろう？

「杖の先端は下手に金属にするより、蓄積も変換も魔石でいいけど増幅機能は魔法陣がいるのか……あっ、『百魔の服　InT30％アップ　100の魔法陣が縫い込まれた魔術衣《い》裳《しょう》常時3つ発動』で見たな『魔力増幅』の魔法陣？」（ポムポム）「よいしょっと……って、男子高校生の半脱ぎ姿は良いショットにはならないんだよ？」

魔物が飛んでるので雷天で階層の大気を雷鎚《いかずち》で覆い尽くし連撃する、いまいち落とせなかったな？　さて、流石《さすが》に魔石に細やかな魔法陣を刻みつける作業は歩きながら魔法をぶっ放しながらでは集中力に欠けるが練習を兼ねて安い魔石で試す。

「中にも刻むと複層式になるのかな？　おおっ、なるんだ？」

発動効率のためには純度こそが重要で、大きさは蓄積量だけだと思っていたら何層まで術式を書き込めるかで大きく違いが出るから……結局、大きさも重要？　みたしな？

小さな安い魔石でも現在の技術なら6層まで書き込める。

「試しに軽く軽く魔力を通しただけで増幅が感じられるって結構すごい発見？　うん、女子さん達の甲冑《かっちゅう》関係は全部見直しだな、この大きさの魔石でいいならば充分に仕込める

んだよ？」

砂埃《すなぼこり》、突進？　アイテム袋から一掴みの弾頭を取り出してばら撒《ま》くように頭上に投げて、魔弾《バレット》を発動させて一斉連射で撃ち込む。

「止まった？って、まあ効いちゃいないが嫌がらせだけだから良いか？」

魔石に魔法陣を書き込みながら試す、調べながら書き込み、調査しながら調整し、修正して作っては試す……魔法陣の並びと大きさも関係するとなると複層陣より複合陣の方が効率的だな？　うむうむ？

「って言うか、これって絶対に錬金術師を教会が迫害した弊害だよ！　絶対に魔法の杖を作る技術が失われてるから販売されてないんだよ、本当に碌《ろく》な事しないな教会って？」

（ポヨポヨ）

踊りっ娘《こ》さんは目つきが険しくなり、眠りっ娘さんが少しだけ目を伏せる。この２人が守ってきたものが失われて腐敗し衰退が始まった。

その結末が現在なら忸怩《じくじ》たる思いも憤懣遣《ふんまんや》る方《かた》ない気持ちもあるのだろう……うん、作ろう。何の責任もないどころか守っていた２人が思う所があるのなら、それを再現して普及させるのもその２人を使役する者の務めだ。

「取《と》り敢《あ》えず試作品をと思ったが最後の難関は魔石と杖の連結、阻害すれば意味がないし減衰させれば劣化品なのだが精密に加工して隙間なく密着させても僅かに無駄《ロス》が出る？」

数値こそ小さくできても、この無駄が積み重なり逆流するのが怖い。

「う――ん、繋《つな》ぎに変換機《コンバーター》がいるのかな？」

また魔物が出たので魔法をぶっ放して、延々と素材を試して、また出てきやがったから魔法をぶっ放して形状を試していく。そして階層主まで出てきたから魔弾《バレット》を撃ち込み穿《うが》ちながら検証し、またまた魔物が現れては魔法をぶっ放しながら情報をまとめ演算していく……まあ、俺達が下りていってるんだけどね？

「やはり直付《じかづ》け密着が最も無駄《ロス》が少ないし接着面積が大きいほど良い……が僅かに魔力が逆流してるのが気になるんだよー、木と石の属性的なものなら解決方法がないのかなー？共通規格……変換……直結……石と木かー」（プルプル）

うん、焦る事はない。これは時間をかけ莫大《ばくだい》な検証に基づき、研究し精査して完成させるものだ。だけど今も魔法使いが死んでいるかもしれない、それは俺が今まで考えもしなかった責任だって含まれる。そして明日も死ぬかもしれない、それは今魔法杖を作れる俺が作らない事に確実に責任がある。

「取り敢えずでも何でも良いから、不格好だろうと形にして最適化とかそういう事はその後で良いし？　だって、長い時間がかかるからって今日や明日に死ぬ人に待ってろなんて言えないなら今なんだよ？　だから今できろ、今直《います》ぐ何とかなれ！」

昔誰かが辿《たど》り着いた答えがあるなら、絶対に解決方法が……昔……錬金技術……大性堂の賢者のおっさん……共通規格……変換……直結……保存版……ズィ……ヴェスツ……オブゥ……魔道具大全集……いや、タイトルマジなんとかしろよー、だが杖はなかったし

……だけど……共通規格……変換……直結は、個別だがあったはずだ！

「魔石懐中電灯だ!?」

変換は魔法陣があった！　直結は精密加工技術でできる。あとは木と石の共通規格……難しく考えるな、繋いで流すだけだ。

「そうすると魔法陣を挟んで密着させられる共通規格？」

百のアイデアが万の可能性を創り出し、億の派生を生み出して重なり合い影響し合って兆の想像《Imagine》が脳内に万華鏡のように満ち溢《あふ》れる。刻々と形を変えていく、このどれかが正解だ。この可能性の中に答えがある。だから、難しいものは捨てよう？

「うん、答えは絶対に簡単《Simple》……石と木を加工して魔法陣を描き込んで……って共通規格で密着なら……魔法陣自体で良いじゃん!?」

絡繰細工《からくりざいく》、機械、電気製品。流れるものが魔力に変わっただけで、ただの電気で奇跡が起きるのを俺は知っているし見てきた。試作し、試験しないとわからない。ただ、思いついたらすぐ内職だ。

「ガアガアうるさい！　気が散る!!」

やかましいから魔法を5連発で食らわせる。そして気を取り直し、集中して杖の先端部に凸の魔法陣を刻んでいく。魔石に寸分狂わぬ凹の魔法陣を刻む……そう、これならこれなら完全直通《ロスレス》。完全に密着した状態で魔法陣の中を共通規格で綺麗《きれい》に変換された魔力が通るはず、理論的には合っている。

「うん、一番簡単《Simple》な答えがいつだって最高《Best》の答えで、簡単《Simple》な技術を複雑な高度な技術で単純に作り出す事こそが常に最も難しいんだよ？　うん、なんか米粒に名画を描き込む気分だな!?」

　まあ、それでも何かが出来上がるというのは、例えそれがしょぼいものであっても内職家さんにはグッと来るものだ。

「うーん、って名前ついてるよ！　えっとベタに『魔法の杖　ＩｎＴ10%アップ　ＭＰ効率化（小）魔力増幅、属性付与（中）魔力回復（小）』ってしょぼいなー……けどできたよ？　うん、やっとできたこの杖を最低にしてやれば良いんだよ、もっと良いのをどんどん作ってこれが最低ランクになれば良いんだよー。だから、まあできたー……」

　試してもらう。きっと最低で最悪の出来だ、だってこれが第一歩目なんだから……これがさっきまでの目一杯の最高傑作で、たった今から最低の物に変えていく。

「できてます。魔力が、綺麗に通り、増してます」「使える、これは、魔道具、これは魔技師、一流」「ここまで至る、まで、とても長い年月、必要。凄いです」（プルプル）

　うん、最低限の合格点は貰《もら》えたようだ。俺も試してみたが使えてしまった。そう、これは最低の必要Ｌｖ10以下の、使えないはずの初心者用の最初の最低の魔法杖だ。

「うわっ、ファイアー・ボールしょぼっ!?　ちょ、15メートル届いてた？　まじかー、マジ最低ー！」（ポムポム）

　試作して検証していく。出来損ないでも今は沢山必要だ、きっと1ヶ月後には捨て値で

ゴロゴロと転がるくらいに沢山作ろう。

「そう、バージョンアップの度に買い替え需要だ！　うん、下取りサービス制度が必要だな？」

冒険者ギルドに武器は流しているけど、魔法使いは成長が遅いらしい。それはＬｖだけが上がっているけど、魔法という能力が上がっていない。

逆に孤児っ子達《たち》の魔法のお勉強はＬｖ以上に伸びが良い。それは想像力の差、日々非常識な女子さん達やオタ莫迦《ばか》達に、迷宮皇さん達まで混じってるのを普通に見てる頭の柔らかい子供達だからなんだって「できる」と思っている。

そして異世界でできると思えばなんとかなるものだ。逆に頭の固い大人は変に常識的にあれは「できない」これは「できない」と能力の可能性を閉ざしてしまう……魔法杖も多用途より魔法射出専用の方が使い勝手が良いのだろうか？　うーん？

「って言うかもう79階層⁉　階層主は……ああ、何かうざかったから魔弾《バレット》の連射したのが階層主だった？」（ウンウン、コクコク、フムフム、ポヨポヨ）

気を引き締め直して足を進める、１歩で視界が歪《ゆが》み距離が消える。

瞬く間に接近する岩のような甲冑に、通り過ぎさまの一刀を見舞うが弾《はじ》かれ吹き飛ばされる。流石に縮地からの一之太刀《いちのたち》で斬り逃げは虫が良すぎるとは思ったものの、一瞬隙が見えたのだが縮地はムラだらけで一之太刀は速度で姿勢が崩れて斬る前から軽気功で逃げる準備をしてなかったら返り討ちになりそうなくらいに酷《ひど》かった。

「いや、まあ全部乱射だったから、どの弾痕が階層主さんかわからないまま、もう次の階層主さん？」

吹き飛ばされながら宙を蹴り側宙から頭部に一刀を見舞うが軽く屈《かが》まれて空を切る、そして空中にいる俺めがけて巨大な剣が打ち付けられるが暴風に乗って舞い逃げる。うん、空中でバク宙しながら石の巨人と目が合う、詰んだな。

「うん、やっと防弾ゴーレムって……半分くらいは流れ弾で死んでもんね？」

衝撃音と破砕音と爆砕音に続き美しい切断音、迷宮皇から目を離して見上げるなんて死んじゃうに決まってるじゃん？　うん、両足を砕かれ腹を砕かれて屈んだ瞬間に首部を切断され「ストーン・ガーディアン　Lv80」は瓦礫《がれき》と化した。巨大な身体と巨大な剣のカウンタースキルの『迎撃』は恐ろしいが目を離したら発動できないよね？　回転しながら吹き上げられて天井を軽く蹴り地上に戻る、初撃の一刀目が失敗した時点で嫌がらせの囮《おとり》だったのだが巨人でも顔の周りは気になるようだ？

「空中、駄目です。回転だけで、逃がせてません」

怒られた。だが『護符の花冠《タリスマン》』の結界の護符が2枚吹き飛んだから軽気功での逃げの際に剣は避けても、スキルの『衝撃波』を逃し切れていなかったのが見抜かれた。

「いや、あれは誤算で軽気功と衝撃波は地面では相性が良いけど、空中だと空気の流れが乱れて一瞬吸い寄せられて掠《かす》ってしまって気流計算しないと乱気流が危ない空気の読めない魔法無効の岩男さんのせいな誤解で俺は悪くないんだよ？」

まあ、あれで死ななくなったのだから強くはなってる、その分油断が出たのかもしれないが昨日拾った『魔導の重鎧《じゅうがい》　A11 40%アップ　全防御全反射（大）魔動絶対防御（不動）＋DEF』という超防御型の『不動』で動けない固定防御特化の鎧《よろい》を複合してあるから一撃は耐えられる。そして固定されても軽気功で飛ばされるし、「鋲打《スパイク》ちブーツ」で吸着を無《ゼロ》にすれば滑走して離脱できる。

戦いながらの制御は無理だが囮なら十分に活用できそうだし大丈夫なんだが、油断と気の緩みが見て取られたのだろう。

「うん、でも出番がないから緩んでるんだよ？　80階層まで気分の盛り上がり感皆無で内職しながら来ちゃったから戦闘感がないんだよ？　もう少し有限な魔物さんを共有し合って譲り合おうよ!?」（（テヘペロ♥））

くっ！　確実にそろそろやるであろうと読んでいたのに3人でやられると思いの外《ほか》に可愛《かわい》かった！　あの3人で頭コツンのポーズが絶妙に揃《そろ》っているのがあざとい！　だが真の恐ろしさはスライムさんもちゃっかりやっているだとおーっ!?　うん、流石は迷宮皇、可愛いは迷宮最大の破壊力だった!?

男子高校生的に趣味に走ると非効率的だが非行に走るよりは健全だろう。

122日目　昼過ぎ　迷宮　86F

様《さま》にならない情けなさだが、ふらふらと揺れて伸《の》し掛るように斬り、よたよたと流され退《ひ》きながら斬る。

「およよっと？」

踏み込みと同時に斬れるなんて極稀《ごくまれ》で、斬れる瞬間を求めてゆらゆらふらふらと風に舞う男子高校生の好感度の如《ごと》き儚《はかな》さなんだよ？　うん、何処《どこ》にいるんだろうな？

「よよよよっと？」

軽気功でぎりぎり躱《かわ》して、さくさく斬る。この間合と時期《タイミング》と位置を覚え込ませたいのに、それが何とも難しい？

「うをっとっと？」

経験則で斬れると思える瞬間は僅かしかなく、軽気功で風に流され超反射に振り回されながら至近距離で瞬間《とき》を待つ。過《あやま》たず視《み》て、絶対に斬れる一瞬だけを選び取る。

「うりゃっと？」

ふらり吹かれては重装備の屍鬼達《グールたち》の槍衾《やりぶすま》を掻《か》い潜《くぐ》り、槍衾の槍先を両断し大剣を持つ両腕ごと真っ二つに切り裂いていく。振ってぶらりと振《ぶ》れ振《ぶ》れにすり抜け、するすると交錯

しながら交差し絞殺せずに首を斬り落とす。

「力を抜くって案外難しいんだねー……うん、やはり俺の力戦奮闘な生真面目さのせいかな？　いや、奮励努力な実直な性格のせいかも？　うん、そうに違いないな！」

ふと力が抜けたように杖先《つえさき》が下がる。何気なく脚が進み、交差し交錯するようにゆらりと掬《すく》い上げるように刃が振るわれる。その一刀が屍鬼《グール》の巨体を両断にする。

脱力と流れ。その理屈はわかってきたけど、理解はできず再現もできない。だから、あらゆる合理が組み合わさった一刀は、振れる偶然《とき》まで振れず……ふらふら？

「う――ん、なんか良いような手抜きのような？」

風に追われ風癲《ふうてん》する風籟《ふうらい》の放浪男子高校生の辻《つじ》斬りだ。幾億の未来視の中の幾千の斬線の中で、そのたった一つだけの太刀筋を探す。それだけが一撃必殺以外にない、それでいて2撃目も3撃目も取れる必殺の一刀。そこには勝ち筋しかなく、絶対の一刀だけの一之《いちの》太刀《たち》。だからこそ、その発動の条件を作り出す方が難しい！

(((ジトー……)))

ジトだ。だが軽めのライトジトで呆《あき》れているけど、諦めてる困ったものだのヤレヤレのジトVerにあたる軽めのジト目のようだ？

「いや、怪我《けが》してないし、掠《かす》っても『魔動絶対防御（不動）』で流してて安全で、あれって『不動』状態だけど体重が消失状態で羽毛のように風に乗って飛ばされてるんだから大丈夫なんだよ？　あれ身体《からだ》が動かないだけだから軽気功は発動してるんだよ？」

動けないから致命的な装備。一瞬の絶対防御を誇ろうと、動けないままになる鎧《よろい》は普通なら滅多打ちに合う。それが『魔導の重鎧《じゅうがい》　A１１40％アップ　全防御全反射（大）　魔動絶対防御（不動）　＋DEF』の特性で、それで俺は動けないから……軽気功で飛ばされる？

「うん、『鋲打ちブーツ《スパイク》』って摩擦係数を極小にして滑るのも可能だから、攻撃された時点で動けないけど滑って逃げられるんだよ？」

逆に、それができないと危険な装備。だけどできるのなら、その瞬間の絶対的防御状態で攻撃を受け流して勢いのまま逃げられる。

逃げ回る装備なら4ヶ月間集めに集めてる！　だいたい逃げて斬り殺す2つしかないが、それはそれで世間一般における好感度的にはどうなんだろう？

さて、次の階層で次を試す。完全防御状態で何もできなくても自立型自動制御《オートマティック》な能力《スキル》はいける、つまり『魔動絶対防御（不動）』でじっとしてても肩剣盾《ファンネル》と蛇《ヒュド》さん鶏《コカ》さん蜥蜴《バジ》さん達が群がる猿を齧《かじ》り噛《か》み殺し刳《えぐ》り突き殺し括《くく》り締め殺して斬って撃って撲殺する、なにげにコカさん吹き矢が上手《うま》くなったなー？

「うん、動けないなら動かして貰《もら》うか動いて貰えば良いじゃないのと敵と味方に丸投げでじっとしている男子高校生さん、ぼっち感が半端ないな!?」

暗黒魔法の暗闇は上層では効いていたが80階層台だとやるだけ無駄で、雷の雷天も格好いいポーズだけで効果がない……この腕を捻《ひね》って指差した感じが格好良くない？　いや、

悲しい目は止《や》めようよ！ってスライムさん目がないのになんで悲しい目ー！

「くっ、この男子高校生さんの汚れちまった悲しみを、バールのようなものに想《おも》いと共に乗せて狐《きつね》の皮衣をボコる！」

って言うか狐の『マスキング・フォックス　Lv88』は抱きついてきて覆い尽くす狐《マスキング》さんで、抱きついてはくるが「よっこら」展開はないらしい！　いや、ただの憎たらしい顔して噛み付いてくるモモンガみたいな狐なんだよ？　うん、尻尾をふりふりしてもボコるよ！

「下層は一段とあくどいねー？　これ『斬撃無効』で剣や槍に巻き付いてその間に全身を覆い尽くされて窒息死狙い？　うん、窒息死防ぐスキルとか確かになかったよ!?　うーん、シュノーケルを配布かー、異世界の地下迷宮をシュノーケルで戦うってシュールだけど浮き輪も着けると可愛《かわい》いかも？　甲冑《かっちゅう》だけど？　海だと溺れるな？」「顔に、巻き付かれたら、攻撃できません。危ない、です」

窒息しそうな味方を助けられないままパニックになれば、次々と殺《や》られる悪辣な能力。

「味方を見捨てられないと全滅って……女子さん達だったら壊滅する危険があるんだよ？　うん、俺は超冷酷に見捨てたんだよ？って言うか狐がスライム包んでどうするの？　食べられてるよね、内側から？」（ポヨポヨ！）

未確認飛翔体《ひしょうたい》？　うん、良く知ってる飛翔体粘体だった？

「ス、スライムさんがモモンガのように滑空している！　可愛い!!」（プルプル♪）

そして89階層。張り切り旋風ハルバートで89階層の「ドラゴンテイル・バタフライ　Ｌｖ89」を竜巻の斬撃の渦に飲み込み切り裂く眠りっ娘《こ》さんと、蝶々《ちょうちょう》さんなのか蜻蛉《ドラゴンフライ》さんなのかはわからなかったがドラゴンさはない蟲《むし》さんだった？

「うん、揚羽蝶の仲間な裾引き揚羽なドラゴンテイル・バタフライさんは蝶々だったけど、これって蜻蛉《とんぼ》と蝶々のキメラさんなの!?」

その長い尾から強力な射出槍を発射する、危険な空中からの攻撃魔物さん。だがしかし神聖魔法「ステア・トゥ・ヘブン《Stair to Heaven》」で幻想的な光の螺旋階段《らせんかいだん》を生み出し、空中を優雅に駆け抜けてからの……三国志無双だった？

「うん、台無し感が凄《すご》い！　絶対、麗しの聖女伝説って本性をバレないように偽装して流布されてるんだよね!?　なんかお花畑で蝶々と舞い踊るとか伝承があったけどハルバートが回って蝶々を斬殺してたんだよね？」

初めて見せた聖魔法「天国の階段《ステア・トゥ・ヘブン》」は美しく幻想的な光景だった。ただ、そんな光景とは裏腹に階段上から魔物を幻想ごと惨殺して地獄へ落とす力技だったんだよ？

「うん、これってシスターっ娘が見たら号泣するよー……だって、なんか癒やしの聖女が憧れだったらしいんだよ？」

うん、だって楚々《そそ》とした儚い見た目とのギャップが凄《すさ》まじいんだよ？

「おめでとう。これで現在の上限のＬｖ56でみんなとお揃《そろ》い？　いや、俺は28なんだけど人知れず苦労と苦心と苦難に満ちたＬｖ28だからほっといてあげようね？　あと装備も

揃ったけど微調整中なんだから無理は駄目だよ？　うん、無理無理とむっちむちは似て非なるもので嫌よ嫌よも良いではないかともちょっと違うから無理は駄目だけどむっちりと良いではないかなら許可するんだよ？　うん、紳士的な真摯で意味深々な含蓄あるお言葉はちゃんと真真に聞こうよ？　むっちりたいな？」

戦力は充当された。余剰戦力気味が過剰戦力決定で、眠りっ娘さんが完全に戦力化されて89階層を軽く一人で突破。あとの3人はいうまでもなく、問題だった俺も逃げ回って斬るだけならできるだろう……最初からそんなもんだったから完全復活と言って差し支えないだろう？　うん、俺の場合は闇さえ殺せればだいたい充分だ。

「やっぱ後衛だった？　うん、前衛にいても追い抜かれて後衛になってる前衛的な格好いいポーズが公演中なのにガン無視なんだよ!!」

三姫が一斉に横へ開きながら疾走して前衛を奪い、スライムさんがぽよぽよと遊撃位置に入る。だから後ろで変形自由自在の世界樹《ユグドラシル》の杖を空洞化し、パイプ状に伸ばして4m程度にして腰だめに構え……中に入れた魔弾《バレット》（長弾頭《ロングタイプ》）に魔力を充填し射出する！

（ドッカ――――ン!!）

単発式バスターランチャー風アンチ・マテリアル・木の杖《パイプ》が超高速の弾頭を射出すると、階層主の胸部に拳大の空洞が開《あ》く。

「うーん、貫通力が高すぎたっぽいから次はダムダム弾頭で行ってみるか？」

固定砲でしか撃てないが超長距離後衛さんだ。ただ結構な魔力が必要なのに、大口径の

魔弾《バレット》を撃ち込むだけで……何ら意味はない。ましてや、ここまで離れる意味はもっとない。だが、きっとオタ達は長距離狙撃攻撃を羨ましがる事だろう。うん、今度遠くからオタ達にも撃ち込んでやろう。

「しかし流石《さすが》は90階層の階層主さんともなられると対物魔弾《バレット》で穴だらけになっても殴る殴る殴る？　そして負けずにぽよるぽよるぽよる？　うん、熱い戦いだな？」（ポヨポヨポヨポヨ！）

魔弾《バレット》は石を風魔法で射出する礫《つぶて》。それに魔法陣を刻めば威力は上がり、魔石を使うと破壊力は絶大。ただ魔石を得るのに魔石を消費しちゃうと勿体《もったい》ない対費用効果的に微妙な技だけど……まあ、石なんだよ？

「しかし『テラ・ガーゴイル　Ｌｖ90』ってゴーレムと何が違うのかもわからないしテラってテラワロス？」

テラ《tera》は10の12乗で1兆なんだけど、元々テラはギリシャ語で怪物を意味するｔｅｒａｓに由来するのだから魔物さんで正しい気もする？

「だったらモンスター・ガーゴイルで良くない？って言うかいきなりギリシャ語で振られても中2時代に深い教養を身に付けた一部の専門家以外はわからないんだよ？」

そして発射《ファイア》！　ダムダム弾の俗称で有名だが、あれは英軍用小銃の弾薬用の俗称で俗称が俗称を呼び混乱しているが現在で言うところの対人様拡張弾頭。ホローポイント弾は先端部に空洞がある構造で、着弾時にそこが捲《まく》れ上がる仕組みなんだけど、ソフトポイント

弾でもホローポイント弾でもダムダム工廠《こうしょう》で作られたらダムダム弾なんだよ？　うん、命中《ヒット》？

　着弾点はせいぜい直径の2倍程度の穴だけど、頭部には大穴が開《あ》いている。うん、生物なら致命傷なのだがガーゴイルって石像だしな？

「いや、だって本来ガーゴイル《gargoyle》って雨樋《あまどい》で、原義はラテン語の『のど《gurgulio》』で怪物などを彫刻した雨樋で彫刻のない雨樋はガーゴイルとは呼ばないし、雨樋のうち彫刻のない部分もガーゴイルといわない魔物型雨樋なんだよ？　うん、魔物をかたどった雨樋が何故《なぜ》魔物になったかは興味が尽きないんだけど、雨樋機能がない時点でガーゴイルじゃないよねと言うツッコミ待ちの石像さんなんだよ？」

　ただ雨樋だからなのか粘る。その理由は流れる核《コア》。複数個の核が石像の体内を循環しているから即死しない。そして、こういうデカくて頑丈で馬鹿力魔物は愚直だから、回避するのが手間。

　なにせ、その重量こそが力。それはもう受け技で流せるレベルを超えている。そもそも雨樋との戦いっていう概念が、もうファンタジーを超えちゃってると思うんだよ！　誰だよ、魔物柄雨樋《ガーゴイル》を魔物にしちゃったやつ!?

「うわー、嫌な事考えちゃったけど……まさか本当に1兆《テラ》回殺さないと死なないとか、そういう面倒なクソゲーキャラ!?」

　まだ迷宮王戦もあるし、怒られるから消滅原子振動系は使えない。なので世界樹《ユグドラシル》の杖を

大口径に変え、大型魔弾頭と言う名の大砲を作っては撃ち込む。これ、もう攻城戦じゃないかという感じで迷宮皇の美姫《びき》3人にも破砕用に大型モーニングスターを作って渡し、徹底破壊中だけど……何故だろう？　そのモーニングスターに抉《えぐ》られて、吹き飛ばされ圧《お》し潰され粉々にされるガーゴイルさんを見ていたら共感《シンパシー》と共鳴を覚えて涙しながら砲撃したんだよ？

「いや、だって砲撃は浪漫《ろまん》なんだよ？　普通こんな馬鹿でかい的が動けないなんて砲撃チャンスって滅多にないよね？　うん、お外なら強かったんだけど、室内《ダンジョン》だと死なないだけのクソゲーなんだよ？　うん、同情するから死んでくれ？」

長くて面倒で、微妙に心が痛む戦い《クソゲー》だった。つまり手間取った。これで、もう帰りに中層迷宮を潰すには時間的に不可能で絶対にバレる。多分もうバレているんだけど、中層迷宮も潰しておけば言い訳しやすかったのに俺が悪くないという事の証明がまた1つ難易度が上昇したようだ。

「くっ、『マジ・クソゲー　Ｌｖ90』に手間取っちゃったよ？」

あまりに面倒すぎて、魔石と魔力を無駄遣いして大和級45口径46㎝砲の連打で殺しきった。もう最後の方は至近距離からぶっ放してたから、砲撃せずに斬った方が早かった気がするがちょっぴり楽しかったからまあ良いだろう。

そう、真の問題は誰も巨大モーニングスターを返却せずに、アイテム袋にしまっちゃってるんだけど……流石に巨大すぎて重いから使い道ないよと男子高校生的な想いが思うん

だけど通じないみたいなんだよ?

「いや?」（イヤイヤ）「いきなりの全否定!?　って、どんだけモーニングスターが大好きなの!?」

そして下りてさくさくさくさく斬り、つらつらと刈り取り狩り尽くす。蒼《あお》と白が反射し合う、階層一面の氷壁と氷柱に囲まれた氷の世界。その氷の中を泳ぎ、飛び出してくる「アイス・ピラニア　Lv91」……うん、氷壁や氷柱に塩をぶっかけて氷艶凝固点降下で固めてみたら、氷が硬いからなのか淡水魚だからなのかわからないが地面にピラニアが飛び出したまま落ちて……ぴちぴち跳ねてるので斬って回った?

「うん、一応ちゃんと言っておくけど『ピラニアさんの中にぎょぎょっ娘やおさかなクンのお知り合いの方はいらしゃいませんか?』と声はかけたから、異世界ぎょぎょっ娘親族問題は対策済みなんだよ?」

だけどこの91階層って大量の塩持ってない人はどうやって攻略するんだろう?　溶かすなんて迂遠《うえん》だし、MPの浪費だし釣るにしても数が多い、これを全部覆う網っていうのも大変そうだし、片っ端から斬ろうにも氷の中を斬るのは大変そうだ?

「あっ、囮《オタ》を放して噛み付かれてる内に焼けば良いのか?　でもあいつら美味《おい》しくなさそうだけどピラニアさん噛み付いてくれるかなー?」

心配だ、ピラニアさん用の胃薬の開発も必要だな。ちなみに迷宮皇4人組はきゃっきゃと氷の水族館を楽しみながら、飛んできたら斬っていたのでピラニアの塩漬けには不平不

満があるようだ。うん、スライムさんもしょっぱかったみたいだ？

どうやら異世界迷宮の中も塩分は控えないと問題のようなんだよ……きっとレモン汁をかけてたら戦争だったな!?　って言うか、それってかき氷で喜んだかも？

凄く得したはずなのにコレジャナイ感で台無しだがお得なんだけど違うが拾う。

122日目　昼過ぎ　迷宮　92F

冷たい目で見下し侮蔑する。だって期待はずれの残念キャラだった。

「いや、『マグマ・ゴーレム　Lv92』って言われても……冷えたら岩じゃん！　せめて『マグマミスリル・ゴーレム』で行こうよ!?　何なら『マグマ・ミスリル』でも良いんだよ？」

そう、まじムカついたのでみんなで冷やしてみた？　上で塩を撒《ま》いたせいで凝固点効果の副作用で水浸しだったから、全員で一斉に氷界と凍檻《とうかん》と冷絶と氷晶と止壊による分子が振動の静止だ！

やりすぎると絶対零度化して、それはそれで壊しにくそうなので程々に気を使って冷えすぎないように固めたのだが砕け散りながら魔石になった？

「ちょ、溶岩じゃないと駄目なゴーレムさんだったの!?　岩石になるくらいなら魔石にな

るって、それ『ストーン・ゴーレム』さんが聞いたらマジ泣きするよ？　ゴーレムさんの過酷な身分格差の差別問題の闇を垣間見《かいまみ》てしまったようだな!!」

なんかこう雰囲気的に感知能力の上昇で、ようやく止壊の加減と言うか揺らすノリ《グルーブ》の感じが摑《つか》めてきた気がする。これで止壊を実用化できれば最強の技になり得るが、集中状態で丁寧に制御しないと核融合っていうのが問題だ？

「うん、きっと異世界で男子高校生がついうっかり核融合なんてしてしまったら、原発反対派の人達《たち》が異世界転移で押し寄せてきてしまうだよ……でも、核融合が許せないならプラカード持って太陽に突っ込んで行けば良いのにね？　うん、変わった人達なんだよ？」

93階層。一瞬の閃光《せんこう》――白銀の剣が黒い針を弾《はじ》き飛ばす。暗殺者《アサシン》だな？　気配も感知できないし、空間把握にも全く反応はない。そう、この技はメイドっ娘《こ》の影《かげ》顰《ひそみ》だ。

「ま、まさか『メイドっ娘　Ｌｖ93』で、あの魅惑のダイナマイトバディーがぞろぞろと現れて、むっちむちとメイドさんのご奉仕が!?　いや、よく考えるとメイドっ娘はオコばっかりでご奉仕はないんだったよ!?」

影だらけの階層で影潜みで潜まれると居場所もわからないし……影？

「影は斬れないから手の出しようがー……えいっ？　あれっ、斬れたな？」（（ジトー））

（ポヨー？）

2本の世界樹《ユグドラシル》の杖《つえ》。その複製《レプリカ》側の「影王剣《レプリカント・グレートソード》」の方で影を斬ってみたら斬れてい

た？

「うん、多分『影剣技』の効果なんだから、俺をジトられてもありがたくはあるんだけど有り得ない量の意味不明な効果達は未《ま》だ把握されてないからやってみるしかないんだよ？うん、斬れちゃった？」（（ジトー……））（プルー？）

更に『影の外套《がいとう》　SpE　DeX　30％アップ　影鴉《かげがらす》　影分身　影操作実体化　影魔法　影襲　気配遮断』の影魔法で操作してみたら居場所がわかるので刺して回るだけの簡単なお仕事だった……どうも暗殺者《アサシン》系の魔物さんは頭が固いのか意固地なのか拘《こだわ》りから来る矜持《きょう》《じ》なのか、見つかっててもじっと健気《けなげ》に隠れてるんだよ？

なので94階層は後衛に回された？

「いや、独り占めズルいって、俺っていつも一人で後ろでぼっちだったよね!?　暇すぎて魔法杖すら開発されちゃう暇さだったよね!?」

そして定番かつ毎回強いが相性が悪いがために、毎回一方的に駆除される蟷螂《カマキリ》さん「アームズ・マンティス　Lv94」は腕にハルバート的な各種刃物の詰め合わせのお徳用な腕を持った蟷螂さんだが剣や槍《やり》や斧《おの》で接近戦で敵《かな》うはずもなく、蟷螂ゆえに連携もできていない。

剣は弾かれ、槍は流され、斧は斧ごと斬られて蟷螂の腕と首が白銀の剣閃《けんせん》が舞う度に斬り散らされる。それは円舞《ロンド》。そして群がる蟷螂達が囲む中で、閃《ひらめ》き煌《きら》めく鎖と剣の円盆舞《ボレロ》。

そして無数のハルバートの腕とガチ殴り合う国士無双の聖女……うん、最初は美しく戦っ

てたのにガチの殴り合いに突入したようだ？

そしてお食事中のスライムさんが気に入ったのか全身からハルバートの触手を生やして遊んでいる。もう、どれだけの技を食べているか想像すらつかなくなっているが……すぐ忘れるだろう？　うん、飽きっぽいんだよ、スライムさんは。全く誰に似たんだろう？

そして隠し部屋に行ったら「アームズ・クイーンマンティス　Ｌｖ94」が……また巨体なのに狭い隠し部屋の天井に張り付いている？

「うん、きっと多分隠れてるつもりなのか保護色でじっとしてたから、ちゃんと空気を読んで、地面に剣と槍を逆様に突き立てておいて、しっかり防虫草の焚《た》き火《び》を焚いてきっちり扉を閉めておいたんだよ？」

うん、中から絶叫が聞こえる？

「いや、だってあそこまでされると鉄板なんだよ？　もう、俺にはそれ以外の選択肢を選び取る事が許されざるほどのお約束な鉄板だったんだよ！」

静かになったのでそっと隠し扉を開くと、魔石とドロップと宝箱で３度美味《おい》しい隠し部屋守護者《ガーディアン》付き物件だった！

「うん、全階層で隠し物件フェアーを開催してくれると儲《もう》かりそうだよね？」

ただ、下層でもまだ5つ目。迷宮全部で10個目。そして上層や中層では出物は微妙で、使うにはかなり微妙……なのに売るとめちゃ儲かる？

逆に下層や深層は良いものが出やすい代わりに、危険なものが多くて一般販売できない。

「さっきのも『即死の鞭《むち》』とか、あれ絶対に封印しておかないと一般に出回っても怖いし、委員長の手に渡るともっと怖そうだよ？　うん、だって獣人のおっさん達の懐き方が凄《すご》かったんだよ……覚醒《めざ》めたのかな!?」

まあ、ドロップは……ベタだな？

「あああー、やっぱハルバートで来たかー？　まあ、あの蟷螂展開から弓とかが出てきたらそれはそれで吃驚《びっくり》なんだけど、『可変のハルバート』って結構な出物で、しかも『変形機能』付きだよ。うん、これはオタ達からぼったくろう！　あいつらなら有り金叩《はた》いてでも買うから、ケモミミメイド喫茶で稼いだ分は全て取り上げよう！　だって俺だけ入れなかったんだよー、外で1人で『ただいまー』とか練習してたのに入場すらできなかったんだよ？　うん、ハルバートの叩《たた》き売《う》りで1億エレからスタートだな、勿論《もちろん》段々上がっていくんだよ？　儲かったらお小遣い支給するから楽しみにしててね」（ウンウン、コクコク、フムフム、ポヨポヨ）

うん、誰もぼったくりに異存はないようだ。何せ『合体』機能で他の武器も付けられるから絶対に欲しがる、魔法にも適応してたら眠りっ娘さんも欲しかった事だろうからその分も上乗せで1億5千万エレからスタートだな？

どうせあいつらは辺境の迷宮が安定すれば、また獣人国のケモミミメイド喫茶へ帰っていく。だから、今のうちに毟《むし》り取ろう！　そう、本来なら莫迦《ばか》達と競り合わせたいけど、莫迦だから変形合体とかわからないだろう？　そして今は結婚式用貯金という名の財産没

収で貧乏莫迦中だからお金を持っていない。うん、使えない莫迦だ！

「まあ、でも結婚式の飾り付けから料理までを依頼されているから遠からず俺のお金にはなるんだけど、あれは彼女さん達が払うんだから莫迦達は使えない莫迦なだけだな？」

そして宝箱からはマントだ。白すぎて目が痛いほどに純白に煌《きらめ》く『神聖なる儀式衣装《ローブ》　All40%アップ　神聖特性増強（大）　完全無効（中）　魔力吸収　神聖加護防御　自動再生回復　+DEF』で文句なく眠りっ娘さん装備だ。遠慮していたが押し付けた。

「うん、似合ってるし良い装備だから使わないと勿体ないんだよ？　うん、帰ったらミスリル化だな……ミスリル・ゴーレムいないかなー？　と、フラグる（キリッ！）」

だが下の階層で……夢と希望をアイテム袋いっぱいに詰め込んだ俺の冒険は無慙《むざん》にも圧《へ》し折られた。そう、残酷な現実をまざまざと見せ付けられた。

「せっかくフラグってるのに、何で『ゴールド・ゴーレム』なんだよ！　いや、拾うよ？　落ちてるんだから拾うんだけどさー……って拾ってるんだから逃げないでくれる？　暴れると拾いにくいんだよ？　嫌よ嫌よも拾ったんだから俺のなんだよ。って大儲けなんだけどフラグって言うものを、もうちょっと大事に立てて行こうよ？　いや嬉《うれ》しいんだよ？　嬉しいけど空気って言うものをもっと大切にしていく空気感がこの惑星の大気成分には少なすぎるんだよ？っていう空気感？　みたいな？」

だが金《きん》は即お金《かね》だ。そして何より貨幣を増やさないとまずい状況で、インフレってしまいそうだったから金鉱はちょいちょい探していたんだよ？　だから巨大な金ゴーレムさん

が沢山いても、王国の貨幣規模の金貨としてみれば一時《いちじ》凌《しの》ぎ程度だけど一時《いっとき》でも凌ぎたいんだよ？

「産業の拡大に経済は切り離せない以上、金貨の元ゴーレムは大歓迎なんだよ？　ただ人がミスリルフラグを立てた直後に出るなよ！　いや、金はいるんだよ？」（ポヨポヨ）

　慰められた！　まあ、魔石を回収して下りよう。うん、必要な物が手に入り、お金にもなるのだから言う事なしだ。ただ、フラグが折られたんだよ？　ちゃんと立てたのに？

それはもう階段下りた瞬間にポッキリと折れてたんだよ。さっさと下りて96階層、この下は最下層みたいだ。

「深層で迷路《メイズ》って珍しくない？　まあ、空間を把握して行って、地図化《マップ》をすれば……って、えげつなー!!」（プルプル？）

　出口のない迷路《メイズ》。だから探索すれば永遠に出られない反則な階層だった。

「これって無限迷宮だよ？　延々と探っても正しい通路《ルート》なんてなくて、無限湧きの魔物と罠《わな》で疲弊して下りられないし可動して戻れもしないいんだよー、これ？」

　地図に不自然な空白があるし、俺なら羅神眼と空間把握で見逃さない。だけど普通なら必死で此処《ここ》まで下りて来ても最下層へは辿《たど》り着けない。

　そして帰り道が消え、魔物の海と罠で壊滅していく最悪な迷路《メイズ》だ。時間がかかれば食料だって尽きるし、下層でこれをやるのがエグい。悪質で悪辣で悪魔だらけの迷宮回廊。

「ギィヤアアアアーッ！」「ガギャアアァーッ！」「ゴオォガアアアアーッ！」

逃げ惑い叫ぶ悪魔の軍団を神剣で突く。つんつん？

「グゥギヤアアアーッ！」「ゲギィアアァーッ！」「ギィガアアアアーッ！」

めちゃ神剣嫌いの悪魔さん達『ダーク・デモン Lv96』は、身体《からだ》が小さく羽を持ち細く長い剣と槍と盾を持つ悪鬼の軍勢。それが気配なく闇に紛れて、迷路《メイズ》に組み込まれた隠し部屋や死角から群がって襲い殺す最悪の悪魔達！ ちくちく？

「ガギャアアァアアーッ！」「ガギャアアァーッ！」「グウオォガアアアアーッ！」

どうやら神聖魔法も嫌いみたいで、好き嫌いの多い悪魔さん達が凶悪な聖女から鳴きながら逃げ惑っている。まあ、属性は神聖魔法でも攻撃は物理だけど？

「斬れども斬れども果てのない悪魔が無限に湧き続ける地獄……まあ、逃げてるけど？」

そう、絡繰《インチキ》だ。迷宮の壁は壊せないという先入観で、偽物の壁に阻まれ永遠に彷徨《さまよ》い如何様《かさま》の階層。

「うん、至る所に見えない魔法の罠が幾重にも張り巡らされ……まあ、トラップ・リングで発動しないいんだけど？」

そして待ち構える異常な数の罠。

「陰から突如魔物が襲いかかる悪夢のような迷路《メイズ》……って、視《み》えてて逃げてるんだよ？」

其処《そこ》に潜む無人の悪魔達。

「そして、どれだけに探索しようと出口のない可動式の永久回廊……いや、視えてるし、地図《MAP》スキルもあるんだよ？」

そう、殺すための階層。惑わせ、疲れさせ、痛めつけて弱らせて殺すための巨大な罠。

「お、恐ろしい殺人迷宮だ？　多分？　いや。殺人って迷宮皇さん達は現行犯中？」

厳重に隠されている罠だらけの隠し部屋の中に「悪魔の壺《デモンつぼ》　デモンを顕在させる壺（要高濃度魔素）」。これが無限湧きの悪魔の元なので……拾ってパクる？　しかしアイテム袋の中って魔素に満ちてるけど勝手に湧かれたら嫌だな!?　うん、蓋をしておこう？　そして残りものの悪魔を突いて回る。

（ぐさっぐさっ！）（（ギギャギャアアアアアッ!!））

強くても意味なく、絶対に此処で全滅必至だろう。命を懸けここまで辿り着いても、ここで迷い惑いながら殺される最悪な階層だった。

それが軍でも冒険者でもどうしようもない、確実な死。きっとオタ莫迦達なら侵入すらしないだろう、女子さん達なら図書委員がいずれは気が付き対応策は取れるだろう。だけど、それまでの被害は計り知れない。

なにせＬｖ96の魔物の無限湧き。それが個々の身体は小さく、大量に群がってくる飛行型って見えづらく気配もないんだから面倒。

「しかも、毒各種に状態異常も満載の悪魔の群れって、殺す気満々だよね？　誰も入ってなかったし、ここまでは辿り着けないんだろうけど……悪質すぎるな？」

この迷宮は悪辣だ。意地が悪く引っ掛けが多く、妙にひねくれている。うん、なんか滅《め》茶《ちゃ》順調だったけど？

「悪辣さ不足、御主人様《ますたあ》の悪辣さの足元にも遠く及んでいない、です」「ちょ、それって褒めてる風にただディスられてない!?」

まあ、この下で終わりみたいだ。終わっちゃうのかー。ミスリルフラグが？　もう、フラグさんは立ち直れそうにはないようだ。まあ、儲かったけど遅くなったし……こんな迷宮さっさと済まそう。

お届け物は不幸の手紙ではなく不幸そのものだから黒山羊さんでも食べられないんだよ？

122日目　昼過ぎ　迷宮　97F　最下層

きっと、言葉は通じない。言葉が通じようと意味を成さない。悪とはそういうものだ、きっと手紙も読まないやつだ！

「道理で悪辣で殺意を感じる迷宮だと思った、悪意に満ちて極悪極まりないと思ったら悪魔迷宮だったんだよ。まったくデモン・サイズさん達《たち》は良い子なのに困った悪魔で、悪魔も困ったようだ？」

悪趣味な青銅の人形の並ぶ部屋。その全てが絡繰《からくり》で、目に見えない細糸で繋《つな》がっている。踏み込めば糸を手繰《たぐ》り操《あやつ》り、一斉に一挙に襲いかかる操り人形の罠《わな》！

「うん、視《み》えてるから魔糸で全部切断したんだけど、悪魔には極細の魔糸が視えなかったようで滅茶《めちゃ》困ってるね？　でも、眼鏡悪魔《キャラ》になっても需要ないんだよ？」

そして一瞬で体内が沸騰し、乾涸《ひから》びる魔法の罠に覆われた階層の床を……困ったように見ている？　うん、もう無効化されちゃってるんだよ？

「いや、だってずっとトラップ・リングを嵌《は》めたままだから魔法罠は駄目なんだよ？　落とし穴とか掘った方が良いよ、スコップ貸そうか？　まあ、掘ったら蹴り落として埋めるけど？」

睨《にら》むように邪眼でこっちを睨む。だから睨み返したら目を逸《そ》らしやがった!!

「ちょ、絶対許さない！　俺の愛らしい瞳に懸けて、決して許さないんだよ!!」

山羊《やぎ》の頭を持った悪魔の迷宮王「バフォメット　Lv100」。それは定番で鉄板の悪魔さんで、黒ミサを司《つかさど》る山羊頭の悪魔さんだ。

「まあ、でも実は某一神教教徒さんにとっては異教の神の事を指すから仏様でも鰯《いわし》の頭でもバフォメットだったりして、パンチパーマだったら仏様か反社屋《893》さんだけど山羊頭だから安心のバフォメット《Baphomet》さんなんだよ？」

両性具有で黒山羊の頭と黒い翼を持つ姿が有名で、魔女さん達の崇拝対象《アイドル》となったと言われているが、人気取りと権力のために魔女狩りしたかっただけのでっち上げ《フレームアップ》の象徴なので寧《むし》ろこっちが善神な気もするんだけど……どっちも悪魔のようだ？

問題は腕当て。その肘から腕を覆うが毛むくじゃらの手は丸出しだが、その姿は19世紀

にフランスの魔術師エリファス・レヴィが描いた「メンデスのバフォメット」の絵に酷似している。

「バフォメットの姿の中でも最も有名な『メンデスのバフォメット』の上を指す右腕の溶解《Solve》と、下を指す左腕の凝固《Coagula》って描かれてるのって、錬金術の羅甸語《ラテン》で「溶かし分解《Solve et》して固めよ《Coagula》」を表してて、ひいては『分析して統合せよ』や『解体して統合せよ』といった意味だと狭義の錬金術でない人間の知の在り方や世界の変革とか広義の錬金術にまで幅広く応用される言葉ではあるんだよ？」

嫌がらせで意表を突ければ儲《もう》けものと、詰めておいた大口径魔弾で操り人形の山を粉砕し炎上させる。うん、炎属性の灼熱弾《しゃくねつだん》。まあ、HEAT弾の失敗作なのは内緒だ。

破裂して燃え上がる人形が、蠢《うごめ》きながら炎を上げて灰へ変わる。

「やっぱり糸なしでも動く絡繰人形《オートマター》を仕込んでやがったよ！　何て性格の悪さだ、俺じゃなきゃ気付かなかったよ？」

そして、残弾は山羊顔へと撃ち込むけど、軽く手で払い除《の》け……揺れる？

「垂れてるな？　うん、ブラしないからだよ……あげないけど？」

1歩踏み込み、階層中に雷撃と炎と衝撃波を撃ち込むと……天井からは蝙蝠《こうもり》型の絡繰と槍《やり》とトリモチが降り注ぎ、壁からは人形が転げだし弓が打ち放たれ、床も何箇所かへこんで虎挟みが見えている？

「うん、マジ性格が悪いよ？　だって俺が思った事を殆《ほとん》どやってやがるんだよ！　全く網

やバリスタや潤滑油や天井落石や、あと蜂の巣に目潰し噴射以外はほぼ全部仕込んでやがったよ！　最悪だよね！」

悪魔が俺を見る、演技ではない本当の顔で山羊の顔が僅かににやける。

「ふっ、全く演技で俺を騙《だま》そうなんて、小学校の学芸会での衝撃の演技力で伝説と化し、6年生の時には殿堂入りして出演禁止処置が取られるほど学校中を戦慄させた演技力を持った俺に演技が通用するとでも思ったの？」

だから俺も笑い返……ちょ、何で目を逸らすの！

「今お前真顔だったよね！　ちょ、マジな素の山羊顔で目を逸らさなかった!?　一瞬『メェ！』とか鳴いてたよね!!」

一人で進む。山羊顔が脚からこっそりと魔力を流しているけど、俺が先に流してるから何も起こせないんだよ？

「全くよくも色々仕込んでいるものなんだよ？」

床からの影槍の槍衾《やりぶすま》は、俺が今仕込んだ影剣が薙《な》ぎ払う。右の手を開き視覚を灼《や》く閃光《せんこう》を投げてよこすけど、俺が投げつけた暗黒魔法で暗闇に消えてなくなる。1歩進む度に仕掛けられ、1歩進む度に潰し返す。

そして至近距離への最後の1歩で、意味ありげに山羊の足元にあった石の箱が開くと発《バ》条《ネ》仕掛《じか》けの吃驚玩具《びっくりおもちゃ》が飛び出して……マジ吃驚してる（笑）

「いや、錬金加工でブーメランが飛び出す仕掛けだったから、錬金で弄《いじ》り返しておいたん

だよ？ あと、飛び出たところで現代人ならブーメランのネタ知ってるから驚かないよ？ いや、莫迦《ばか》達は驚いて追い駆け回してたけど、あれは現代人に含めないでね？ お願いします？」

1歩進む。邪眼も呪いも効かない。毒も無効化し、罠も発動せず、罠を発動させて自分が吃驚の黒山羊さんだ。でも、お手紙はあげないよ？ だけど不幸のお届け物なんだよ。

そして1歩。黒山羊の腕が振られ、長い4本の爪が振るわれる。それを上半身だけ退《ひ》いて躱《かわ》した瞬間……うん、思った通り爪が飛んできたから、4本の触手が4本の「触手丸《にょろ》グネグネ」で斬り落とす。

その隙に山羊が口を開き、猛毒の短剣を吹き出そうと……した瞬間に、蛇《ヒュド》さんと蜥蜴《バジ》さんが飛び出して山羊の口を上と下から無理矢理殴って閉じる。そして、山羊が無言で口を閉じたまま、涙目で吠《ほ》える。うん、自分の短剣に刺し貫かれてて、口が開かないらしい？

その見開かれた涙目に向かって、鶏《コカ》さんが吹き矢を飛ばして貫く。

苦悶《くもん》の絶叫。苦痛に叫び飛び退《の》く黒山羊……の脚には鎖を巻き付けておいたから、床に後頭部を打ち付け悶絶《もんぜつ》している。

「うん、プロメテウスじゃないけど鎖くらいは持ってるんだよ？ いや、そっちがやるかなと思って準備してただけなんだよ？」

黒い炎を渦巻かせながら起き上がるから、油をぶっかけてやると叫びながら転がり回って慌て立ち上がる？

「いや、焼かれたくないなら炎を出さなきゃ良いじゃん!?　燃えてたら油かければ良いじゃないのって……ジンギスカンさんが？　言ってたかな？」

しかし、やっぱり錬金術使い。その悪魔が恨めしそうな顔でこっちを見ている。

「いや、『恨めしや～』はお化けさんだからパクっちゃ駄目なんだよ？」

ずっと片手をこっそりと床に突いて、錬金術で室内に隠していた武器や薬品に干渉してるのに、どれも発動しないし見付からないのに苛立《いらだ》っているようだ……だって落ちてたら拾うよね？　壁の中に落ちてたんだから俺のなんだよ？　うん、もう手から離した瞬間に俺のものだから拾うし、手を離さなかったら手ごと捥《も》いででも拾うんだよ？

「だから俺が来たんだよ。だって、どうせ錬金術だし？」

しかも、こいつがやろうとしているのは奇術。錬金術と手品のトリックを知らなければ意表を突かれ続けて、対処できない無限の罠。まして床まで錬金術で干渉されていては、まともに戦う事すら難しいだろう。

「うん、でもその錬金術も奇術もネタは全部知ってるんだよ？　もうネタ切れなの？」

1歩進むと体毛の針が飛来する。だから、千の針を万の魔糸で斬り落とす。

「古典的だなー？　うん、古すぎなんだよ？」

もう1歩進むと額に第3の魔眼……が、目がー目がーって鶏《コカ》さんの吹き矢に潰されのたうち回る。

「うん、もう終わり？　気はすんだ？」

だから、此処《ここ》はもう超至近距離。そう、刀の間合い。焦り、片手で何かの薬品を撒《ま》き散らそうとするが、床に落ちていた黒山羊の用意していたトリモチを蹴りつけると薬品が手から離れずに灼かれ溶解されていく。

(グギャアアアアアアアアアアアアアアアアッ!!)

だが本命はこっち。逆の手で暗黒魔法の大剣を造り、振るうけど迂闊《うかつ》。焦りすぎだ。こっそり張った魔糸のワイヤーカッターが腕に食い込み、半ばまで切断されて剣は黒い靄《もや》になって消え失《う》せる。

「これで全部? もう終わり? ちゃんと絶望した?」

杖《つえ》の先を向けると、体勢を崩しながら慌てて巨体を躲す。賢いな、最初に放った魔弾を覚えてるんだ……でも、杖の先からお花が出てきて吃驚している? うん、お前にはあげないんだよ? そして、最後の1歩。山羊の目を見つめながら一刀で斬り捨てる。

「普通にLv100の魔物なんだから、策なんて弄《ろう》さなかったらちゃんと戦えたのにねー……ちゃんと全ての望みを失って、全てを諦めて絶望して死んだ?」

この迷宮の入り口には花が供えてあった。それは、この迷宮に調査に来た誰かに供えられた花。献花だ。

ギルドは徹底して調査には精鋭を送り、退路を確保し安全に安全を重ねた行動をマニュアル化し厳命している。対抗装備や薬品も充分すぎるほど持たせ、確実に生き延び逃げるための装備で固めてある。

なのに帰ってこられなかった。ここで生涯を終わらせられた。罠だらけの仕掛けを灼き尽くして下りてきたけど、たった13階層から急に莫大《ばくだい》な魔法量でも灼き尽くせない悪質な迷宮だった。そう、最初からこいつの罠だった。

「うん、何もかもが罠で殺すための迷宮だったから……楽勝だったよ？」

だって、俺でもこう作る。そして情報は命だ、だから絶対に持ち帰らせないように執拗《しつよう》に罠を張り、逃しておいて後ろから襲い……退路を断つ。だから帰ってこられなかった、だから真《ま》っ直《す》ぐ進んできた。その全部無効化して、真っ直ぐ力押しで叩《たた》き潰して。

「どう仕掛けるかも、どう騙すかも、何を囮《おとり》にして何で襲うのかも、全部思った通りだったから簡単だったよ？　うん、全部力で潰して殺しに来たんだよ？　だって、こんな邪魔な迷宮なんて置かれてたらさ、お墓すら作ってあげられないから全部壊して全部潰して何ひとつ残さず消え失せるんだよ？　うん、ギルドには山羊がいてメエメエ泣きながら死んだって報告しておくから名も残らず消え去ると良いんだよ。だって、此処は冒険者さんのお墓だけでも充分すぎなんだから」

だから、さっさとドロップと魔石を拾い迷宮を崩壊させる。支柱部分を全て時間差で破壊し、崩落する前に扉《ゲート》で外へ出て扉を閉める。そこにはもう何も残らない。地震の揺れと地鳴りだけが響き渡る。そして、もう何もなくなった。

「うん、ちゃんと全部終わったんだよ」

だから小さなお墓を作り、聞いておいた名前を刻む。そして5人でお花を供え黙禱《もくとう》する。

美しい声と旋律が優しい言葉を歌うように紡ぎ出し、慈悲深く語るように慈《いつく》しむ。手向けは聖女様の弔いの鎮魂の儀、慈愛に満ちた優しい言葉で讃《たた》え惜しみ別れを告げる。その歌うような聖句に合わせ聖女達が別れの舞を舞い、辺境のために戦った勇者を讃《たた》える剣舞。それは勇気あるものを惜しみ、別れを告げる鎮魂の舞。

だから、小さく手を合わせて祈る。

「うん、俺は何もしてあげられないから迷宮だけ殺してきたよ？　この迷宮の踏破者は俺じゃなくって命を懸けた人達だから、ちゃんとその名前が刻まれるんだよ。うん、俺は何もできないから殺してきたから、もう全部終わったんだよ？　まあ、また何か出てきたらちゃんと殺しとくから？　うん、おやすみ」

さて帰ろう。辺境に帰ってきてからもバタバタしてたし、今日は孤児っ子達とでもゆっくり遊んでやろう。

早くも孤児っ子キックを極めつつあるし、次は旋風脚と踵落《かかとお》としでも教えてやろうかな？　あっ、ギルドの掲示板も見とかないとなー、報告も有るし。

「うーん、魔法杖もギルドでばらまいて人体実験だな？　よし、帰るまでにあと50か60本くらいはできそうだし？　うん、する事は沢山だよ」

だから、原っぱの小さな石を後にする。

「うん、する事は沢山あるし、しなきゃいけない事だってまだまだ沢山あるんだから……うん、ブラ作りとか？」

そう、沢山いるらしいんだよ？　うん、きっと今晩も忙しいのだろう。だって、まだする事も、やる事も、できる事も、まだまだ沢山あるはずだから……まあ、ブラは決定されてるらしい？　そう、今日は体育会系で、騒がしそうだな？　しかもバレてそうだな？

お小遣いアップの可能性はむっちり薄々スパッツさんによって潰えたがドレスまで上乗せされていた！

１２２日目　夕方　宿屋　白い変人　地下訓練場

用意周到に準備を済ませ、練習を重ねた完璧な人族には対応不可能な手順。人の視覚の虚を突きつつ見えても反応できない順序を組み上げて仕掛け、人の反応では決して対処できない攻撃を集中し飽和させて当てる。それを超えようとも人体の構造上不可避、人の認識力の限界を超える超過攻撃の陣。それが……。

「重ねて、三重に！　逃げ場所を作らないで！」「「「了解《ヤー》！」」」（ピコッ！）（ピコッ！）（ピコッ！）

目で追う。瞳に映ったものを思考で追う、眼だけが優れようと如何《いか》に思考が高速であろうとも単独では意味をなさない……揃《そろ》って初めて見切れる。そして反応できなければ見切りすら無意味、能力《スキル》こそ発動できても身体《からだ》が反応できなければ見てるだけになる、それな

らば見えているだけ……。（ピコッ！）

（ピコッ！）「訓練にピコピコ鳴る剣はやめて！」「「「きゃー！」」」（ピコッ、ピコッ！）

「なんでぇーっ!?」

ピコピコと気の抜ける音と微弱な電流が斬られた事を告げ、自らの死を告げる。圧倒的な出力差、使い方や効率や属性なんて関係ない純然たる出力差こそがLv、小細工も理屈も圧《お》し潰す力、それが通じていません。

（ピコッ！）「もう、何で当たらないのよ！」（ピコッ！）「きゃっ……ってピコピコ音がムカつく！」「うわぁ、だから何で？」（ピコッ！）

その出力こそがLvの壁と言われた絶対的な力の差、頑丈にしても自転車は車にぶつかれば一方的に潰され、その自動車も大型トラックには抗《あらが》えないで異世界転生という非情な力の量と大きさの差。そしてそれは速度と、それを操る能力が付随するのです。本来、そのステータスには絶対に超えられないほどの差があるというのに。

（ピコッ！）

捉えきれない——未来の可能性さえ映し出す魔眼、神眼を超えた『羅神眼』、それは気が狂い脳を焼き尽くすような情報の濁流が渦巻く呪われし瞳。

（ピコッ！）（ピコッ!!）

その膨大《ばくだい》で莫大な怒濤《どとう》の情報量を精査し分類し無限に並列化する超高速の平行思考を統括する『智慧《ちえ》』の能力が精神を圧迫するはずなのに、その能力は自分の脳を分割し酷使す

る。

（ピコッ！）（ピコッ！）（ピコッ！）

それを重い空気に纏《まと》わり付かれ鈍鈍《のろのろ》と反応し遅々と進む身体を操り、無理矢理に動かない身体を外部から直接操作し壊しながら戦う修羅。破壊される身体を激痛に焼ける精神で制御し操作する狂気の技の数々を極め、全身を破壊する狂える魔導「魔纏《まてん》」で身体に破壊と再生の流転を纏い狂気を凶器に変え暴走する効果《スキル》の狂乱を身に宿した災厄。

（ピコッ！）（ピコッ！）

呪われている。そうとしか思えない悲惨な能力が身体を破壊し精神を蝕《むしば》む凄惨な力、それをまとめて混ぜ合わせて化合し掛け合わせる人外の非常識。（ピコッ？）

破壊と再生を流転させ相反する効果を合わせて技へと転化させる詐欺師《いかさま》の強さ、まるで呪いを扱う呪術士のように制御不能な凶悪な効果《スキル》の数々を操り織りなす。

（ピコッ!?）

本来、人には発動すらできない能力《スキル》。それは人の身には耐えられない、存在する事自体が異常なもの。

茫洋《ぼうよう》とした顔でやる気なさそうに飄々《ひょうひょう》と歩く、脱力した無気力にも見えるいつもの様子、ただし超然とした鬼気を纏う雰囲気は消え失《う》せた隙だらけの姿。歩術、体術、武術を全て失い身体すら自然体だが変わり果てた拙い動作……一瞬だけの幻のような技。

瞬撃——女子組の連携は完璧、互いの目を合わせただけで即座に戦術が組み上がり、隙

だらけの死角を穿《うが》ちに連動し飛び込み、牽制《けんせい》し誘導して対処をさせないまま確実に攻撃する。必勝の勝ち筋、確実な殲滅《せんめつ》、どう対応しても必ず詰む完全な手順だったはずなのに!?

捕らえた。誰もがそう思った瞬間、その刹那の揺らぎ、瞬速故に巻き起こる風圧が巻き起こす乱流に靡《なび》く柳のような柔らかくも風に舞う体術にあらざる武技《スキル》の軽気功で自らの重さすら消し去り気配すら拡散し霧散する無に至る仙術。

捕らえないまま跳ね上がる（ピコッ！）圧されるまま退《ひ》き（ピコッ！）乱流に踊るように舞い（ピコッ！）逃げ惑うように変幻自在に（ピコッ！）（ピコッ！）だが回り踊る円の中は死地（ピコッ！）踏み込む儘《まま》にピコピコピコと……煩《うるさ》いです！（ピコッ！）（ピコッ！）（ピコッ！）

突如に閃《ひらめ》く閃光《せんこう》、それは超反応の為《な》す瞬撃。（ピコッ！）

委員長さんの指揮に一切の逃げ場はありません、その連携にズレもない。なのに乱され超至近距離の乱戦が入り乱れピコピコピコと倒されていく。（ピコッ！）（ピコッ！）（ピコッ！）

乱れた動きが繋《つな》ぎ合わされ、ちぐはぐに振り回される無様な舞に巻き込まれるまま……乱され、崩れ去る。踏み出し（ピコッ！）躱《かわ》し（ピコッ！）交差し（ピコッ！）回る（ピコッ！）回る（ピコッ！）回る（ピコッ！）……（ピコッ！）煩――い。（ピコッ！）

そして眼の前にいる。徹底的に動きを阻害し、逃げ場を潰し、攻め手を妨害し、あらゆる可能性を消し去ったはずなのに、眼前にはピコピコ剣が――。（ピコッ！　ピコッ！

ピコッ！）

「何で私だけ3回も叩《たた》くんでしょうか？　はっ！　男子は気のある娘に意地悪するという……」「今、ずっと延々と俺が意地悪されてたよね！　裏で指揮してたよね!!　あと、気のある子に意地悪する理論だとオタ達《たち》はハーレム王なんだよ！　ん、BLいな？　まあ、これでやっとお小遣いが……永かったなぁ」

全滅。不条理な戦力差が非常識に叩き潰された、見たままに整理し整合し分析から現象を解き明かす。風の向きを誘導し制限し限定するのに擦り抜けられる、瞬間の反応で軌道が無限に変化し千変万化の組み合わせに追いつけない。お説教のための模擬戦が、弱さを思い知らせるための完璧な策が潰されました。

「あれは虚実じゃありませんでしたよね？　魔纏を全開にせずに無理やり躰《からだ》だけで？」

効果ではなく、体術のようで技には見えない。

「ああー、あれ？　あれは、ふと思いついた一之《いちの》太刀《たち》的な感じの何か？　で、こっちで発動が選べないから出し入れが微妙で近接戦になるから甲冑《かっちゅう》着用にしようよ？　その薄々ぴっちり密着スパッツさんと近接接触戦は男子高校生の一発触発の危機一髪で踏み込みにくいからやめようね？　うん、エロいな？」

狡《ずる》い！　後出しで私の『整理』と、委員長さんの『指揮』が擦り抜けられて混ぜっ返され、乱戦に持ち込まれ圧殺できないままに狂わされて壊滅された……捉えられない。間合いに捉えても擦り抜けて、1歩踏み込まれるとピコピコピコピコと叩かれる。

「ふっ、密着してくるなら、吸着すればいいじゃないの？　みたいな？」

あれは軽気功で躱すのを足裏の吸着でギリギリまで耐えて、回避を最小限に抑えギリギリの内側へと踏み止《とど》まる……だから密接する。その1歩の距離は遥《はるか》くんの距離。ずっと危険な位置で戦い殺し合ってきた、絶対の必殺の間合い。

「「「靴のグリップ力って、そういうものだった!?」」」

身体の制御はできていない。なのに丁度良く斬れる時期《タイミング》が来るまで躱して凌《しの》ぎ、斬れる一瞬にだけ踏み込む……莫迦莫迦《ばかばか》と莫迦くん達を莫迦にしながら、危険に近づかない莫迦くん達よりもずっと莫迦げた戦法。ただ敵《かきざき》の間合いに留《とど》まり、絶望的なギリギリ以下の死地の間合いに身を晒《さら》し擦り抜ける無謀で狂気的な莫迦気た事を。

「「「とにかく、そもピコピコが煩いのよー（泣!!）」」」（ピコッ？）

だけど脅威。遥くんの間合いの異常な近さは、女子組には危険。そこは剣を振るう剣術の内側まで入り込まれて、引き斬る刀術の間合いで近すぎて躱せない。逃《のが》れれば1歩の踏み込みが即斬撃の距離。

「くっ、超至近距離は視界がアップで、尚且《なおか》つ触ると事案な危険でヤバいな!!」

身体の一部として振るう。剣を腕の延長とし、身体の動作と一体にさせる剣技の神髄。身体ごと刀身を自らと一体として纏い切り、刀躰一致《とうたいいっち》した超至近距離が最恐な刀術に斬り込まれ圧し斬られる。

「だから女子高生にそんな危険な意味はなかったでしょ！」

もはや莫迦ではなく狂っています。愚かな上に悪辣です。剣すら合わせぬままに、いきなり死地に陥る必殺のみの死闘。それは一手でも過《あやま》てば死ぬ、当てた者勝ちの極致に変える狂気。怯《おび》え過《あやま》てば死、なのに僅かな逡巡《しゅんじゅん》も許されず常時命懸けの判断と決断を強いられる死に一番近い場所。その緊張の連続が精神を蝕み侵す、極悪な死合いの間合い――死地。

「いや、きっと社会学的にも社会的にヤバいよねって認知されてなかった？　社会の先生も捕まってたし？」「「「それは社会の先生の所為《せい》でしょ!!」」」

自分の命を何だと思ってるのでしょう。気が狂ってるのはいつもの事ですが、根源的な恐怖すらな無視して死地を選び、そこで怯え誤る事も怯《ひる》み過つ事も一切を切り捨て滞在する。死地の中で平然と自然に全然当然に、受け入れるどころか更に踏み込んで踏み潰し、蹂躙《じゅうりん》して侵略し死地を乗っ取って住み着く気が満々に踏み入れている。

「ううぅ、近すぎて逆に斬れない!?」「なんで斬ろうとしてるのに、その腕を押すのよ、斬れないでしょ！」「いや、それ逆ギレだよね!?」「「「斬れないのよ!!」」」

もう、あれは死ぬのも怖いのも当然になってしまっている。あまりに当然すぎて、死がすぐ傍《そば》にある事を怖いと思ってすらいない。莫迦君でも魔物でも死に怯える。本能的な恐怖に敏感だからこそ生き残るのに……踏み込んで止まり、死地を制圧する狂気。そこでだけは誰も遥君には勝てない、だってそんな恐ろしい場所で戦い続けられない。全く成長していないし、反省さえもしていませんでした。寧《むし》ろまた一周回ってより危険な死地を選んでいます。

「踏み込めば足踏まれるす、引っ掛けられるし？」「腕が振るえないから、剣が……近すぎるよ！」「「うん、乙女に頭突きは禁止なの！」」

最悪。最恐の凶悪な刀技。それが自称「一之太刀（笑）」。その、やっている事は虚実の刀技。

ただ死ぬ前に殺す極限の相打ちを、狡して相手だけ殺す悪辣で強行な無理心中。そう、相打ちで自分より先に相手だけ殺して逃げると言う、迷惑極まりない詐欺紛《まが》いな殺戮者《さつりくしゃ》。だって、それは死地を越えた先にだけ生を求める凶気。だから、もう修羅を踏み越えてしまって、なんだか平穏に殺戮していますね。

「いや、頭を押さえられると身体って前に進めない構造学的な技で、ちょこんと押してるだけで痛くないよね？　うん、だって他のところは触ると事案なんだよ!?」「「痛くないけど乙女に頭突きは禁止なの！　ドキッとするでしょ!!」」

殺し合いなら最悪な相手。でも、これは訓練ですよ？　目配せとサインを委員長さんに伝える。

「遥くん、もう一回やりましょう。まだ余力はあるのでしょ」「ふっふっふ、まだまだ負けるような男子高校生さんの奥深さを思い知りたいらしいのだよ。宜《よろ》しい、受けて立つんだけど、次は何を賭ける？　ぼったくるんだよ？　お小遣いを10万エレから倍プッシュで20万エレだ！」

訓練でも実戦でも勝ち目などなかったでしょう。ですがこれはお説教なんです。そう、

お説教に負けはありません。ただ潰すのみ、圧殺は決定しています。

「いいですよ。ではこちらはフルオーダードレス一式を全員分注文です」

風に舞う、揺らめく黒影が捉えられないまま囲みは崩れ、陣形は散り散りに乱れ散り乱れに乱れ乱れ乱戦に持ち込まれる。その中心が螺旋《らせん》を描き旋風と化して巻き起こす、崩れて乱れたが囲み込んだ。

だが、さっきと同じで囲んだだけの超接近戦の乱戦に……掛かった！

「懐に入ったら密接で抱き着いて下さい！」「「了解《ヤー》！」」

剣より近くて狭い密接の刀の間合いは組手、格闘戦。超接近戦は遥くんの太極拳の独壇場です、だから勝った。これで詰みです。

「ちょ！　わあっ、って、ままま待ってって、それヤバい！　せめて鎧《よろい》着ないと危ないって、薄々ぴっちりスパッツさんな張り付きむっちりは不味《まず》いんだよー！　ちょ！　うをおっ！」

強すぎるのです。太極拳は殺し壊す技だからこそ異世界では凄《すさ》まじく強い、だから遥くんは私達には使えない。危険な肘を封じ急所を外すと狙える位置は胸か腰か大腿部《だいたいぶ》、そこを掌底で押すしかない……押せば勝てても、それに気付き手を引っ込めて逃げ惑うヘタレ。未《いま》だに私達が帰れる方法を探す貴方《あなた》と、付いていくと決めた私達では覚悟が違うんですよ？

「「「危険なほど近付くなら、もっと近付けばいいじゃないのー♪」」」

独りで死地に赴こうとする、きっとまたその時が来れば誰も連れずに独りで赴くのでしょう。私達はもうその何もかもを追いかけ追いつき全てを捧《ささ》げる覚悟ができているのです、その思いだけは迷宮皇さん達にも負ける気は一切ありません。

「うん、頭突きがくるなら、オデコを引っ込めて待ち受ける♪」「いや……なんで蛸《たこ》みたいな顔？　たこ焼きが食べたいの？」「「「食べたいけど、蛸みたいな顔はしてないのよー(泣!!)」」」

柔らかな肉が密集し、圧し重なり肉圧で押し潰す肉々の巨大な押《お》し競饅頭《くらまんじゅう》。そう、女体の山に潰されて藻掻《もが》いても肉の海に溺れて沈みます。ええ、勝《ドレスげっと》ちましたね！

「とっくに深層迷宮に行っていたのはバレているのですよ、冒険者のチームが帰らなかった事も聞きました」

だって、みんな怒っているんです。狂ったように自分を責めるように、何もかもを灼《や》き払いながら魔物も自分の身体も灼き尽くし、膨大な魔力を撒《ま》き散らし激痛と劫火《ごうか》で全てを浄化して……どうでも良い顔をしながら、攻め続け責め続けた。

「魔法なしでは詰む迷宮の階層の罠《わな》に気付き、その悪辣な罠を理解して弔うように魔法杖《まほうづえ》を1本だけ最下層に残して全てを灼き払い埋めてきたのでしょう？　もう、全部聞きましたよ」

だから当然お仕置きのための模擬戦なんです。だから甲冑を着ける訳がないでしょう、圧し潰しこそがお仕置きです？　だって弱点はわかっています——そう、ヘタレです！

「ちょ、むぎゅうううううううっ!!」「「「つ・か・ま・え・たっ♥」」」

しっかりと聞きました。見られたくないからって後ろで泣きながらずっと灼いていたと、ずっと唇を噛《か》み締めながら俯《うつむ》き責めるように灼き尽くしてきたと……大ヘタレです！

「何故《なぜ》に格好をつけて、何もかもを一人で抱え込んで自分を責めるかは知りません。言い訳も聞きません。どうせ嘘《うそ》ですから。だから叱られて甘やかされて揉《も》みくちゃにされて下さい」

死ぬ覚悟なんて許しません。私達は死なせない覚悟も、身を挺《てい》する覚悟もとっくにできていますよ。死地に逝くならその前に立ちはだかります。逃がす訳がないでしょう。

さあ、ドレスのデザインはどうしましょう……やっと性皇を仕留めたみたいですね。

（じゅるっ♪）

やはり女子さんの意見でもオタ達の先行きは駄目らしい。

122日目　夜　宿屋　白い変人

復讐《ふくしゅう》、なんと甘美な響きだろう。

まあ、復讐は別にしてないいし、甘美と言うか歓喜と言うか何か喚起されちゃって勘気に触っちゃったのか歓歓とガクガクと感極まった絶叫の嬌声《きょうせい》が鳴り止《や》まない？　そう、決し

て復讐心なんかないけど、手心も加えないいんだよ？

「いや、だけど触手さんは咥《くわ》えないでね？　うん、何かこう新鮮生触手さんだから健康被害はないいんだけど、絵面的に問題を感じるからね？」「あっ、駄目だって、ああっあぁあっ、あぁ！」「な、な、なぁ、何でそこは、ああーんっ、っく。ああーっ」「ひゃ、ひゃあーっ！　あ、ああ。あっ……あっ、あぁ！」

　不思議なものでＬｖ１００を超え強化されたのに、寸法的には細くなっている部位すら見られる。筋出力は上がっているのに筋肉自体が細く柔らかく締まり、強くなってムキムキになるのではなく靭《しな》やかで滑らかな肢体に変化している。

　そして日々実戦で鍛えられた肉体は、より無駄なく本質的に最適化され、格段の身体能力上昇を得ながらも柔らかく強靭《きょうじん》に変わっている……暴れてるけど？　うん、やはり体育会系脳筋部活っ娘《こ》組は騒がしい、もうちょっとお淑《しと》やかに悶絶《もんぜつ》できないものだろうか？

「もしもーし、採寸中なので床の上でのたうち回らないでくれるかなー？　うん、あんまり暴れて回ると触手さんに大変迷惑で、お困りの触手さんが手助けを求めて更なる触手が増えて猫の手も借りたい忙しさだけど借りられるのは触手さんだけなんだよ？って言うか目隠ししているとは言え男子高校生の前でその格好はあんまりだと思うよ？　特に新体操っ娘さん何でブリッジしてるの!?」

　超再生を繰り返し、異世界の食事で作られた身体《からだ》。それはもう、本質の部分で違っているのかもしれない……主にブリッジ力とか？

「す、す、す、好きでしてるんじゃ、あ、ああっ！　ななな、ないでしょう！」「きゃう！　うっ、んぅああ！」「あっ、ああん！　ああんっ、んんぅっ！」

暴れると拘束が必要となり、それだ絡まる触手も増えて制御も大変だし時間だって余計にかかる。まして女子運動部は元々可動域が広く、運動性能自体が高いために、下着作成の求められる能力値が高いから採寸と検査と調査と復讐で念入り入念に念には念をと念じながら懇《ねんご》ろに調べ上げていく。

「き、聞いてたけど……これは酷《ひど》ぃ！」「ああっ、筆で撫《な》でられてる感がやばいぃ」

「ひっ！　無理、無理ですよ！　もう駄目っぽいぃ、あおおっ！　あっ……だめぽぉ♥」

純粋な膂力《りょりょく》。直接的にＰｏＷに表れるより本質的な力。肉体の性能の高さ、それは機能美としての肉体美へ変わっていたが本人達《たち》は太いと気にしていたようだ？

「うん、やっぱり締まって細身になってるのに、変に意識してポーズ付けるから膨張率が跳ね上がって筋肉が盛り上がるんだよ？」

力を入れ収縮させた際の膨らむ量が圧倒的に以前にも増していて、それは当然寸法の伸縮差の増大が求められる。

「うーん、つまり伸縮性を上げつつ、過激な運動を支えて筋肉の補助して包み込まねばならない下着で？　しかも、身体が柔らかいから可動域の広さ分難易度が上がると？　まあ、新体操っ娘は別世界として……背筋まで急上昇か、固定できる場所が限られるなー？」

「あふぁ。ちょ、ちょ、ちょっと、遥《はるか》くん！　な、な、何でこんな格好！」「脚が、あっ、

きゃあーっ!!」「なっ、あんっ……ちょっと、きゅ、休憩！　タイム、タイ……ムぅ♥」

　バレー部っ娘達のムッチリ感はそのままの素晴らしい太腿《ふともも》さんだが、引き締まりしなやかさが増し増しに増している。つまり跳躍と加速度が上昇していて、だとすればより保持力を高めないと……ポロリが危ないなー？

「ひぃーっ！　ひゃあっ、あああっ!!　ひゃ……あうっ！」「ああっ、あっ！　ああっ、だ、駄目ぇ！　そこはぁ……ああっ♥」

　そして見た目より存外難しいのが水泳部コンビ。競泳は全身の筋肉を余す事なく使い切り、水の抵抗と戦い利用し一体と為《な》す。その結果、肉体を水と見做《みな》す特殊な競技故に、骨格《フレーム》の可動が重視されていて筋肉の付き方も特殊。

「つまりは全部測り直しと調べ直しと？」

　各自の微妙な違いは、それぞれが最適化されて成長している。つまりLvアップが進化ならば水泳部っ娘は半魚人さんになっちゃうんだろうか？　だとすると莫迦《ばか》達は更なる莫迦へと最適化されていき、オタ達は……もう駄目かもしれない？

「だっ、駄目えぇ、あああぁっ!!」「あぁ、駄目なのぉ、あぁぁあ！　あうっ♥」　そうか、やっぱりオタ達はもう駄目か――……まあ、最初から駄目だったから良いか？

　そう、月と鼈《すっぽん》の鼈さんがアーケロンに変わったくらいで大した差はないだろう？　しかし、あのオタさ加減が上昇すると一体何処《どこ》まで行ってしまうんだろう？

「あ、あ、ああ、あっ！　い、いくぅ」「ああ。ひっ、あっ、いいぃ♥」「うん、だからオ

タが何処へ行くのかが問題なんだけど、事案を起こさないかが心配だな？　うん、この異世界って13、14歳の若奥様がゴロゴロいて、事案に溢《あふ》れているんだよ？」

うん、幼妻を超えて違法な事案が満載なＬｏ世界なんだよ？　何がヤバいって、合法なのがヤバいんだよ？

「きゃあ、ああ。あっ！」「ああっ。あぁ……あっ!!」「だ、だ、だぁめえぇ……♥」

閑《しずか》さや部屋に滲《し》み入る駄目の声？　そう、「閑《しずか》さ」とは現実の静けさではなく心に広がる安らぎを示し、騒がしい声にすら静けさを感じる禅の心を表す。些事《さじ》に心を惑わされず心の静寂《せいじゃく》さの中へと……気絶？

「って、近い！って言うか逃げられないいんだけど、なんで目隠し係が3人もいて誰も目を覆わずにチキンウィングフェイスロックとＷアキレス腱固《けんがた》めしてるの！　このサブミッションの何処らへんに目隠し係の存在意義があるのか不確定性原理によって最初から位置と運動量を同時に決定しようとする気すらない、脅威の不確定目隠しが何一つ目を隠さずにホールドしちゃってるの！って言うか接触事故はヤバいって！って、押すなー！って、押すなよ押すなよじゃなくて、マジ押しちゃ駄目なんだって!!」

ヤバかった！　暴れすぎて倒れ込んでくるバレー部っ娘を魔糸で絡め取り、その所為《せい》で糸が絡んで縺《もつ》れて押し寄せる新体操部っ娘を包んで吊《つ》り下げて離して固定する！

うん、本気でヤバかった。あと、もう1㎝を切っていただろう。実質、先端部は1㎜以下の危険接近で、男子高校生さん接触の危険な過ちは辛うじて回避されたが何で危ないの

に逃げられなくした上に押しちゃうの！　滅茶《めちゃ》ヤバかったよ！　うん、先端部が不味《まず》いんだって？　うん、それ事案確実決定部位さんなんだよ？

　暴れる身体が崩れ落ち始め、異常を感知して即座に放って押さえようとした魔糸が全て目隠し係の6本手によって絡め取られて、あわやの接触事故のニアミスだった！

「うん、何で誰も目を覆わずに、6本のお手々が全部で急に綾取《あやと》り始めてるの!?　え、俺の番？」

　全体採寸からの脂肪過多ブラは試作まで進んだけど、クイッと持ち上げショーツが精密採寸で阿鼻叫喚《あびきょうかん》だった。ビクビクと跳ねるお尻と、がくがくと痙攣《けいれん》する太腿さん。そんな今も死して屍《しかばね》な死屍累々《ししるいるい》に倒れ伏しているブリッジっ娘達を操身人形《マリオネット》で吊り上げて、補正構造部位《クロッチ》の部分の採寸と織りと編みと縫製からするから……って説明は聞こえていないようだ？　うん、悲鳴は聞こえるんだけど？

「うん、この5人ってむちむちスパッツ押《お》し競饅頭《くらまんじゅう》の主犯格が集合してるんだよ？　咄嗟《とっさ》の隙を見つけても的確に潰してくるギョギョっ娘と、それに連動する裸族っ娘に、空歩での脱出を尽く読み取って空中でブロックしてくるバレー部っ娘コンビと、そして超軟体で予想外の位置から手を伸ばして足を引っ張るのが新体操部っ娘なんだよ？」

　うん、決して復讐とかじゃないんだよ？　ただ、ほら？　参加したがってるのに、いっつも参加できなくて可愛そうじゃん？　うん、暴れるから触手さんの手が足りないし、仕方ないお手伝いさんなんだよ？

「さあ征《い》け、蛇《ヒュド》さん鶏《コカ》さん蜥蜴《バジ》さん！　全員を徹底採寸だ、蹂躙《じゅうりん》せよ！」「「「きぃゃああああっーあぁああーあぃああっ、あ、あっ、い、ああ、あっ、いぁ、あ、ああっ！あううう♥」」」

大人しくなった？　うん、大人にはなっていないから大丈夫だろう。

「うん、最近の薄々むちむち密着スパッツさんの攻撃はマジで超ヤバいんだよ？　男子高校生さんの誤射乱射事件に発展しかねない好感度さん抹殺の危機で、マジで滅茶ヤバかったし、やはり……腰鎧《こしよろい》は危急に必要のようだ？」

うん、だって時折、妙に誤射を誘発するような怪しい危険な動きが混じってるんだよ！

「うん、もはや目を隠す気すら皆無で後ろで綾取りしてる目隠し係さん達、ちょっとは手伝おうよ!?」

駄目なお顔と、動かないが小刻みに震え時折びくびくと仰《の》け反る肢体を下ろして濡《ぬ》れタオルで拭く。仮縫い状態の下着と、新作寝間着を着せて……うん、部屋まで運んであげよう。通《とお》り縋《すが》りのスライムさんが？

「うん、逃さないんだよ、女子会はお休みしようね？」

イヤイヤと涙目で首を振る目隠し係三人娘。抱き合って部屋の隅で震えているけど、お仕置き決定なんだよ……既に生女子高生薄々むっちり肉感スパッツさん押し競饅頭で男子高校生さんが限界を迎えてるのに、何で真っ裸女子高生と衝突遭遇させようとしてたの！

「いくら鉄壁の意思を持ち、堅固な良識と頑強な道徳観念に支えられていようと男子高校

生さんにはヤバいんだよ！　うん、だからどのくらいヤバいかを今から実体験学習で骨身に染み込んで『ごめんなさい』を100万回できるまで手加減なしだからね？」（（ガクガクブルブル）））

うん、性皇さんの最大出力は俺にとっても試練だが、今日はそのくらいの煩悩充填率が蓄積されている事だろう。うん、綾取っていたから、そのまま絡め取って触手さんで緊縛しただけで蕩《とろ》けて悶《もだ》えて壊れている？　うん、超特濃感度上昇汁に濡れた身体に食い込んだ触手さん達から、怒《ど》濤《とう》の如《ごと》く流れ込む状態異常と性魔法に翻弄されて藻《も》掻《が》けば藻掻くほど深くいろんなところに食い込み悶絶して痙攣している。

「うん、よろしく？」（ポヨポヨ）

体育会っ娘達は通り縋りのスライムさんが運んでくれるそうだし……よし、嘗《かつ》てないほどに頑張ろう！　何せ「連結増幅の魔石」さんのパワーアップバッテリーがあるんだから、きっと男子高校生さんも丈夫で長持ちでいっぱい頑張れるんだよー!!

「「「ひいいいいいいいいぃ……♥」」」

蛇《ヒュドラ》さん鶏《コカ》さん蜥蜴《バジ》さんも汲《く》めども汲めども尽きぬ魔力に大張り切りで、蕩け切った半白目の瞳に大粒の涙を浮かべながら震え泣く。その唇から喘《あえ》ぎ泣く声と一緒に溢れ出す涎《よだれ》は美しい丸い胸から縊《くび》れた細い腰まで垂れて濡らし、興奮と緊縛されて動けないままに暴れる身体には汗が浮かびうっすらと肌を湿らせる。

そして100の蛇から濡れた舌音が響きぢゅうぷぢゅぷと舐《な》め取る蜥蜴《とかげ》の舌使いに泣き

戦慄《わなな》き全身の艶肌を優しく撫で擦《さす》る孔雀《くじやく》の羽毛に身を震わせながら仰け反り痙攣する、瑞々《みずみず》しくきめ細かい肌は粘液に濡れて妖しくてかりながら震え艶《なまめ》かしくくねり蠢《うごめ》く。

「そして複合してはいたが意図的には使わず魔纏《まてん》の効果増強に加えても、敢《あ》えて自然作用だけに留《とど》めておいた禁断の『永久の三連指輪　状態維持（特大）不壊《ふえ》効果（特大）延命修復　復元　再生　永遠と永久と恒久を司《つかさど》る指輪』で無限に頑張る男子高校生さんが永遠と永久と恒久でお仕置きなんだよ！」「ひゃああ、ああ。あ、ああっ！」

お風呂上がりの薄々むちむち密着食い込みスパッツさんはマジつらかったんだったんだよおおおっ!!

「あぅ♥」「あん♥」「ああ♥」「あっ♥」「あ♥」「あぅ♥　……（ポテン）」

半白目で泣き喘ぎ、涎を垂らして悶え泣いていたけど……もう、完全白目の駄目な御顔《おかお》の昇天バージョンで、天国への階段から天獄の扉まで叩《たた》いて叩きまくって破壊し尽くしたような乱れたお顔だ？　拭き拭き？

中々壮絶な一日は凄惨な終りを迎えたようだ、お疲れ？

「全く迷宮の帰りには滾々《こんこん》と掲示板への熱き憤りを語り尽くせぬほどに語ってみたのに、受付委員長さんは講習会でお出かけで結局報告と魔法杖《まほうづえ》の人体実験を頼んだだけで？　宿まで戻ったら深層迷宮の件がバレててお説教を避けるべく実証試験という名の稽古までは記憶があるんだけど……そこから生女子高生圧肉地獄で記憶が飛んでいる？」

そう、甲冑《かっちゅう》も防具もなしな時点で怪しむべきだった。恐るべき罠《わな》は、むっちり肉感ス

パッツさんだったんだよ!?

「だけど目覚めると何故《なぜ》か毎回服が違うんだけど……何でなんだろう？」

心地よい疲労感に寝てしまいたくもあり、満足感と充実感とすっきり感だが……未《ま》だ懸案がある。つまり内職が残ってる。

かねてからずっと懸案だった防御装備の、胸当てだけは出物が見つかっていた。だが肘当てや膝当てと、腰鎧は未だ見つかっていなかった。それがムカつく黒山羊《くろやぎ》だったが迷宮王「バフォメット　Lv100」のドロップは肘当て。あの山羊はムカつくけど、気になる装備ではある。何せ見た時から、ずっと目に付いていた。

「右腕には溶解、左腕には凝固と文様された腕甲《わんこう》って、錬金術の『溶かし分解して固めよ』を表す肘当てというか腕甲《わんこう》？」

それは、「分析して統合せよ」、そして「解体して統合せよ」という錬金術における人間の知の在り方や世界の変革まで表す意味深な言葉ではあるけど……錬金術絡みなのは間違いないだろう。そして生産に欠かせない技術だが、戦闘に使うと凄惨にえげつない。

「っと、グローブと腕部分は被《かぶ》ってて、肘上は肩盾と被るんだ？　まあ、防御性は高そうではあるんだよ……うん、動きは問題ないな？」

元々、腕まで包む長い革グローブに、手首付近まで腕全体を覆う肘当てというか筒状の腕輪。そして肩盾だって肘近くまであるんだけど、飛んでいくからあまり意味はない？

「しかし、『分離融合の腕肘甲　InT、MiN40%アップ　錬金力　50%アップ　分離

融合　溶解凝固　変化変質』って、錬金力が上がるのか……また、定義がややこしいな？」

そう、問題は錬金術自体の定義。本義では物質のあらゆる構造を解き明かし、錬成し自由自在に物質を生み出し新たな物質を探し求めようという学問の真髄。それこそが錬金術であり、神学と哲学が混在する四大元素思想に異を唱え元素や質量保存の法則を明らかにするに至った近代化学の前身だ。要は如何《いかが》わしくは充分にあるが如何わしいと宗教によって流布され、忌まれた物質の真理と世界の真実を求める学問──科学だ。

「まあ、でも『エルダー・トレントの魔杖《まじょう》　魔法力70％アップ　属性増加（極大）　魔力制御（特大）』も魔法力自体に補正が掛かって強化されてたし、効果は絶大で制御や出力だけではなく全面的な補正効果が掛かるものだったんだよ……まあ、暴走のきっかけでもあったけど？」

そう、科学へと至る……には異世界は魔法があり、わりかし非科学的？

「うん、質量保存の法則もいまいち守る気がなさそうだし？　せめてエントロピーさんだけでも遵守してくれないかと思ったんだけど、迷宮の様子を見る限りガン無視する気のようだしなー？」

非科学《アンチロジック》、そう常識があてにならない。そして、常識があてにならない時のオタ知識的には錬金術とは錬成を主とする技術体系であり、その根幹は等価交換こそが絶対らしい。

「為替相場もない等価交換なんて成立させようがないし、等しい価値を指し示す基準がないんだよ？　うん、何を以《もっ》て〝0〟《等価》と見做すかこそが、汎《あら》ゆる学問の問い続ける真理で

……交換基準がわからない等価交換とか連帯保証なんてしたら酷い目に遭いそうだ!?」

だが、やってみないとわからない。向こうが勝手に等価を求めるならば、こっちだってごねて値切り倒してやろう！　先《ま》ずは試しに魔法杖を作る。やはり錬金こそ生成に……うわっ！　き、木の枝を整える。

枝の中の道を分解して整えて結合していく。理解できていなかった錬金の真理、掻《か》き混ぜて固めると言う意味。陰陽を流転させる掻き混ぜるという技術と、永遠に封じ込め固定して閉じる固めると言う技術……分子配列？　枝が流し込む魔力に合わせ脈打ち伸びる？

「うわー、別物だよ！　お昼の内職の艱難辛苦《かんなんしんく》の暇潰しの苦労は無にされたらしい……魔石まで純度が均一化されるのかー？　うん、若干質も上がったような？」

魔法陣の書き込みは精度自体は誤差程度の上昇。だけど、魔石が均《なら》され細かく記述し易《やす》く変化し、これはこれで……別物じゃん!?

「で、結合……って早いな!!」

多少は作り慣れた部分もあるが、急にできるようになった事が多すぎる。何せ夕方まで試作していたのだから差は歴然で、効果スキルによる技術上昇だとしても出来上がりが一気に別物になっている。

「凄《すご》いな、これだけの凄い装備を……奇術に使うなよ！　しかもネタも古かったし!!」

魔力で強引に拡張し、木魔法で強引に整えたのではない変化と固定。それが現代の樹木の知識や細胞学と結び付き、配列という概念が織り込まれ整合された？

「いや、まあ中世っぽいから古典で正しいんだけどさー？　その割にはお花出したら吃驚《びっくり》してたし。うん、『メエェ！』とか言ってたよね？」

学者でもなく専門家ですらない、一般常識レベルだけしか知らないただの男子高校生だ。だけど錬金術師達が探し追い求めた研究と、果てなき探求の先の……結果だけは知っている。だって、それは科学の基礎だから。

「うん、高校生にもなるとおおよその万物の仕組みまでは理解できていなくても、知識としてだけならば知っ、ているんだよ……だって試験に出るんだよ？」

「夕方配布した『魔法の杖　InT10％アップ　MP効率化（小）魔力増幅、属性付与（中）魔力回復（小）』が、同程度の格安材料で『魔法の杖　InT20％アップ　魔法補正（小）MP効率化（中）魔力増幅、属性付与（中）魔力回復（小）』って……翌朝回収のリコールだよ⁉　頑張って100本くらい作ったのが裏目に……まあ前のはお試し品っていう扱いで配ってしまって、こっちからが真の初心者装備にすればいいか？」

うん、ちょっと見た目に差をつけよう。魔石と木の繋《つなぎ》部分を少し彫金して、豪華ではない感じで軽く……あっ、魔法陣が刻めそう？

「こっちの方が丈夫そうだけど重くなる……まあ、殴るのには良いかー、って『MiN10％アップ』付いちゃったよ！　一晩で技術革新の嵐って、永永無窮の内職の深淵《しんえん》を垣間見ちゃったよ⁉」

あんまり騒ぐと……起きる心配はなさそうだ？　よく寝ているというか、完全に墜《お》ちて

いるというか、中々に艶かしくも生々しく色めかしいやらエロめかしいやら、エロイやらエロりたくなって来るやらな、あられもない姿ではしたない格好が艶姿《あですがた》でぐったりとお休み中だ。うん、エロいな(ゴクリ!)

「「「きゃあああ、あぅ、ああっ! あぅ♥ あん♥ ああ♥ あっ♥ あぅ♥
……ああああっ♥」」」

うん、掻き混ぜって溶かして蕩けさしてから、堅く固めて凝固してから……

我男子高校生也《ろおうりいんぐうすわあんだあああーっ》!!

「「「いゃあああ、あぅあ、ああっ。ああ、あ! あああっ、あ……ああ♥ あっ♥ あぅ♥
あん♥ ああゝ!! (パタン)」」」

錬金術の夜明けは遠いようだ……明けたら滅茶怒られそうだな?

爽やかな朝をあと何度迎えれば平穏な朝が来るのだろうか?

123日目　早朝　宿屋　白い変人

婉美《えんび》な肩が上下し滑らかでつややかな美しい背中。浅い呼吸の上下運動だけが身体《からだ》を緩やかに動かし、艶《あで》やかな肢体の背中の先には綺麗《きれい》な縊《くび》れの細腰から可愛《かわい》らしくも誘惑に満ちたお尻がきゅっとこんもりとグッドモーニングで爽やかにむにゅんむにゅんと朝の挨拶

がむっちりだ？　うん、朝だな？

　そう、目が開くと、あまりの柔らかそうで美味《おい》しそうなお尻に意識が覚醒していき、識《しき》閾《いき》領域が深まりながら無限に拡《ひろ》がっていく。うん、ガン見中だ！

　やはり脳が分割されて並列化されているのか、暇な時間は昼寝してるようだ。だから順次交代で活動すれば、不眠が可能だが極度の集中が必要とされる限界活動後は眠い。つまり、超集中で超頑張って超エロい事をした後は滅茶《めちゃ》眠い!?

「理に適《かな》っている？　うん、確かに異世界で最も高い集中力を求められ、全意識を集中するのは……エロい時なんだよ？　それはもうありと汎《あら》ゆる事象と現象を総《すべ》て視《み》て意識し尽くしガン見して堪能しているけど、あれが限界領域なの!?」

　あの時間こそが男子高校生の究極なのだろう。

「うん、こんな有り得ない美人さんが存在して、実在して眼前にいたら智慧《ちえ》さんだって発現しちゃうよ！　しかも3人って羅神眼さんもここに来てよかったと感涙してるに違いない奇跡の光景だよ!!」

　あまりに綺麗すぎて、完璧すぎて理解を超える純然たる美しさは見る度に見惚《みと》れ魂までが魅入られる……うん、しかもエロいんだよ!!

　だから毎朝お尻を撫《な》でながら誓う。守ってあげられるように強くありたいと、笑っていられるように幸せにしたいと。永い時を苦しんだ何千倍も楽しくいられるようにしようと、そして……今晩も頑張ろうと！

「ああー、早く夜が来ないかなー……まあ、朝だ夜明けだ日が昇り、太陽の光が燦々《さんさん》と室内に満ちる？　うん、お尻も朝日に輝いてるし……うん、ご挨拶？」「「「きゃあああああっーあああーあああっ、あ、あ、あっ、い、ああ、あっ、いぁ、あ、ああっ！　あ、あ♥あ♥　あんんっ……あ♥」」」

　そして怒られてる。燦々と降り注ぐジト、容赦なく睨《ね》め付ける朝オコのジトだ。

「いや、太陽が悪いんだよ？　うん、燦々と照らして輝いちゃうから太陽の核融合こそを責めるべきで、無実で無垢《むく》な遮二無二に頑張る男子高校生の無罪は常に虚無《きょむ》縹渺《ひょうびょう》と何もなく何処《どこ》までも広がっている風景の如《ごと》く無罪放免で感無量な諸行無常の理《ことわり》を表すんだよ？　うん、男子高校生さんの朝のグッドモーニング現象は森羅万象の摂理でしょうがないんだよ？」（（ジト――――））

　うん、立ち上がれないうちに逃げよう！　このジト目具合から言って、きっと朝の訓練という名の説教の時のジト目だ！　やはり夜のお仕置きと、内職後の営みと、朝のぐっどもーにんぐの3章構成がまずかったようだ。うん、1章あたりの充実度と密度の濃さも影響しているのだろうか？

　音も立てずに軽く爪先だけで床を蹴り、後方宙返りで天井を蹴って自由への扉を目指し滑空する。あと、少し……もう、伸ばした手の指先はドアノブに触れようかというのに……

「ぐげえっ！って、女の子が一糸《いっし》纏《まと》わぬあられもない破廉恥で結構なお姿でフライング・首四の字固めからのフランケンシュタイナーと、ウラカンラナのコンビは滅茶はしたない

んだよ！って、超あられもないギロチン・ドロップ!?　があーっ！　な、な、何をするー……ってあれをする？　ああー、あれかー……朝プロメテウス？　ぐはっ、こ、珈琲《コーヒー》が飲みたかった……な（ガクリ）」

【復讐《ふくしゅう》中です、そして復讐中です……それはもう復讐中なんです】

1杯の珈琲で始まるかと思われた爽やかな朝はいっぱいのお尻で始まって、そのまま終わりそうになったが珈琲だ。

「うん、絶望のように黒く、地獄のように熱い暗黒液体で始まる朝は復讐の夜への始まりなのだ！」

ちなみに異世界人組は珈琲を滅茶嫌がって誰も呑《の》まない。騙《だま》してお風呂上がりに珈琲牛乳を用意したらゴクゴクと飲んでいたんだけど、総勢30人近い腰に手を当てたバスタオル1枚のお風呂上がりの女子さん達囲まれていて突っ込めなかったんだよ？　うん、何故《なぜ》か突っ込んだらいけない状況下にあると危険を感知したんだよ？

「うん、あれはポロリでは済まない危機的状況下だった、って言うか男子高校生の前になんでバスタオル（薄）だけで出てくるのかが女子力的に心配だよ」

やはり深刻な裸族っ娘《こ》の悪影響なのだろうか？

「「「おはよう。今日はご飯できてるからねー」」」

うん、朝プロメテウス中から食堂に気配は感じてたんだけど、もっと強烈なものが男子高校生から延々と感じられていたせいで男子高校生監禁事件中だった。

「おはー、デモン・サイズさん達《たち》はまだ帰ってきてないの？　後でお菓子を差し入れてお仕事頼まないと……って、今日は迷宮分け決まったの？」

莫迦《ばか》達もまた帰ってきてないし、オタ達は朝から空気だし……うん、何でミニスカ・ウェイトレスさんなんだろう？　うん、注文するとぼったくられそうだな！

「お待たせしましたー、焼き魚定食です♪」「筑前煮《ちくぜんに》は自信作です！」

料理部っ娘の気合が違う！　まあ、慣れない異世界食材と調味料の癖を、ようやく摑《つか》めて狙った味が出せたのだろう。うん、味噌《みそ》は八丁味噌っぽいが味醂《みりん》は赤酒だし、醬油《しょうゆ》は甘みが強い。妙に癖が強いものが多く、慣れないと組み合わせが難しかったりする。お酒も料理酒なんてなくって清酒だったが、吟醸の辛口にあたるらしい……って、飲んでたの、料理部っ娘!?　うん、女子高生キッチンドランカーは家庭的《ドメスティック》なんだろうか？　非行に走らず料理してるんだけど!?

「いただきます？　みたいな？」「「「見ないで食べて食べて♪」」」

美味しくお魚を食べ、満悦で頭を上げると空気が消えていた。何を言ってるかわからないと思うのでわかり易《やす》く説明すると、空気のように食事していたオタ達は空気に消えていた！　気化現象!?　ちっ、逃げたな！

そして始まる——お着替え。いや、だったら最初からセクシーミニスカ・ウェイトレス

さんの格好をして朝御飯を食べなくても良かったんじゃないかと思うが、筑前煮を口に運ぶ眼前ではムニュリとお行儀悪くテーブルにお尻が乗り、目を逸《そ》らしてお味噌汁を啜《すす》る眼前にはたわわに揺れる双球が……いや、インナーなんだよ？　下着じゃなくスパッツさんなんだけどね？

そのインナーさんは効果は抜群なんだけど、黒いだけの生肉感しかない？　うん、豚肉さんの生姜焼《しょうがや》きの前にはむっちりと生太腿《なまふともも》さんがにょっきりで、黒いスパッツとは対象的な白い生肌が艶《なまめ》かしくお肉が美味しい。いや、生ハムさんじゃなくて生姜焼きなんだよ？　そして甲冑《かっちゅう》を着けずに始まる柔軟体操。白いお豆腐をふるふると震わせ口に運んでいるのに、何故か目の前のふるふる揺れるお尻。

アド・ムカ・シュヴァーナアサナは下向き犬のポーズとも呼ばれ、両手と両足を床につき腰が頂点になるように横から見て三角を作るポーズ。そこから顔を足先の方に近づけて手のひらと足の裏でしっかりマットを押す事で綺麗な三角形ができてお尻がツンと天井の方へ上がる？　つまりテーブルの前にお尻と太腿さんがにょきにょきと生えてきて、お豆腐が箸から零《こぼ》れ落下する。うん、お口を開けたまま食べるものが……美味しそうだな？

「って、見ちゃ駄目だ、観《み》ちゃ駄目だ、視ちゃ駄目だ、魅いられたらまずい！　うん、だって絶対に駄目なやつだ！」

だがお箸を持つ方では猿王のポーズで足を前後に伸ばして両腕を上に伸ばしながら後ろに反るポーズで、柔らかなお山が持ち上げられながら揺れている！　しかも、連山で連峰

の山々が――――っ！

しかも、お茶碗《ちゃわん》を持つ方でもテーブルの側《そば》でアルダ・プルヴォッタナーサナと言うテーブルのポーズ。それは仰向《あおむ》けに身体を持ち上げるんだけどブリッジとは違い、指先は肩の下で足は膝曲げで四角い形でテーブルのようにテーブル……の横に女体テーブルが並ぶ？

「置いちゃ駄目だ、置いちゃ駄目だ、置いちゃ駄目だ、そのテーブルにはお山があって起伏が激しいから置いちゃ駄目なんだよ！　うん、上下のインナーが引っ張られてお腹《なか》の生肌が見えてるエロいテーブルなんだけど置いたら駄目なんだよ!!」

早く食べよう。美味しいのに味に集中しきれない。いや、美味しいんだよ？　デザートの桃がまたプルプルと甘くて柔らかくて瑞々《みずみず》しいなー？

「も、桃が!?　うん、異世界物は結構読んできたし中世ファンタジーだって読み込んだ方で数百冊は読んでいるはずなんだけど、未《いま》だ嘗《かつ》て朝御飯を食べるのが此処《ここ》まで苦節と苦難な艱難辛苦《かんなんしんく》に満ち満ちたむっちむちの異世界は存在しなかったんだよ!?」（ポヨポヨ）

事実は小説より奇なりとは言われているが、奇妙《きみょう》奇天烈《きてれつ》に奇想天外すぎて辺り一面光学迷彩《モザイク》だらけな食事風景で一体何を食べてるのかが怪しく思えてくる気がするんだよ？

食事を終えて若干前屈《まえかが》みに訓練場に下りる。そして……ラジオ体操がしにくいなー？

「あれ、上の食堂でヨガってたのに、わざわざ下りてきたの？　そして着替えが脱いだ状態のインナーのままって、それって下に下着つけてれば広義な意味合いではスポーツ用でスポーツ少女の健康むちむちだと好意的解釈も可能だったけど、下着つけてないんだよ

ね！　下着つけてないインナーは下着なんだよ！　痴女いな？」「「痴女ってないから！」」「あと、さり気にヨガしてるのを『ヨガってる』って言わないでよ!?」

いや、普通一般見解でも多感な感じやすいお年頃な男子高校生さんの前で、下着姿でむっちりとヨガってる女子高生集団は痴女ってるんではなかろうか。

「あー、アンジェリカさん達が遥《はるか》くんをボコ……稽古《ボコ》をつけるって言うから見学に？」「……!!　今、完全にボコまで言ってたよね！　言い直したけど、何故かボコ音声で本心が駄々漏れで流れ出てたよ!?」

甲冑姿で実剣だ。つまりお巫山戯《ふざけ》交じりのマジボコに若干の真剣な訓練が適量ブレンドされた感じのボコのようだ。つまり……本気で行かないと事故死しかねないレベルだ！

「ボコ《ボ コ》、です！」「訓練さんは何処に行っちゃったの!?」

縮地なんて使ったら一撃で斬殺死体だ。男子高校生の開きから再生するのはちょっと嫌すぎる。とか思っていたら縮地で詰められた!?

地面から跳ね上がる銀線を杖《つえ》と肩盾で逸らし、回転して飛び退《すさ》りながら逆の手の杖で薙《な》ぐ。受けた攻撃を瞬時に軽気功で反転させるカウンターだ。そんな完全に近い攻守同時の切り替えが軽く躱《かわ》される、

「怖っ！　完璧に踏み出しが狙われてのカウンターで、縮地から一閃《いっせん》とか避けられないから！　それ、訓練で使う技じゃない必殺なやつだよ！」「ちゃんと、避けました。返しも、できてました」

褒められた。つまりこの後が怖い……もう一段ギアが上がる！

残像が膨らむ。目の前には背中!? 此処で退《ひ》けば回転斬りで真っ二つにされ、上半身と下半身のどっちが本体なのかが判明するが何でだかあんまり知りたくない。だが止《とど》まれば……首の右！　と、左腰!!

「つっ――！」

後ろを向いていても容赦なく攻撃できる。そう、背後すらも攻撃範囲。首の横から貫きに来る一刀を上半身を横倒しにして躱すと、左腰からの一刀が踏ん張る軸足を斬り裂きに来る……から、そのまま側宙して空に逃げる。

だが、誘いだ。しかし美人さんからのお誘いは無碍《むげ》にはできない。って言うか、誘われてても飛ばなかったら死んでるよ!!

半回転しながら空を蹴り、斬り上がり交差する二刀の斬線の狭間《はざま》に飛び込む。逆様なま空中から首と肩を狙うけど、クルリと更に半回転しながら、こっちの剣戟《けんげき》の隙間に踏み込んでくる。

宙から見下ろす俺と、下から見上げる甲冑委員長さん。互いの顔は手を伸ばせば触れ合えるほどに近いが、その間には斬撃の火花が吹き散らしている。うん、兜《かぶと》は被《かぶ》っていないから上目遣いが反則的に可愛い！

連撃を浴びせながら着地。と、見せかけて誘うが、それより先に刺そうと剣先が待っていた!?　うん、やはり美人さんを誘うのは男子高校生には厳しいようだ。刺す方は毎晩頑

張ってるけど? 力を抜き、そっと剣に杖を振れさせて円を描いて流して振るう。

「うん、刺すのは好きだけど、刺されるのは違うんだよ!」

互いの本命の逆の手から放たれる二刀目が交差して、交錯し弾《はじ》き合う。だけど本当に本当の本命の返しの三刀目は、互いが躱して空を斬る。

これが僅か数秒。迷宮皇の永遠の如き連撃の一秒一秒を掻《か》い潜《くぐ》り。切り返し斬り返す。全身は総毛立ち、時間が狂ったように軋《きし》む。瞳には無限の死線が映し出され、その中を前に出る。

速度は上がり、時間は遅延していく。剣と杖が加速して疾走《はし》り。空を斬り、弾き合い、逸らし合いながら円を描きながら近付いて行く。更なる加速域へと……瞬間の領域。識閾《しきいき》限界を超え、時間を分解し、散った火花が煌々《こうこう》と輝き続ける満天の星空のような世界を2人で踊り……一方的にボコられる! うん、あの時間軸は保たないよ!

「ぷはあ――――っ!って、息するの忘れてたら呼吸法が乱れちゃったよ。ちょっと再生待ち休憩だから踊りっ娘さんは待っててね?」「乱れず、あれを維持。そうしたら……10秒持つ、はずです」

死ぬ気で頑張って限界を超え、人を超越し、その奇跡の時間軸に至ったその時にこそ……10秒はボコられないらしい? うん、加速して時間を刻み、スローモーションの世界に深く潜れば潜るほど時間は進まない……だから10秒が延々と伸びて行き、永遠の10秒が続き、結局10秒後にはボコられる!?

甲冑委員長さん相手は徹底的にボコられたが、続く踊りっ娘さんには執拗《しつよう》なボコ程度で凌《しの》ぎきり、眠りっ娘さんに至っては軽くボコられる程度で済ませた事は注記しておこう!

うん、早く平和な迷宮に潜りたいものだ。未《ま》だ朝の男子高校生さん完全発動で壊れすぎちゃって恥ずかしい事を喚《わめ》いちゃってたのを根に持ってるんだよ? 全く幼気《いたいけ》な男子高校生さんに対して永遠の17歳気がない困った事だ?

指導係という名の監視対象な魔法係の求められし真の役割はおやつ係と悪魔っ娘幼女達のぶら下げ運搬係のようだ。

123日目　朝　迷宮　49F

姿勢を正し息を吐く。呼吸は無意識の内に整い自然に錬気された気が魔力と混じり合い体内を循環して満たしている、それが呼吸と共に仙術と化して仙気へと至る。全身に漲《みなぎ》る気功術と魔力を錬成して昇華させる……あ、あんまりやると身体《からだ》が持たないな? まあ、盛り上がっても出番がないし?

「2人組で分散、常に50m以上離れないでね!」「「「了解《ヤー》!」」」

2人組と言われてもぼっちはどうすれば良いんだろう? 触手さんでも出せば2人組と見なされるのだろうか、だがしかし友達が触手のぼっちって言うのはある意味通常のぼっ

ちよりダメージが大きい気がするんだけどズッ友なんだよ？　迷宮で触手と2人でにょろにょろする男子高校生には好感度は齎《もたら》されるんだろうか？

まあ、パーティーに入れないから指揮系統にすら入れないし出番はない、お目付け役と言う名目の虜囚な男子高校生さんだ。ちょっと2日続けて間違えて深層迷宮に行っただけなのに、しかもちゃんと間違ってるってわかってて間違ったんだから間違いなく罪のない間違いだったんだよ？

剣を抜く、人数が多いと太刀では間合いが広すぎるかもと護身用に打ったが刀ではなく両刃の剣、刀術の癖がつきすぎるのも実は考えものだという甲冑《かっちゅう》委員長さんの意見もあり、俺の身体に合い腕力や体力的に計算されて作られたただの鋼の剣。だが、Ｌｖ20でも使える鋼の剣って結構売れそうな気はするんだけど低Ｌｖだとお金を持っていないだろう、だとすると採算に合わない微妙な剣だ。

数振り試すと癖が変わる、間合いが違い引き斬らずに振るい切る剣の方がリーチがあり力強いが動きが大きくなりやすい、流れるような斬線ではなく斬り裂く斬線を思い描くが……案外癖がついていたようだ、特に一之太刀《いちのたち》は徹底的に馴染《なじ》ませた分だけ身体で斬ろうとしすぎる。

反りのない剣は叩《たた》き斬り打ち斬る、剣先に勢いを残して斬る感覚が刀からは切り替えにくい。

「だけど下層には過剰戦力だよね？　多分70階層もないよね、ここ？」「「……うんう

ん」」

うん、デモン・サイズさん達も退屈そうで首と右肩と左肩に1人ずつぶら下がって遊んでいる。

「数が多いの、面倒なの、手伝ってよ！」「だいたい目を離すと深層迷宮に行っちゃうでしょ！」「アンジェリカさんに近衛師団《このえしだん》を見て貰って、数が多い第一師団にネフェルティリさんとファレリアさんが付いてるからねー？」「うん、今回は用心して辺境軍がスライムさん付きだし？」「第二陣来たよー、総員構えー！」「「了解《ヤー》！」」

確かに異様に魔物の数だけ多いが、その分雑魚い。まあ、時間がかかりそうではあるが魔法使い役は暇だ、だが弓戦に持ち込めない遭遇戦や速攻戦では初撃が取れるんだけど……大賢者の副委員長Bさんがいるじゃん！　大質量で副委員長Bさん達が揺れてるじゃ……いえ、何も見ていないんだよ？　うん、螺旋剣《らせんけん》が気に入ったのはわかるんだけど可愛《かわい》がっても目に入れたら痛いんだよ？　突きつけないでね？

中衛が多かった文化部も前衛中衛後衛とこなし武装も充実してきたが『貫通の螺旋剣　ＳｔＲ、ＳｐＤ　30％アップ　刺突貫通（大）武器装備破壊（大）＋ＡＴＴ』は美術部っ娘《こ》が最も相性が良かったらしいが髪型はドリルにはならないようだ？　お姉さまにもならないからご機嫌もよろしくないようだ、怖いな！

虚空を紫電が舞う、放電現象が空気を灼《や》き焦がし仕事終了。いや、マジ暇なんだよ？

前衛を越え間に合わない時だけ中衛から剣で斬り払う。やっぱり同じ刀身でも間合いが

半歩ほど変わってくるなー？

剣閃《けんせん》が翻り円を描きながら斬る、使えば使うほど浮かぶ疑問「片刃で良くない」と思いながら手首で剣の流れを変えて巻き込むように槍《やり》のような尻尾を流して斬り裂く。間合いを意識するならば動きのイメージはテニスになる、捉えるように当てて斬る。いや、遊びでしかやった事はないいんだ……よっと！

数が多い上に滞空する「スピア・ドラゴンフライ　Lv49」に手間取り、前衛がハルバートに持ち替えたために取り逃しが増えて中衛に流れる。そして人手不足で中衛は俺一人なので斬り落とす……って言うか範囲が広いな？　剣に魔力を載せ最速で振るいながら飛ばす……甲冑委員長さんのパクリだが蜻蛉《とんぼ》の羽しか斬れないよ!?　うん、落ちたな？

「いやあーっ！　蜻蛉と蜻蛉汁が、ってなんで蟲《むし》の魔物は白濁液なの！」「誰よ！って中衛は一人、そして犯人もいつも1人、真実はずっと一つだ！　有罪！」「「有罪《ギルティー》！　乙女に白濁液ぶっかけ罪でおやつ一品無料の刑！」」「わーい、おやつ……って、乙女に白濁液ぶっかけられたとか言わないでよ！」「え～、滅茶《めちゃ》かけちゃってるよ～どろどろにぶっかけ汁が～？」「「乙女にぶっかけ汁って言わないでー！」」

中衛が斬り飛ばすと前衛に降りかかる、配置的に仕方ないし配置が悪いのは俺のせいじゃないいんだよ？

「まあ、今のはちょっとアレだったけどおやつ一品目無料って一体迷宮の中で何品のおやつを食べる気なの!?　いや、古来から「命短し肥えてる太め」って言う生活習慣的病を戒

める格言が兼ねてより囁《ささや》かれていて太めと乙女は共存が難しいのではないかとの生態系による住み分けが太く短く太ましく提唱されて清少納言もご清祥に斉唱されたとの噂《うわさ》も過分にして聞かないんだけれど……太るよ？」

「「「いやあぁーっ、その呪いの言葉は乙女には禁句にして禁言の言論禁止用語の禁忌です！」」」

蜻蛉と戦う戦闘集団かと思いきや、言葉狩りの怖い言論弾圧団体だった！　しかし剣に載せた魔法を加速して放つんじゃなく斬撃にして飛ばす？　いやいや、斬る感じが伸びる？　違うなー、どうやってるんだろう……感じとしてわかるのは次元斬だがあれは斬った結果自体が飛ぶ。斬撃を飛ばし、剣閃を伸ばし、魔法を飛ばすが何かが違うし全然違う。宙に斬線を刻み空を切り裂き魔法と魔力を斬撃に変えて幾百の軌跡を描くと蜻蛉は全滅したが、たったの一つも近いものはなかった。

蜻蛉は全滅したがモーニングスターを揺らす白濁液塗《まみ》れのどろどろの物体達が激オコだ、うわあーっ……甲冑が女体型なのが災いして見た目がもう光学迷彩《モザイク》必須だな？　うん、酷《ひど》いな？

【お説教&ボコ&簡易シャワー&おやつ買収+お代わり中です】

怒られた。しかし結果には惨憺《さんたん》たるものがあったが蜻蛉は全て落とせたし、中衛だから

前には出られなかったから仕方ないんだよ。

「でもさー、中衛って中距離攻撃で背後を取らせないのが任務で一生懸命に責務を全うした男子高校生さんが怒られるっておかしくない？って言うか蟲汁ぶっかけまくったのは蜻蛉さんなんだからぶっかけられ被害者の苦情は蜻蛉さんが目を回すほど苦情を贈るべきで俺は悪くないんだよ？」「「「ぶっかけられ被害者って呼ばないでーっ！」」」「何で！　避けても！　避けても！　逃げても！　白濁液が追ってくるのよ!!」「不自然なまでに地面は蟲汁浴びてないの、私達《たち》のところにだけ飛んでくるの！」「しかも……お顔ばっかり狙われてた気がするんだけど!?」

基本女子さんの頭上の敵は最優先で落とす、だから引力に導かれる。

そして女子さんに突撃するのも率先して斬る、すると慣性の法則が働く。

結果、女子さん達がぶっかけられ続けるという事になるようだが極めて必然的だし、物理法則上仕方がない気がする？　蜻蛉が女子さんを狙う以上蟲汁方向《ベクトル》は常に女子さん達の方だ、つまり蜻蛉が悪くて俺は悪くないんではなかろうか？

「「「突然斬れたり破裂するから対処できなかったの！」」」

ああー、迷宮皇組なら避けるし俺の攻撃を感知して合わせてくれる、だが集団で場所取りが決まっている女子さん達は不用意に動けないため対処が難しい上に予測できなくて延々どろどろにぶっかけられ続けたと？

「まあ、でも返り血みたいなものだし多少のぶっかけは仕方なくない？　ほら、戦士が血

と埃《ほこり》に塗《まみ》れるのと一緒で白濁液のぶっかけ汁に塗れるって戦った証《あかし》？ みたいな？」

「「「やらかした本人だけが一滴も浴びてないのがムカついてるの！」」」

普通なら投網を投げるが羽が刃になっている蜻蛉さんだった。だが飛び出して良かったんなら蜻蛉なんて下しか狙えないんだから天井に着地して上から攻撃する。戦うにしても空歩で躍り込むだろう、あの蜻蛉さん地面に強いんであって空中や上空は無防備だったんだよ？

だから中衛や後衛に向かない。そして集団戦に不向きだ。更に致命的にパーティーに入れない。謎効果だし自分が持っていないし入れないので検証のしようがないがパーティーにはお互いの位置把握の効果と意思疎通の補助効果がある、使役に近いものがあるんだけど常日頃一緒にいないと効果が薄いようで俺にはビッチさん達の位置や行動が微《かす》かにわかるだけでビッチさん側にはおおよその位置しか感じ取れないらしい。つまりパーティナイズより共有能力は落ちる。

そして集団戦では気配探知が複雑だ。情報が多すぎて索敵が優先され近い味方にしか意識が割かれない。そして何故《なぜ》だか女子さん達は一点を詳しく探査するのは得意だが広範囲を把握するのが苦手だったりする、訓練の仕方がおかしくない？ 普通逆だよね？

逃げるように50階層に向かい逃亡の邪魔をする階層主に雷撃の詰め合わせを送り、魔弾《バレット》もお付けしよう。その間に女子さん達は布陣を敷くと弓で斉射を始める、速やかな連携と無駄なく効率的な戦闘だ。

何せ相手は装甲が薄い「ランド・オクトパス　Lv50」、そして大体何故かいつも女子さん達は触手魔物と蟲系魔物が苦手だ？　だが、あの吸盤は甲冑と相性が悪い、捕まると離脱が難しいだろう。


「投槍《ジャベリン》構え、射角上へ！　縫い付けろ、撃てぇえーっ！」「「「了解《ヤー》！」」」

投槍《ジャベリン》で地面に縫い付けて動きを止めたいのだろう、だが柔らかな身体は勢いを流し粘液が槍先を滑らせる。射速と貫通力のある弓の方が有効だった、だが弓では前進を止めきれない、投槍《ジャベリン》で地面に縫い付けるしか手がなかったのだが刺さった数本も浅く効果が見込めない。


「遥《はるか》君、雷の連射お願い、でも無理しないでね！　総員、装備ハルバートへ、捕まらないでね？　ニョロニョロさんだから」「「「嫌ぁーっ！って、了解《ヤー》！」」」

雷音が空気を震わせ稲光が目を灼き眩《くら》ませる、だが陸蛸《りくだこ》さんの粘膜は雷を逃しているだろう、表面こそ裂傷を負っているが中身までは通っていないだろう。

距離を詰めずに触手を削り斬りながらじわじわと前進するが蛸足も再生していき本体には届かない、拮抗《きっこう》しているが無傷でじわじわとHPとMPを削る外連味《けれんみ》のない策だ。時折放つ投槍《ジャベリン》も本体に地味に傷を負わせて効果を上げている、さっきのは上から縫い止めようとしたのが裏目に出たが直線で放たれる轟槍《ごうそう》は粘膜だけでは流しきれていない。

「左翼、後ろに回している触手を警戒して下さい。再生していますよ、深追いはなしで」

「「「了解《ヤー》！」」」「削るだけでいいの、今は耐えてね！」「総員、気配探知に集中して下さい。目眩ましか蛸墨を要注意です」「「「了解《ヤー》！」」」

魔力の高まりから次の手を読む図書委員の参謀が効いている、防げずとも危険を予期しているだけで対応はできる。だが失策だな、読みが甘い。この蛸弱すぎる、っていう事は搦《からめ》手を持っているはずだ。

噴霧される闇、墨の霧状になった煙幕が階層の空間を満たす。やっぱりか、気配と魔力が消された。つまり全員が蛸を見失った。

「突進！　押し切って裏を取って、突撃！」「「「了解《ヤー》！」」」

これは蛸さんも驚きだろう。普通、見失えば探すか退《ひ》く、それを狙っていたら突撃戦を食らう。だけど蛸って軟体で細くも小さくもなるんだよ？

「突破、反転！　報告！」「手応えなし」「右に同じ」「前に同じ」「全く同じ」「通り過ぎました！」「当たってないよ！」「避けられた？」……。

そして煙幕の霧は広がり完全に見失う、真っ暗な無視界の世界ににょろにょろがぬるぬるだ。

「円陣展開、中央は声を出して！」「こっちです！　探知系は中央へ、装備は斬撃系で集まって下さい」

徹底迎撃の円陣で全方位からの攻撃を迎撃、理に適《かな》い完璧だが見落としている。さっきもすり抜けたんだよ？

「きゃああーっ！　何で後ろから」「敵が円陣の中に！」「逃げずに囲んで！　分散しないで」「「「了解《ヤー》！」」」「くっ、長モノは使っちゃ駄目だからね」「近くの味方とのみ連携を注意！　捕まったら即切断ね」「いやああっ、今なんかすり抜けた!?」「文化部組、退路確保お願い」「了解、出口見つけました……あっ」

混乱を最小限に抑え、無視界戦闘で崩れない。パーティー効果でお互いの位置状況を認識できるからこそのギリギリの連携、信頼度が高いから崩れない。

「撃てええーっ！」

一瞬捉えるも逃げられる。

「風駄目みたい」「炎でも焼けません」「どうする～、撃てるよ～？」「属性が決まるまで待って！」

黒い霧は焼ききれる量ではないし充満してて風で飛ばしても効果が薄い、だが視界と探知系は暗黒の霧がある限り回復できない。負ける要素はないんだけど精神的消耗が凄《すご》いだろうに……ちょっとくらいなら良いか？

「副Bさん、霧なんだよ、全体氷結？」「……あ～！　ありがとう～、『氷界』～！」

黒く煌《きら》めく粒子が固まり重くなり空気の底に沈む、暗黒の濃霧は黒い霧から靄《もや》へと変わり視界と気配探知が復活する。でも蛸は天井なので氷結魔弾《フリーズ・バレット》で撃ち落とす、どうせもう決まっているから結果は一緒だし？

「全員氷属性攻撃に切り替えて！」「「「了解《ヤー》！」」」

意識なのか先入観なのか攻撃は火、雷、または風に行きやすい、結果として水や氷に土属性での対処は遅れやすい。咄嗟《とっさ》の時ほどその傾向は強まり、見落としやすい傾向が見られる。うん、羅神眼《カンニング》しないと難しいんだよ？

中層までは魔法の一斉攻撃からの速攻戦と弓戦からの制圧戦を主軸に攻防自在に陣で寡兵でも数で勝ち、敵を弱め味方が圧勝できる場を作り上げ楽勝だったんだけど……飛んでる蟲と触手が相変わらずだった、何かトラウマでもあるんだろうか？

女子さん達は休憩と言う事で51階層を貰《もら》った、縦横無尽に壁まで駆け上がり角で突き刺してくる「アクセル・ガゼル　Lv51」は加速持ちで突進も移動も速く、壁すら駆け上がる全方位攻撃で連携してくるガゼルさんだがカモシカさん辺りならわかるんだけどガゼルさんは生息地は草原なんだから華麗に岩を駆け上らないでね？　あっちは山羊《やぎ》属だけどガゼルさんはブラックバック属なんだからね？

旋回して首を狩る、高速回転しながら3本の大鎌が飛来し旋回しガゼル達を狩り尽くす。風を巻き起こして加速状態で跳躍し突進してくるから軽気功だと当たるわけがない、ただ吹き飛ばされすぎないように地面を吸着で捉え、巻き起こる風に逆らわずに躱《かわ》して交差し避けて交錯し錯綜《さくそう》しながら大鎌を回転させながら操り、投擲《とうてき》しては次の大鎌で首を落とす。

絶対に逃げられない高速旋回する大鎌のブーメランだってデモン・サイズさん達だから逃げられたとしても追ってくるからね？　バトントワリングのように回転を加速させ死の鎌を舞わせて廻《まわ》して周り回る螺旋の斬撃……うん、次々に3人が戻ってくるから忙しいん

だよ？　俺が振るわなくても自立戦闘できるし、さっきまで人型だったよね？　まあ、かなりのお久《ひさ》で、いつも伐採や護衛を頼んで中々一緒にいられないし甘えてるんだろう。旋風が呻《うな》り大鎌の刃《やいば》が燦《きらめ》き、飛び交い交錯する斬線が跳び跳ねるガゼル達を狩り尽くす。うん、乱獲だな？って言うか常に1本は投げてないと3本は操れない、お手玉状態の大鎌トワリングで超過重労働な旋風棍《せんぷうこん》で斬り払う。

「「「おおお〜っ、お見事！　しかも何故だか大鎌が異様に似合ってる！」」」

どうやら異世界全女子高生によるベスト大鎌ニスト賞受賞のようだ、だって異世界に高校ないからこれで全員なんだよ？　これで好感度もきっと……死神の大鎌《デスサイズ》が似合う男子高校生さんの好感度具合は微妙そうだな!?

戦闘が終わると即座に人化して、ぶら下がって懐くデモン・サイズさん達……幼児バージョンだから良いが、あの小悪魔っ娘お姉さんバージョンは秘密にしておいた方が良いだろう！　うん、あれは結構中々危ない悪魔の危険な罠《わな》なんだよ！

異世界迷宮で平穏を求めるのが間違っているのかどうかは連れによって変わるようだ。

123日目　昼前　迷宮　?F

面白き事もなき世を面白く、面白くないなら内職してれば良いじゃないの？　字余り。って いう訳で歩きながら甲冑《かっちゅう》を調整中。「分離融合の腕肘甲」の装備効果で技術革新した錬金術で錬成しながら魔力効率と金属の質を微調整中なのだが……ご不満顔だ？

「紐《ひも》で繋《つな》がれてお散歩させられる犬っぽい！」「って言うよりも……なんだか鵜飼《うかい》の鵜の気分？」「いや、女子高生を紐で繋いでお散歩とか外聞が悪いから止《や》めてくれるかな？って言うかそもそも紐じゃなくて触手だから大丈夫？　みたいな？」

流石《さすが》に甲冑とは言え女子高生着用中の生女子高生入りな女体型甲冑を男子高校生が撫《な》で回すと絵面的にも危険そうなので、気を使って有線触手接続で錬成中だ。この細やかな心配りこそが男子高校生さんの好感度上昇への野望の第一歩になるに違いない！　うん、配慮深いな。

「「「だから乙女に気軽に触手を接続しないでよ！」」」

駄目らしい！　しかし樹木と違い金属は魔力の通りが悪い。ミスリルは伝導させて遮断や蓄積効果も有る、増幅までこなす万能さではあるが整流化や循環はできていない。本質

はあくまで金属でありながら魔力が馴染《なじ》みやすく保持しやすいだけだ。魔法陣と相性が良く刻むと有効だし、魔力媒体にはなり得るが樹木系とは性質が全く異なる。

「うーん、全身木製甲冑(葉っぱ付き)の方が効率的だけど防御力がなー……葉っぱは何《ど》処《こ》に付くんだろう？　いや、ギリースーツ風甲冑は……森は良いけど迷宮だと目立ちまくるな!?　寧《むし》ろ魔物と間違われそうなんだよ。だがしかし小狸《こだぬき》の装備の頭の上に葉っぱを乗せれば『変化』効果が付与される可能性がポンポコリンと……ぶえぇぇっけぇむばあぅわあああっ！　痛い、痛すぎる！　ちょ、小狸の魔物に頭部を襲われてるんだよ、前衛何やってんの!?」「いや、それが前衛なの。うん、小狸って言うと怒るっていい加減覚えてあげようよ？」

事もなき事を荒らして面白く？　それにつけても頭が痛いな？　ガジガジ？

そして戦闘。いや、普通に圧倒的に強い、全くする事もなく最初に魔法を放つだけで終わりだ。階層を次々に殲滅《せんめつ》していくが苦手が出ると戦闘が一気に遅れる。そして苦手はだいたい蟲《むし》か触手だ？　なにか苦手意識でも有るのだろうか？

わらわらと壁や地面に穴を開け集まる芋虫さん、丸っこくてキモ可愛《かわい》いと思おうと思えばもしかしたら頑張れそうな蟲汁満載の芋虫さんにわらわらと全方位からわらわらと全面包囲されてやっほーいと戦う女子さん達。

「「笑笑《わらわら》、笑ってないで手伝ってよ！」」「いや、自分達が手を出すなとか蟲を斬るなって文句言うんじゃん!?」

そう、手を出すと怒られるのに笑ってると怒られるんだよ？　不遇だな？

「きゃあーっ！　シールドバッシュで潰れた！　飛び散ったよ！」「突いても斬っても噴き出す……ってこれ粘着液⁉　ねばねばしてるよー」「いやあぁーっ！　攻撃しながら撤退、陣は崩さず後退戦。足元注意！」「「「もう！　遥《はるか》くんがサボってるからベトベトに掛けられちゃったじゃないの！」」」「酷《ひど》い言い掛かりだ、男子高校生に対する誹謗中傷《ひぼうちゅうしょう》が心の傷害事件で傷だらけの好感度さんが虫の息なんだよ？　蟲だけに（ドヤッ！）」

何でみんな一斉に目を逸《そ》らすのー、って戦闘中だから正しかった！　うん、前見て戦おうよ？

「言ってません！　乙女に蟲汁をぶっかけないでって言ってるの！　何で毎回毎回蟲汁がこっちに降り注ぐのよ！」「何でって重力と慣性の法則だから物理学的な原因で、俺は物理学の理系じゃない文系さんだから俺は悪くないんだよ（ドヤッ？）」「物理法則的に私達《たち》にぶっかかる攻撃をしないで！　なんで自分だけ浴びないのよ⁉」

女子さん達は陣を構える事が強みだが必然的に機動力は削《そ》がれる、防御も反撃も安全確実だが液体のぶっかけは避けられない運命だ。俺は斬り逃げてるから掛からない、斬った時には逃げている。

この迷宮は雑魚の大量湧きだ、その物量の飽和攻撃を安全確実に陣で潰し斬る安定性と引き換えに蟲汁を浴びる。だが慣れて対処できた方が良い、強酸性の蟲汁を浴びても平気だからこその安全性だ、戦闘で甲冑が破損していれば浴びると危険だ。

「じゃあ貰《もら》うよー、後から文句言わないでよ？」

女子さん達は充分に後退して身構えている、芋虫を長距離から牽制《けんせい》しながら安全圏を保っているようだ。うん、圧縮による噴出圧を計算に入れていないんだよ？

天井から破壊して切り出した岩を加速して地面へと射出する。降り注ぐ怒濤《どとう》の落石の雨に圧《お》し潰され弾《はじ》け飛び、破裂して噴出する蟲汁の雨。俺は天井だし風の膜を纏《まと》い避難中。ちゃんとデモン・サイズさん達もこっちに避難中、ちゃんとわかってる。それに比べて……。

「いやぁぁーっ！」「きゃあぁあーっ！」「ぎゃあぁあーっ！」

女子高生阿鼻《あび》叫喚《きようかん》。白い白濁液の人型の塊がどろどろと粘液を滴らせて糸を引きながら白濁の池に蠢《うごめ》いている。うん、無惨だな？

「「「絶対にわざとやってるよね！」」」

女体型白濁液のねちょねちょさんがオコだ？　圧縮破裂で高圧の蟲汁が飛沫《しぶき》と化して噴霧され、更に落石の風圧で舞い上げられて飛び散り飛散した。うん、悲惨だな？

「いや、普通降り注ぐからね？　圧縮蟲汁噴霧は飛沫を上げて降り注ぐものなんだよ？　うん、経験が足りていないな？」「足りないわよ！　天井歩いて岩石を降り注がせる人のする事に対処する経験なんて、魔物さんだって未経験だったから!?」

日々汎《あら》ゆる事態を想定し、対処を思案しておくのが肝要だと言うのに情けない。うん、迷宮皇組もデモン・サイズさん達もお馬さんだって天井歩くからね？　普通なんだよ？

うん、普通じゃないのはスキルもないのに壁を走れる莫迦《ばか》達こそが異常なんだよ？　あいつら、あれを勢いだけでやってるんだよ？

オコな上に白濁の人形のような姿が怖い！　ドロドロと垂れてるのがまた怖さ倍増の……うん、謝っておこう。だって、接近してきてるんだよ！

アイテム袋から水の入った樽《たる》を出し風魔法で圧縮しホースへと流す、その水で甲冑を洗うむちむち薄々スパッツさん達。つまり水飛沫が上がる中でむちむち薄々ぴっちり密着むっちり食い込み張り付き女子高生生肉スパッツさん達が濡《ぬ》れに濡れながらむっちむちと甲冑を洗浄中だ、汗に濡れ水しぶきを浴びながら高圧の水をホースで噴きかけ、飛び散る飛沫にヌレヌレに濡れた薄い生地は更に透けて張り付き密着して食い込んでいる。もう、帰りたいよー、男子高校生には生き地獄なんだよ！

ブラシで擦《こす》るのに合わせてぷるんぷるんと揺れて跳ねる、前屈《まえかが》みでお尻を突き上げてこっちに向けてゴシゴシと擦る度にむにゅんむにゅんと形を変える肉感スパッツさんがむっちり豊満ではち切れんばかりに食い込んでてヤバイ！

これは濡らしたらヤバイものだったんだ！　陰影が隆起を際立たせ肉感を立体的に縁取り強調される曲線と立体、細かな凹凸まで張り付いて締め上げる食い込みと極薄の伸縮の生地は丸く持ち上げられ引っ張られて透け感を感じさせる。

製造設計者の観点から言って透過を許さないように編み上げたのだから気《き》の所為《せい》のはずなんだけど透けて見えてる気がする、ストッキングと同じ感じにしか見えないんだよ！

次々に持ってこられる甲冑を点検整備と錬成による品質向上を済ませてゆくが……もう、このままお昼だな。

まあ、毎日いつ見ても甲冑はピカピカだ、少しでも傷つくと修理に持ち込まれる、大切にするからこそ汚したくなくて蟲汁魔物に突っ込みたくないのだろうが壊して汚して傷だらけで良いんだよ？　それは中身の代わりにぼろぼろになるための甲冑で、中の人さえ守り抜ければぶっ壊れて良いものなんだよ？

磨き上げるように丁寧に布で拭き、大切そうに撫でる。命を護《まも》るものを大切に扱うのは基本中の基本、だが命を懸ける際は見捨てるべきものなのだが……大事そうだな？　良い事でもあり、良くない傾向でもあるが本気の時はちゃんと壊して帰ってくる。成長し迷宮で余裕があると駄目らしい？

「お昼できたよ……って、未《ま》だ持ってたんだ？　いや、うん、頑張れ？」

全く成長していなかった！　三叉槍《トライデント》が火花を散らし抉《えぐ》るように突き刺し、瞬時に高速回転で捩《よ》じられ巨大なカルボナーラ球に変わる。パスタが引っ張り合いで右に左に大移動で、一緒にぷるんぷるんと揺れむっちむっちと押し合いむにゅんむにゅんと圧し合う。

「その麺は私のなのー！」「あー、そこはハムさんが多かったのにぃ！」「ちょ、私のよ！　食いつかないでよ！」「独占禁止！　全てのパスタは私のなの！」「「「いやぁー」」」「「「きゃあーっ」」」

生殺しの生肉の生女子高生地獄のむちむち地獄絵巻、食べてても味がわからない壮絶な

光景……って言うかなんで集まってきて取り囲むの！　触っちゃ駄目だ！　触っちゃ駄目だ！　触っちゃ駄目だ！　あれは食べちゃいけないものなんだよ！

あれだけ蟲汁に色々言っていたはずなのにお口からは白い液体をこぼし滴らせ、顔に白い液体を飛び散らせながらむっちむっち大戦争が勃発中で勃っしても発っしても許されない光学迷彩と自主規制のコラボレーションがパノラマ展開で絶賛上映中でお食事中、なう？

お利口さんのデモン・サイズさん達のお口を順番に拭き拭きしながら騒乱が終わるのを待ち侘《わ》びる。

「「「遥くんお代わり！　ゆで卵スライス多めで！」」」

戦乱は終わらないようだ。いや、儲《もう》かるんだけどさー、作るからお口から白い液体を零《こぼ》しながら迫ってこないでね？　うん、お口を俺が拭くの？　順番で？　そこにナプキンが……はい、拭かせて頂きます？　うん、なんか怖いな！

注文の名前を間違える云々の前に先ずちゃんと名前を覚えて欲しいものだといったらジトられた？

123日目　昼過ぎ　迷宮　75F

そして、やっと恐るべきむちむち生殺し女子高生スパッツ地獄が終わり、下層へと進む。

前屈《まえかが》みに？　うん、未《ま》だ歩きにくいな？

まあ、俺の役割は現状の把握。戦力の再分析と装備の兼ね合わせの確認と、それに応じた訓練内容の提言。そして言うまでもなく強い、ただただ強い。

「破城槌《はじょうつい》突撃、盾、槍《やり》、剣で！　遥《はるか》くん魔法お願い、突撃ーっ！」

きっと被害を厭《いと》わなければ相当に強く凶悪。その数の暴力と高い戦闘能力を十全に使いこなす戦闘集団で、安全策を徹底されているが故に破壊力を十全に使いこなせてはいないだけで既に恐るべきレベルまで強化された集団戦特化戦力さん達《たち》。

「「「了解《ヤー》！　突撃《ゴーアヘッド》します！」」」

だから俺の出番は雷撃の放射で終わり。既に獣人っ娘《こ》姉妹も女子さん達と完全な連携を確立し、仲睦《なかむつ》まじく大殺戮《だいさつりく》に御機嫌な御様子だ？

「妹狼《おおかみ》っ娘の方は既にビッチ達と同等の機動遊撃をこなすし、姉兎《うさぎ》っ娘は委員会と同レベルの遊撃戦を身に付け完全に戦力化されているし？　うん、なんで俺だけぼっちなの！

いや、まあ普通の男子高校生はあの集団に入れなくて普通な気もするんだけど？」

そして委員長さんと図書委員とは別の指示系統こそが、エルフっ娘。それは感情感知で罠《わな》や狙撃を読み取り、臨機応変に即興で指揮をこなしながら斬り込む双剣士。

女子さん達の弱点が異世界組で補われ、更に戦力が拡充されている。これに王女っ娘とメイドっ娘にメリメリさんまで加わるとわりとマジで洒落《しゃれ》にならない脅威だ。

「次の階層は迷路《メイズ》みたいです。最初の分岐は6！」「2人組編成、2チームで。両端からでいい？」「「「おっけーい！」」」

あまり女子さん達のスキルは知りたくないのだが、集団として見てもただ強い。個人としては多々言いたい事は有るけど、短所を潰すために長所を消すのも勿体ないと思えるほどに全員が万能戦闘型《オールラウンド》でありながら個々の強さを持ち完成されつつある……装備製作が間に合うのかな、これって!?

「発見！　報告リザードマンタイプ、土属性、剣と槍、毒と麻痺《まひ》！」「「「了解《ヤー》！」」」

個人用に調整された数々の武器を高いレベルで使いこなし、得意不得意はあれどあらゆる戦闘に対応できる知識と能力。

それは戦闘においては恐ろしい武器になる。攻め手が多く弱点がない。これだけの高レベルの集団を揃《そろ》える事は不可能だし、数では抑えきれない戦術能力と個人の強さがある。

そう、発生してしまったスタンピードを抑え込める可能性がある、唯一無二の集団戦闘部隊だ。ただ殺すだけの俺達とは決定的に違う、護《まも》る力を持った勇者さん達。

「あっちが戻る道に繋《つな》がります」「分岐路あり！」「左端通路、制圧！」「バラけず2人組で」「「「了解《ヤー》！」」」

だから甲冑《かっちゅう》委員長さんも踊りっ娘さんも、眠りっ娘さんまで入れ込む。あの3人は突出しすぎてたった一人で戦い、でもたった一人では守れず殺す事しかできなかった……どれだけ強くても、その無力さを思い知っている。

「集合完了」「うわ、ビリだった？」

だから焦がれて入れ込む——本物の強さに辿《たど》り着こうとする女子さん達に。それがどれほど困難で、どれほど凄《すご》い奇跡かを知っているからこそなんだろう。だって23人、戦いですらなく圧倒する23人もの英雄と勇者達が魔物達を蹴散らしていく。うん、圧巻だ？

「やっぱり袋小路だった？」「うん、でも宝箱ゲット！」「「「おお——っ！」」」

錬金術による魔力の効率化で、今以上の武器も配備できるようになる。成長速度こそ鈍ったけど、Lvだって上がり続けてるからまだまだ強くなり続ける。だから装備が追いつけていない。本職の生産職がいない事こそが不安要素だと言っていい。

「下りたら即時2列で横展開、即戦闘になるからね！」「「「了解《ヤー》！」」」

ざくりざくりと斬り払い、盾を打ち付け突進する。きっとこれを夢見て叶《かな》わず、羨ましくてずっと見ているんだろう……甲冑委員長さん達が夢見て目指しても届かなかった、本物の強さはこっちだから。孤立し裏切られ、迷宮の底で絶望に囚えられながら夢見たものがこれなんだよ？

「左に応援！　孤立させないで！」「遊撃、文化部組で行きます」

どんなに強くっても、たった独りの勇者なんて何もできない。そして、死してしまった英雄にはもう誰も救えはしない。うん、こっちが正解ルートだ。

「勝てなくっていいからね！　絶対に無理しないで、強くなるまでは耐える！」「「「わかってる、大丈夫！」」」

自信なさげに不安と戦いながら試行錯誤して強さを求めてるけど……その仲の良さが最強なんだよ。それだけの戦力が仲良く暴れられている事が本当の奇跡なんだから？

「殲滅《せんめつ》終了、小休憩しよう」「「「やったー！」」」

きっと甲冑委員長さんの奇跡の剣技に憧れ、踊りっ娘さんの究極の体捌《たいさば》きを渇望し、眠りっ娘さんの驚異的な能力を羨み、その比較故に自信をなくしては必死に心を奮い立たせてるみたいだけど……その3人が羨んでいるのはそっちで、3人ともたった一人で戦って勝てなかった。救えなかった。そう、守れなかったって悔やんでるんだよ？

強さに意味なんてない。仲間を失わずに生き残った女子さん達だけが本当の正解ルートで、男子《こっち》は既に失敗している。

散々殺し合って、無惨に残ったのははぐれ者ばかり。オタ達と莫迦《ばか》達とぼっちだよ？

うん、まあ自覚はある。ただ、称号に付けられてムカついてるだけなんだけど……ムカつくよ！　書くな!!

「次で最後だよ。遥くんは私がお願いするか、本当に危ない時までは見ててね？　あと1

人で自分のステータスさんと喧嘩《けんか》しないでね、かなりおかしな光景だからね？」「いや、良いけど迷宮王も『豪雷鎖鞭《ごうらいさべん》』や『永久氷槍《えいきゅうひょうそう》』の兵器級装備はなしでいくの？」

長時間の連戦を重視した通常武装のも。それで茸《きのこ》のMPドーピングもなしに迷宮王まで辿り着いた。つまり未だ連戦できるだけの余力を残し、確実に実力で勝ち進んできている。

「うん、それも今回の目標なの」

それは確実な確殺、魔物さんと確執でもあったんだろうか？　確実に一切ギャンブルせず絶対のまま石橋をハンマーで殴って魔物さんごと破壊し圧殺する圧倒。それは、今から地上で何かあっても即時対応可能な余力を残している。そして、実はそれこそが甲冑委員長さん達が女子さん達に徹底したもの。そう、命を懸けず、全力を尽くさない事だ。

「もう、それができるほど強いんだね？」（ウンウン、コクコク、フムフム、ポムポム）

そして76階層の迷宮王が、登場と同時に為《な》す術《すべ》もなく崩れ落ちる。その戦闘という名の破壊行為は万が一にも負ける要素なく、一切の被害を出す事なく危険を冒さずに圧《お》し勝つ。

「別に時間がかかるとか、それが普通なのにねー？」

それを気にしているらしいけど。普通はいきなり死ぬか生きるかの死地に元気一杯の一撃必殺で飛び込む方がおかしい。うん、可笑《おか》しくて大笑いなんだよ？　そう、あれが安全《セーフティー》な時点で間違っていて、俺達は守れないんだよ……あと、滅茶《めちゃ》殺すのだけ超得意なんだよ？

「速攻、危険です」「まあ、でも逆に戦いって危ないから、一瞬で一気に一撃で殺した方

が絶対安心で安全ではあるんだよ?」(ポヨポヨ)

ただ、それは限りなく死に近付く。だから女子さん達はそうならないよう、甲冑委員長さん達に枷《かせ》を嵌《は》められ均一化されている。そう、敢《あ》えて突出できないようにされている。

それは、自分達のようにならないように。それが誰よりも強くなりながら、殺す事しかできなかった失敗作の英雄達が夢見たもの。だから、それとは別の本当の強さ、死なずに何度でも何度でも挑戦できる強さを女子さん達は託されているんだよ。

「うん、死ななかったら負けて良いんだよ、次でも次の次でもその次の次の次でも勝ったら良いんだから?」(ウンウン、コクコク、フムフム、ポムポム)

負けても生き残れる者しか、その後まで誰かを救えはしないんだから。

「お疲れー、って言うかお腹空《なかす》いたの? ひもじいの? 飴《あめ》ちゃん食べる?」「「「食べる! でも、ちゃんと疲れてるの、お腹空いてへたり込んでるんじゃないの!」」」

ただHPやMPに余力を遺《のこ》しても疲労は出る。あと、お腹も空く?

「疲れたよー、硬いしでかいし中々死なないし!!」「迷宮王級はしつこいのよ、何なのあのHP1000超えって!?」「タフネス型《ViT》はキツいよねー、中々HPが減らないからイライラするよ!!」「「「うん、面倒だったー!」」」

それが、この結果。下層の迷宮王が面倒な時点で異常で、圧倒的に危険を皆無にして安全策だけで確実に倒せるからこそ作業になり……だから面倒。

その意味がわからず、強くなれないと足掻《あが》くけど……それは目標がおかしい。だって甲

冑委員長さん達が何十人もいたら異世界は大変な事になるんだよ？　うん、俺も夜が大変な事になるんだよ？

「もっと、ぱぱっと倒せないかな？」「いや、まあ危ないよ？」「でも……疲れる」「「「だね」」」

それは迷宮皇の強さへの羨望。そして既に迷宮皇さんが3人で凄《すさ》まじすぎるのに、スライムさんもほぼ同格。挙げ句デモン・サイズさん達まで成長著しく、だから焦がれて焦ってしまうのだろう。うん、だってお馬さんまで既に恐るべき強さになっていて、迷宮に放牧しても怪我《けが》一つしないいんだよ？

だけど守れない。女子さん達は教国でも最小限の被害で勝利し、自分達は勿論《もちろん》の事味方どころか敵軍までも被害を最小限に抑えていた……そう、あれを俺達がやってたら敵軍は皆殺しになっていた。だって、力じゃなくて殺せるだけだから。

「小休止、軽装備に切り替えて良いよ。でも盾は装備しててね！」「「「やったー！　疲れたー」」」

俺達は殺すしかできない。だが、女子さん達は生殺しができる！　そう、そして始まるむちむち生女子高生のむっちりスパッツ悩殺男子高校生生殺し祭り。それはもう祭りだ祭りだで、まあ辛《つら》いんだよ!?

「女子とはお着替えに時間がかかるものと古来から伝え聞いてはいたけど、朝は食堂で軽装備に着替えて、迷宮前で甲冑装備に着替えて、途中で休憩もあって、迷宮踏破と安全確

保でまたお着替えでむちむちと女子高生生肉スパッツ祭りがまた開催って……まあ、甲冑って蒸れるしキツいけどさー、男子高校生さんがいる前くらいむっちんぷるん祭りは自粛しようよ？」「「「乙女の着替えシーンでムチムチムチムチ言わないで!!」」」

そして……あっ、あれは!!

「あれ～、ドロップは腰鎧《こしよろい》だよ～？　剣道の前垂れの鉄板版みたいだね～？」「マジで！　それ買う！　おやつ食べ放題で譲って！」「「「売った！　早くおやつ!!」」」

速攻速着で即装備する。うん、鑑定なんか後でいい！　だって、それが全く使えない装備でも必須《いる》！　うん、男子高校生的に勃発してるけど誤射や発射はしてないんだけど、男子高校生的な勃興現象が事案化しつつある今現在で必須にして必然の必需品で必要なんだよ！　だって、汗で濡《ぬ》れ濡《ぬ》れで張り付き食い込んじゃってマジヤバなんだよ!!

「「「きゃあああああーっ！　いただきまーす♪」」」（プルプル♪）

お饅頭《まんじゅう》とクレープとカステラと善哉《ぜんざい》を並べ尽くして凶器的むちむちスパッツむにゅむにゅ乱舞の狂乱の踊り食いを余所《よそ》に、装着したまま外せない男子高校生の事情から装備したまま鑑定してみる。守りの要になる部位の防御装備なのだから!!

「えっと『不屈の腰鎧　持久力、耐久力、持続力、腰のキレに強化付与』って……全く全然さっぱり守る気なかったよ!!　ちょ、何を目指してるのこの腰鎧!?　まさか着けたまま腰鎧着衣でプレイしちゃう専用装備なの!?　いや、それはそれで滅茶邪魔だから!!」

まあ、買っちゃったし装着しちゃったから試してみる。当然だが暗い穴蔵の底でむちむ

ち女子高生肉スパッツさん達を相手に、腰の持久力と耐久力と持続力と強化されし腰のキレを試したら事案なので模擬戦だ。

「持久力《スタミナ》だと短期決戦型の俺には余り意味がない装備だけど……使える！　うん、これって腰のキレがマジで違う!?」（（ジトー……））

　腰のキレ、つまり重心が鋭く加速する。それは瞬間的な加速度で回転速度も体重移動も凄まじく良い！　なんかジトられてるけど？

「うをおぉー!?」

　踏み込みと共に下半身がクイッと決まる。刹那のズレもなく、重心が踏み込みと同時に極《き》まる。それにつられて加速する剣閃《けんせん》が疾《はや》い。踏み込みと重心移動と振り切る上半身の3つが一斉に早まり、一切が合わさると凄まじく疾い。

「体感から言って体幹が一気に動く体験な腰キレって思ってたのと違うんだよ!!」

　23人の30を超える剣の速さに超反応して、その反応の超速度に比する身体《からだ》の疾さで捌く。そして連撃が繋がり振るうがままに加速する、反射のみが対応していた高速の思考速度域に身体が付いてきている。閃《ひらめ》く剣閃は疾く、身体がくいくいと動き遅れがちな足捌きまで安定している。

「あぁー、腰がキレているから重心移動が遅れていない、だからこそ脚が自然に出るのか？」

　しょうもない装備かと思ったが……今でも若干思ってなくはないが、その効果は絶大！

　それは意味がない者には全くの無価値。ただでさえ腰鎧なんてLv30以下御用達《ごようたし》の初心者装備だが、これは使えれば意味深い。そう、極意と言って良い意義がある。

「腰って大事なんだな……って、それって男子高校生が気付くには早すぎる真理なんじゃないかなー?　うん、疾いな?」

　不可能と思われていた一之太刀《いちのたち》が、全然できてはいなくてもちゃんと意図して振るえている。思い通りには程遠く、その真実には遠く至れていないけど思い描く動きが実践できている。

「ただ万全を期したままに発動するのを待つのではなく、発動条件に意図して近付けて近付きさえすれば発動確率は一挙に上がってるっぽいな!?」

　そしてピコピコな一之太刀は鋭すぎる太刀筋で、ミスリルにより上位化された刀すら抵抗なくするりと……斬り裂き、刀身に食い込んでいく?　そして、破裂?

(パァアン《Bang》!)「うおー—うっ、吃驚《びっくり》した!!」

　何が起きたのかはわからないけど、何かが一致して正しく発動されてしまった間違い。

「あぁーっ、風船《ピコピコ》の剣で私の愛刀が!　斬られちゃってる、刀身まで深々と私の『もっこり助平』が!!」「いや、それって『にっかり青江《あおえ》』だよ!　模造刀だけど『にっこり』でも『もっこり』でも『うっかり』もしてない『にっかり青江』!　しかも助平って全国の青江さんに謝れ!　もしかしたら助平じゃない青江さんの存在する可能性だってあるんだよ?　多分?」

　その伝承はにっかりと笑う女の幽霊を斬り捨てて、次の日に確認すると石塔が真っ二つになっていたと言う中々うっかりな銘刀「にっかり青江」さん。そして敢えてそこを名前にしなくって良いよねと謳《うた》われし名刀の正式な名は珥加理《にっかり》刀。

「うん、どっちにしても珥加理《にっかり》だけど、もっこりもちゃっかりもしていないんだよ!」

　1尺9寸9分《63センチ》と微妙に区切りの悪い長さだけど、元は2尺5寸の太刀だったのが2尺へと磨《す》り上げられた太刀ではなく日本刀な大脇差しさんだ。

「南北朝時代の備中青江派の太刀さんで、後に刀剣極所の本阿弥《ほんあみ》家の鑑定でも値が付けられない極上品だよねって『無代』とされた銘刀中の銘刀なんだよって懇懇と教えて、超もったいぶって高く売り付けたのになんで『もっこり助平』で覚えちゃってんの!」

　うん、珥加理《にっかり》なんだけど、にっかりしたら斬られちゃう太刀なんだよ?

「ちょっとー、私の『すっきりアロエ』まで斬られちゃってるよ!!」「そう来たか!? って、一気に爽《アロエ》やかになってるけど『にっかり』だから! 青江さんに近付いたと見せかけておいて植物になってるんだよ!」

　そう、ギョギョっ娘と裸族っ娘に2つ作った同品なのに、何故《なぜ》だか名前だけ別の方向性を目指してしまったらしい!

「風船《ピコピコ》剣とか呼ばれているけど俺『ピッコリ八兵衛《はちべえ》』さんだって兄弟剣だったんだよ? こっちは元の2尺5寸《75㎝》の太刀バージョンだけど外装が破裂しちゃってるよ? 実は何気にゴムもビニールもないからピコピコ用の樹脂製布は高価なんだよ?」

うん、何気にピコピコシリーズは高価で制作にも手間が掛かっていたりするんだけど、ほぼ出番はないんだよ?

「「「お揃いだったんだ、私も『にっくし奴《やつ》め』が欲しい!」」」「に、憎まれてるのに名前が間違えられているだとおお――っ!って、刀は間合いが短いし軽いから向き不向きが激しいんだよ?」

膂力《りょりょく》――戦国の武士より強靭《きょうじん》な身体能力を持ってしまった女子さん達には重さもだが長さも必要だ、振りが軽すぎる剣というのは使いづらい。使いこなせると速いんだけど速すぎる剣は扱えないと振り切りで身体を痛める、実際にギョギョっ娘と裸族っ娘以外はみんな太刀か剣だ。

「ね～、予約したら幾らなの、『にょっきりアモーレ』?」「ラテンな愛の言葉がニョッキリだった!?って、それ何をどうア・モーレしちゃってニョッキリしちゃったの!? さすがラテンの国、恐るべきアモーレでニョッキリしちゃうらしい? 長いな?って、何が!?」「私も長い太刀の方が良いから『しっかり扇《あお》げ』がいい! 暑いし?」「もう最後の一言で間違いですらなくただの我儘《わがまま》だったよ!? それ、刀じゃなくて団扇《うちわ》を買おうよ! それ、絶対に刀じゃなくて団扇の仕事なんだよ!!」

うん、エアコンの試作品は完成間近だが、なければない方が良いものだから様子見中。便利になるのは良いけど、行きすぎると魔石動力の無駄遣いが始まりそうな危惧がある。

そう、人の欲望に限りはないんだけど……「しっかり扇げ」はただの命令だよ!!

「私も『きっかり喘《あえ》げ』でお願いしたいですわ」「何処《どこ》の鬼畜系キャラなの!?　そして、その刀は一体全体何を目指しちゃってる刀なの!!」

うん、なんだか絶対に男子高校生が刺しても刺されてもいけない鬼畜な刀が出来上がりそうな恐ろしい妖刀ネームだった!

「買いまーす、『しっこり足蹴』を2刀対で!」「いや、俺もそれだけは若干の興味を覚える名付け《ネーミング》なんだけど、一体その刀を持って脚で何する気なの!?」

うん、案外と脚も恐ろしい。なぜなら性女の嗜《たしな》みには普通に足技があるんだよ?

「ええ～っ、私も『ゆっくりア・ト・で～』が欲しいな～(ぷるるるる～ん♥)」

「……(ゴクリ!)」「「何処見てるのよ!　その寄せて上げるお願いポーズも禁止!　両成敗《Wギルティー》!」」

罠だ、これは罠だ!　だって、たわわなんだよ!!

「いや、今のはスライムさんとの思い出に、ちょっぴり想《おも》いを馳《は》せてただけなんだよ!?」

「「そのスライムさんは想っちゃ駄目!」」

スライム界における差別問題なのだろうか!　いや、だって「ぷるるるる～ん?《How Do You Do》」って言われたし?　あれ、言われたっけ?　誰に!?

「でも、欲しいよねー、『むっつりアホ毛』」「いや、俺もその新ジャンルのむっつりアホ毛は見てみたいんだけど、そのハイブリッドにアホとむっつりを表現しうる髪型はどんな刀なのっ!?」

まさかのむっつりまで指し示す新たな記号《アホ毛》表記が異世界には存在していたのだろうか？

「だから『ひょっこり島へ』？」「いやいや『のっこり亀で』？」「えーっ、『ぺっこりごめんね』とか？」「あえて『のっぺり顔で』！」「寧《むし》ろ『ドンペリ入れろ』♪」

うん、全部突っ込んでいたら迷宮にお泊りになりそうだ。そう、今こそ俺のスルー力が試されている！　このむっちり薄々スパッツさんと暗い迷宮でお泊りは腰鎧だけでは防げない、だって腰のキレも良くなってるし!?

「スルーだ、俺は地上へ帰るんだ……あの日の光が溢《あふ》れる地上へと、痴女じゃなくて地上なんだよ!!」「だったら『どっぷり中へ……』（パッコーン！）痛――いっ!!」

うっかりしてたら、俺の好感度さんが危機だった!!

「いやハリセンで突っ込まれるのは健全で、その刀名は突き刺したら犯罪な危険な名称すぎなんだよ！って言うか『昨日は遥くん（作成）の「どっぷり中へ」でいっぱい刺されちゃったよ』とか街中で言われると俺の好感度さんが辺境地帯で絶滅確定なんだよ！　今ですら存在未確定の不安定な危機的状況なのに、その刀が量産普及された時点で滅亡が確信されちゃうんだよ！　怖いな!?』

うん、決してスルーできない事案だった！　帰ろう。異世界で最も恐ろしい場所と言われる迷宮の底は恐怖に満ち溢れていた……まあ、恐怖の原因は一緒に帰るからどこにいても変わらなかったりするんだけど？

無重力空間のピンボールはふははと両手を広げて水鳥が片足立ちでスライム虐待らしい。

123日目　夕方　宿屋　白い変人

無駄と無意味の粋《すい》を凝らせた超特異能力が目白押しで、無闇矢鱈《むやみやたら》に無駄遣いと暇潰しという名の想像外の驚嘆が出番がなかったという理由で荒れ狂う。

「ふっ、やらせはせん、やらせはせんぞー！」（ポヨポヨ!!）

線と円の軌跡が無分別に無差別に無茶苦茶な軌道を描き乱舞する、狂喜乱舞のお遊びの狂乱絵巻……うん、酔いそう。

「甘い、ポヨポヨ粘体拳破れたり！」（プルプル!?）

それは究極に無駄な高技術の粋。これは極限に巫山戯《ふざけ》た無意味が生み出す奇跡。

「くっ！　やるなスライムさん、通背拳《つうはいけん》を通背拳で弾《はじ》くとは……さてはさぞや名のあるスライムさんって、名前がスライムさんだった!?」（ポムポム♪）

上下左右のない無重力空間のピンボールのように荒れ狂う空中功夫戦闘《カンフーバトル》が開幕しちゃって、重力を消し去り空中を駆ける非常識極まりない戦いを謎のポーズを挟みながら超高速で展開していく。

「頭がおかしくなりそうな光景だねー？」「うん、だって頭おかしいからねー？」「だよね、

光景さんは無罪だよね？」

回転しては上下が変わり、逆様に天井に着地して斜めに立つ。その天井を駆け抜け、回転しながら壁に着地して飛び跳ねる上下左右が荒れ狂う狂乱劇。普通、空中を蹴れて、天井や壁に立てて、体重を消失できたって……上下感覚は消せない。そんなスキルを意識して活用できても、常識が邪魔して斜めには立てない。そう、非常識！

「喰《く》らえ、我が奥義ーー！」（ポヨポヨーー！）

無邪気に非常識に遊んでいる。ただそれだけなんだけど、凄《すさ》まじい高難易度で超常技術が無駄遣いの大盤振る舞いな遊び。

だから、みんな呆《あき》れながら恐怖する。だって、もしあんな敵がいたら対応できない。だって例外なく絶対的に生き物は無重力下であっても、下を意識できないと方向を見失うから。だから、あんな非常識な戦いに巻き込まれたら、絶対に普通に戦うなんてできないの？　うん、無理！

「ふっ、お前はもう……ぽよってる」（ポヨポヨ!?）

まるで魔法。きっと、これこそが魔法。これは便利な技術《まほう》でも、強い攻撃《まほう》でもない夢と非現実の魔法《ファンタジー》。

きっと、ちっちゃな子供しか見られない夢みたいな自由な世界。それは常識を持ってしまうと想像すらできなくなってしまう夢の世界。そんな非常識な世界を自称人族と不条理な粘体生物が縦横無尽に疾走し、変幻自在に立ち回って円転滑脱に跳ね回り、応用無辺に

飛び回る素敵な夢みたいな……現実の悪夢！

「ふはははは、我が拳の前にぽよらぬ者なしいいいーっ！」（ポヨポヨー！！！）

四方八方大混乱で大騒ぎな大騒動の大乱闘。きっと異世界常識からも最も遠い２人のお遊びは、絶対誰が見たって理解不能の意味不明。

「うん、楽しそうだね？」「見てるこっちは常識が瓦解していっちゃうけどね？」

詰まるところ戦闘は想像力《イメージ》。だから常に正しい閃《ひらめ》きを選び取り、自分が有利で相手が不利になる想像を重ねる作業。

「くっ、教師にもぽよられた事ないのに？　うん、確かスライムさんはいなかったんだよ？」（プルプル）

斬る想像《イメージ》。倒す映像《ビジョン》。その瞬間を明確に思い浮かべ、より良い想像をぶつけ合うのが戦い。だから誰もが呆れ圧倒される。こんなのが敵だったら戦えないから、だって戦う姿すら想像なんてできないから。

だから自由《ぼっち》、それは戦術的な連携も不可能で、誰にも指揮が執れない唯我独尊の自由奔放。

「重力にも囚《とら》われないけど……常識にも捉えて貰《もら》えないんだね？」「うん、常識さんも見放してるよね～、もう物理法則さんも見なかった事にしてるんじゃないかな～？」

思いの儘《まま》に当然のように宙を駆け巡るドタバタが、神出鬼没の遭遇戦を臨機応変に繰り広げる滅茶苦茶《めちゃくちゃ》なアクロバットさんも泣いて逃げ出す変幻自在の空中戦。そしてポーズを

付けて颯爽《さっそう》と壁に着地して……床に転落する。うん、上下感覚も常識と共になくしていたんだね？

（ポヨポヨ）「ちょ、スライムさんに騙《だま》された――だとっ!!」（プルプル）「いや、なんかシュタッて感じに格好良く着地するから、俺もって思ったら壁だった件!!」

満足気にスライムさんを抱え笑いながら歩いているけど、流石《さすが》にフラフラしているね？　でも、たったそれだけ。見てる方が目が回り酔っちゃいそうな戦闘でもフラフラするだけで、もう普通に歩けている。

「まあ、戦闘ではできないらしいけどねー？」「「うん、あれが普通にできちゃったら魔物さん可哀想《かわいそう》だよ!?」」

だってアンジェリカさん達《たち》も呆れて笑っている。それは迷宮皇だって不可能で、多分やってできない事はないのだろうけど……3Ｄ立体機動戦闘なんて考えた事もなかったはず。だから訓練場は壮絶な光景に見惚《みと》れながら笑うしかない私達と、非常識の塊に誤った常識を教える小田《おだ》くん達……うん、共犯者発見！

「いや、上から飛来する時は手は広げないと？」「いや、そこは敢《あ》えて水鳥のように羽撃《はばた》くべきかと！」「「おおー、天才現る!!」」

あの光景を見ても平然と駄目出しを出し、異世界より非常識な常識を熱く語る犯人。うん、なんか物凄《ものすご》く生き生きしてるし！

「こう、決めと溜《た》めがないから忙《せわ》しないんですよ！」「そうそう、効果的に停止《ポーズ》を入れな

いと！」「マジで？　普通止まったら不利なんじゃないの？」「「「そこはお約束です！」」」「いや、確かに緩急が？」「あっ、そこで相手の拳の上に片足立ちって言うのは!?」「「「それだ！　それこそが極め停止《きポーズ》!!」」」「いや、お前ら拳の上って……粘体《スライム》さんなんだよ？　うん、片足立ちってスライムさん踏んだら可哀想じゃん!?」（ポヨポヨ!!）「「「そうだった!?」」」

そう、遊び。命懸けの異世界を遊び、未知の現象を愉《たの》しみ、面白いどころじゃないはずの異世界を面白可笑《おもしろおか》しく生きている男子達……うん、なんでなのか男子が集まると子供化しちゃうよね？

「あれを、真似《まね》したら、いけません。あれは強さとは、違います」「「「うん、真似しろって言われてても、あれは絶対に無理だから大丈夫！」」」

楽しく暮らす事を誰よりも実践し、誰にも幸せを強制する我儘な非常識の具現者さん。

「強さはピラミッド、積み重ねて高くするもの。あれは細く長い棒の上に立つ高み、あれは危ない、です」「「「だから大丈夫だって、あれ常識が邪魔して誰も真似られないから!!」」」

そう、未《いま》だ剣と魔法の世界の法則《ファンタジー》に順応しきれない私達とは違い、謎のオタ知識で異世界にオタ理論を強制するファンタジーよりも非常識な小田くん達。そして、そんな謎理論に乗っちゃってできちゃうのって……遥《はるか》くんとスライムさん以外無理だからね？

「急に、強く、なれません。御主人様《ますたあ》の、あれは強さじゃありません。危険《あやう》さです」「「「う

ん、あれ見ちゃうと私達の常識が危機だったよ!!」」

お風呂の中で釘《くぎ》を刺される。見てしまったから。魅入られてしまったから。

今日は朝から一緒にいて、デモン・サイズさん達も私達も一日甘えて独占して……そうして休ませた。なのに朝より強くなっていた。たった腰鎧《こしよろい》を一つ手に入れただけで、また強くなってしまっていた。

「私も『不屈の腰鎧』借りてみたけど……しょぼかったよ?」「うん、何かクッて感じで身体が動くけど……ただそれだけ?」

鑑定しても『不屈の腰鎧　持久力、耐久力、持続力、腰のキレに強化付与』と、守る気もないけど強くなる気もなさそうな使用目的が怪しい腰鎧だった。あれは急に動きが良くなったり、疾《はや》さが増す理由になり得ない。

「そうそう、こうキレが増した感はあったけど?」「うんうん、回転とかはグイッて?」

腰のキレ。理屈ではわかるけど違いも変化もわからない。なのに腰のキレだけで動き自体が変わり、腰の動きだけで重心が加速し体捌《たいさば》きの速度がキレッキレで姿勢制御も体重移動も格段に変わっていたの!

「「「ぷはーっ!　極楽極楽《ヘブンリーヘブン》」」」

泡沫《あわあわ》なボディーソープを洗い流したらもう夢みたいにぷりぷりの滑らかお肌。これも『分離融合《アルケミー》の腕肘甲』の錬金力上昇と分離融合や溶解凝固に変化変質の効果で、新たに抽出合成から見直された濃縮高分子茸汁《きのこじる》配合ぬるぬる泡沫《あわあわ》ボディーソープ（試用品）は奇

跡を超えていたの！

「ヤバい、もう手放せない！」「うん、ツルツルぷにぷにだよ!!」

もう、これ以上はない究極だと思い、最高の幸せを感じていたつるつる赤ちゃん肌は透明感を増して輝くように綺麗《きれい》に……だから自分の肌に見入り、みんなの肌に見惚れる。

「動きが、組み合っただけ、です。制御できない物、組み合わせて、扱う。あれは、強さとは違います」

二重相反《ジレンマ》。いつも危機的な遥くんが強くなるのは嬉《うれ》しい。だけど、遥くんはその力でもっと危ない事をする。身体《からだ》が壊れないように強くなっても、その制御不能の強さはいつか必ず遥くんを壊す終わりのない問題で……原因は反省も成長もない遥くんなの。

「さっきのを見て、ようやく絡繰《からくり》が理解できました。あれは全く強くなどなっていません。扱いきれない意味不明な能力《スキル》を膨大な装備で発現させ、謎の魔法や効果《スキル》を組み合わせて無理やり使っているだけですよ。結局は制御を取り戻せてなんていないんです、上手《うま》く合わせて扱えているだけでした」「「「やっぱり狡《ズル》だったの！」」」

嘆きながら呆れ、怒りながら途方に暮れる。そうして、ぼやきながら艶々《つやつや》のつるつる美肌で湯船に浸《つ》かる。水珠《みずたま》を弾く潤い満点の瑞々《みずみず》しい肌理《きめ》細《こま》やかさに、みんな目がうっとりして幸せに溺れそうに目が潤んでいく。

「問題は……偽物の強さでもあれは凄まじくなかった？」「あれを倒さないと……押し潰しちゃう？　うん、戦闘じゃ無理？」「倒せなくても遥さんを守りたいです！　だって

……いなくなったら嫌だ!!」「焦らない。みんな強くなれる、ます。それまでは、絶対に守る、大丈夫です」

昨日は無理していたらしいけど、今日はあの凄まじい動きの模擬戦でも自壊すらしていなかった。寧《むし》ろあれほど動けていても未だ制御系が崩壊していて……なのに、それを腰のキレだけで操作しちゃってるってなんなの！

「速すぎる超反応、四肢、咄嗟《とっさ》に、出ます。それに体幹が付いてきた……あれは、全部腰だけで操ってます」「「そう言えば腰捌きの第一人者な性皇様だったね!?」」

尽きない心配と、果てしない斜め上の強さ。そして……真のお風呂女子会へと話は進む。

そう、性皇攻略！

「やっぱり正攻法で恋愛アピール……じゃ駄目ですよね。うん、気付きもしないんだから?」「だけどボディータッチ作戦で意識はしてるよ？　まあ……少なくとも下半身は？」

「「うん、前屈《まえかが》みだったもんね？」」

実際、駄目元でやってみた押《お》し競饅頭《くらまんじゆう》は効果的で、遥くんの遠かった距離感は近付き、強固な壁が確実に壊れつつある。

「しかし、あれでも触ってすらこないって。普通あそこまでされたら……気付かない？」

「あれって～、痴女と思われてるかも～？　時々～心配そ～うな目で見てるし～？」「「鈍い！　鈍感だ!?　鈍《にぶ》くて鈍《のろ》い鈍亀だ！」」「ただガ○ラより凶悪だけどね一……しかも亀さんがまた凶暴な形に成長してたし！」「「あんなの乙女には無理だよ（泣）」」

そう、それは乙女にはあまりにも大きすぎた。

「凶悪。あれは魂ごと、抉《えぐ》り出され、ます！」「きゃあ――っ！（ブクブクブク……）」

大きく、太く、硬く、そして形は凶悪すぎた。

「内部で蠢《うごめ》いて、振動。変形。死ねます」「いや――っ！（ゴボゴボゴボ……）」

それは正に……凶器の塊だったの？

「意識、記憶、自我が全部吹っ飛びます！」「ひゃあああぁーっ！…………（泡）」

みんなが聞き入って、逆上《のぼ》せて溺れ始めている。そう、あれは思い出しちゃうと乙女には危険物で刺激が強すぎるの！　だけど……慣れて戦えるようにならないと？

「正攻法は無意味だけど、試して……も会話の時点で崩壊するんだよね？」「今も私達を元の世界に帰らせようと、必死に研究している遥くんが……恋愛感情で手を出す可能性は皆無でしょうね」「あっても絶対に隠し通すか、騙し通すよね～？」「「「うん、性皇でエロいくせに、純愛思想で貞操観念が固いよ!!」」」

実は現在のお妾《めかけ》さんが3人いる事にすら罪悪感を垣間見《かいまみ》せ、色々言ってはいるけどあれで自主的に恋人を増やそうとする事は有り得ないだろう。

「でもでも、やっぱり薄々スパッツさんの効果は絶大だったね？　前屈みだったし！」「だけど今度からは腰鎧が……あれは邪魔ですよ。売って良かったのかな？」「うーん、でも遥くんの安全には代えられないからねー……変な効果が有りすぎだったけど？」

凄まじい暴虐的な威力を誇る性皇の力を持ち、魅了でも傀儡《かいらい》でも洗脳でもなんでもでき

る羅神眼を持ちながら……実は未だに襲われて既成事実を作られる以外に何もしていないヘタレさんなの？

「あれは最強最悪の凶暴凶悪な草食系エロ男子だから」「うん、超攻撃型最強破壊力保有の受け身系男子《ヘタレ》なんだね！」「襲わないと既成事実すら作れないのに、あんなの襲うって乙女には死ぬよりも怖いよ！」

誰にでも優しい男なんて最悪だ。だけど、その優しさは世界中の誰よりも優しい。

口説いてもくれない男なんて最低だ。だけど、黙っていても世界中の誰よりも心から心配してくれている。

私だけを好きになってくれない男なんて許せない。だけどね……みんなの思いを無碍《むげ》にしたら絶対に許せない！　それに、もしあの時アンジェリカさんの想《おも》いに応えなかったら……私達は一生涯、絶対に遥くんを許さなかっただろう。

そう、矛盾している。独占したいけど、ずっとみんなで一緒にいたい。

ハーレムを作る男なんて最低最悪だ。だけど……そこでは、きっとみんなが笑って幸せに暮らしているんだろう。当たり前のように、それが当然のようにずっとずっと。

「「うん、問題は……遥くんの純愛路線？」」「うん、何で致命的に果てしなく何処《どこ》までも手遅れだって気付かないんだろうね……だって性皇だよ？」「「だよね？」」

だけど、私達は遥くんに……でも、凶悪なの？　うん、あれはヤバいよね!!

良い子は絶対に真似しないでねって、真似したら良い子じゃないなら結局は悪い子なんだから真似しても問題がなさそうな気がする。

123日目　夜　宿屋　白い変人

何かを極めるとは、なんと過酷で苛烈なのだろう。丹念に正確な採寸《触手》で丁寧に繊維化された生地を貼り付け、仮縫いし調整して縫い合わせて補正をしていく。そこから着用感の確認で、操人形化で動かしながら細部まで丹念に綿密に補正していき、再調整がニョロニョロと始まる。

　無限の触手で何処《どこ》も彼処《かしこ》も修正が加えられ、一分の隙も一部の好きもなく蠢《うごめ》き犇《ひし》めいて覆い尽くして贅《ぜい》を凝らしていく。各種《あられもない》ポーズでの試験と、各種《はしたない》動作に対し補正の繰り返し。常時再設計されて、再度検査で撫《な》でて捏《こ》ねて揉《も》んで震わせて……ようやく完成を見る？　うん、見てないな？

「まあ、完成を見る前に……うん、なんで下着を作るとみんなブリッジを始めちゃうんだろうね？　プロレスブームなの!?」

　未《ま》だコンプレックスが残るのか、毎回下着の注文に補正効果を求めてくる。だけど既に運動不足気味で細かった身体《からだ》は鍛え上げられ、Ｌｖアップの効果で身体は引き締まり我儘《わがまま》な野性味すら帯びているというのに……自信がないらしい？　それは、おそらくは

心的外傷《トラウマ》。

「ううぅ……んっ、頑張れ私！」

そんな劣等感があるのに、あの美人クラスに入れられてしまいコンプレックスが悪化してしまった……うん、その美人クラスに入れられている時点でわかりそうなものなのに？　美人だとやっかまれる。それが大人しい性格だと、虐《いじ》めに変わる。それで何か言われたのかはわからないけど、きっと容姿やスタイルについて貶《けな》されたせいで自信が持てない。

「すっ、素敵になるんだから……あっ、あああっ!!」

ずば抜けた美人さで妬まれ苛《いじ》められた。それがただやっかみで無意味な悪口でも……続けられれば呪いになる。そう、暗示だ。

「もっと綺麗《きれい》になって……み、みんなと……あうっ!!」

だが、自分で信じてしまった暗示は、存外に解き難《にく》い。それは理屈ではなく感情で精神を縛っているから、論理的説明や客観性すらなんの意味もなさない。

自分が可愛《かわい》くないから虐められる。可愛くなればみんなと仲良くなれる。そんな悲しい思い込みで心を守った代わりに、それが呪いと化した。それに比べてこっちの2人は？

「私は綺麗ですから、見ぃ合うものをおっ、ああっ!!」「美しさなんて主観ですよ……ひいっ！　じ、自分が綺麗だと思えれば美人ですううっ！」

図書委員は自分に疑いがない。そして美術部っ娘《こ》は、その美しさの解釈が異なるために人の意見に興味すらない。問題なのは手芸部っ娘と服飾部っ娘と料理部っ娘。美人だから

苛められたのに、綺麗にならないと嫌われると言う強迫観念に近いものがある。なのに自信がないから自分を認められない堂堂巡《ループ》り。

「その点ビッチ達《たち》は感動的だよ。うん、あれだけは褒め称《たた》えて良いよね……見習え？」

だって、あの5人は美人でやっかまれ、苛めに遭おうと、中傷され嫌がらせを受けようと……だからこそ逆に美しさを磨き抜いたらしい。

美人だからと嫌がらせをするなら、その復讐《ふくしゅう》は——より美人になる事だと。だから原因の美しさこそを徹底的に磨き抜いて、嫌がらせする周囲を見下し返していたらしい。うん、性格はあれだが天晴《あっぱれ》という他ないいんだよ？

「みんな美人すぎるんです」「異世界人さん達って西洋人体形でズルい！」「だからスタイルが良く見える服と、スタイルを良くする下着が必要なんです!!」「「「そうだそうだ、西洋人はズルい！　汚い！　悪辣な不平等だー！」」」

うん、なのにこっちはコンプレックスを拗《こじ》らせ極めて……更に西洋人コンプレックスまで会得したらしい!!

「もう見た目大差ないから！　運動不足気味だっただけで、引き締まって持ち上がってるから現行品の補整下着ももういらないくらいなんだよ？」

文化部3人組は自覚がないのかもしれないが、元々骨格《スタイル》は充分に良かった。それが最近では運動と姿勢の矯正で更に危険なバディーに成長著しく、元々があの異常なクラス基準での僅差の劣等感で……それは一般的にはとんでもない贅沢なコンプレックスだったんだ

よ？

だって、普通はあのクラスに入れられない。だって、あそこにいたって言う事は美少女すぎて何らかの問題が起きていたレベルなんだから……うん、なのに自覚がなく劣等感だけがあるらしい。

「だってなんか不安なんです……顔も地味だしスタイルだって見劣りするし」「お風呂で見とれちゃうよねー、みんな綺麗で余計にコンプレックスが……」「ちょっとだけ自信がついてきたのに、またみんな急成長しちゃうし」

甲冑《かっちゅう》委員長さん達と言う、理想を現物で見てしまったから憧れてしまった。そんな新たな憧憬《コンプレックス》を……俺に丸投げしようという他力本願こそが運動不足だった原因なんだよ!!

「だからLv100超えて、みんな体質自体が変わったみたいだけど……一緒に急成長してるから大差ないよね？　うん、何故《なぜ》だか女子高生全員の寸法から肉体構造まで全部把握してる男子高校生な俺が言うんだから間違いようのないレベルで同レベルだよ！　寧《むし》ろ異世界人組が追い付かれ気味なんだよ？」「「「マジで!?」」」「本当に!!」「お世辞とか嫌です、ちゃんと言って下さい」「いや、って言うかお風呂に一緒に入ってて、文化部の誰かが他の誰かと見劣りして見えた事って……あるの？」「「「……ないですよ？」」」

ぶんぶんと首を振る。つまり自分以外は綺麗だと思っている。論理的に判断できているのに、それがおかしいと思わない程度には精神が抑圧され齟齬《そご》が起きている。

「ああー、これって……面倒《めんど》いな？」

劣等感の中でも身体醜形障害《BDD》の醜形恐怖症が強迫性障害関連症群《スペクトラム》として顕在化されている。当然きっと心的外傷《トラウマ》絡みだろう。

美人すぎて転校しなければならなかったレベルなら確実に心的外傷《トラウマ》はあるだろうが、やっかまれ悪口を言われ続けて精神的に書き込まれたんだろうなー……コンプレックスは直訳すると「複合観念」、多くの場合は自己嫌悪や自己否定の感情に抑圧されるか強迫感になって恐怖症におちいる。

「うん、おれもお説教（物理）恐怖症な男子高校生で、逆にあれに恐怖を感じなくなるとそっちが病気な。恐ろしい弾圧で……弾力がヤバいな!!」

それが3人揃《そろ》った事で起きた共依存状態。そうして「私なんか」が共感し合い複数形の「私達なんか」になってしまった。だから比較対象や、言葉では納得できない。信じられないから……その全てを数値として正確に計測できる俺に食い付いた。

「それが強迫観念で、自分から鏡を見ても悪いところを探して、負けている部分を見つけちゃってるだけなんだよ？　うん、俺くらいの強く健全な心を持つと、鏡を信じなくなるから大丈夫なんだよ？　うん、なんか滅茶《めちゃ》目付きが悪く映る不良品ばっかりなんだよ？」

だから、俺の言葉に食い付く。目に怯《おび》えを見せながらも輝かせる。

「だって脚だって短いし……」「えっと、長さ的には16番目だけど身体比率《プロポーション》で言うと12位？」

人は動き変化するものである以上、非限定条件下で完全な数値化は不可能だ。まして美

醜は数値化できないのだから、どうやっても比較検証は意味をなさないから自信の付けようがない……うん、俺以外にはできない？

「顔が大きいし……」「頭部の質量なら10位だけど正面投影面積なら8位で身体比率《プロポーション》で言うと9位だから上位陣？」

　だから延々と語る。優しい言葉でもなく、勇気づける名言でもなく。ただただ現実《リアル》な数字と言う真実で、徹底した数値比較で比率を統計学で表し美醜すら定義しひたすらに自己への悲観的内容を数字的に論破する。

「でも、みんな綺麗……」「いや、感覚は主観で客観性がない曖昧で無意味な集合意識で、俺の可愛らしい瞳だって、もしかしたら目付きが悪いと思う人だって存在し得る可能性は否定し得ないんだよ……まあ、見付けたら埋めるからいなくなるけど？」

　いかなる自己否定も女子組30人の比較内で下回らないという、確定的な数字の事実で否定していく。勇気付けも励ましもなく、自己否定のあらゆる論拠を否定して破壊する。

　そう、心が信じきれなかろうが、知らないんだよ？　ただ真実の数値的な絶対的な正確さで厳密に美醜まで数値的に導き出し、心なんて無視して頭に焼き付ける。

「ぽっちゃりだし……」「えっと、体脂肪率の低さで言うと3人とも上位で……そのトップ3名は、お胸に体脂肪さんがお留守なんだよ？　なりたいの？」

　無言のお返事だった！　心が必死に作り出す身体醜形障害《BDD》を存在不可能なまでに粉砕し、その可能性すら殺し尽くして微塵《みじん》の根拠すら持たせずに数値という絶対的な比較検分で殲《せん》

滅《めっ》する。心理的軋轢《あつれき》で泣いても叫んでも破壊して潰し、その言い訳すら許さず論理で論破する。全ては数字が真実を語っていて、心が間違って嘘《うそ》をついているんだよと歪《いびつ》に歪《ゆが》められた精神構造を分解する。

「でも、不細工だから……」「顔の構成パーツの大きさと位置を比較化しても20人の中で平均値だねー？　そうすると女子は20人全員不細工になっちゃうんだよ？」「で、でも肌も汚いし……」「皮膚密度、潤い比率、体組織、色彩から言って上位陣だねー……あの女子組の中でも？」

個別なものは簡単だ。短い長い、大きい小さい、太い細いを完璧な数字で黙らせる。

そしてバランスや位置がというこじつけは絶対的な比率と標準値で消し去り、見た目や質感に至れば統計学で美醜を定義し肌当たりのミクロの成分数値で打ち砕く。

「うん、俺の科学的実数だけを積み上げた採寸に、心や主観なんてあやふやなものでは対抗なんてできないんだよ？　うん、ちゃんと美人さんなんだよ？」

抱き合ってわんわん泣く。その文化部っ娘の3人に問う、だって今ならばまっすぐに聞けるはずだ。きっと今は怖くて泣いているのか、嬉《うれ》しくて泣いているのかわからないんだろう……それは悔し泣きなんだよ？

「って言うか自分以外の2人を見て、他の女子さん達と比べて劣って見える？　劣って見えるところがある？」

ぶんぶんと首を振る。当たり前だ、見たらわかるはずの当たり前が見られなくなってい

ただけで……自分を貶《おとし》める根拠を失った今なら簡単だ。

「誰もが誰もを劣って見えないって言う事は、それって客観的に劣ってる部分が見出せないんだよ？　うん、だって数字的に存在しないものを見出すのって、どれだけ細分化させて探し出しても不可能だと思うんだよ？」

お互いに見詰め合い、見回してまた見詰める。見合ったたって美人しかいないから否定する要素が見出せない。うん、当たり前だよ、美人さんなんだから？

ありもしないものを精神的に書き込まれた、心への外傷《きず》。心的外傷《トラウマ》だ。人の心に傷を刻みつけるのは言葉という呪い。だから、その言葉を否定し尽くして言語を破壊する。

「綺麗じゃないから虐められるって理由を付けて、無理やり心を守ろうとして認識が歪められてしまったんだけど……うん、棒でも持ってボコればよかったんだよ？　自分を傷つけて否定するくらいなら、相手を殴った方が全然健全に建設的で健康的で……あと楽しいんだよ？」

うん、心が傷付けられそうなら、先に物理で傷付けると精神は健全なんだよ？　虐められて仲良くなれない事と、美しさが混同され逆転してしまった。そうして心を護《まも》った。だから壊すんだよ？

うん、だってもう仲の良い友達なんていっぱい持っているんだから……もう、そんな精神的甲冑《コンプレックス》ってもう必要ないんだよ……普通に甲冑を持ってるし？

「だから、美人すぎてやっかまれ悪口を言われ続けてただけで、思い出せばわかるよね？

うん、僻《ひが》みで『ブス』って言うブスだの、『スタイル悪い』とか『肌が汚い』とか『足が短い』とか言ってきたって不細工《ぶさいく》さん達ってさ……みんなより綺麗だったの？」

壊れる。だって呪縛を壊すのは簡単で、美人を見て僻むような相手が美人なわけがないんだから？

「うん、性格は行動に出て、行動が顔の表情筋を育てるんだよ？　だから最初から僻む程度の骨格な性格ブスの顔面が……誰かを虐めて罵りながら綺麗に整う事なんて有り得ないんだよ？　うん、物理学的に無理？」

混乱している。だけど今ならわかる。だって、友達はもういるんだから。そして……顔面の造形が残念になるような虐めっ娘はいないんだよ？

「うん、ビッチ達が正解。性格はともかくあれこそが正しい。僻み罵るのではなく、僻まれた原因の美貌を磨き見下し微笑《ほほえ》んだんだから？　うん、あれは一周回ってビッチーズの勝ちで、あれがこそ価値なんだよ？　だってビッチ達って文句は多いし囓《かじ》るけど……俺以外に悪口言わないよね？」「「「……はい？」」」

やっぱり俺だけが虐められてるらしい！　うん、一体俺の好感度さんはどこにあるんだろう！　本末転倒な自分への抑圧だった。うん、だったら逆様なら引っ繰り返せばいいじゃないの？

「うん、時間がかかったけど……もう、良いよね？　なんか感動的に抱き合ってるけど、途中なんだよ？　時間も押してるし助《すけ》っ人《と》が必要だろう……いでよ蛇《ヒュド》さん鶏《コカ》さん蜥蜴《バジ》さん

ジェットストリーム採寸縫製だ、征《い》けー!!」「「「きゃあああああああああっ……あうっ、んああっ♥!」」」

うん、男子高校生的に限界時間が近いから一気に往くんだよ? うん、でも何処へ往くんだろうね? 逝ってらっしゃい?

「あっ、今、今の良い話がぁあああー……あうっ! ああっ♥」「いや、トラウマで卑下されようと悲観されようと、俺の脳内映像には綺麗でエロい画像がずっと映ってて……うん、色々とヤバいんだよ?」

うん、ちゃんと腰鎧《こしよろい》も装備中。だが、この腰鎧は前部が開閉式だ! そして、この状況下で男子高校生さんの下腹部がシャキーンって開いてこんにちはで登場な象《パオーン》さんのお鼻が長いと事案なんだよ!!

「き、き、綺麗って言って貰えた……あああーっ♥ あっ、あああぁ♥」「って言うか美人クラスに入れられる美人さんがコンプレックスって、好感度の存在すら確認されていない挙句にずっと彼女ができない男子高校生の前でどんだけ贅沢な悩みを語ってくれてるの? うん、容赦の必要はないな?」

触手の伝えてくる瑞々《みずみず》しく張りのある肌の滑らかさ。どうやら試作品「濃縮高分子茸《きのこ》汁《じる》配合ぬるぬる泡沫《あわあわ》ボディーソープ」の効果は当社比30%アップと言っても過言ではないだろう。

「あああっ♥ あぅあぃあぁあ♥ いぃっ♥ んんっ♥」

身体が跳ね、四肢が暴れ、唇からは断末魔のような絶叫と純情《じゅんじょう》可憐《かれん》な乙女さんが言っちゃ駄目な言葉が漏れ……まあ、色々と漏れている？　うん、図書委員は始まる前は強気な割に壊れるのが早いんだよ？

それはトラウマの破壊の後遺症なのか、荒い呼吸で身体をビクビクと震わせ悶《もだ》えるように弓なりに仰《の》け反ったまま痙攣《けいれん》を繰り返す？　うん、やっぱり文化部組が一番身体変化の数値が大きいな？

「柔らかな筋肉が引き締まって各部位を持ち上げた事により、骨盤が締まり姿勢も矯正されて脚が伸びているし、縊《くび》れの曲線も見事……って見てないんだよ？　うん、目隠し係さんもいるんだよ？　そう、この瞼《まぶた》を千切らんばかりに持ち上げ引っ張ってる3人を目隠し係と呼ぶ事が許されるなら、一応3人もいるんだよ……痛いな!?」

無意識のように腰をうねらせ艶《なまめ》かしく悶える生女子高生に早く下着を纏《まと》わせないとヤバい。

未《いま》だ迷宮名物女体むちむち女子高生（一部女子中学生相当も含まれます）な押《お》し競饅《くらまん》頭《じゅう》の衝撃的な肉感攻撃は男子高校生さんを窮地《おとしい》に陥れたままなんだよ！　急がないと……腰鎧が弾《はじ》け飛びそうだ！　ぱ、ぱおーんが!?

「うぎゅあぁ、あぐぁ！」「んぐうぅ……、んん♥」

だらしなく大胆に開いた脚を痙攣させ尻肉をうねらせるように悶え、激しく仰け反っては口の端から涎《よだれ》を零《こぼ》しながら腰を振るい上下に揺らす。うん、一気にやりすぎたようだ

……なんかヤバイ事になっている！　だが男子高校生さんのパオーンだってヤバイんだよ!!

「ああ♥　ぃあぁあ♥　いいっ♥　あぁぁ！」「うん、できたよー？　かなり体形変化があったから現状に最適化させつつ、余裕も持たせてあるから違和感を感じたらすぐ言ってね？　うん、白目じゃない時で良いからね？　お疲れって言うか……生きてる？　おーい？」

お返事はピクピクだったが生きているようだ。ちょうどよく通りすがったスライムさんに文化部っ娘達をお願いし、朝からの艱難辛苦《かんなんしんく》を耐え抜かれた男子高校生さんの抑圧《リミッター》開放の時が来たようだ！　パオーン完全開放だ！

「「「!?」」」

危険を察知し、先制攻撃の首投げを狙った素敵な太腿《ふともも》さんによる蟹挟《かにばさ》みを退《ひ》かずに踏み込み……舐《な》める？

「き、き、きゃあ、ああ！　ああっ……あああぁぃあぁあ♥」

むっちりな太腿さんが腕を後ろに捻《ひね》り肩関節をむにむにと締め上げてくるので、首を捻り細く引き締まりながらも優美な腰骨の突起部分を甘噛《あまが》みする？

「あぁ、あ、あああんっ！　んっ、んあぁ。ああっ！　あ、ああ、あ、あいぁあ♥　ああ♥」

そして長く綺麗なお脚が足四の字を狙い絡みつくのを……四の字返し？　からの電気《エレクトリック》

按摩《マッサージ》、「お客さん、痙攣《こ》っている所はありませんかー、みたいな？」グリグリ？

「ひゃうん♥　ああ♥　あああぇあぃあぉあ♥　ああぁ♥」

あれだけ押すなよ押すなよって注意したのにまた女子さん達との遭遇接触限界値まで押したよね？

しかもぶつかると洒落《しゃれ》にならない所は数々あれど真っ裸の女子高生さん達の下半身は事案とか案件とか懸案とか軽く超越して即犯罪で即刻処刑の死刑執行なんだよ！　命も危ないけど好感度さんに対して致命傷すぎる、しかも脚を広げた状態って押すなよ！

紙一重で抑えたが……割とあれで限界を超え誤射直前の発射体勢だったんだよ？　よし、安全装置《セーフティー》解除だな。象《ぱおーん》さん最大攻撃!!

【性皇最大出力。危険です、良い子は絶対に真似《まね》しないでね？】

無謬なき可謬主義的な懐疑感をもってしても揺るぎなき絶対的な掲示板は啓示板と名を改め得る不変さすら醸し出し始めている。

124日目　朝　オムイの街　冒険者ギルド

また、やってる？

「いや、鉱山の拡大と鉄工所の本稼働も決まったって言うし、きっと仕事の募集も数多《あまた》だろうと思いを込めて来てみてもやっぱり変わりないから驚く気も起きない驚愕《きょうがく》を超えた脅威の事実が明らかに詳《つまび》らかに津々浦々まで白日の下へと白目でガン見しても変わってないよねって言う現状の現実が確実に顕現で……（以下長文）」

うん、またなの？

「驚く気も起きないなら黙っていて下さい！　そのオーバーリアクションで驚いていない事の方が驚きに値しますが、この驚きの騒ぎの何処《どこ》ら辺にコソコソ成分が含まれていたのか是非見聞を深めたいもので、もはやコソコソの定義こそが違うのではないかと疑念を差し挟む余地がないほど狭量な猜疑《さいぎ》を……（以下長返答）」

そう、まだやってるの？

「いやいや、って言うか、それはもう非日常レベルまで到達していて日々見に来てる俺の想像を絶する日進月歩で今日は何の日的な過ぎ去りし日は皆美しい的な感慨すら覚えそうな日頃の行いも万全な俺の日々がこれ日常って……（未《ま》だ長文？）」

うん、長いの？

「だから何故《なぜ》どうして何故《なにゆえ》に冒険者でもない人が日々冒険者ギルドへ堂々と依頼を見に来て、日々欠かさずに毎日毎日延々と長々長文で文句を言ってるのかこそが日常最大の謎であるべき事項であって、一体全体こっそりがこっそりしすぎて此処《ここ》まで発揮されていないのかを問うべきかと……（未だ長返答？）」

だって、まだやるらしいの？

「ちょ、俯瞰的《ふかんてき》に状況を整理しても、きっと地平線の向こうまで沈む夕日を追いかけて捕まえるよりも可能性が低いんじゃないかって言われてる掲示板は、一体如何《いか》なる何をどう啓示してるのか神学論争すら巻き起こりかねない未知の領域が虚数空間の地平の果てに虚無な虚像がぱおーんって……（それでも長文）」

えっと……まだなのかな？

「その程度の些事《さじ》はこっそり問題と較《くら》べる迄《まで》もなく、可能性の有るなしを神学的に問うより現実的なこの欠片《かけら》もこっそりしていないこっそり見に来てる現象と事象こそが論じられるべき命題であり命名権すら販売されそうな……（それでも長返答！）」

まだ、やるの!?

「もはや文字が指し示す意味にすら謎が含まれているんじゃないかという文字配列《コード》の高度な演算まで始まる神秘主義的な超推理が憶測と推測の競争を測定しちゃうような考人《こうど》な男子高校生が考慮し考案して熟考に高校生活を!!」「「長――――――い!!」」「いや……だって変わってないんだよ？」

うん、もう受付のお姉さんも限界そうだからね？

「もう、受付のお姉さんが酸素が足りなくなってるでしょう！　医療班《メディック》酸素を早く！」

「って言うか、見に来なくても変わったら第一報は必ず届けられると思うよ？」「しかも鉄工所関連の仕事が出てても雇って貰《もら》えないでしょ、個人事業主な張本人なんだから！」

「酸素って風魔法で出せるものなの⁉」「うーん、とりま吸わせとこうよ？」

そう、遥《はるか》くんがミスリルを求めて探しまくって伸ばしまくった坑道の採掘が始まり。小《お》田《だ》くん達《たち》が設計だけして遥くんが内職で作り魔改造した高炉は大型魔動鉄溶鉱炉になってしまい……結果、とんでもない生産量で稼働を始めてしまって、絶賛大稼働で人手不足に陥っていたらしいの？

「技術者不足って？」「だって普通は順を追って作られるはずが、小田くん達って……還元融解式溶鉱炉しか作り方を知らなかったらしいよ？」「ええ、現代の最新型溶鉱炉と比較しても何ら遜色ない製鉄所がサクッとできてしまったそうです」「進化の工程が一気にすっ飛ばされて、溶鉱炉に魔術が混じっちゃうって……凄《すご》い事になってそうだね？」

そう、その遥君曰《はんにんいわ》く「だって初期型高炉って滅茶《めちゃ》大量の木炭を消費しちゃうんだけど、魔の森の木って燃やしにくいんだよ？」と言う理由で飛ばされ。石炭型高炉は硫黄や燐《りん》などの不純物を含むから、内職中に煙たいし部屋が汚れるから駄目だと言い出し。それならコークスにする事で産業革命レベルまで至れるのに……そこからミスリル粉混入超耐熱煉《れん》瓦《が》と高加熱魔道具まで投入され、最終的には親指を立てながら溶鉱炉に沈んでいくには取《とり》瓶《べ》と呼ばれる容器が必要だという謎理屈から還元融解式溶鉱炉の更に常識を超えるものができてしまったらしいの。

そう、「なんか魔素が混入しちゃうみたいだし、元々辺境の鉄って魔鉄化してたから魔力が通ってたみたいで……それが悪化した？　みたいな？」と言う一言で異世界が震撼《しんかん》す

る技術革新は片付けられたの？

「王国内でも辺境の鉄鋼製品は超高値で取引される最高級素材だったんですけど」「はい、なのに辺境は岩山が硬すぎて掘れなくて、出荷量が少なくて高騰を」「そんな辺境産の鉄の武具は超特級と呼ばれてたのに……それ以上の品が大量生産され始めちゃったと？」

「はい、市場ではパニックが巻き起こってます」

　そう、その全ては男子が「あいるびーばっく」ごっこがしたかっただけだったの！

　そして、今日は遥くんにお料理の依頼が出されていた。それは王国軍が辺境に順次駐屯する制度の始まりの祝典。

　未《いま》だ不安の残る遥くんは中層迷宮限定で早めに戻る事を条件に、自称調整な迷宮攻略へ。昨晩の遊び半分の模擬戦を見ただけでも、あれなら一人で深層に行っても死なないんじゃないかという非常識さを見せていた。なにせ迷宮皇級さん達を呆《あき》れさせるほどだったから、迷宮王さん程度にどうにかできるとも思えないんだけど……不安。

　もう、今更Ｌｖが28とか、ステータスがどうかとか言う気は失《う》せてるんだけど、それでも実質Ｌｖ60前後でしかない身体能力《ステータス》。速度や魔法だけはＬｖ80に迫るとは言え、耐久力《ＶｉＴ》に至っては未だにＬｖ50台の中盤程度。

「掲示板から進めないでしょ！　どんだけその掲示板が気に入ってるの！」「ちゃんと夕方前には戻ってね？　領館で待ってるんだから……やっとみんな揃《そろ》うんだからね！」

　破壊力と高速反応による反射速度だけが、超越者《Ｌｖ１００》なんてお話にならないレベル。後は相

変わらずで、中身も相変わらずのまま。

強い力で脆《もろ》くなった身体《からだ》。そして強くなった分だけ制御は難しくなり、そんな制御を失った身体でまた新しい力を求め強くなっている。

それは結局、弱くなっている疑惑がある。制御しきれない今の抑え気味な状態でも、以前よりも速い。それは制御力は壊滅状態のままで、戦闘中に制御を失えば脆い身体は無惨に壊れる。それを心配しているのだけれど……確信はないし、本人に聞いても何も当てにならない？

「まあ、でも今朝は孤児っ子ランチャーを躱《かわ》し切っていたよね？」「うん、あれが避けられるなら中層の魔物さん位だと当てられないよね？」

だけど嘗《かつ》ての流れるような技術は消え去っていた。それは昔の残像を残すような超高速の回避の連続だった、だけど街中から降り注ぐあの雨霰《あめあられ》の孤児っ子集中豪雨を回避できるようになっていた。うん、あれが躱せれば大概の攻撃は掠《かす》りもしないだろ……まあ、大半はお菓子を撒《ま》いて逃げてたんだけどね？

「ちゃんと気を付けてよ！」「そうだよ、夕御飯は大事なんだからね！」

シャリセレスさんと、その侍女のセレスさんは近衛師団《このえしだん》が辺境にいるから戻るとは言っていた。だけど一国の王女にして将軍、そして王国の継承権第2位に指名された。その重責は軽々と王都を離れ難《にく》いのではないかと危惧していたんだけど……もう、戻ってきたらしい。うん、やっぱり美味《おい》しい御飯と御菓子《おかし》は乙女の必須栄養素だもんね！

「って言うか中層の儲《もう》からない迷宮に大人数で行ったら大赤字なんだから、出物がないと1人でも利益は微妙なんだよ？　うん、俺ってぼっちな大所帯で、強欲なお大尽様を沢山抱えてるから稼がないと宿代が危険なんだよ？　全く世の中は世知辛いものであるもの全部買ってたらお金が足りなくなるんだよ？　うん、夕方の御飯作りも結構儲かるから忘れないよ……何気に大量の備蓄が現金化できそうだし！　よし、今晩は茸尽《きのこづ》くしだな！」

色々と言いたい事は多々とあり、お説教のネタは尽きないのだけれど。昨日の夜は文化部の3人とお話をしていて、みんなで泣いた。そう、私達は気付いてあげられなかった。大人しく、引っ込み思案。それはただの性格だと思っていた、もう何の遠慮も引け目もない親友だと……深い心の傷に気付いてあげられていなかった。

コンプレックス《Complex》。それも精神的外傷として刻まれた言葉の呪い。それを優しい言葉で主観的に優しく「綺麗《きれい》だよ」なんて一切一言も言わずに、ただ懇懇と理路整然に怒濤《どとう》の如《ごと》く美しさを数値で定義化し、残酷なまでに理詰めで卑屈な精神の病魔を逃げ場なく徹底的に論理と理論を数値を以《もっ》て反論の余地もなく心の底から根絶的に虐殺し、圧殺し、鏖殺《おうさつ》して皆殺しにしていた。そう、とっても酷《ひど》い優しさだった。

「笑顔が自然になったね」「うん、ちゃんと精神的外傷《トラウマ》さんは災厄さんに虐殺されちゃったんだね」「「「本当に本当にですよ!!」」」「うん、大丈夫なんだよ？」

それは優しさの欠片もない極悪な優しさ、そこに微塵《みじん》の安心感なんて与えずに、絶対的に蹂躙《じゅうりん》して絶望的に抹殺し尽くした。それはもう反論や不安や疑念の余地まで残さずに、

泣いても叫んでも自虐と悲観を殺し尽くした。

まるで最悪の悪行のように非道極まりなく、非常識を超えて非人道的なまでの悪徳の優しさ。それだけが心から救ってあげられるからと、悪役の悪者が悪事の限りを殺《や》り尽くしていた。

「うん、だって俺が大丈夫って言ったら……大きな丈の夫さんも、それどうせおっさんだからボコればいいよね？」「「それ、何が大丈夫なの!?」」

そうして生まれ変わったように屈託なく、思い出したかのように安らかに、何の苦しみもない満面の笑顔になっていた。そして、その話を聞き、昔の事を聞いてみんなで泣き合って抱き合って一晩中泣き明かしたの……うん、だから今度こそ本当に親友になれた。そう、たった一人が優しい悪役になって。

「約束ですよ！」「うん、束を結んで纏《まと》めちゃうのを約って言って、取り決めを忘れないよう目印にしたのが約束だから……うん、纏めて縛るの超得意なんだよ？」（ウンウン、コクコク！、フンフン（泣））「「実は全然約束護《まも》る気ないんでしょ!?」」

だから今日も迷宮を潰そう。誰かの幸せのために、私達の幸せのために。そうして私達がいっぱい貰ってる幸せの、ほんの少しのお裾分け。

殺す事しかできないと自虐する悪者さんは、誰よりも優しい悪役で不幸を全て殺し尽くしてくれている。だから、こんなにも心から笑える。そう、きっとこんな幸せなんて何処にもない。

そう、もう異世界《ここ》は私達にとっても大切な大切な場所になっているんだから。「うん、でも蟲《むし》迷宮は嫌だね？」「うわっ、こっちは触手がいる!!」「「「男子、頑張ってね！」」」「「「こら！」」」「よし、こっちにしよう♪」

黒衣の影が地平から消え去るまで見送る。その各々《おのおの》の色んな感情を、ただ見詰める瞳に乗せて——ちなみに帰宅後はジト目だけだった。

うん、珍しく中層迷宮にちゃんと行ったと思ったら、お馬《スレイプニール》さんに乗馬してあっちにこっちにと中層迷宮を梯子《はしご》して、暴れん坊将軍さながらに迷宮内に騎乗突撃していき魔物さん達を追いかけ回して轢《ひ》き殺して回っていたらしいの？

うん、怖がって迷宮から逃げ出した冒険者さん達が報告していて、勿論《もちろん》原因は魔物じゃなくって暴れ馬&棒を持って暴れる進軍に恐怖して逃げ帰っていたの？

そう、言い訳だけは例の如く沢山あり、多々に多岐にわたって多量の過多に及ぶ「お馬さんとお散歩」から始まり「俺は悪くないんだよ」に至るまでの間の「お散歩してたら迷宮だった、吃驚《びっくり》した」から、数多き「違うんだよ」を折り込みながらの「お馬さんのお食事に魔物を求めて」等々《などなど》と虚言と妄言を多言に異世界言語で弄《ろう》していたけど……ちゃっかり下層迷宮にまで遊びに行っていたから、有罪は最初から確定なの！　うん、各種選《よ》り取《ど》りの言い訳の展覧会を催しても……馬上《ばじょうやり》槍ごっこのために行ったのは目撃者が多数なんだからね！

「こ、これは……槍ですか!?」「いや、これはペンですかって聞かれたら、いいえ消しゴ

ムですって答えるのが世の情けなんだけど、槍ですかって聞かれて盾ですって答えると矛盾が発生して話が長くなる故事で、あんまり長いと孤児っ子に怒られるんだよ?」「「「なんで普通にやりって答えられないのよ!!」

そう、帰ってきたら名槍《めいそう》「蜻蛉切《とんぼきり》」改の命名「おっさん斬りだと紛らわしいからおっさん刺し?」や、日本一《ひのもといち》の兵《つわもの》の愛槍《あいそう》「十文字槍《じゅうもんじやり》」改の命名「十文字槍って10文字って文字数制限が有りそうなのに四文字だけの十文字槍なんだよ?」と言う、それはもう名前でも何でもない名付けの槍が並んでいたの?

そして、美しい大身槍の「日本号《ひのもとごう》」さんに至っては「オ、オ、オモ何とか号? みたいな?」と、それもう名前にする気すらない全部が疑問形だったの?

「つまり、突きに特化された「御手杵《おてぎね》」を除く天下三槍《てんがさんそう》の2本に、十文字槍を合わせた3本を持ってお馬《スレイプニール》さんと馬上槍&轢き逃げで迷宮内を楽しく遊んできたと?」「「「それで……駆け回った結果、中層5つに下層1つ踏破してきたと?」「「「うん、何一つ約束守れてなくて、全然大丈夫じゃないじゃないのよ――!!」」」

だけれど、ざわめく。その大量生産された槍を見た冒険者さん達の反応は凄いものだった。今までは鏃《やじり》を大きくしたような形の菱形《ひしがた》の槍先か、円錐形《えんすいけい》の槍先で突くだけだった異世界の槍に、斬るための機能が付いた和槍《わそう》が登場してざわめいている。

「うん、ハルバートだと重すぎるし取り回しが難しいもんね?」「逆に薙刀《なぎなた》だと練習が必要になりますから」「「ああー、そっちは斬る方がメインだもんね?」」

その槍達が一般販売とは別に、ギルドの貸出コースにも並ぶと聞いた冒険者さん達が受付に殺到する。ひと目でその有用性がわかるなら、きっと戦術は広がり槍職《ランサー》の活躍は一気に増えるんだろう……いや、良い事はしてるんだけど、危ない事してたよね？　うん、お説教だからね？

そうして、お説教しながら歩き、怒りながら領館へと向かう。軍の祝宴らしいけど、私達もお招きされているから食べ放題。そして遙くんの手料理！　まあ、触手さんが作るんだけどね？　（触）手料理？

人間万事塞翁が馬のお馬さんは逃げ出してナンパして彼女を連れて帰ったら彼女が飼い主を振り落とし怪我させるんだけど座右の銘にして良いものなのだろうか？

124日目　朝　迷宮

不合理極まりない事に、なんと辺境にはハルバート以外の槍《やり》は刺突型しか存在していなかった。そう、突く以外は叩《たた》くか払うだけ？

「最強武器がそんな扱いって、どうなってるの!?」

長柄の武器は接近されてしまえば無力。ただでさえ槍は正面の戦闘には滅法強いが、他は全てが弱点というくらいに攻撃の幅が狭い。なにより棍術《こんじゅつ》が発生していない異世界にお

いて、槍に斬る機能がないのは致命的だと言えるし、近距離においては絶望的に攻撃力が不足する……と？

「うん、どうやら異世界さんは槍の恐ろしさを舐《な》めているようだな？」

なので試作して三種を候補に実験だが、長柄の武器は使いこなせないと集団戦闘には向かない。突くだけなら良いけど振り回すと危険だ。

「うん、でも槍と言えばお馬さんだよね？」（ヒヒンヒヒン♪）

昨日はデモン・サイズさん達《たち》を構っていた所為《せい》で、孤児っ子達の護衛はお馬さんが頑張ってくれていた。だから今日は、お礼も兼ねて撫《な》で回して甘やかそう！

「そう、槍と言えば疾走しながらの一閃《いっせん》……って、お馬さんの疾走が速すぎて間に合わない……って言うか、もう槍が届く前に衝撃波で吹っ飛んでなかった!?」

そう、疾《はや》すぎて手数が足りず、足りないから増えていく槍と槍を持つための触手。うん、気が付くと触手だらけの槍衾《やりぶすま》で魔物を追いかけ回す、高速移動式の槍陣地だった？

「槍を100本持って構えてるだけの簡単なお仕事です？　いや、逆に作る方が大変だったんだよ!?」（ヒヒーン♪）

逃げ惑い悲鳴を上げて倒れゆく魔物を刺し貫き、全身を刔《えぐ》りながら駆け抜け馬蹄《ばてい》で踏み躙《にじ》り蹴散らして進む。偶《たま》に迷路《メイズ》が有る時だけお馬さんと手分けをしていたらアッという間に50階層？

「もう、最下層？　うん、でも……ここで終わりのようだな？」（ヒヒンヒヒン？）「って

言う事は……その踏み潰しちゃってるのが迷宮王？　うん、疾走しながら階段を駆け下りて勢いのまま突入してるんだから、前方でぼーっと突っ立ってたら危ないんだよ！　轢《ひ》かれるよ？って言うか轢いちゃった？　いや、前方不注意な迷宮王の危険車線妨害だったんだよ!?」

終わっちゃってる。そう、全く槍の試験《テスト》にすらならなかった!?

「いや、刺さるのはわかっていたんだけど、取り回しが調べたくって、あと斬撃への対応とかが見たかったのに……魔物不足でお馬さんの上で槍を持って構えてただけで絶滅していたって、なんか思ってた馬上槍と違うんだよ？」（ブルブルブル♪）

御機嫌なお馬さんの頭を撫でる。うん、いつもより張り切り感があり、比例して破壊力が増して中層魔物では到底持ち堪《こた》えられない。

なにせ3つ目だし？　そう、あまりにも早く終わるので、中層を3つ梯子《はしご》してみたが最下層まで駆け抜けて終わりだった。

「うん、やはり中層程度だと魔物さんが槍衾高速突撃に耐えられなくって、全く試験できないのが大きな要因だよね……だって、撥《は》ね飛ばされない限りは串刺しで終わりなんだよ？　ほぼ、お馬さんが踏み潰し？」（ヒヒンヒヒン？）

ただ、途中冒険者も見かけた。何故《なぜ》か罠部屋《わなべや》に嵌《は》まって大量の魔物と戯れてお楽しみ中だったのだが、気づかずに閉じ込め用の罠な柵を突撃してふっ飛ばして突入して蹂躙《じゅうりん》してたら冒険者が交じっていた？

「やっぱ、中層だと冒険者さんから横取りになる危険もあるし、なんか怪我《けが》してたから茸《きのこ》をあげて許して貰《もら》えたけど……中層迷宮は避けた方が良さそうだよね？」

と、言う訳で手頃な距離の人気《ひとけ》のない下層迷宮。そう、中層迷宮以外禁止と言われてたけど、やむにやまれぬやれやれだねな理由が有ったから仕方ない訳で俺は悪くない？

「ひゃっはー、お馬は超速だー？」（ヒヒーーーン♪）

薙《な》ぎ払い斬り裂く。馬上槍の旋風槍《せんぷうそう》で、縦横無尽に蹴散らす。お馬さんの疾走する速度のままに斬り払っていくと、適度に強く数が多すぎず逃げ回らない良い魔物さん達を発見。

「氷熊？　うん、『フリーズ・ベア　Lv55』の氷の毛皮の熊さんだ？」

左右からの襲撃は槍で払い、撫で斬りする。前に立ちはだかり、直立して威嚇の咆哮《ほうこう》を上げる氷の巨熊さんはお馬さんからの前脚蹴り《ケンカキック》、前脚蹴り《ケンカキック》、前脚蹴り《ケンカキック》、前脚蹴り《ケンカキック》！　もう一つ前脚蹴り《ケンカキック》からの踏み潰し《スタンピング》、踏み潰し《スタンピング》、踏み潰し《スタンピング》、踏み潰し《スタンピング》で、後ろ脚蹴り《バックキック》も付けて轢き逃げだ？

「うん、お馬さんも成長著しいな……やはり、莫迦《ばか》達を追い掛け回させたのが良かったのかな？」（ヒヒーン♪）

そのまま蹴散らし斬り散らし、ちゃっちゃと下層に駆け込み即座に宙空に舞う。空を蹴り、槍を高速旋回させ斬り回って天井に着地する。

「うん、一斉に上を見上げる『ニードル・ビー　Lv56』の群れさん達に啓蒙《けいもう》しておくと……うん、異世界って余所見《よそみ》してると空中でも交通事故は起き得るんだよ？」

壁めがけ突進していたお馬さんが跳躍し、壁を蹴り付け三角跳びで宙を駆けて8本の足で蜂を蹴り落とす！

（ヒヒ――――ン♪）

きっとダンレボ《DDR》でも脚神級確実の脚捌《あしさば》きの瞬撃の連続キック。一気呵成《いっきかせい》に数を減らして逃げ惑う大混乱の蜂達に、泣きっ面に蜂な水弾《ウォーター・バレット》の連撃で地面に落とす。

そして、もう落ちてしまえばお馬さんの必殺の踏み潰し《スタンピング》、踏み潰し《スタンピング》、踏み潰し《スタンピング》！　それはまるで華麗なタップダンスのように小気味良い踏み潰し《スタンピング》の演奏で、しかも32ビートの超高速のお馬の乱舞！　うん、お馬さんは脚が8本あるから格別に捷《はや》い!!

「くっ、ビートに狭間《はざま》すらない超高速の32ビートの地団駄《ステップ》！　これは地団駄の申し子とまで呼ばれしメリメリさんの地団駄すら超える究極の地団駄!?」

更には前脚で踏ん張ると、半回転からのお馬さん6本足後ろ蹴り《ソバット》が炸裂《さくれつ》する!?　そこからの後方宙返り蹴り《サマーソルトキック》で一気に全滅だ!!　うん、もうすっかり完全に迷宮王級でも上位だな？

「いやー、後方宙返り蹴り《サマーソルトキック》は何で夏塩《SummerSalt》なのかと思ったら、宙返り《Somersault》だったという懐かしの曰《いわ》く在りきな大技までこなすとは……うん、男子高校生さんは春◯《チャイナ》さんの素敵スリットな夏塩蹴《かえんしゅう》で、誰もが後方宙返り蹴り《サマーソルトキック》を覚えちゃうが故の悲劇で全てはあのスリットがいけないんだよ！　夏塩いな？」

そして、ようやく大量生産の槍では突けはするけど、簡単には斬れない魔物が現れ始め

る。うん、せっかくの両刃槍だったんだけど50階《ここ》までだな？

「うん、これは試作な中層用の装備で、これを渡せば鍛冶でおっちゃんが下層で戦えるもう一段上のものができてくるんだよ？　うん、それをパクって、また作るんだよ？」

専門家が作れば斬れ味は格段に増し、構造もきちんと強固になるはず。だから普及用の廉価品はこの程度で充分だ。さて……非売品も試そう？

「喰《く》らうが良い、この名将の使いし名称が定まらない両刃槍を！」

それは、最強の武将にも数えられし本多《ほんだ》忠勝《ただかつ》の伝説の名槍《めいそう》『蜻蛉切《とんぼきり》』……のパクリ？　その刃長だけで約44㎝、その全長に至っては6ｍという両刃槍。うん、こんなの振り回せたら、そりゃ最強の武将だよというくらい長い？

そして、罪のない蜻蛉さんを斬り落とすのが売りの天下《てんが》三槍《さんそう》の1本で、この前蟲汁《むしじる》ぶっかけ蜻蛉さんに女子さん達が苦労していたので作ってみた？

「うん、模造品だから改の名は『おっさん斬り』にしようかと思ったら、『童子切《どうじきり》』改の『おっさん斬り』と一緒で紛らわしいから『おっさん刺し』？」

ただ、おっさんでも蜻蛉でもなく、高い壁を這《は》い回る蜥蜴《とかげ》な魔物さんを斬り払う。薙ぎ払って再設計と錬金で調整《バランス》を繰り返し、貫いて重量配分を見直し叩き斬って弾力性を加減していく。長槍は調整がシビアで重心が遠いと重く使い難《にく》く、手前すぎると威力が乗らず振り回しにくい。

槍のリーチは凄《すさ》まじく、攻撃範囲も広い。その分だけ取り回しは難しいから、本来は迷

宮よりは軍事向きだし扱える冒険者も少なそうだ。だけど飛行魔物への対処を考えると長さは武器であり、そして斬れるというのは攻撃の幅が格段に広がる。

「そしてこっちの穂先の下部が左右に突き出た枝刃付きの十文字槍は、日本一《ひのもといち》の兵《つわもの》と呼ばれた真田《さなだ》幸村《ゆきむら》さんの愛槍《あいそう》で有名な『大千鳥《おおちどり》十文字槍』の模造品なんだよ？　うん、一般販売なら実用的にはこっちかな？」

２m近い長さに、小さく軽いが両刃の槍先が付き、通常の槍から大きくは変わらないが効果が絶大。だから使い勝手では異世界の槍に最も近いはずだ。

そして、この枝刃が避けにくい。

「ただ、命名しようにも10文字槍って十文字までって文字数制限が有りそうなのに、４文字で終わっちゃう十文字槍で『大千鳥十文字槍』だって7文字で10文字が思いつかないんだよ？　そんな訳で、もう名前はなんでも良いよねという名付けの『十文字未満槍《じゆうもじ》』さんなんだよ？」（ヒヒンヒヒン？）

突き込みながら枝刃で引っ掛け押し、引き戻して切り裂く。そう、十文字槍は斬れる長槍で、ハルバートとも違う槍特有の動きで犬の群れを斬り払う。槍先は小さく、全長は短めだが取り回しが良く枝刃が有るだけで凄まじく避けにくい。うん、通常の戦闘ならこっちの方が良いだろう。

更に下層。もう一つも天下三槍の大身槍『日本号《ひのもとごう》』。その黒田節《くろだぶし》にも謳《うた》われた槍の刃長はなんと79・2㎝で柄は２４２・３㎝という、全長３２１・５㎝の大身槍。

「うん、当時は熊毛の毛鞘《けざや》に総黒漆塗の柄が用いられたと史実に有るから可愛《かわい》くモフモフに再現してみた？　うん、高いところのお掃除にも便利そうだな!?」（ヒ、ヒヒーン!!）

「ただ日本号《ひのもとごう》だとおかしいし辺境の名を取ってオ、オ、オモ何とか号？　うん、まあ『辺《へん》境《きょう》号』？　みたいな？」

長い両刃の穂先を持つ、槍と長剣の良いとこ取りできるのが最大の利点。そう、槍職が中距離からの足止めと、盾職の後方から突くだけの異世界での槍の概念を壊すにはこれだろう。

薙ぎ払いながら突進し振り回しては斬り刻む、重い穂先で熊さんも吹き飛ぶハルバートに近い長柄の万能型だ。

「多分、剣職でも扱いやすいこれが売れ筋っぽいよね？」

実は天下三槍には、あと一つ「御手杵《おてぎね》」が有るけど純粋に突きに特化された形状で今回は趣旨から外れ実用化は見送られた。刺突特化で軍用には良いんだけど、近距離戦闘能力は棍術が使えないと皆無に近そうなので今回は止《や》めておいた。

更に下りては試し、斬っては較《くら》べる。突き刺し、切り裂き、各種各階層の各魔物さんで比較検討を繰り返し調整と修正を重ね作り直す。

「うーん、これで良いかなー……うりゃ？」（パオ――――ン!!）

納得には程遠いが、現状満足し得る最低限を形に成した3種の槍が……各数十本ずつ迷宮王を刺し貫く？　うん、較べやすいな？

魔法防御に優れ、頑強な皮膚と肉の巨体に守られた「エレメント・マンモス　Lv74」さんは全属性《エレメント》に特化してるけど、槍の物理攻撃には微妙で串刺し中なマンモスさんは終始お馬さんの圧倒的な速度に対応できない巨大な的。

「いや、でも耐久性を重視するなら……こっちかな？」（パオ――――ン!!）

黒髭《くろひげ》さん危機一発《いっぱつ》さながらの、槍を刺すだけの簡単な検品のお仕事。この強固で分厚い皮を貫通できれば構造的には合格で、それを元に量産してミスリル化しておけば最低限の魔力を流し込むだけで下層でも戦える。

「まあ、一般販売品は通常型で充分かな？」

お馬さんに乗って帰路につく。帰り道々に延々と内職で槍を増産して、お小遣いを稼ぎ出す。やはり辺境から還元される利鞘分を高度に柔軟な経済的判断で臨機応変に獣人国へ全部突っ込んだがために……お金がない？

「いや、あの様子なら確実に儲《もう》かる短期回収可能な有料萌《も》え萌《も》えなモフモフ物件だったんだよ？　うん最大出資者なのにケモミミメイド喫茶には出禁なんだよ？」

軽い闊歩《かっぽ》で森は緑の壁に替わり、一瞬で目の前には街の城壁……と、相変わらず魔物さんまで全部スルーな門番のおっさん？　そして、女子高生のジト目？

「お疲れー、ちゃんと時間までに帰ってきたし、中層迷宮も潰して一片の問題すらない清廉潔白なの青天白日の男子高校生になんでジトってるの？　うん、受付委員長まで加わって中々荘厳に厳粛感すら感じさせる素晴らしきジトの交響曲が満ち満ちてるんだよ？　う

ん、事実無根の冤罪《えんざい》の濡《ぬ》れ衣《ぎぬ》がジャストフィット？　みたいな？」

そう、迷宮皇さん達が普通に顔パスで通れる門って、番をする必要があるんだろうか？

「「「何で中層迷宮を梯子して下層迷宮にまで寄り道して、何処《どこ》ら辺が一体約束と言い付けと予定が守られてるの！」」」

って言うか今当に門の前で罪のない男子高校生が、恐るべき女子高生の脅威に曝《さら》されてるんだけど門番はヤレヤレしてる？　マジで使えないな!!

「いや、ちゃんと夕方前には戻って領館でみんな揃《そろ》うようにお馬さんも連れ立ってほのぼのとお馬さんとのお散歩と言う長閑《のどか》ながらも使役者の責務も果たしつつ、徒然《つれづれ》為る儘《まま》にお散歩していたら迷宮だったけど突っ込んでみたら全滅で吃驚《びっくり》した？　うん、驚きはしたんだけど当然の行いとして満足の行くお食事は必須で、お代わり希望のお馬さんのお食事に魔物を求めて迷宮を覗《のぞ》いては全滅させつつも仲睦《なかむつ》まじいお馬さんとの旅を時間通りに終わらせてきたんだよ？　だから微塵《みじん》の欠片《かけら》やミジンコよりも俺は悪くないんだよ？　うん、悪いのはきっとそのミジンコさんの犯罪で、罪を憎んでミジンコさんを恨みつつ男子高校生は憎まずな冤罪のミジンコさんの犯行に違いないんだよ？　多分？」

そして、ジトなオコを引き連れて領館へと向かう。

「「「何で罪のないミジンコさんを憎まないといけないのよ！　遥《はるか》くんが有罪《ギルティー》なの！」」」

うん、ちゃんと時間通りなのにオコなんだよ？　不思議だな？

「いや、お馬さんに罪はないんだよ？　人生にも馬生にも色んな事が起こるもので、禍福

は糾《あざな》える縄の如《ごと》しな人間万事塞翁が馬の馬って逃げ出してナンパして彼女を連れて帰ったら彼女が塞翁さんの息子を振り落とし怪我させるんだけど、あれって座右の銘にして良いものなの？」

うん、それで塞翁さんの息子さんは徴兵を逃れられて結果的に良かったという、中々にその後が心配になる塞翁さんとお馬さんの関係性なんだよ？　うん、絶対塞翁さんって、その馬に虐《いじ》められてるよね？

「「「お馬さんも塞翁さんも無罪なの！　遥くんが有罪《ギルティー》だって言ってるでしょ!!」」」「良いから御飯！　早く行こうよ！」

お腹《なか》が空《す》いてるのか、早く王女っ娘《こ》に会いたいのか……怒られながら大量の槍をギルドに卸し、お説教されながら領館に向かいつつ武器屋に槍を売りつけて領館に辿《たど》り着くと側近さんが出迎えてくれた。

「ようこそお出《い》で下さいました、領主共々王女様がお待ちになられております。どうぞこちらへ」「「「あぁーっ、シャリセレスさんとセレスさんだ！」」」

到着。王女っ娘とメイドっ娘を見つけて手を振り喜ぶ女子組と、第一師団の彼女さん達とイチャついてる莫迦達と、既に空気と化し気配すら感じさせず亡霊の如く隅っこにいるオタ達……うん、除霊されそうだな？

「「「おしごとにきたのー♪」」」

早速料理を作りばんばんと並べていくと、給仕係に雇われた孤児っ子達がちっこいウェ

イターとウェイトレス姿で出来上がった料理を持って駆け回る。軍のおっさんが大部分だから酔って孤児っ子を苛《いじ》めようとする気配の欠片を微《かす》かに感じたような気がしたりしなかったりした気がしたら撃ち放とうと、対おっさん用投槍《ジャベリン》も待機状態で宙を舞う。

「空一面を槍が覆ってたら、兵隊さん達が怯《おび》えちゃうでしょ!!」「そうだよ、早く御飯!」

「やあ、遥くん、今日はわざわざ」「ちょ、これは雨が降ったら野外のパーティーは困るよねって言う配慮なんだよ?」「すまないねえ、これも」「雨が降ろうが槍が降ろうがって、雨が嫌ならやりを降らせれば良いじゃないので意味じゃなかったのよ!!」「だからだね」

「ああー、矢とか鉄砲が足りないと?」「王国との協調を公に」「「「それ、雨が降った方が全然平和でしょ!!」」」「うむ……全く聞いていない!?」

どんどん済ませないと夜は夜で下着作成で、装備は整ってきたけど未《ま》だ衣服関連も不十分だと懸案だった獣人っ娘姉妹の番らしい。だって、凄じい勢いでLvを上げる女子さん達に追い付きつつあるって、それはもう寸法《サイズ》からの完全見直しが必要そうだなんだよ?

「だから弩《いしゆみ》を作らないで、おかわり!」「いや、皆が挨拶をだね」「ちょ、注文の多い内職屋さんのプロジェクト異世界で、流れて回る回転おご馳《ち》走《そう》が女子高生に堰《せ》き止められてるんだよ!?」「いや、だからだね……(泣)」「「「ほら、料理が足りなくてオムイ様も泣いてるでしょ!」」」「いや、これは」「「お、美味《おい》しいです♪」」(ポヨポヨ♪)

最初は人族の街に来るのに怯えていたはずなのに、今ではすっかり馴染《なじ》んで昔からの親友のようにじゃれ合って獣人っ娘姉妹が笑っている。って言うか、王女っ娘に触られ揉《も》ま

れまくってる？　うん、食べるのに忙しい姉兎《うさぎ》っ娘と妹狼《おおかみ》っ娘のお胸がスキンシップ《もにゅもにゅ》に目の前で揉み潰され形を変えてて……何かエロいな？　まあ、ご飯だな？

懸命に最後だけでも良い感じに纏め上げようと頑張ったが駄目だったらしい。

124日目　夕方　オムイの街　領館

祝宴。それは名目的にはオムイ伯の帰還の祝い。そして私も王女として饗《きょう》される名目になる。この帰着と同時に近衛師団《このえしだん》の交代で先任部隊は王都へと戻り、順次隊員を入れ替えながら近衛師団は辺境と王都の二箇所に駐在する事になった。

教国からも正式に教会の使者が訪れ、辺境に教会を開き、教会軍の駐留を約束して準備も行われている。既に教会からは辺境や聖女達《たち》を貶《おとし》める宣言は全面的に撤回され、謝罪と協力の申し出があり概《おおむ》ね歓迎ムードに沸き立っている。

「乾杯！」

そして激動の獣人国もオムイ伯になんとしても報いると、息巻いて軍を編成しているそうだ。こちらの報《しら》せも獣人に凄《すさ》まじく好意的な辺境は喜んでいる。そう、宴《うたげ》の名目なんていくらだって有る。

「「「乾杯!!」」」

だが、遥様《はるか》に祝宴のお願いをした理由は見せたかったからだ。共に戦った兵は知ってであろう。新たに赴任する者や、次期駐留の準備に来た者に。そして、戻る者達にもよく見せたかったのだ――この辺境の本物の貴族というものを。

「黒髪の災厄にかんぱーい」「「「乾杯！」」」

目に華やかな馳走《ちそう》が並ぶ立食の祝宴。まだ酔も足りず、今は大人しく美食の数々を堪能している。

軍とは所属が違えば壁ができる。だが、共に戦えば戦友となり、そんな壁はあっけなく消える。しかし私が率いる近衛は王宮警護の任であり、そのため貴族筋の者が多く、爵位持ちもいるため他の師団から打ち解けられにくいきらいがある。

だが分け隔てなく、無骨で粗野ですらあるが屈託なく笑い裏表などなく、戦いと酒を歓《よろこ》ぶ平和の尊さを誰よりも知る王国最強にして生ける伝説と言われる辺境軍……酔っ払っては誰彼なく陽気に酒を振る舞い、楽し気に歌う真の王国の勇者達。

「黒髪の美姫《びき》にも乾杯だ！」「「「乾杯！」」」

その強さを見て畏敬をいだき、その朗らかな為人《ひととなり》で誰彼なく仲間となる。辺境で命を懸け戦い抜いたからこそ優しさを知り、悲劇を知り地獄で戦ってきたからこそ無骨で粗野だが気高く威厳に溢《あふ》れる……と、思われているが、あれこそが真の貴族。

「飲め飲め、歌え歌え！」「乾杯だ、何でも良いから乾杯するぞ!!」

剣と鎧《よろい》は血汚れに塗《まみ》れ、地の底を駆けずり回り、地獄こそが勤務地の辺境軍だと調子っ

ぱずれな歌を笑う一兵卒まで皆が高位貴族。

　この辺境で爵位と領地を持ち、その地を守る辺境の貴族達こそが辺境軍。その実、我が第一師団と較《くら》べても爵位も階級も桁違いの上級貴族達だ。王国では席次は低くても迷宮殺しの称号を持つ者が上になる。王都であれば宴遊会で上座に座るべき爵位と高階級を持つ集団の、その全員が迷宮殺しの称号を持つ英雄の中の英雄達。

「まず、この御馳走に乾杯だろう！」「「「そーだー、かんぱーい！」」」

　本来ならば領地である辺境の町々を治め、領館で俸給に見合う豪奢《ごうしゃ》な暮らしができる者達。以前とは変わり辺境は豊かで、その収益は溢れんばかりの財貨となり末端の村を領地とする騎士伯ですら王国の男爵など及びもつかない収益であろうに……豊かになり平和になれど死線に身を置き、貴族の務めと民の剣となり盾となる本物の貴族。

「「「迷宮なんて穴ぼこだ～♪（くぱあ！）穴ぼこ見たら突っ込めよ～♪（ずぽお！）突進だ、突進だ（一番奥まで突撃だー！）♪……」」」

　まあ、気品は置いておいて……これを見せたかった。私も実際に会い、共に戦った兵達が王国伝えたいと思ったものこそが、あの兵達だ。それは誇り高く勇敢で、優しき本物の貴族。絵本や言い伝えではない生ける伝説の真の姿は、汗に汚れ血に塗れ、傷だらけの甲《かっ》冑《ちゅう》を身に着けた彼等《かれら》こそが民のための剣、王国の真の貴族達だった。

「飲め飲め、歌え歌え！」「おお――っ♪」

　遠き昔に数々の英雄達が集い建国《けんこく》した王国。その建国譚《たん》に謳《うた》われる英雄達の本当の後継

者たる資格を持つ王国貴族の中でも、最も色濃く英雄達の系譜は此処《ここ》に繋《つな》がっている。

　めかし込み外交で戦う戦いもあれど、貴族の本分は剣。そして剣を持って王国の民のために歴々と戦い抜き、滅びを食い止めし本物の英雄達を皆の目に見せたかった。

「迷宮王の尻の穴を蹴っ飛ばした近衛に乾杯！」「「「かんぱーい！」」」「いいや、その穴に剣を突っ込んだ第一に乾杯だー！」「「「かんぱぁーい！」」」「いやいや、迷宮王を尻の穴ごとふっ飛ばした辺境軍にかんぱーい！」「「「かんぱーい!!」」」

　まあ、品格は別として、その勇敢さと気高さは讃《たた》えられるのが当然。もうじき酔っ払えば「領地の街が豊かになった」と泣き、「俺の町だってでっかくなったと」はしゃぎ、そして「村は豊作で村人は笑みが絶えん」と自慢して……最後は遥様の話で盛り上がる酔っ払い達の集団。

　誰もがその莫大《ばくだい》な収益を受け取らずに、町や村を大きく立派に幸せに暮らせるよう投資する貧乏な領主達。そうして一般の兵とも戦友と呼び合って肩を組む男爵と、飲み比べで勝った負けたと騒ぎ合う子爵を叩《はた》く騎士伯が歌い出す。

「剣の王女に乾杯！」「「「かんぱーい！」」」

　オムイ辺境伯家を始め、今の世まで続いたのが奇跡と謂《い》わしめるほどの膨大な辺境の戦死者達。その中でも異常なまでの貴族の死者の多さこそが辺境の真実。若い者も当然の如《ごと》く死するが、老齢な死者の数の凄まじい多さに驚愕《きょうがく》する。代を替わり、爵位を譲っても戦い続け、戦えず引退する日が来るまで戦場にその身を置くが故に戦場で死す。

「辺境の王に！」「「「かんぱーい！」」」

そうして老いて隠居し領地の町へ戻ろうとも、有事の際には前線に立つが故に老齢の死者が追悼の碑に刻まれ続ける。

墓に入れる貴族などほんの僅かと言われる、辺境で貴族として生きると言う意味。それを忘れて栄華に溺れた王国の貴族は知るべきなのだ。幾多の空《から》の墓が連なり尽くす事実こそが辺境の貴族の真実だと。そんな愚かなほど気高く、惨めに死そうとも誰よりも尊き貴族の生き様。それこそを識《し》らしめたかった。

「辺境最強のムリムール様に！」「「「かんぱあーい!!」」」

このような者達が尊き命を懸けて民を護《まも》り抜く中で、我ら王国は腐敗し国内で争い利権に塗れて辺境までも苦しめていた。それは王国と王家が続く限り永遠に引き継がれるべき恥辱の戒め、我らディオレールが永劫《えいごう》に背負いし罪。そして我等が誹《そし》られるべきは、この真の貴族達だ。

「双剣姫メリエール嬢の武勲にもだ！」「「「乾杯！」」」

僅かな期間でも辺境へ来た皆の顔付きは変わり、見違えるほど精悍《せいかん》になった。皆が死線を潜《くぐ》り、死地に立って命を懸けた者の顔に変わった。死の恐怖を知り、死を目の前にして戦ったからこその瞳。当然Ｌｖも上がり、装備も新調されたが最大の収穫はこの目だな。

「なにより黒髪の殺戮者《さつりくしゃ》達にー！」「「「乾杯！」」」

人は何もせず、何も考えずとも生きられる。言われるがまま役目を果たせば糧を得られ

る。平和に、平穏な目のままでも生きられる。

だが、辺境の人の目は違った。貴族だけでなく、町や村の人ですら目が違った。その意味がわかるまでに幾日もかかった……そう、意志とは目に宿るのだと。

生きる意志がなければ辺境では簡単に死ぬ。戦う意志がなくば何も守れない。それを識り、戦ってきた者達の目は違うのだと思い知らされた。

「シャリセレス王女、委員長殿達がお待ちですぞ。それに指揮官がいると兵は気後れしますよ」

もう、ここにいる誰もが一人たりとも意思のない目などしていない。それも当然だろう、あの目を見れば……不屈の信念と気高く勇敢な辺境の兵が恐れ慄《おのの》きながら羨望する、死も諦めも許さない茫洋《ぼうよう》とした漆黒の瞳。

そこには意思や志なんて生温《なまぬる》いと、傲岸不遜の我儘《わがまま》さで死も死ぬ事も許さない一方的に魔物に死を齎《もたら》す優しい狂気が……今もせっせと料理を作っているのだから。

「メロトーサム様。それを言えば辺境軍など爵位持ちばかりでしょうに」

それが幸せの災厄。これこそが見せたい最たる者。爵位も報奨も求めず、ただ殺《や》りたいように殺る傲慢。貴族のように教えられ義務からではなく、ただ思いの儘《まま》に誰かのために剣として生きる貴族ならざる貴き者の本当の姿だ。

「兵に王位も爵位も関係ありません。ましてや高位の階級は無礼講であっても邪魔者扱いですよ」

後ろ髪惹《ひ》かれる思いで祝宴を後にする。あれほど宴席や祝賀会が嫌いだった私が……いや、辺境だからだな。

礼儀や仕来りや形式には意味はある。だが本位はそこではなく、気持ちであり心だ。ここには畏《かしこ》まった礼儀もなく、形式張った仕来りもなく、見る者が見れば眉を顰《ひそ》める荒々しく粗野な宴だ。だが、貴族の心はここにこそあり、礼儀や仕来りや形式はその付属物に過ぎない。

民を守った誇り。貴族が祝い、喜んで乾杯するものはそれだけで良いと誰もがここで教えられたのだから。

「「「シャリセレスさんもセレスさんもお帰りなさーい」」」

王宮に帰っても居心地が悪かった。そこは生まれ育った場所なのに、妙に堅苦しくて余《よ》所余所《そよそ》しく感じられていた。お帰りなさいか……そう、此処が私の居場所になっていた。王女じゃない自分でいられる場所。賑《にぎ》やかで姦《かしま》しく笑いが絶えない幸せな場所。だけどここは貴族より誇り高き辺境の兵《つわもの》ですら、誰もが尊敬して止《や》まない英雄達の定宿。

誰もが爵位を持ち財まで成しながら、民のために戦い命を懸ける辺境軍の兵に尊敬の念を覚える。だが、その辺境の民から貴族や領主までもが敬意を抱き感謝を捧《ささ》げる黒髪の美姫達。優しくて元気で、よく笑い気立ての良い女の子達だ。

だが誰よりも強く、誰よりも尊く、何人よりも気高き異国の美女達。人が死ぬのは嫌だからと剣を持ち、守りたいからとたったそれだけの理由で縁《ゆかり》も所縁もない他国の地で無関

係なまま死地に立ち続ける黒髪の美姫達。

「いやー、良いタイミングだったね？」「うん、後回しになっちゃったからサーシャちゃんとネーシャちゃん姉妹にイレイリーアさんの3人だけだったもんね？」「最高級のオーダーメイドだからちゃんと参加できて良かったね？」

いつからか当たり前に仲間として、友達として迎えられていた。当たり前のように至宝の如き装備や剣をポンポンと渡され、願い請うても許されないであろう至高の剣技を授けられた。生ける伝説達から訓練を受け、伝説の辺境の迷宮へ当たり前のように日々通うだけでなく毎日踏破し、伝説の英雄の称号迷宮殺しが日課となった日常生活《あたりまえ》が此処にある。

「「「うん、逝ってらっしゃい♥」」」

そして夢幻のような美食と甘味、更には天上の装いの如き衣装の数々が当たり前に買える……そう、遥様の「仲間割引」のお陰で。

仲間と呼んで下さったのはいつの日からだっただろう。名前が呼んで貰える日は最近では諦めそうになる。だって……あの委員長さんですら11年間って。

「ま、待って！　こ、心の準備が!?」

夢見心地にセレスを伴い部屋へ出向く。最高級のオーダーメイドと言われ、ドレスが嫌いだったはずの私の心が弾む。えっ……最高級オーダーメイドは下着だったらしい！

「ちょ、ちょっと待ってくださ……ああああああああっ♥」

走馬灯のように脳裏を駆け巡る、採寸と調整という名の狂乱の記憶。しかも遥様は性王

から更に上位の性皇になったって!?

「はっ、あの『いってらっしゃい』は『行く』んじゃなく『逝く』の方!?」

既に美しく綺麗《きれい》な3人の身体《からだ》が……天井から吊《つ》られたまま、ビクビクと痙攣《けいれん》している。

その瞳はもう……違う世界を見ちゃってる目だ!?

「きゃっ！　あっ、あぁっ!?」

影に潜ろうとしたセレスが捕まり、そのまま触手が……あれはもう駄目だろう。その濡《ぬ》れた瞳が大きく見開かれ、焦点が失われていく。

「って、これ前より……んあっ♥　あうっ♥　あぁ……　あぁっ♥」

そう、これが辺境だった。これだけは見せられないけど、辺境には王国の志したものの全てがあり、この宿には夢見た先の夢が溢れ出して……ああ、溢れちゃう（泣）

撹乱からの象さんの乱獲は爛々と謌々にかくも乱れて淫られた?

124日目　夕方　オムイの街　領館

おっさんだらけのお食事会の仕出し屋さんな内職も終わり、酔っ払いと化したおっさん達《たち》は放置して宿へと戻る。

「うん、赤ら顔の第一師団のお姉さん達は色っぽかったけど、莫迦《ばか》達の婚約者《フィアンセ》を見せ付け

られても楽しくないんだよ!」(ポヨポヨ)

うん、何気に莫迦達も一緒だったけど、若い時の飲酒は脳の成長を阻害するらしいが莫迦だから関係ないだろう? うん、そもそも国によって飲酒年齢ってまちまちだし?

「うん、王国では法律はなくても慣例で12歳で完全に大人扱いらしいし、何より異世界では当然そんな事を真面目に考える事すら無駄。うん、だってお酒は毒って、莫迦達は既にLvは130超えて毒すら効かないし……毒が効いてても莫迦だからわからないし?

「えっと、槍《やり》の追加注文と雑貨屋さんの注文に船の注文があったから、『王都までは通れないよ』って言ったら、なんと注文が『運河、ついでに船』に変わっているだとーっ!?」

一体あの雑貨屋のお姉さんは内職というものを何だと思ってるんだろう?

「はっ、もしかして異世界言語では大規模《ないしょく》河川工事とかに変換されてるの!?」

ドアに気配が近づいてくる気配は……3人。その内、尻尾が2? どうやら獣人っ娘達《こ》の心の準備が必要との謎の観点から先延ばしされていたのが、お付き合いでエルフっ娘も後回しになっていた。そして、王女っ娘とメイドっ娘待ちだったんだけど帰ってきてるんだから顔くらいは出すんだろう? うん、獣人っ娘達は装備優先でまだ服や下着関係も充分ではないし、急激にLvが上がってるから変動も大きい。しかし、やっと明日予定のビッチーズで一巡かー……結構女子組って増えてるんだよ?

「お、お、お願いします!」「か、か、か、覚悟はできました!」「よろしくお願いします」

慣れたのかもしれないけど、わりと最初から怯《おび》えを感じなかったエルフっ娘とは対象的に姉兎《うさぎ》っ娘と妹狼《おおかみ》っ娘はガチガチに力が入っていて硬い！　もう、全身の筋肉が硬直して、尻尾だけが忙《せわ》しなくぴこぴこふさふさと揺れている。くっ、空間把握に掛かるぴこぴことふさふさが滅茶《めちゃ》気になる！　モ、モフりたい！

ゆっくりとじわじわと何故《なぜ》だかねっとりと脱ぐエルフっ娘に対し、ガチガチとロボットダンスのようなこういう時だけ双子っぽい獣人っ娘達？

「いや、教国でも採寸した事あったよね？」「「あったからなんですよー（泣）」」

うん、何を怯えてるんだろう？　そう、ちゃんと目隠しは豪華に3人も？

「ちょ！　せっかく用意してた鉄仮面が剝ぎ取られたよ！　もう目隠しの最終防衛線が序盤で崩壊って結構苦労したのに……うん、それ目も光るんだよ？」

しかし、硬いのは硬いなりに何故か一生懸命さすら感じる獣人っ娘達とは裏腹に、何故かゆっくりなんだけど妙に艶《なま》めかしいポーズと見えそうで見えないような絶妙な身体《からだ》の使い方って……いや、見えないんだけど脳内映像だからモザイク要らずのはずなのに逆に何か妖艶に感じるんだけど何故なんだろう？

「いや、そこでクルッと回る必要性ってなんなの!?　いや、見てないんだよ？」

そう、エルフっ娘は妙に象牙色の艶めかしいねっとりとした肌の質感といい、何気ない仕草が妙にエロい。数少ない貴重な清純路線の純血種のエルフさんのはずなんだよ？

「えっと……普通に脱いでね？　うん、双子獣人姉妹っ娘の謎のコンビネーションでシン

クロのガチガチなロボットダンスもいらないんだけど、だからと言って何故だかエルフっ娘は男子高校生故に見る事すら叶《かな》わなかった伝説の脱衣舞《ストリップ》が連想される妖しい脱ぎ方せずに普通に脱いでね？　うん、妙に気になるんだよ！」

そして甲冑《かっちゅう》委員長さん達にペレス・プラード楽団さんのタブー《TABOO》の口笛を教えたのは誰なの!?　うん、完全に吹けてなくて口で言ってるんだよ!!

「だから、何でブラをわざわざ持ち上げてから、ひらひらさせて落とす必要があるの！　あと、絶対に着替え中に脚を上げなくっても良いと思うんだよ？　うん、寧《むし》ろ絶対に脱ぎにくいじ、わざわざ胸を隠す腕を回転しながら変えなくって良いよね!?」

何か滅茶神経が疲れる。あれ、これは図書委員の相手をする並の謎の疲労感だが、エルフっ娘は素直な良い子で我儘《わがまま》も言わない。

妙にボディータッチは多いし距離感も近い気はするけど親愛的な自然さだ？

「うん、まあもしかするとエルフの作法なのかもしれないんだけど……寝転がって脚を高く上げながらショーツを脱ぐのって、それお風呂場とかでやると迷惑だと思うんだよ!?」

さ、さすが神秘のエルフ！　どうやら、その生態は謎に満ちているようだ？

「ひぃいいっ！　いぃっ、いいぃっ!!」「あう、あうぅ……っあ！　ああっ!!」

兎尻尾が可愛《かわい》く跳ねる。その、ちっちゃく可愛い兎尻尾とは対象的なダイナマイトバディーなリアルバニーさんのむっちりヒップが激しくうねる！　それは跳躍で鍛えられたむちむち太腿《ふともも》さんからのダイナミックな逆ハートなヒップがホップでチェケラ《CheckitOut》に

ヴァイブス《Vibes》がグルーヴィング《Grooving》なんだよ!!

そう、こんなけしからん兎さんがお尻と尻尾を振り振りで跳ねてたら、兎追いしあの山は遭難者多発注意報間違いなしの兎追い者続出なんだよ!

「あんっ! んっ、んんんっ!」「っあ、ああ。んああっ!」「あっ、あぁぁあ!」

そしてフサフサの尻尾が引き締まった長い脚を撫《な》でるように振られ、ビクンビクンと硬直して持ち上がっては力なく垂れる? うん、野性味を感じさせる引き締まった肉感バディーな狼っ娘なのに、食べられちゃいそうに美味《おい》しそうで中々に獣人族特有の野性味の溢《あふ》れる肉体。それは柔らかそうで靭《しな》やかで、張りのある引き締まった強靭《きょうじん》さを兼ね備えて、これで年齢的にはまだ中学生《JC》!? うん、異世界って不埒《ふらち》だな!

「ひぃぃ……んっ、んぁぁ」「あはっん、んんぅ……っはぁ」

そして神秘的な清純さと二律背反《アンビバレンス》的に艶めかしくも蠱惑的《こわくてき》なエルフの裸体がくねり悶《もだ》える。うん、真面目で大人し目だからなのか、後ろを向いて……うん、なんでお尻を振っているんだろう?

「いや、採寸してるんだからみんなじっとしてようね?」

煩悩の誘惑と、触手の採寸との長い長い戦いが今始まって、そのまま大激戦で絶叫と嬌《きょう》声《せい》が室内で悶えて狂う。

「あああっ……あひいっ!?」

それが種族特性なのか、震えて仰《の》け反りながらたわわな双球を揺らし。能力《スキル》特性の差な

のか、キュッと持ち上がった可愛い桃さんが痙攣《けいれん》に戦慄《わなな》く。

「うん、俺は一体異世界で何と戦ってるんだろうね？　異世界にまで来て、煩悩と戦わなくっても男子高校生は常時煩悩と常在戦闘中なんだよ？」

そうして、絶え絶えだった声は途切れ、力なく吊《つ》るされる3つの肢体に意識を集中するとそれはそれで事案っぽいんだけど……超集中状態《Concentration》。微細な繊維の一本一本にまで魔力を通し、紡ぎ貼り合わせて編み込み纏《まと》わせながら包み揺らして押して引っ張って調整と補正を重ね最適な状態を割り出していく。

そう、三者三様の魅惑の肉体は、それぞれに傾向が違い系統が異なる。それは人族とも違う差異、その偏差が特徴であり逆に言えばスキルという存在の形容《かたち》。

「うん、姉兎っ娘は細い手脚と括《くび》れの割に、我儘バディーなのって跳躍と着地の縦運動を多用する傾向が見られるからなのかな？」

うん、ショーツは若干深めにしつつ、柔らかく包みながら保持するようにしよう。

「逆に妹狼っ娘は残像すら残す、左右への疾走と滑らかで艶《あで》やかな姿態は引き締まっていながら艶《なま》めかしいセクシーバディーだから？」

捻《ひね》りと捩《ね》じりを考慮して、体側方向に締め付けない程度に左右から寄せていく。

「エルフっ娘はスレンダーなエルフ族にあるまじき肉感的な肢体美で、これがまた艶《なま》めかしくもエロっぽいから、オタ達からもエロフさん疑惑の上がるナイスなバディーさんで……うん、丹精込めて柔布で覆い包み込もう？」

繊維の方向性で締めと包む強度を変え、その差分で全体の構造バランスを構築する。

「失礼しま……す？」「王女様の御出《おいで》です、控えなさ……いあああぁっ!!」

そして、王女っ娘とメイドっ娘だ。こっちの3人は粗方済んで姿勢制御《ポーズ》を変えつつ逐次調整だけの段階だし、幸い触手《て》も空いてるし一気に追いつこう。

「ちょ、お、お待ちを、こ、心の準備ぃぐぅあゔあああぁ、りゃめええ♥」

うん、あいも変わらず全く同じ寸法のけしからん肉体美《ダイナマイトバディー》が、早速悶絶《もんぜつ》しながら仰け反り痙攣と硬直を繰り返す。

「ふ、ふ、不敬です！　獄門にさらああぁ……ああああ!!」

但し、見た目の外寸は全く同一でありながら、その筋肉の質は大きく異なる。おそらくはメイドっ娘の方が影武者として同一体形を維持していて、それでも戦士型の王女っ娘と暗殺者型のメイドっ娘では筋肉の付き方に違いが出るからだろう。そして体質の差も……うん、王女っ娘の方が痙攣が激しくて、メイドっ娘は仰け反りが凄《すご》いんだよ？

「不敬罪ぃいいいいっ！　ひぃいいいいいいいぃっ♥」

王女っ娘は近距離からの突撃戦を主体として、大盾と剣での打ち合いを得意としている。だが、この貪《むさぼ》りたくなるような我儘バディーの体付きならば機動戦闘も行けそうだな？　ちょっと指導を踊りっ娘さんにお願いしておこう。

「はぁ、はぁ、ああ！　あ、ああ、溢れちゃう。うぅ、溢れ出しちゃう！♥」

そして、メイドっ娘も暗殺者《アサシン》だけでなく双剣の遊撃でも行けそうな変則的なタイプ……

うん、新体操部っ娘と、ぎょぎょっ娘に見てもらおうかな？

「で、殿下あああっ……あああぁ♥　あっ♥　ああっ♥」

そもそも暗殺者スキルの影顰《かげひそみ》は俺も使ってみたけど、虚は突けるけど隙も大きく無駄も多い。そう、あれは実戦では使い勝手が悪いはずだ。

そうして5人分の下着を仕上げ、調整と再補整を繰り返す。そう、気の利く割に目隠し能力が皆無以下の踊りっ娘さんが、鎖で5つの力なく痙攣を繰り返す肢体を天井から吊り下げてくれた。スラリと伸びた長く美しい両脚が10本揃《そろ》いでゆらゆらと揺れ、お椀形《わんがた》の形の良い胸の双球が合わせてぷるんと揺れる……うん、そろそろ腰鎧《こしよろい》がヤバい！　だって、この腰鎧は男子高校生さんが限界突破すると、前部の前垂れ装甲板が左右にぱおーんって開く。うん、本当に防具なの!?

「まあ、トイレには便利なんだけど自動で開くってなんなんだろう？」

長い長い試練の時は越えた。新しい下着と服に包まれた危険な桃さんや舐瓜《メロン》さんは通《とお》り縋《すが》りのスライムさん定期便に輸送して貰《もら》い、振り返りざまに押すなよ押すなよを何度でも押す目隠しした事のない目隠し係の3人にお仕置きを……くっ、いつの間に!?

「今日の、ドロップです。『影潜みの鎖』は、魔力視でしか、見えません♪」「御奉仕の番、譲れません。たっぷり仕返し、です♥」「御主人様《ますたあ》、奉仕される側。大人しくして、れば、怖く、ないです！」

動きを影潜みの鎖で止められ、解除するよりも疾《はや》くプロメテウスの神鎖《スキル》で効果まで封じ

られる。そうして全く空気を読まない腰鎧さんは男子高校生さんの元気いっぱいな限界突破に合わせて前部装甲板をシャキーンと左右に開いて、ぱおーん《GutenMorgen》って飛び出して守る気もなく無防備な男子高校生さんが包囲《ほうい》殲滅《せんめつ》の唇と交差攻撃《クロスファイヤー》の濡《ぬ》れた舌で蹂躙戦《じゅうりんせん》への電撃作戦に倒れても倒れてもぱおーん《Neugierig》って頑張る不屈の象さんが……象さんが——っ！

「くっ、やられはせん、やられはせん象？　うん、無理《ぱおーん》ぽ？

【象さん大乱獲！　うん……ぱおん（悲しげな声）】

◆儀式は人を騙すためのものとも言われるが未だ嘗てない極悪な詐欺を見た！◆

125日目　朝　オムイの街　路上

鈴の音に続く神聖で荘厳な佇《たたず》まい。清純に清楚《せいそ》に楚々《そそ》と連なり歩く、緋色《ひいろ》と純白の装束が神々しく大通りを進む。

紅白の巫女《みこ》装束《しょうぞく》に身を包んだ黒髪の美姫《びき》と、その仲間の目も眩《くら》む美女達《たち》が雅ながら清廉に通りを進む。街の人はただ見入る。その姿に魅入られ、日常とは隔絶された非日常の神事の厳粛さに呑《の》まれ美々しい行進にただ見惚《みと》れる。

鎮魂祭。それは辺境の悲劇と苦難に散った人々への祈り。そして幸せな日々の礎となった者へ、生き残った者の義務としての亡き人々への感謝を捧《ささ》げる儀。

お祭りだ。メリ父さんが辺境が豊かになったからとチャラ王なみにチャラく祭りを企画して、真っ先にやるべきだと言いきったのが鎮魂祭。それは笑って歌い踊る前に絶対にしなければならない、辺境に散り今を築き上げた多くの人々を弔い、感謝し、愛《いと》おしみ、懐かしみ、そして夢見たであろう今の幸せを伝え感謝する儀式だった。

「いや、前回もちゃんと慰霊祭も兼ねたお祭りだったんだけど、もっときちんと儀式的にやりたいとか良い歳《とし》したおっさんが我儘《わがまま》に駄々を捏《こ》ねたせいで結局準備が大変だったんだよ？」

って言うか、何で雑貨屋さんの内職の注文に「祭り」が入ってるの！　まあ、代金として河川工事の許可も貰《もら》えて大儲《おおもう》けだが、準備に苦労はしたんだよ？　うん、だって雑貨屋さんの内職の注文には「運河」もあったんだよ……雑貨屋さん、恐るべし！

完成──うん、かなり苦労した。最大の問題だったのは、この儀式だけは教会のやり方は嫌なんだそうだ。教会に裏切られ見捨てられた辺境は新生教会とは手を取り合うが、それはこれからの事。もう未来を失いし亡き人達への儀式を任せるのは罷《まか》りならんとオコだった。うん、いい歳したおっさんのオコはどうでも良いけど、教会以外の宗教がわからない。だけど、勝手にやるにせよ鎮魂祭ならば……それには、それなりの敬意を示す儀礼が必要だ。

「うん、まあ……確かこんな感じ？　みたいな？」（ポヨポヨ）

で、できる事は2つ。先《ま》ず旧教たる始まりの女神に仕える巫女の踊りっ娘《こ》さんの儀式で執り行う方法。但しそれだと七日七晩延々と鎮魂の踊りを捧げるらしく、衣装も素敵にエロかったのだが女子さん達に却下された？

それで、俺達の国の儀礼でやりたいと言われたんだけど、女子さん達が尼さんは嫌だというので巫女さんになり、結果として神道っぽい形式の儀典に決まったんだよ？　うん、踊りっ娘さんがイジケてたんだよ？

「ふう――？　うん、内職が大変でお部屋に帰れないって、洞窟《おうち》に帰れない引き籠もりのニートさん並の不条理を感じるんだよ？」（プルプル）

そして間に合った。鈴の音が響く、それは祭りの始まり。

大通りを白塗りに目元に朱色を描き、口唇に紅《べに》を差し巫女装束で歩く神秘的で幻想的な美しさと厳粛な佇まい。それはもう幻想的な美しさで、とても巫女装束に着替えるまで薄々むちむちスパッツさんでむっちむちにお口にホットドッグを咥《くわ》えて大騒ぎしていたとは誰も思わない透き通りそうな清廉な空気を漂わせている……うん、詐欺だな！

御霊《みたま》を祀《まつ》ると、これまでに戸籍帳から亡くなった人達の膨大な名を記した玉串風の短冊を作り、榊《さかき》っぽいが大きな枝に沢山付けたせいか……なんか若干七夕っぽくもあるが、巫女装束の霊験で誤魔化して旧孤児院の教会内に作った神社へ奉納するための行列。誰もがそこに家族や友人の名があるのを知る、だから頭を下げて祈りながら感謝と鎮魂の言葉を口ずさむ。

「うん、ギリギリだったよー？」

きっと伝えたい事なんて多すぎて、思い出せば思い出に圧《お》し潰されそうで。きっと失った悲しみが癒える事なんてないのだろう、だから祈り感謝を伝える。

「きゃあああっ、可愛《かわい》い！」

鈴を鳴らしながら歩くお稚児さん姿の孤児っ子達も、良い子に華麗な稚児行列ができている。1歩に合わせて一度鳴らし、2歩目に合わせて二度鳴らす。凜々《りんりん》と鈴の音だけが街に静かに響き渡る。

だって、儀式なんてただの形で、ましてやこれは偽物の偽式。だけど人々の想《おも》いは本物で、その悲しみも寂しさも愛情も感謝も全てが本物。だからこそ神事。

それが何処《どこ》の何て言う神でも関係ない。この想いにすら応えられない、儀式だの儀礼だの神の名だのと言うような器の小さいしみったれた情けない神には用なんてない。ただ人々の心からの想いを受け止められる神様に届けばいい。そうでないなら宗教は害悪にしかならないし、それならば神抜きでやった方がずっとマシなんだから。

「うん、邪魔しに来たら殺せばいいんだよ、そんな邪魔な邪神なんて？」（プルプル）

静かにゆっくりと、だが整然と厳粛に進む。シャンシャンと透き通った音色に合わせた鈴の音と共に、弔いと祈りと感謝の想いを纏《まと》い偽物の儀式は本物の神事へと変わる。

変に本物の祝詞とか聖典が異世界語に翻訳されちゃうと宗教戦争になり得るし、他の神を貶《おとし》め憎み啀《いが》み合うような神なんていない方がずっと良い。そう、祈りは届くべき神に届

けば良いんだよ……名前忘れたわけではきっと決してないんだよ？

「まあ、あの爺《じじい》にだけは祈り送信拒否設定はできないものだろうか？」

静々と荘厳な行列に合わせて、拝みながら涙を流す人々。そして行列の後ろを付いていくメリ父さんとムリムリさんを先頭に、街中の人達が列を為《な》す。

メリメリさんと王女っ娘は巫女さんに加わっているし、祭事にはムリムリさんも巫女をするらしい。まあ、想いがあれば何でも良い。気持ちも想いもない格好だけ立派な儀式だけするよりも、きっと何万倍もましなんだよ。

「うん、俺の謎の格好以外はなんでも良いんだよ？　何故《なぜ》に神主と言うにはあまりにも陰陽師なの!?　なんか狩衣《かりぎぬ》に指袴《さしこ》はまだしも……烏帽子《えぼし》にスライムさん？　スライムさんは俺の衣装に含まれちゃってるの!?」（ポヨポヨ♪）

そう、内職が終わったばかりなのに、捕まって奉納用の宝刀を手に巫女の列の中心に近いあたりを歩かされている……うん、聞いてなかったんだよ？

「いつの間にこんな衣装を……って測らせた事もないのにサイズがぴったしなのは何故なんだろう？　うん、何故だか気にしちゃいけない気がするんだよ？」

俯瞰視《ふかんし》……羅神眼で周囲を確認し視点を飛ばすと、そろそろ列が限界に近いくらいに膨らみつつある。しかし、めちゃ泣いている一団がいると思ったら滅びてしまった村の人達。そして看板娘の両親と爺《じい》ちゃん婆《ばあ》ちゃん達だ。

故郷と家族と友人、そんな何もかもを一度に亡くし、生き延びたからこそ想いは誰より

も深く、きっと思い出は大きいのだろう。

「うん、結局白い変人さんは名前がわからないままだったから、白い変人の名前のまま奉納されちゃうんだよ？　普通なら虐《いじ》め問題だな？」（プルプル）

滅びた村々や町々の数だけ続く長い長い列が、並び立つ鳥居を抜けて行列は続く。押し殺した啜《すす》り泣く声と、沈痛な面持ちの行進。誰もが1つくらいは鳥居に刻まれた町や村の名を知っているんだろう……うん、思ったより多くて夜なべだったんだよ！

シャリン、シャリン——錫杖《しやくじよう》の鈴の音に合わせ一歩一歩、一段一段を亡き人達の思い出と共に登る辺境流の御霊送り。今まで祀る場所もなく、各自の心のなかに秘められていた。もう領館に積み上げられた名簿の中にしか名を残さない多くの人達が、ようやく眠りにつける場所ができた。だから平和に幸せになった町を見下ろし、一望できる小高い丘に祀られる。うん、平原に丘造るのが地味に一番大変だったんだ。うん、滅茶《めちゃ》鉱山を掘ってたせいで大量の土砂がアイテム袋に溜《た》まってて助かったんだよ？

そして本来なら境内の階段は端を歩く。それは中央は神様の通り道だから、人が中央を歩くのは不敬。だから、中央を歩かせる。

だって、この御霊達がこの神社の神様になる。誰も守ってくれなかった辺境を今日まで繋《つな》ぎ護《まも》り続けたのはこの御霊達。ならば何もしなかった神を退《しりぞ》け、この真ん中を通って良いのはこの人達だけなんだよ。

「うん、これを不信心だとか言い出す神とか突き落とせるように、滅茶傾斜角を付けてみ

たんだよ？」「「「そんな理由の階段だったの!?」」」

ただ一礼し、禊《みそぎ》もなく進む。汚れた地と呼ばれ、実際に魔素に覆われた辺境の地に清浄も汚れもないだろう。だって、この地で生まれ、この地で死んだ人達を祀るんだから。

寧《むし》ろそれに文句のある神がいるなら、神の方が立入禁止で除霊処分だ？　うん、そんな神がいるならば、それこそが不浄《けがれ》なんだよ？

石畳を囲む石灯籠には、今辺境《ここ》ある全ての町や村の名が刻まれている。此処《ここ》に辺境の過去も今も全てがある。厳かに幽玄に純白と紅《くれない》の行進が本殿に着き、メリお父さんとムリムリさんが名簿を奉り上げ玉串もどきを……うん、七夕にしか見えないけど気にしたら駄目だ！

うん、奉納して直刀を祀る。そして深々と頭を下げると皆がそれを真似《まね》して続く。そう、儀礼とかじゃないただの心からの想いを。

「えっと、直刀には辺境の名を記して……オモイ？　えっと、なんか彫ったんだよ？　名前が違うって怒られて60本くらい失敗作があるんだけど、名前が紛らわしいよね？　えっとオムニだっけ？　いや、それは駄目なやつだ！　何だっけ、まあ彫ってある……確かなんとかって？　なんだっけ？」「「「し――っ、煩《うるさ》い!!」」」

厳粛だが神秘的で、荘厳だが幽幻の美。錫杖を鳴らし、鈴の音と共に巫女が舞を奉納する。感謝と哀悼と、もう言葉にはならない万感の想いを伝えるように……うん、俺の考えたパラパラは却下されたんだよ？

「いや、あれなら辺境の人も覚えやすいかと思って、18通りも考えてたのに……うん、実は幻の19番目の他に、封印されし零番目もあったんだよ？」(プルプル)

それは、まるであの世とこの世を繋ぐ幽玄の舞。死せる隣人を悼み、亡き人を偲《しの》び、その想いを贈る生と死の狭間《はざま》の世界を繋ぎ紡ぐ幽玄を優雅に舞う御霊送りの奉納の舞。

その舞を彩るように琵琶《びわ》と琴のWネックな謎楽器で伴奏し、10の指と触手さん達が華麗に弦を叩《たた》き掻《か》き鳴らす超高速のタッピングからのライトハンド奏法！

そう、指が10本で足りないなら触手ハンド奏法すれば良いじゃないのが境内に鳴り響き、反響する六弦琴と琵琶琴《びわのこと》のハーモニクスが幻遥《げんよう》に荘厳に空気を震わせチョーキングに揺らめく音色を響かせる。

「うん、こんな事もあろうかと常日頃からエアギターの練習をしていてよかったよ？」

舞――この世にあらざる幽幻の美を踊りに表し、雅《みやび》な衣装を静やかに楚々とした表情で大人びた顔で清廉に……朝は肉饅《にくまん》も頬張ってたのに化粧ってマジで化けるんだよと、白塗りの肌と朱色の紅とアイシャドウでうっすらとチークも乗った顔立ちは夢幻の世の美女さながらだ……うん、ビッチ達の特殊詐欺技術《メイク》恐るべし!!

廻《まわ》り揺れる緋袴《ひばかま》が目に鮮やかに清廉に舞う。それはそれは目に毒だった甲冑《かっちゅう》委員長さん達のミニスカ巫女服は素晴らしいもので感嘆し感動して堪能したが、今日は清楚と神秘的に顕現した女神のように幻想的に長袴で舞い踊る。きっと一緒に鎮魂の想いを込めて、遠き遠き昔の友達へ踊りを捧げているのだろう。うん、睨《にら》んでるから何(百)年前かは考

えたらいけないようだ！

やがて夢幻のような舞が終わり、進み出たメリお父さんが語る……何か滅茶厳粛なキャラを作って、重々しくも真摯に記憶と思いを言葉に乗せて皆に語る。滔々《とうとう》と切々と長き歴史と思い出を語り聞かせるように、懇々とその悠久の年月を生きし辺境の祖先達に語りかけるように……無理して堅苦しく喋《しゃべ》っている。きっと、あれでも威厳を出そうと頑張っているんだろう？　うん、知らない人が見たら偉い人に見えるかも？　衣装とキャラ作りって大事だな？

「まあ、要約すると……おっさんって話長いよね？」

そして巫女服に着替えたムリムリさんが二礼二拍一礼を説明し、辺境の人達に礼拝を教え参拝の間へと通していく。そう、お賽銭箱《さいせんばこ》は却下された。ちゃんと「恵まれないお大尽様にも愛の小銭を」って書いてたのに、退《ど》けられたんだよ!?

「だって、お祭りも建物も代金は利権払いだから現金の小銭の方が嬉《うれ》しかったりするんだよ？　うん、いっぱい作ってたんだよ？」

しかし、この格好はどうにかならないものだろうか。何より舞踏会に引き続き、またも俺を置いて逃亡したオタ莫迦《ばか》達は後で捕まえて強制的に霊《みたま》に変換して地中に封じ込めよう。うん、あれは絶対に祀っても祟《たた》り神《がみ》にしかならないから封印だ！

空気は和やかに変わり、ちびっこ巫女な孤児っ娘達と葱《ねぎ》を持った禰宜《ねぎ》な孤児っ子達が売る御神籤《おみくじ》や絵馬には行列ができて飛ぶように売れている。

「うん、宗教って儲かるな？　まあ、異世界《こっち》のお守りや護符はマジで効果《スキル》付きなんだけど、絵馬はただの板……ゲフンゲフン！　でもまあ御神籤《おみくじ》も紙だけ……ガフンガフン！　うん、儲かるんだよ……俺の賽銭箱だけなんで駄目なの!?」

そして暗くなり、提灯《ちょうちん》を灯《とも》した巫女が静かに整列し石灯籠に灯《あか》りをつけて回る。夕闇を灯し雰囲気が出てきたところで……出店と屋台が始まる。

過去に想いを馳《は》せて涙する時間は終わり、今の幸せを感謝しながら笑う時間だ。だって、それこそが願われたもので、御霊の心を慰める何よりの功徳なんだよ。うん、ここで儲けないと宿代がヤバい！

そして、神社の名は安慈恵凜華《アンジエリカ》神社になった。なんでも辺境の祖先達を率いた、辺境に眠る古《いにしえ》の戦女神様の名なのだそうだ……うん、ちゃっかり元気に起きてるけど黙っていよう？

「しかし漢字にすると中々のDQNネームで痛さが……いえ、何でもありません。って言うかそれは破魔弓って言って魔を祓《はら》う弓だから、ちょっと魔が差しただけの使役者さんは撃っちゃ駄目なんだよ？」「「うん、誰が一体全体破魔弓を破城弓《バリスタ》にしちゃったんだろうね!!」」「いや、答えなくてもオタ達なのはまるっとお見通しなんだよ！」「「うん、誰が魔王城だって攻め落とせるような破魔矢作れって言ったのよ！」」「大きすぎて売れないでしょ!!」「うわー、本当に退魔の効果《スキル》の護符を……って、魔法防御無効じゃん!?　何か、それはお守りだけどお守りとはちょっと違うんだよ？」

くっ、俺の破魔矢まで発禁に!!

「綿菓子が売れに売れて狐《きつね》のお面も売れてるなー……あれ狸《たぬき》のお面なんて作ったかな？っ てなーんだ、小狸かー……ぎゃあーっ、って神社の境内は流血禁止、齧《かじ》るな！　どーどー？」

お口に綿菓子を突っ込んだら沈静化したようだ、荒ぶる御霊にでも取り憑《つ》かれたんだろうか……いや、動物霊だな？　悪小狸《こだぬき》退散！

あっちでは子供達と烏帽子《えぼし》を被《かぶ》ったスライムさんがぽよぽよと駆け回り、屋台を買い食いしている。と言うか、目を逸《そ》らしてないと周囲が巫女だらけだった！　妙にお化粧してると色めかしくて艶っぽくて目のやり場に困る。って言うか近い！

「眠くない？　大丈夫なの？」「いや、普通あんまり小狸に頭を齧《かじ》られながら眠気ってこないと思うんだよ？　うん、烏帽子に対子狸スキルを付けたかったんだけど、烏帽子さんはスライムさん共々買い食い中なんだよ？」

そう、霊験あらたか以前に頭が明らかに荒狸に齧られてる男子高校生さんもいるんですよ？

「うわー、子供達も嬉しそうだねー」（華麗にスルー発動！）

「うん、子供はお祭りを楽しまないとね～、あっお神輿《みこし》だー！」（華麗にスルー引き継ぎ！）

「って言うか柿崎《かきざき》くん達だね、あれ？」（華麗にスルー続行！）

「ああー、妙に萌《も》え萌《も》えしい女神像は小田《おだ》くん達かー」（華麗にスルーする？）

「軍の人達まで……第一師団に近衛《このえ》まで？」（今日は華麗にスルー？）

「やばい、喧嘩《けんか》神輿《みこし》に！」（カレー食べたいね!!）

しめやかだった空気は賑《にぎ》やかさに変わり、黙禱《もくとう》は笑い声へと変わる。その幸せな笑う声が、天へと昇って辺境の幸せを伝えていく。だから鎮魂祭、だからこそお祭りだ。

「「「わっしょい、わっしょい♪」」」

篝火《かがりび》が焚《た》かれ、揺らめく炎に照らされて巫女服がほのめく。そして最後は辺境から感謝の舞を奉納して、河で精霊流しをして解散だ。お祭りは夜通し続くだろうが……お神酒と言い張って売り出した日本酒がかなり売れている？　輸入追加だな！

「って言うかよく見たら、ちゃっかり巫女服着ているがお酒売ってるのは雑貨屋のお姉さん達だし、お守りや護符はギルドの受付のお姉さん達だよ……商魂逞《たくま》しいな!!」

浴衣も売れているし、着付けして着替えてる人も多い。まあ、団扇《うちわ》が全部萌え絵なのが風情的に疑問を感じるが、懐かしい光景を見ながら涙ぐむ女子高生組。うん、お口にソースやマヨネーズがべったり付いてなかったら哀愁を誘い大人っぽかっただろう？

「やっぱり祭りの終わりは寂しいね……」

ムリムリ巫女頭さんは保母っ娘の巫女さん達と孤児っ子達を連れて帰るようだ。まあ、孤児っ子達はお眠だろう。沢山はしゃいだ分だけ疲れた、ちゃんと疲れ果てるまで笑って遊べるようになった。だから辺境に連れてきたのは良かったんだろう。

「うん、屋台完全制覇できなかったね……」

この4ヶ月で色々あった。何一つ解決せず、何一つ進展していないが笑ってるから良いか？　しかし、巫女さんって屋台を襲撃して回って食い荒らし売り切れを続出させて良いものなのだろうか？　うん、化けてたのは見てくれだけだったようで、今度は鯛《たい》焼《や》きさんが踊り食い状態!?　そう、可憐《かれん》だったお化粧の紅《べに》は餡《あん》こに変わったようで、うん、今晩もわんもあせっとのようだ……うん、霊験はなさそうだな？

きっと異世界では巫女とは宙を飛び交い地を駆けお饅頭を奪い合う恐ろしいものだと認識されてしまった気がする！

125日目　朝　オムイの街　路上

お祭りをするのは聞いていたし、結構前から巫女《みこ》装束《しょうぞく》は用意されていた。そう、一部ミニ巫女装束だったけど、あれはまあ……使用目的が違ったようなの？　だから踊りの練習だってしていたんだけど、想像していたよりもずっと……本格的だったんだね！

「ええっ！　こんなに本格的だったの!?」「いつの間に……って、昨日までなかったんですから夜ですね？」「「綺麗《きれい》……お祭りっていうか儀式なんだね―」」

白地の金模様の垂れ幕に覆われた街並みは厳粛に神々しく、御神幕《ごしんまく》が通りに張られ、幕房や祭花が飾られている。御霊《みたま》送《おく》りの巫女行列とは聞いていたけれど、想像以上に神々し

い本格的な飾り付けにみんなの顔に緊張が走る。

「街の景色がぜんぜん違うし、空気が違う……緊張してきちゃった」「ねえねえ、私の衣装大丈夫かな！　着崩れてない!?」

領館から始まる大通りの突き当たりにある旧孤児院の教会に神社を作ったらしい……その長い石階段を作るために、わざわざ丘まで作ったらしいの？　うん、内職で地形を変えないでね？

「もう1回お願い、緊張してきたら自信がー」「「「私も、私も!!」」」

島崎《しまざき》さん達《たち》がみんなのお化粧をして着付けを直し、ネフェルティリさんが神楽舞の振り付けを確認する。

だって、あれだけ面倒だの手間だの言いながら、この大掛かりな街全体の飾り付けを深夜にたった一人で。

「そっか、これは鎮魂祭だから」

そう、これは亡くなった人達への奉納。だから一切の手を抜かずに、徹底的に念入りに綿密に用意をし祀《まつ》ったのだろう。そして、そういう時はやる気なさそうに面倒くさそうにしながら……身を削るように必死で作り上げる。その持ち得る全能力を注ぎ込み、自らを痛めつけるように用意をしたんだ。

「行くよ。こんな凄《すご》い準備を一人でしてくれたのに、私達が失敗して恥をかかせたら女が廃《すた》るからね！」「「「おおおーっ！」」」

稚児さん姿の孤児っ子ちゃん達が、鈴の付いた宝具っぽい朱色の飾りを握り、朱色の和傘を掲げてくれる私達は、玉串……が何故《なぜ》か大きすぎて七夕っぽいけど捧《ささ》げ持ち、歩みを揃《そろ》え振りを合わせて行進する。

みんな緊張で無口になり、ちょっと硬い真面目な表情には白塗と朱色の薄化粧。だけど、その白と朱の巫女さん姿で整列すると見惚《みと》れるほど美しい。異世界組も意外にも違和感なく似合っていて凄く綺麗なんだけど……安慈恵凜華《アンジエリカ》神社への奉納に、そのアンジェリカさんが巫女で参加って良いのかな？

そして、不機嫌な遥《はるか》くん。黙ってみんなで用意した神主姿は凄く似合ってるんだけど、何を何処《どこ》でどう間違ったのか、豪華だけど妖しく陰陽師っぽい上に……何故だかとっても邪悪そう？

「うん、何故だか絶対に神を奉る気がないのがわかるよね？」「「「そう言えば、前回の神父服も滅茶《めちゃ》スタイリッシュだったのに凶悪そのものだったもんね！」」」

そう、奉納用の豪奢《ごうしゃ》な直刀の大宝刀を持つ姿は、何故だか絶対に神を殺す気満々にしか見えないの？

「神父服も何故だか凶悪だったけど……陰陽師だと邪悪なんだね？」「うん、妙に似合ってるのが、より凶悪感を引き立ててるよ！」

振り付けを合わせ、歩幅を揃え、隊列を微調整しながら速度にも気を付ける。だって、通りには溢《あふ》れる涙を拭う人達。啜《すす》り泣《な》きの声が鈴の音に交じり、悲しい思い出や辛《つら》かった

日々を思い返す涙。

だから、それをきちんと過ぎし日に変えて、悲しみを感謝に変えるために。ちゃんと笑顔でありがとうと言えてこそ鎮魂祭だと……屋台や縁日もいっぱい準備されている。そんな長い長い大通りを抜けて歩いていく。そう、長いよね？　また、いつの間にか街が拡張されてるんだよね？　だって、こんなに通りって長くなかったよね!?

そして注連縄《しめなわ》が続く山門を登る。山なんてなかったはずだけど、誰もが気にしたら負けだとツッコミに耐えて静かに登る。

そして、遥くんの唯一の指示は真ん中を歩けという事だけだった。それは御霊になり辺境を守ってきた、この人達こそが祀られるべき神だと。だから神が端に避けろ、異論も反論も絶対に許さないと御霊を届ける。

「結構、階段が長いんですけど……平坦《へいたん》な野原でしたよね？」「うわっ、街が外壁ごと伸びてる！　内職で地図レベルまで地形を作り変えてるよ!!」

そうして粛々と奉納を済ませ、頭《こうべ》を垂れて祈りを捧げる。そして、舞台に上がり奉納の舞。

境内には幻想的な琵琶《びわ》と琴の音が鳴り響き、錫杖《しゃくじょう》の鈴の音と共に天へと昇る。日舞《にちぶ》や神楽舞《かぐらまい》に詳しい図書委員ちゃんと副Bさんで考案し、巫女のネフェルティリさんの監修のもと作り上げられた奉納の舞。それは静やかだけれど流麗に流れるように舞い、巫女服が映えつつ荘厳で幻想的に見えるように遥くんが修正した神楽を奉納する……でも、遥くん

ノリ過ぎ！

そう、段々と速くなっていく高速琵琶演奏《アップビート》に、激しいヘッドバンキングで高速指技と触手技からの超高音へのチョーキングとバイブレーションと打ち鳴らされるタッピングの音の嵐！　そんな琵琶と琴のWネックな謎楽器が回転しながら演奏され、激しいビートが空気を震わせて幻妖な音色を響かせる。うん、でもそのソロはスティーヴ・ヴァイさんのパクリだよね!?

そしてメロトーサム様のお話が始まり、街の人や辺境中から集まった人達が涙する。メロトーサム様も顔をぐしゃぐしゃに歪《ゆが》めながら戦いに次ぐ戦いの中で失った亡き仲間達や部下を、そして家族に別れを告げ感謝を述べられる。

追悼、救えなかった領民達への謝罪と、守れなかった町や村への慙愧《ざんき》の念。その誰もと共に、この日を迎え共に祝いたかったと悲痛に訴える震える声に誰もが泣く。

滔々《とうとう》と語られる長き歴史は、この神社の名にもなった古《いにしえ》の伝説に至り、大陸を救うために戦い生涯を捧げ、辺境に散った戦女神アンジェリカさんの名に始まり、幾度もの魔物の氾濫と滅びの歴史。失われた盟約と衰えいく辺境の惨状。絶望的だった末期の自分の代の辺境の有り様までを語り尽くし、その時代時代を守り抜き戦い辺境に生き辺境に死した人達を悼む。

そして万感の想《おも》いが込められた感謝の言葉を捧げる。幸せに豊かになった辺境の奇跡を、皆が守り残したものはこれほどまでに幸せになったのだと。

「みんな泣いてるよ……」「でも、オムイ様はチラチラこっち見てるね？」

そう、チラチラと遥くんや私達の方を見るけれど、遥くんが断固として史実に載るのや政治的案件に関わるのを拒絶し、自称こっそりとしてるから公に名を出すのを禁止としているせいで感謝の言葉を入れられないのだろう……うん、こっそりしてるつもりらしいの？　あれでも？

「まあ、なにせ一緒に泣いてるけど、その号泣してるのがアンジェリカさん本人だし？」

「「「うん、でもその本人が本人の御霊って送ったら駄目だよね？」」」

そして日が落ち始めると、提灯《ちようちん》を持ち明かりを灯《とも》していく。そんな薄明かりに世界は幻想的に変わり、幽玄の世界を垣間見《かいまみ》るような神秘的な光景。誰もがその美しさに見惚れ、悲しみを僅かに忘れると……悲しい思い出は楽しかった日々の思い出に変わり、亡き人達の笑顔を思い浮かべて幻想の世界に浸る人達。

「「「うわ――、綺麗」」」

そう、心理トリック。それは舞台効果で感情を乱されて誘導された精神の操作。そんな音と明かりを効果的に使ったペテン師の仕組んだ心の安らぎに、赤い目をした人達が泣き疲れて笑顔に変わる。

誰もが幻想の光景に目を奪われ、心奪われていく……だけど私達は騙《だま》されない。だって、たった一人でこの全部を用意し、疲れ切ってるペテン師さんが石灯籠に腰掛けているから。

「うん、綿菓子が売れに売れて狐《きつね》のお面も売れてるなー……あれ狸《たぬき》のお面なんて作ったか

な？って、なーんだ子狸か……ぎゃあ——っ！　ちょ、神社の境内は流血禁止だし、そもそも齧《かじ》るな？　どーどー？」

ぼんやりとどうでも良さそうな顔で、だけど優しい瞳で孤児っ子ちゃん達を眺めている。たった数ヶ月で見違えるほど元気に健康的になった。その笑顔からは屈託も怯《おび》えも消えてなくなり、幸せそうな満面の笑み。今も子犬みたいに駆け回ってはしゃいで、あの襤褸《ぼろ》襤褸《ろ》の廃墟《はいきょ》で死にそうに痩せ細っていた子供達が……あんなにも元気そうに。

「お疲れ様でした、遥くん。寝てないんでしょ……えっと睡眠の方の意味の方だけ寝てないんでしょ？」「うーん、全く寝なくっても眠いだけで何ともないから、実は『にーと』と『ひきこもり』の隠しスキルじゃないかという疑いすらあるくらいに全然平気なんだよ？」

眠りはやっぱり必要がないらしい。もう魘《うな》される事はなくなり、ゆったりと眠るようにはなったらしいけど……本来、睡眠の必要がない迷宮皇さん達が夢の世界に飛ばされちゃってて、自称人族が夜なべしてるらしいの？

だから、この気怠《けだる》そうな疲労感のある顔は、眠いんじゃなく限界まで魔力を使い徹底的に作り込んだからなんだろう。

だって、あの神社には13人の今はもういない同級生の名前があった。あの直刀とは別に持っていた刀に刻まれた紋様は漢字だった。それは13名分の名前だった。

「なんだか全然違うのに懐かしいね」「でも何故、狛犬《こまいぬ》と獅子《しし》にシーサーとお稲荷《いなり》さんが

交じりながら……信楽焼《しがらきや》きの夫婦狸までいるんでしょう」「ああー、あれは子狸が寂しがらないようにお父さんとお母さん……ぎゃあああーっ！　齧ったら血が出る！　歯茎からじゃなくて俺の頭が流血する!!」

まあ、狸は気になっていたけど触れないようにしてたのに……だって、あっちには鯛焼《たいや》き君が夫婦で？

「ま、まさか、あの夫婦の鯛焼き君石像は、私のお父さんとお母さんのつもりなの!?」

気付かれたみたい。うん、心なしか鯛焼き君の顔がおさかなクンに似てたから……触れなかったのに？

「結局遥くんが人の名前を覚えないせいで、奉納札が全部手書きで時間かかったよねー」

「何で本からは一瞬で写せるのに、聞くと忘れるのよ！　なんで全部間違えられるの!!」

うん、まさか直刀にオムイと彫るだけで、あれほど大変な事になるとは……最後は私が仮彫してから彫り直して貰《もら》って、漸《よう》く完成した。何をどう間違うとオヌシとかオーメンとかができちゃうの!?

「でも、みんな楽しそうだねー」「うん」

泣き晴らし、憂いが晴れ精一杯に胸を張り晴れ晴れとした顔で感謝を捧げる人達。人の心にはどこかで区切りが必要だから、想いを断ち切るのではなく感謝と愛情に変えてあげるための区切りのための儀式。

「メロトーサム様は泣いてたねー？」「お父様というか一族の悲願でしたから、きちんと

弔って上げられなかった人達への鎮魂の儀は」「うん、きっと喜んでるよ」「そうだよ、だからちゃんと幸せにならないとね」

遺体のない空《から》の墓所だらけの辺境。だからこそ魂の眠る場所を、そして誰かではなく誰をも祀れる所を作り、その御霊こそを奉った。古の戦女神の名を冠して……これでまたアンジェリカさんの事を教えられなくなった。だって祀られてる本人は焼きそばを啜ってる……啜れるようになったんだね？　うん、お箸も上手になってるし？

「あの奉納された直刀凄かったねー？」「あれって神聖魔法の重ね掛け？」「ああー、何だか霊験が無理やり神聖スキルで作り出されてたよね!!」「うん、清浄な威圧感にみんな圧倒されてたよ！」「スキルだけ清浄で、作った人が異常ですから非常識なものになったのでしょうね」

どれだけの想いを込めたんだろう。どれほどの気持ちで作ったんだろう。あの刀はそういう刀だったの――2対とも。

「ちょ、普通に世間話せずに誰か凶暴な子狸を捕獲しようよ！　うん、痛いんだよ？」

うん、スライムさんに烏帽子《えぼし》を取られなかったら囓られなかったかも……無理かな？

「子供達も嬉《うれ》しそうだねー？」「「「だね」」」

よく働いて、いっぱい遊んで、遊び疲れてふらふらの子供達。きっと幸せな思い出ができただろう。だって悲しくて辛かった分だけいっぱいの幸せが必要なんだから。

「子供はお祭りを楽しまないとね～、あっ、お神輿《みこし》だ～♪」「柿崎《かきざき》くん達だね、あれっ

て?」

いないと思ったらお神輿狙い。ちゃっかりと彼女さん達とお揃いの法被姿で、第一師団のお神輿を担いでいる。うん、上にいるのはバルバレラさんだね?

「ああー、あの妙に萌《も》え萌《も》えしい女神像は小田《おだ》くん達か」

神輿は遥くん製じゃないようだ。だって、遥くんが作ると生き写しか美術品になるはずで、あのアニメアニメしいフィギュアっぽさは小田くん達……うん、アンジェリカさんが萌えフィギュア化されて飾られてるの?

「軍の人達まで……って、第一師団に近衛《このえ》まで?」「やばい、喧嘩《けんか》神輿《みこし》に！」

しめやかだった空気は一転して、賑《にぎ》やかな騒乱に変わる。あの神輿は絶対に辺境は軍が必ず守ると言う約束の証《あかし》なんだろう。来年も、その次もずっと此処《ここ》で御輿《みこし》を担ぐんだと言う宣言。だから騒乱は笑い声へと変わり、天へと辺境の未来を約束する。だから鎮魂祭で、だからこそのお祭りなんだね。

「あっ！　屋台が品切れに!!」「えっ、深夜までお祭りするんじゃないの!?」「精霊流しがあるから終了時間は早いんだよ～?　うん、深夜は酒場だけだよ～?」

巫女が舞い、巫女が駆ける。口に焼き鳥を加えた巫女さんが飛び、綿飴《わたあめ》を手に巫女達が賑わう境内を疾駆する！

「林檎《りんご》飴《あめ》と鎮魂饅頭《ちんこんまんじゆう》と安慈恵凛華《アンジエリカ》焼きは譲れないよ！」「うん、アンジェリカさんは複雑そうな顔で安慈恵凛華《アンジエリカ》焼きを眺めているけどね?」「うん、美味《おい》しそうなんだけど……

名前《ネーミング》が気になるんだろうね？」「駄目、フランクフルトは私もいるの！」「既に綿菓子と焼きそばは売り切れ!?　でも、焼き鳥が未《ま》だあったはず！」

巫女が殺到し、巫女が奪い合う。巫女衣装は戦装束へと変わり、戦巫女と化して乙女には絶対に負けられない戦いが屋台《ここ》にはあるの!!　それ、私のなのっ!!

「……安慈恵凜華《アンジエリカ》神社にはわんもあせっとなご利益はないのかな（泣）」「うん、痩身の霊験があれば毎日通うんだけど！」「わんもあせっとのお守りとか売ってない!?」「うん、体形安泰の御札《おふだ》とか!!」「「「買う、売って下さい（泣）」」」

そう、お祭りのあとはいつだって、ちょっと物悲しいの（泣）

巫女服は一見防御力が高そうに見えるが触手さんとは相性が悪いようだ。

125日目　夕方　宿屋　白い変人

お風呂だ。昨日は徹夜でお祭りの準備の飾り付け、各種屋台の仕込みで早朝の復讐《ふくしゅう》もできないまま内職し通しだったからガシガシと身体《からだ》を洗って速攻で湯船に浸《つ》かる。

「ふは——……」

疲れは感じるが疲労はない。昨日も今日も殆《ほと》んど何もしていないから、身体は万全に近い。だから訓練だけでもしたかったんだけど、甲冑《かっちゅう》委員長さん達《たち》の反対で完全休養。う

ん、何だか微妙に運動不足感を感じる……わんもあせっと!?
「ふはー、やっぱりお湯だよねー? 女子さん達は薬用保湿潤い成分入り茸汁風呂《きのこじるぶろ》がお気に入りみたいだけど……どっかに温泉ないのかなー?」(ポヨポヨ)
指輪装備の『魔素吸収《マギドレイン》の坩堝《るつぼ》 InT上昇(極大) 魔力変換効率上昇(極大) 錬金補正(極大) 魔素吸収保管 魔素錬成 魔素適応』を嵌《は》めてから疲労感が少なく回復も早い。これに『分離融合《アルケミー》の腕肘甲 InT、MiN40%アップ 錬金力 50%アップ 分離融合 溶解凝固 変化変質』が揃《そろ》って錬成が凄《すさ》まじく上達し、結果として装備の更新に追われて忙しい……ま、まさか元気いっぱいに24時間働けというあの恐るべき飲み物の互換製品だったのだろうか!?
「うーん、未《いま》だに絶大な効果は感じつつも『不屈の腰鎧《こしよろい》:【持久力、耐久力、持続力、腰のキレに強化付与】』の性能が謎なんだけど、深夜の検証試験ではそれはもう凄まじい腰のキレで迷宮皇さん達も大絶叫で大絶賛だった素敵装備さんで持久力と耐久力に持続力まで上がって腰のキレが超高速の螺旋《らせん》からの∞軌道で凄《すご》かったけど……これって本当に防具なんだろうか? うん、ミスリル化はどうしよう?」(プルプル)
考え始めると『魔導の重鎧《じゆうがい》』の動けない変わりに絶対防御という効果だって地味に便利だった。動けなくても軽気功なら風圧で逃げられるし、何より防御スキルってこれしか持っていなかったりする? ただ転ぶと致命的《まずい》。だから使い所は限られるが、案外と空中戦向きだった。

「うん、地上でなら摩擦を消せる『鋲打ちブーツ《スパイク》』との相性が良くて、平地なら有効だったんだけど……出っ張りがあると身動きできないまま躓《つまず》いて転んで顔面殴打で絶対防御でHPは減ってないのに顔はちゃんと滅茶《めちゃ》痛かったんだよ？」

これもミスリル化候補。ただ、未《ま》だミスリルには余裕があるけど、人数を考えると女子組の方が優先だろう。

「女子さん達とオタ莫迦《ばか》達の装備更新に、眠りっ娘《こ》さんと踊りっ娘さんの新装備のミスリル化で結構使ったしなー？　うん、ミスリルの在庫がどっかにいないかな？　と、フラグっておく？　勿論《もちろん》、健全な男子高校生さんとして至極当然な純粋無垢《じゅんすいむく》な純情な感情からいって、美人女暗殺者さん歓迎のフラグは毎日欠かさず立ててるんだよ？　なのに来ないねー？」（ポムポム）

湯船に終日《ひねもす》揺蕩《たゆた》うスライムかな……いと可笑《おか》し？

「なるほど、確かに宿屋の防衛設備が高性能すぎる問題はあるんだけど。だがそれを乗り越えてやってくる本物こそが選ばれし美人女暗殺者さんだし、俺の部屋の窓だけ滅茶防衛力を落としてあるんだよ？　うん、鍵も開いてるし？　まあ、中に迷宮皇がいっぱいいるけど？」（プルプル）

うん、よく考えたら最強の防衛体制だった!?

「大迷宮の最下層4個分の戦力って、美人女怪盗さんでも絶対大迷宮に行った方が平和で安全だと判断しちゃいそうで、俺も絶対そう思うんだよ!!」（ポヨポヨ）

うん、安全って言うか、うん、俺の部屋が最重要危険地帯だった!? 迷宮皇さんは倒せない。そして何気にスライムさんに至っては倒し方すらわからない? 普通に戦っても粘体だから攻撃が効かず、魔法は食べる。そして、おそらく空間魔法で本体を分割して収納しているはず? しかも可愛《かわい》くて多芸多才! うん、無理だな。

「異世界は無理ゲーすぎるんだよ、設定自体が? あの最大戦力の女子さんが揃ったままLv200や300になると話は別なんだろうけど……それだけの経験値って魔物さん足りるかな?って言うかLv100超えの今ですら凄まじい攻撃的危険身体《デンジャラスバディー》なのにLv200とか俺が死ぬよ! もう押《お》し競饅頭《くらまんじゅう》の肉感攻撃が既に臨界点をとっくに限界突破で、色んな意味で死にそうなんだよ!? うん、ヤバいな!」(プルプル)

お風呂から上がると訓練場は未だ訓練中で、むちむちと運動中《わんもあせっと》なスパッツ乱舞で、この調子だともうしばらくは掛かるだろう?

ただ、男子高校生がむちむちスパッツさんを眺めていたら確実に事案だ! うん、お風呂から出ただけで冤罪《えんざい》の危機だった!! そう、だからなのかオタ達はこっそりと深夜にお風呂に入ってるらしいんだけど……暗殺者《アサシン》でも目指してるんだろうか?

そそくさと即お部屋に戻り、内職に励む。前衛の装備は元々充実し、複合弓《コンポジットボウ》で弓職も大活躍中だ。そして魔《ま》法杖《ほうづえ》の普及で魔法職が活躍を始め、槍《やり》で中衛や槍職も幅が広がり持ち替えも盛んになるだろう。

「後は偵察役《スカウト》だけど、偵察役《スカウト》は弓職が殆んどだし……やっぱ補助魔法がないのが厳しいの

かな?」

女子さん達の場合は器用な文化部っ娘達が補助魔法にまで精通していて、逆に攻撃魔法職の専門家がいない。何となく1人ほど賢者さんがいなかったかなっていう気はするがいない。うん、魔法を使ってるのを見た事がない。そして、案外これと言った弱点のない魔物に限って、『負荷』や『妨害』が滅茶効いたりする?

「うん、個人的には投網やトリモチで良いじゃんと思うんだけど便利らしいんだよ?」

(ポヨポヨ)「うん、超強力広範囲攻撃型虎挟みも販売中なんだけど、ただ射程に入ると飛び掛かる虎挟みで魔物より危険だって冒険者ギルドで取扱を拒否されて在庫が溜《た》まってるんだよ?」(プルプル)

そう、低Lv魔物さんくらいなら、半径50m以内の全てを一撃瞬殺で食い千切る便利グッズなのに駄目らしい? うん、効果はちゃんとオタ莫迦で実験済みなんだよ?

そして、新製品の開発に行き詰まりを感じながら新型ポーションを錬成する。先に飲んでおく持続型解毒薬が雑貨屋さんからの注文なんだけど売れるのかな?

「素直に装備で毒無効化した方が早いし、森なら茸なんてボコボコ生えてるのに何でポーションが売れるんだろうねー? あんまり使い捨ての物って好きじゃないんだよ……うわっ、失敗した! これHPまで回復しちゃうよ? 解毒だけって逆に難しいな?」(ポムポム)

ただでさえ雑貨屋からの注文には「運河」とかあるしキリがない。そう、やっと「鉄工

所」とか「神社」とか「お祭り」とかの注文が終わったばかりなのに、内職屋使いが荒いんだよ……¥って言うか内職への職業的誤解があるような気がしてならないんだよ!!

「うん、一度真剣に内職は室内でするものだという内職理念について伝える必要があるんだよ……うん、あんまり鉄工所とか運河とかって、室内で造らないんだよ！　それ、作ったてたら宿から追い出されるよ！」（ポヨポヨ）

凄まじい緊張感に空気は張り詰め、固形化されそうな重圧感！　廊下からだ、そしてこっちに向かって来る。その数は6。気配は……ビッチ&メリメリ。うん、凄いコンビ名だな!?

「いや、開いてるから入ってきて良いよー?って言うか閉まってるけど開いてるっていうシュレディンガーなドアじゃなくて、扉は閉まってても鍵は開いてるから入れるんだよ?具体的に言うと先《ま》ずドアノブを摑《つか》んで回転させるんだけど、コツは横回転で回さないと……縦回転だと捥《も》げるんだよ?　そして4分の1回転で止めないとメリメリと捥げるからメリメリ&ビッチーズが入るためには先の手順を」「「「わかってるわよ！　最初の「開いてるよ」だけで通じてるのよ!!」「一体どこまでドアの開け方を具体的に語り聞かせる気なの!!　あと、ビッチーズじゃないって言ってるでしょ!!」「ついでに私の名前はメリメリしてないし、ドアノブを捥ぐ音に使わないで下さい！」

そして気配なく一瞬で侵入を果たし、背後から羽交い締めで瞼《まぶた》を引っ張る巫女《みこ》姿《すがた》の目隠し係達。その素速さにはスライムさんも驚愕《きょうがく》のぽよぽよだが……目はやっぱり隠さないよ

うだ？

「うん、ドライアイどころじゃない、瞬《まばた》きすらも許されない瞼を摘《つま》んで引っ張るのが痛いんだよー！」

一瞬の攻防、そして静寂。微動だにせず、時間が止まったかのように静止する甲冑委員長さんとヒュドさんが静寂の中で対峙《たいじ》し、揺らめくように接近を図る踊りっ娘さんをコカさんがコケコケと牽制《けんせい》し合う。そしてジリジリと間合いを測る眠りっ娘さんとバジさんが視線を交錯させて睨《にら》み合っている隙に、ほっといて目を瞑《つぶ》り下着作成の材料を準備する……うん、この目隠し係達本当に必要性があるの⁉

そう、よりにもよって変に堅い6人が揃ってしまった。目を瞑っているのに怖《お》ず怖《お》ずと後ろを向き、じわじわと緊張しながら服を脱ぎ始める。この無言と緊張感と衣擦《きぬず》れの音が重圧感《プレッシャー》なんだよ！

「いや、何でいっつも無言なの？　何か囓《かじ》るってるの？　はっ、最近囓りキャラを子狸《こだぬき》に奪われた焦燥感から、囓りトレーニングを課して骨っこか何か囓ってるの⁉　噛《か》み砕きそうだな⁉」

するすると服が開《はだ》けていき、しゅるしゅると1枚づつゆっくりと脱いだ服が肌を滑り落ちていく……うん、そのもじもじ感が気配察知的に余計に気になるんだよ⁉

「噛み砕かないわよ！って言うかなんで骨っこ咥《くわ》えて生活しちゃってるの！！」「何を鍛えてるのよ！！　鍛えて私達は一体何を囓るの⁉」「あと、焦燥してないから、私達囓りキャ

ラを売りにしてないでしょ!!」「「「って言うか今まで一度も噛んだ事も囓った事もないでしょ！！！！」「」

おおー、久々のビッチーズの文句の叫び。しかし不幸は連れ立って来ると言うが、「高感度の指輪」で感知能力が上がりすぎて質感まで感知可能になってしまったところに『分離融合《アルケミー》の腕肘甲』で上がりまくった錬金能力で作られた「濃縮高分子茸汁配合ぬるぬる泡沫《あわあわ》ボディーソープ（限定販売品《ぼったくり》）」でしっとりなめらかになった肌の質感が正確に感知されて妙に生々しい！

「……っ」「んぁ、……あぁ」

そして、普段は喧《やかま》しいのに妙な静けさと荒い息遣い。その消え入りそうな艶《なま》めかしい吐息が逆に気になる！　これがあるからビッチーズはやりにくい。そして、その空気に呑《の》まれてメリメリさんまで大人しいが……口を押さえて我慢大会みたいになってるんだよ？

「あぁぁ……うぅっ」「んうぅ……あうっ」

そして息絶えのまま採寸を済ませて、仮縫いというか仮編みで悶《もだ》え震えるぷりぷりの肢体を包む。痙攣《けいれん》する力尽き弛緩《しかん》した身体を触手で立たせ、動作《ポーズ》を加え可動域の調整に入る。

「うん、一気に急いでやらないと色々問題が発生しそうなんだよ……特にさっきから後頭部を押して、前に突っ込ませようとしている目隠しに対する理解が皆無の目隠し係達へのお仕置きも早急に早晩必要だよね！　うん、それって俺は何処《どこ》に突っ込んじゃうの!!」

昨晩のお祭りの準備で一挙にMPを放出して、未だ完全回復には至っていない。なのに何故《なぜ》だか不思議な事に、健全な下着作成で房中術が発動し急速に回復が早まっている？

「うん、発動しちゃったんだー？　いや、なんか静かだなーと思ったら……屍《しかばね》だった？　うん、ピクピクしてるがもう駄目みたい？」（ビクンビクン♥）

まあ、良しとしよう。うん、あの普段と違う無言と恥じらいが地味にキツいから、いっそ屍《しかばね》ってくれた方がサクサクと作れそうだ？

「うわー、でも痙攣って仰《の》け反って無意識下でも止まらないんだね？　うん、意識のないまま暴れると危ないから、鎖で縛って吊《つ》るしてくれる？　いや、1名ほどJCが混じっているのが事案っぽい上に、安全のためなのに天井から鎖で吊るすと何故だか事案が確定的になってる気がするのは何故なんだろう？」

しかし、無意識の喘《あえ》ぎ声《ごえ》と悶えすら艶めかしい。いっそぎゃーぎゃー騒いでてくれた方が遣《や》りやすい気までする？

「「ひぁ……っ。ぁん……っ、あぅ……」」

絶叫と気絶を交互に繰り返し、ギシギシと軋《きし》む鎖の音と甘苦しい息遣い。鎖に吊られた悶え震える身体と、汗で濡《ぬ》れる悶える肌……うん、急がないと腰鎧がキツい！

「この腰鎧は守ってくれる安全装備かと思ったら、『シャキーン！』って自動開放機能装備で安心できないんだけど現状で男子高校生的事情で必須なんだよ？　うん、滴る水音は気にしちゃ駄目だ、集中集中集中集中集中集中集中使用中……って、それは何を使用しようと

してるの!?」

しかし脚長いなー？　その肢体美が鎖で吊るすと一層際立つ。その脱力し小刻みに痙攣する長い脚の間に触手を挿し入れ、その先端から魔糸を伸ばして触れるか触れないかの微妙な計測で素早く優しく執拗《しつよう》に計測を重ねる。

「イッ……あ、あああっ！」「ひぃいぃっ、あ……あ、あうっ！」

切なげに身体をくねらせて仰け反り、全身を震わせて痙攣し絶叫する。だらしなく伸びた下肢に触手が巻き付き、震える脚を高々と上げていき事細かに調整と補正を繰り返す。

「あああぁ！　あううぅ♥」「んあああぁぁ♥」

喘ぎだけが小さく唇から漏れ、啜《すす》り泣くような嬌声《きょうせい》と滴る水音だけが室内に響く……うん、掃除が大変そうだな？

「いや、この採寸用改良型触手さん達はフレキシブルな蛇状の本体から、蚯蚓《ミミズ》くらいの大量の触手を生やして、その先端部分は磯巾着《いそぎんちゃく》状に大量の魔糸を備えてる最新型なんだよ……って、聞いてないな？」

そう、肌に擦過を与えないよう粘液が濡れ滴っているけど、ちゃんと滑り止めの瘤々《こぶこぶ》がいっぱいの親切設計な自慢の逸品なんだけど……まあ、好評みたいで、お喜びの声が凄絶だな？

どうやらビッチさん達もメリメリさんも磯巾着型微細触手群が気に入ったようで、くちゅくちゅと採寸されては跳び跳ねてお悦《よろこ》びだ？　激しく振られるお尻と、うねるように

くねる秀麗な背中の曲線《ライン》を激しく反らせ。仰け反って、ゴム鞠《まり》のような半球体を上下左右に震わせて哭《な》く？

「うーん、Ｌｖアップで筋繊維まで超高密度に……骨密度も上がって、寧《むし》ろちょっと伸びてる？」「「「ひいぃ、んあぁ……ああ♥　あんぅ♥」」」

修正から補整までまんべんなく済んで、拘束を解くと床の上でビクビクと震え痙攣を繰り返す身体。それを綺麗《きれい》に拭き取ってから、細かく確認しつつ試作品を着せ付けていく。

そして毎回絶妙なタイミングで廊下を移動中のスライムさんに預ける？

「うん、６人大丈夫？　うん、お願い。報酬《プリン》は朝で良い？　うん、よろしく？」

そして空《くう》を蹴り、バク宙で宙を蹴ってジグザグの軌道で壁に着地する。そこから一気に触手さんを大放出して、壁を疾走し超短距離縮地の連続運用で、不規則に複雑に進行方向を変えて飛び交う鎖を回避する。そう、既に『影潜みの鎖』は新技の影触手で封じた――ここからは俺の番《ターン》だ！

そう、俺の瞼を開き、密着させようと押さえ込んでビッチ達の方へと押していたために甲冑委員長さん達は密着状態だった。それ故に掛かった『分離融合《アルケミー》の腕肘甲』の『変化変質』で錬成された感度上昇効果付きの粘液の威力は、優に数十倍。更に量が増えればその効果は数百倍に及ぶ！

「うん、目を隠さない目隠し係さんへの罰は、お仕置きだべーなびっくりどっきり新型触手さんの体験被験な秘密の体験に決定なんだよ！」

既に意識とは関係なく身体は火照り、息は荒い。そして、さっきの下着作成で極められた触手の大量精密操作で、もう室内には逃げ場はない！　そして感度上昇効果で、既に敏感に反応を始めた身体は動きに精彩を欠いている！

「「し、しまっ……あっ！　ああ、ああああああぁ！」」

一気に間合いを詰め触手で絡み取りながらの超接近戦の肉弾戦に移行する、長かった苦難の下着作成業務は終焉《しゅうえん》を告げた！　そう、復讐の刻が訪れたんだよ！

「んあぁ、あ、あ。あ、あ、あぁ！　あ♥　ああ♥」

身体制御は軽気功の回避に任せて触手制御に集中し網状に絡め取り巻き付き拘束していく、室内でなら充分にいける！

「ひっ、いぃ！　いあっ、あああぁ、ぁあっ！　ぅあ♥」

一瞬、触手に気を取られ無防備になった絶好のチャンスを逃さず、背後から抱え込んで一気呵成《いっきかせい》に触手さんの飽和攻撃で陥落させる。そこから更なる感度上昇の重ねがけで、白目で可憐《かれん》な唇から涎《よだれ》とベロを零《こぼ》して痙攣していく。

「ふっ、巫女姿は一見防御力が高そうだけど……実は袴《はかま》は隙間が多いんだよ？」「「んあぁっ♥！」」「うん、影潜みの鎖で思いついたんだよ……影触手？」「ひぃあぁあ、っあ、あ！」

足元の影から巻き付く触手に絡め取られ、巫女服を剝《は》ぎ取られ剝き出《むだ》しになっていく白い肌。その艶めかしく巻き付く触手達こそが、影潜みの鎖を使ったばかりに感知できなかった罠《わな》。そう、知っていれば警戒できただろう。だけどこっそりずっと練習していたん

だよー！

「きゃあああー……ああ、あっ!ぅあ、あ。ああっ、あぅん、んあっ！　あ、あ♥　ああ♥　あ、ああ♥　んあ♥……あ♥」

復讐が始まる、始まったまま終わった事がないんだけど、始まりはいつまでも続くんだよ？

「うん、結局3人に増えてもたったの一度も目を隠さずに悪い事ばかりしてた悪い娘達には、お仕置きという名の男子高校生さんが男子高校生の名にかけて男子高校生の本懐を果たし本番は本当に本日の本来の本物な男子高校生さん本体が奔放に本戦を奔走するんだよ――！」「「「きゃああああああ――……ああっ♥」」」

うん、結構女子さん達の清純無垢な色気の巫女姿のギャップがヤバかったのに、そのまま下着作成への流れで男子高校生さんの忍耐力はいっぱいいっぱいだったんだよ？　うん、原因は何で目隠し係が目を隠さずに太腿《ふともも》やお腹《なか》を撫《な》でて、耳を甘噛してたの!?　うん、男子高校生の欲求大爆発《エクスプロージョン》なんだよ――――！

【性皇さん勝利！　勝因は巫女服の袴の隙間とのコメントでした】

しかし、感度って上げすぎるとヤバいな……うん、痙攣と駄目なお顔が？　うん、これは一番怖い笑顔のオコが発動しそうだ!!　よし、どうせ怒られるなら今のうちに復讐され

る分の復讐を先にしておこう！

「「「ひぃあああぁー……ああ！　あっ、ああっ♥　んあぁぁ♥　っあ♥」」」

【速報！　決まり手はエビ反りブリッジ痙攣悶絶《もんぜつ》固めでK・O！】

全員で協力して作り上げるのは美しい光景だが、全員が作ったら協力の意味がない気がするんだよ？

126日目　朝　宿屋　白い変人

爽やかな朝。いつもの服にいつもの装備で階段を下りると、そこはむっちむちだった。

「な、何を言ってるかはわかると思うんだよ？　うん、むっちむちスパッツさんの薄々じゃない方だ⁉」

そう、薄々バージョンは光学迷彩《モザイク》が必要不可欠なR18仕様だが、こっちのノーマルむちむちスパッツさんはR15で安心だ？　うん、以前の謎のブルマ祭りですら全年齢版だったというのに、異世界とは恐ろしい世界のようだ……うん、むちむちむと仲良くみんなでサンドイッチを作っている……ようだ？

「いやーっ！　サンドイッチさんにマヨネーズを顔射されちゃったよー！」

戦闘職のジョブ補正、その逆補正を避けるために極限まで効果能力系統《スキル》の発動を抑え丁寧に静かにただ挟んで切っているのに？

「何で切っただけで中身が飛び出すの？　私剣士なのに納得行かなーい！」「混ぜてるだけなのになんか……タルタルさんが……粘土みたいに……」

手伝う方が非効率で、材料すら無駄にしていると言える惨状。だけど女子としてはサンドイッチくらい作れるようになりたいという当然の思い。うん、何故《なぜ》、挟んで重しを置くだけの作業でパンが千切れ破裂するんだろう？

「意味不明な職業《ジョブ》の逆補正《マイナス》は、未《いま》だに頭では理解していても納得できないんだろうね？」

だから、黙って部屋に戻る。きっと見られたくないし、それでも作りたいのだから出来上がるまで見なかった事にして待機していよう。

「ただいまー、未《ま》だちょっと下りられない感じ……くっ、罠《わな》だ!!」

盛り上がったベッドのお布団は偽物《ダミー》！　即座に飛び退《すさ》ろうとする両手両足に鎖が巻き付き、拘束されて部屋の中へ引き摺《ず》り込まれる。当分動けないように徹底した鋭く激しい腰のキレで迷宮皇達《たち》の迷宮にキレッキレに攻め込み、責め立て鬩《せめ》ぎ合ったのに復活し待ち構えていただと――っ!?

「は、謀ったな！　ちょっと朝の続復讐《ふくしゅう》を念入りに念には念を込めて一念発起しまくって一念万年の思いで一念通天に頑張っちゃっただけなのに……念《ねん》のために聞くんだけど、優しくしてね？」（イヤイヤ、ブンブン、フリフリ！）

【性皇虐待中。現在復讐が連鎖中です、暫《しば》くお待ち下さい……未だやるの!?】

Re爽やかな朝？　何だか疲労困憊《ひろうこんぱい》の満身創痍《まんしんそうい》な朝だった。そう、早朝の過激な続真復讐（改）が朝の過剰な報復で返されたんだよ？

「くっ、羅神眼でなら見えるはずの『影潜み』を見逃した油断で、まさか復活しつつ隠れて待ち構えているとは……迷宮皇3人の連携による周到な罠で、いつだって自分の部屋に戻るのが迷宮よりも危険なんだよ？」（ポヨポヨ）

うん、常在戦場の心得と言うよりも最終戦争と日常生活な感じで、一緒にいるのが戦姫《せんき》三人衆な常時最終戦争《アルマゲドン》な穏やかな日々。

「うん、いかがお過ごしですかって男子高校生的生存競争中なんだよ？　まじ凄《すご》かった!!　性女の嗜《たしな》みの手技と性技の極みの口技がトリプル無限循環の連環の計だったんだよ！」

（プルプル）

スライムさんに癒やされながら階段を下りる。今度は空間把握で状況を確認済みで、もうマヨやタルタルやクリームをぶっかけられてる娘もいないようだ。

「「「おはよう、朝ごはんできてるよー」」」「ああ、おはよー？　わあー、サンドイッチだー、お腹《なか》が空《す》いていたんだよーみたいなー（棒？）」

普通にサンドイッチ。だけどこの普通のためにどれだけ頑張ったんだろう。そして失敗

作をどんだけ頑張ったんだろう？

「「「食べて食べて！　こっちがカツサンドでこっちは卵で♪」」」「うん、どれも美味《おい》しいよ。うん、美味しい美味しい……もぐもぐ？」

　視線が痛い。多分これを作るのに早起きをして3時間は掛けていたはず、今時って言うか異世界で料理は女子なんて古いと思うんだけど譲れない意地があるんだろう？　いや、美味しいんだよ？　ただ全員からガン見されると、視線が怖くて緊張するんだよ！

「それは良いんだけど、いい加減にこの鉄球付きの足輪《アンクレット》外して下さい！」「何で朝ごはんが囚人状態なんですか！　なんかお皿まで囚人っぽさが？」「「そーだ、そーだ！　差別だー！」」「喧《やかま》しい！　毎朝毎朝空気になって消えやがって、ちょっとは俺を労《いたわ》ってみるっていう空気を読む能力を身につけろ！　周りが全部女子っていう、ぼっち男子高校生の空気を考えろって言うか逃げるなら逃げるで俺を置いて逃げるな！」「「「そんな理由だったの!?」」」

　うん、逃げないようにオタ達は鉄球付きの足輪を嵌《は》めて逃亡を不可能にしている。これで女子さん達は突然着替え始めないはずだ。

「全く莫迦《ばか》達はまたお泊りだよ……高校生の乱れた生活は今度お説教が必要で、魔動迫害砲《バズーカ》の開発が必要そうだな！」

　そうこうしながら滅茶《めちゃ》積み上げられたサンドイッチを食べ続ける。食べる度に満面の笑顔で見てるから重圧《プレッシャー》が半端ないが結構お腹が苦しい。うん、せめて4人も無駄にいるんだ

からオタ達に食べさせようと振り返る……いない!?

「て、鉄球だけが……あっ、そう言えば忍がいたんだったよ!」

見詰めてくる満面の笑みと、堆《うずたか》く積まれたサンドイッチの山。視線が集中し、スライムさんへのスルー作戦まで封じられた! いや、食べるんだよ?

一生懸命作ってたのは知ってるんだし……でも多くない、これ? そして薄々ではないがむちむちと迫る、美味しそうな太腿《ハム》がむっちりと……近いんだよ?


【男子高校生の夢、女子さんの手料理完食! ただし26人分でした。良い子は真似《まね》しないでね?】

食べすぎで苦しくて冒険者ギルドでも喋《しゃべ》ると口からサンドイッチの溶けた何かが出てきそうで、溢《あふ》れ出る掲示板への熱い思いも溢れるとヤバそうで語りきれずに受付委員長さんに背中を擦《さす》られてしまった……く、屈辱だ!
そして、やっと迷宮。昨日はお祭りで完全に放置されていたけど、まあ数日放っておいたくらいで急成長したりはしないようだが油断はできない。
「ちょ、お願いだから腹ごなしに魔物をこっちにも回してね? マジ苦しい、って言うか動けるかな?」(ウンウン、コクコク、フムフム、ポヨポヨ)
速攻で下りてきたが苦しくて動きにくい。だが動かないと消化しきれない! そう、動

けないから……縮地。

お馬さんでの馬上戦闘でコツが掴《つか》めた気がする。縮地で一気に間合いを詰め、魔物さんと言うかおなじみの「ゴブリン　Ｌｖ17」の首を刎《は》ねる。体軸は水平に腰の回転を上半身のみに伝え、下半身は上下のブレを柔らかく吸収させる。そして滑るように詰める！

「うん、要するに揺らされると危ない虹色リバーズ問題なんだよ？」（プルプル）

縮地法は使いこなせない。使えるのはカウンターを狙ってこない低Ｌｖの魔物相手だけ。だが速い。そして距離を無効化し、一気に接近する滑り疾《は》走《し》る感じは騎乗戦に近い。そう、不必要に脚を捌《さば》かず、膝を柔らかく溜《た》める動きだ。

「すーっと……くいっ？　うん、この感じだな？」

踏み込んで斬る剣の型とは違う、騎乗戦の上半身の動き。腰から下は「縮地」に乗せる。滑るように縮地を繋《つな》ぎ、舞うように組み合わせ、スケートのように滑り駆ける。剣は添えるように当てて、速度で薙《な》ぐ。薙いで薙いで薙ぎ払い、斬り斬り舞に斬り回る。

「うん、お仕舞いだ？　いや、上手《うま》くいったんだけど……動かないから過剰栄養《カロリー》が消費されてないんだよ？って言うか、俺ってＬｖ20台だからそこまで大量の御飯はいらないんだよ？　お腹が苦しいな！　いや、男子高校生さんには女子の手料理は残せないっていう呪いがあるんだよ……でも、あれって異世界じゃなかったら胃が破裂してたよね！」（ポヨポヨ）

せっかく頑張って練習していた。それは、きっといつか誰かに食べさせてあげたいと、

その瞳は一生懸命だった。だったら練習台くらい付き合ってあげるのは当然だし、男子高校生さんに女子の手作り料理からの撤退は決して許されないんだよ！　うん、苦しいな？

「転移だと自壊でぶっ壊れ、縮地だと事故でぶつかるって……自動じゃないスキルって、運転免許も持ってない男子高校生にハードル高すぎるよね？」

下層で練習を続ける。1歩の縮地と2歩目の縮地を組み合わせ、舞踏《ダンス》の歩術《ステップ》が滑走を始め加速し連続する連撃の襲撃。いきなり目前に現れる縮地の動きを読ませず、相手の攻撃範囲から外れた位置へと飛び込む！

「やっぱりスキルの縮地とは完全に別物の縮地法だよ？　なんか一歩ごとに異なる移動式を多元に組み合わせて運用するって、これ甲冑《かっちゅう》委員長さん達が相手だと足先の向きや体重のかけ方で移動先を読まれて待ち構えられてボコられるだけじゃん!?　うん、滅茶さり気なく見られてるんだよ！」

それに比べて魔物さん達は優しい。うん、ちゃんと吃驚《びっくり》して、慌てて動揺してくれるんだよ？

「素晴らしいリアクション魔物さん達で、この目を見開いて後退《あとずさ》る感じが縮地感を表現してるよね？」（プルプル）「よっとこフォックス？　いや、狐《きつね》さんなのかもしれないけど、キメラなのに妙に偏ってる……狐狗狸《こっくり》さん？　うん、でも狸《たぬき》は間に合ってて、寧《むし》ろ子狸をお引き取りをしてくれないかな？　うん、ちょびっと嚙《か》み癖《ぐせ》があってすぐ齧《かじ》るんだけど凶暴で悪い子なんだよ……お薦めしてみたけど、魔物さんにすら嫌がられそうだった！」

（ポヨポヨ!?）

よく見ると偶《たま》にリカオンっぽい顔。別名ハイエナイヌさんな狸混じり感のあるお顔も見え隠れするし狐も狸も犬だから……犬縛りキメラ？

「なんで食肉目イヌ科限定の幅の狭いキメラさんなの!?　いや、まあこの中に猫《ぬこ》さんがいると喧嘩《けんか》の勃発が間違いなしなんだけど、それでもキメラさんってもっとグローバルに多様性な意識高い系の魔物さんじゃなかったっけ？」

頑《かたく》なな狐狗狸キメラさんは、その頑固で強固な硬い頭を連続する不規則で無軌道な縮地についてこられないままに世界樹の杖《バールのようなもの》でボコられる。

「そう、犬系なのにお酢は使えない。だって今、あの酸っぱさは俺がリバースの危機で、それってせっかく作って貰《もら》ったんだから失礼だよね？」

縮地で地面を滑り魔物の密集地を滑走し駆け抜ける。ちゃんと狸顔のキメラさんには子狸の関係者さんはいないか聞いてみたが、いなかったからボコっても怒られないだろう？

「うん、どうやらキメラさんは子狸ほど凶暴な種族では無さそうだな？」

縮地は一瞬無防備な状態ができる。その縮地状態の一瞬だけは動きが固定化され制限される。そして、その刹那の状況こそが致命的な隙。

「縮地、危《それ》ない、です！」「いや、耐久力《ViT》の低い俺には危険極まりない技なんだけど、小刻みな縮地とステップを組み合わせつつ一瞬の万が一に備えて『魔導の重鎧《じゅうがい》』の『魔動絶対防御（不動）』の効果を発動して備えだけは万全にしてあるんだよ？　うん、狙われて

カウンターを喰《く》らわない限りは使えるんだよ？」

当たれば死ぬから駆け回っていた。転んでも、ぶつかっても森の中で駆け続けた。結局、あれからもずっとずっと駆けている。

「こうしてみると、俺って最初からずっと『歩行』と『移動』で生き延びてるんだよ？」

そう、俺だけ全自動必殺技《チートスキル》じゃなかったけど、制御できて組み合わせられるっていう狡《チート》だった。まあ、今になって思うと？

「いや、普通は異世界でスキルを貰って転びまくったら文句くらい言うんだよ？　俺、異世界に来て魔の森だけでも軽く1万回以上は転んでるんだよ？」（ポムポム）「いや、転んだんなら転がれば良いじゃないのって、転んで戦うコロコロ剣術はコロコロ同好会のみの秘伝で未だ謎のベールに包まれてて一般公開はされてないんだよ？　多分？　いや、聞いた事はないんだけど？」

そして統合され、もう名前は消えてしまっているが『瞬歩《しゅんぽ》』もある。その素早い俊足の足運びが縮地を発動する狂乱の連続移動に、俺も魔物さんも大慌てで大騒ぎな大混乱の中を駆け巡る！

「ちょ、暴れ牛が暴れて大混乱の中を縮地する大騒乱の大混雑で、『アクセル・バッファロー　Ｌｖ19』さんがあくせく加速《アクセル》するから、あっちにこっちに駆け回って勢いのまま軽気功で飛ばされながらの縮地が相俟《あいま》っててんやわんやの大渋滞で猛牛事故多発で……迷宮交通情報も注意を促す大惨事で、牛さんも交通戦争の被害者になられたようだな？」

「「「御主人様《ますたあ》のせいで、牛は被害者、です！」」」

いや、角に『即死』とか付けるから危ないんだよ？　しかし、誰が甲冑委員長さん達に闘牛を教えたんだろう？　うん、だってマントをひらひらしなくても躱《かわ》せるよね？　いや、楽しかったんなら良いんだけど？

「食べてすぐ動くと牛が突っ込んで来たんだけど、何かが聞いていた言い伝えと違う気がするけど……まあ、牛だったな？　ああー、やっと消化されてき始めた気が……しかし便利だけど突っ込むからには自爆が怖いよね？」「縮地の、連続、運用は初めて見ました」「有用ですが、危ない、です」「見切られると　狙われる　慣れると予測、できました」

予測できたらしい。うん、縮地してた本人には全然予測も減速もできなかったのに？

「途中から、癖が見えました」「宙を飛ぶ、読みやすいです」（プルプル）

本来、縮地とは一瞬の隙を突いて飛び込み一撃で決める技。それは連続で多用して、移動に使うような種類の技ではないのだろう。だけど、軽気功を発動中の移動に有効。

そして速い。不自然なほどに速い。虚は突けるが読まれ待ち構えられると危険な技だ、タイミングよくカウンターで合わせられると自滅しかねないリスクはある、だが制御できる縮地なら躱せないものだろうか？

ただ、未来視より速くなると読み切れないし制御にも現状全く余裕がない、そして迷宮皇組はもう見切ったようだ……つまり、もう深夜の戦いでは使えないな！　足捌きをめっちゃ見られてたよ！

迷宮内での男子高校生さんの進路問題にはセクシー女教師装備が必要なようだ。

126日目　昼前　迷宮　19F

空歩での縮地は論外で、存外に奇想天外で座標が設定しきれず問題外だった？

「軽気功まで併用していたせいで、天井に激突して墜落してから犇《ひし》めく牛から逃げ回って大変だったよ？」（ポヨポヨ）

羅神眼と空間把握で完全に階層内の状況を把握した状態でも、智慧《ちえ》さんの認識が間に合わなくなる瞬間の超反応で演算が全て狂うようだ？　うん、暴れ牛だったし？

「神聖の浄化、暗黒の魔を、光翼を以《も》って……灰燼《かいじん》に、帰す。『ほーりー・うぃんぐぅすぅ☆《きらっ》』？　です？」

そして、この階層は悪霊さんで、その悪霊が一挙に消え去る。まるで存在しなかった幻かのように……うん、魔石はちゃんと落とすんだ？

「これ増幅に、癖が、あります。でも、とても良い。充分に上位装備級、です。魔力、綺《き》麗《れい》に流れて、制御簡単、使いやすいです。でも、詠唱はいらない、です？　特に、☆《きらっ》？」

研究試作中の特化型魔《ま》法《ほう》杖《づえ》を聖魔法仕様にしてみたけど、眠りっ娘《こ》さんの神聖魔法だと実験にならず瞬間に全滅だった？

「いや、詠唱を入れて魔法っ娘キャラを推さないと三国志キャラと間違われて魔物さんに

『げぇえ！　呂布《りょふ》！』とか言われちゃって、漢女《おとめ》キャラになっちゃうんだよ？　教国の人達号泣だな!?」

増幅時に一瞬だけ僅かな溜《た》めの間がある、だが逆にそれが逆流を最低限に抑えてはいる。それでも流れに乱れが出る。普通は気にならない程度でも操る魔力が強ければ強いほど乱れが強くなり、制御が精密で繊細なほど遅延と乱れが魔法の邪魔になるようだ？

「うん、中級装備だな？　上級魔法は、この杖だと荷が重そうなんだよ？」

それがほんの僅かでも、逆流があるならば負荷により耐久力は激減する。そして戦闘中に壊れる可能性のある装備なんかでは、命は預けられない。

「うーん、効果付与が余計なのか……いや根本《こんぽん》の増幅自体に通過遅延《ディレイ》が発生しているのか、って言うか個体差があるな？　等級は合わせて刻印と魔法陣が違うだけなのに何が……あっ、魔石の透明度！」

純度や大きさではなく、買い取りの際にも考慮されないために気にもしていなかったが同等級の数十種類の魔石を交互に試していると微差だが確実に誤差が出ている。そう、透明感が高いほど速いが増幅幅は薄く、逆に濃いと増幅され強化されているけど明確な遅延が感じ取られる？

「って、聖女っぽい見た目で魔法少女っ娘的な台詞《せりふ》なのに、何で不満そうに魔法のスティックに武器を括《くく》り付けてハルバート形態にしてるの!?」

透明度で性質に違いが出るとは計算に入れていなかった。基礎研究を十全に行っていな

かったが故の弊害で、基本からの構造上のミスだった。うん、今まで考慮すらされていなかったよ？

　そして、これはおそらく同時並行で大量生産していないと気付かない、僅かすぎる誤差。それ故に個々の癖として見逃されて、誰も気が付かなかったんだろう。つまり、俺が気付かなければならなかった。基礎こそが重要なのに、誤差として研究すらしていなかった。

「うん、反省終了。今は完成させる事なんだよ？」

　つまりは透明度が高ければ増幅は弱くても通過遅延《ディレイ》なしに魔力が通り、増幅は弱くても速射と精密制御は有利。逆に濃い色ならば増幅して大魔法用に調整すればいい。その両方を生産し、都度都度に調整と研究しながら中間型《オールラウンド》を見つけ出す。それが最優先。

「霊体系、倒せない冒険者にはこれでも命、助かります」「でも、魔法少女要素、いらないです！」「うん、確かに迷宮でおっさんが☆《きらっ》とか言ってたら、そこの迷宮王さんが心を病んで闇に憑《つ》かれちゃいそうだな？」（プルプル!?）

　それとは別に、今まで制御困難とされて手を付けていなかった並列化ができるかもしれない可能性。そう、透明度の高さで通過遅延《ディレイ》なしに魔力が通るのなら、同一透明度で規格化すれば逆流《エラー》問題はなくなるはず。

「まったく、基礎が出発点だと言うのに、その基礎に見落としがあったとは内職屋失格の大失態だよ？　失敗の原因は基礎研究不足だったとは失笑を禁じ得ない愚かさだよね……うん、失敗して爆発する被害って、全部俺だったんだよ!!」

研究し探求し、究明して研究へと戻る。そうして繰り返し、結果を積み上げ確立する間に……36階層？　うん、考え事をしながら歩いているだけで踏破されていく、安心安全の深層迷宮さんってそれで良いのかな？」（ポヨポヨ）

まあ、だって過剰戦力だ？　こうなると女子組が心配になるけど、護衛のいない緊張感だって大事だ。そして、今の女子さん達《たち》なら下層迷宮程度で逃げられないほどの問題は起き得ない。うん、各リーダーに緊急逃亡用の豪華地雷付きトリモチと機雷付き霞網《かすみあみ》ワイヤーの詰め合わせ各種猛毒入りに多弾頭誘導弾と多重結界のお徳用セットを配布してあるし、あれなら迷宮王だって一時的になら足止めできるはずだ。

「うん、でも実地データが欲しいんだけど何故《なぜ》か俺が渡している護身用逃亡セットって全く使われてなくて、補充の要請も全くないんだよ？　うん、極稀《ごくまれ》に尾行っ娘一族から補充要請があるんで大丈夫だったたか使用感を聞くと……ジトなんだよ？」

そう、ちゃんと逃亡できたらしいのにジトだった。やはり追跡者に対する面制圧飽和攻撃には、弾数と破壊力が些《いささ》か足りなかったのだろうか？

「うーん、やっぱトリモチで粘着してからの零距離指向性内部破壊の連爆に切り替えるべきなのかな？　でも、それだと弾数が犠牲になるよなー？」

聖杖《せいじょう》と誘導弾と魔石地雷を改良しながら歩いていると階層主さんが虐《いじ》められていた？　うん、亀じゃないから助けても龍宮城へご招待はないだろう。

「あっ、『ギガンテス　Lv50』さんだよ、おひさー？　うん、元気そうで何より……も

う、死にそうだけど？　あっ、死んだ？」

　ギガンテス。それは俺が幾度も単数形はギガントなんだよって言っても、頑《かたく》なに1人で出てきてギガンテス？　うん、寂しくて死んじゃったのかも？

「もう50Fか。まあ、下りよう……って、ドロップが膝当てだ！　初心者装備が完全制覇《コンプリート》だよ！　苦節4ヶ月にして遂《つい》に村人装備に初心者装備が加わったんだよ……まあ、未《ま》だ冒険者になれないんだけど？　うん、もう無理やり登録しちゃおうかな？　でも、低レベルの冒険者だと今度は迷宮立入禁止なんだよ？」（プルプル）

　さも思慮深く相槌《あいづち》を打っているが、ギガンテスさん虐待の主犯の一人のスライムさんだ。しかし俺が冒険者登録すると、この可愛《かわい》いスライムさんが従魔扱いで登録されてしまう。しかも身元を明かせない以上は甲冑《かっちゅう》委員長さんも、踊りっ娘さんも、眠りっ娘さんも従魔として俺の従属物として扱われる？　うん、それがムカつくんだよ？

「うん、未登録だから迷宮に迷い込んじゃっても仕方なくて、だって冒険者じゃないから怒られたって知らないよねって言う俺の完璧に悪くないアリバイが崩れちゃうんだよ？」

　Ｌｖ10で見習いとして仮登録で、Ｌｖ20でパーティーに参加すればやっと本登録。Ｌｖ30になればつまり、『ぼっち』の効果でパーティーに入れないから未《いま》だ無登録。

「パーティーを組めてもＬｖ30だと迷宮は立入禁止らしいし、単独《ソロ》だと迷宮への立ち入りはＬｖ１００から？　単独《ソロ》登録が可能になるんだけど、うん、目立つから特例とかは嫌だし、しょうがないから今もこっそり潜ってるんだよ？

んだけど実は違反のままなんだよ？」（ポヨポヨ）

そして困った事に、使役されている人族達《ビッチ》以外は使役魔物として計算《カウント》されてしまう。まあ、そもそも人族が使役される事は有り得ないらしいから、やはりビッチ達は魔物さん枠だったんだろう？

つまり、現状5人でいても俺の単独《ソロ》と看做《みな》されるらしい。だから従属物扱いがあんまりなので使役を解こうと言ったら、滅茶《めちゃ》怒られてそのままだ？

だから眠りっ娘さんまで増えた5人組の現状でも、冒険者として見れば俺は単独《ソロ》扱いになる。つまり冒険者登録にはメリットがない。

「最大の原因は『使役』なんてスキルがない事で、普通は『従魔《テイム》』って言うスキルだから、その上位互換として扱われてしまう……かと言って詳しく説明できないよねー？」うん、「この人が戦女神で、こっちは舞姫と癒やしの聖女コンビだよー」とか言うと大陸大騒乱になるらしいんだよ？」（プルプル）

うん、面倒だな？

「これは俺が買い取りって言う事で、お菓子払いかお小遣いかどっちが良い？」

会議が始まった！　お菓子も食べたいが、欲しいものも多いのだろう。うん、お菓子とお小遣いを両方あげると喜びながらも申し訳なさそうにしている？

「いや、稼いでるんだからもっと贅沢《ぜいたく》して良いんだよ？　一生遊んで暮らせるくらい稼いでるらしいから、贅沢三昧《ぜいたくざんまい》でも遠慮いらないくらいだからね？　うん、一生遊んで暮らせ

るくらいの金額が一瞬で遊びに行っちゃうんだけど、金は天下を廻《めぐ》り廻って時代は廻るんだから使っても入ってくるんだから欲しいものは言ってね、お小遣いとは別に服や装備を作るのは使役者の務めなんだからね？　いや、ビッチ達は勝手に押しかけ使役で……怖いから見てないけど、多分未だ解除されてないいんだよ？　うん、増えてたら怖いから見てないんだよ？」

見ると発現する謎のステータスの仕組みを裏返せば、意地でも見なければ発現できない可能性が高い。そう、怖い原因はビッチ達と状況が酷似していた獣人姉妹だ。使役の契約の鍵《キー》がわからない以上は、下手に発現させせない方が良い。だって嫁入り前の女の子が男子高校生に使役されていたとか外聞が悪いにも程がある。うん、その男子高校生さんの外聞さんも致命的そうなんだよ？

「見たところ膝当てと脛当《すねあ》て一体型で、関節部分は守りつつ動きやすさ優先の造りで好みではあるけど……また黒かー？」

装甲は力《PoW》の低い俺では動きの邪魔になり、重さもデメリットでしかない。それでも防具は重要だ、だって命は1つしかないのだから……多分？

「うーん、と『武装の膝甲《はいだて》　脚部のみ打撃斬撃刺突全物理無効　衝撃反射倍加（膝脛のみ）武器装備破壊（膝脛のみ）武器装備が3つずつ収納可　+DEF』って言う事は……隠し武器収納の暗殺者さん装備？　うわ！　これ村人Aさんのアイテム袋が入る！　凄《すご》いよ、これって感知ってできる？」（イヤイヤ、ブンブン、フルフル、プルプル）

通常、アイテム袋の中にはアイテム袋は入らない。だが、村人Aさんのアイテム袋になら入る。おそらく上位の収納量のものになら入れられるが、下位に上位は入れられない。そして村人Aさんのアイテム袋が入るなら、これは『収納』とは別の原理だ。

「これを調べれば輸送量の増大に繋《つな》がるんだけど……これって……うわー、滅茶高そうな魔石に空間の穴を開けちゃってるの？　再現の仕方もわからないけど、わかっても採算が絶対に合わない凄《すさ》まじい無駄遣いだった！　ああー、だから探知不能なんだ？」

　これは世間に出してはいけない技術だな。迷宮皇さん達にも探知できない隠し場所なら、それはもう発見は不可能だ。

「しかし、密輸や暗殺に最適な隠しポケット付き膝当てって、それ一体何をする物なの!?」

　だけど収納機能を別にすれば、余計な付与は一切なしに脚部だけを絶対的に守る徹底した防御力重視の質実剛健。そう、気軽に「シャキーン！」とか開く謎の腰鎧《こしよろい》さんにも見習って欲しいものだ？　うん、使ってみた？

「ヤバい!!　愉《たの》しい!?」

　手に何も持たず、『呼び寄せの指輪《リング》　DeX40％アップ　武器召喚操作　引き寄せ　誘引』の効果で膝当てから物が取り出せる。アイテム袋の中身は無理だけど、突然手に武器が現れるこの厨《ちゆう》二感《かん》！　うん、こうなると銃でも作りたいところだが、異世界には銃が向かないし普及させたくもない。

「パイルバンカー付きガン・トンファーと、太刀は……にょろにょろ丸を1本入れて逆には アイテム袋と世界樹《ユグドラシル》の杖と影《レプリカント・》王《グレート》剣《ソード》を入れてっと」

収納問題で全く困っていないんだけど、入れられる場所が空いていると入れたくなる謎の男子高校生的な純粋《ピュア》な気持ち？

「左右に3つずつ収納可で計6個って寂しいな？　ミスリる？　ミスリルっちゃう？」

いや、別にいらないんだけど？

「あっ、指輪には空きがあるんだから『収納の指輪』作ったら『呼び寄せの指輪《リング》』の『引き寄せ』で無駄なMP使わなくっていいんじゃん！」

うん、全然困ってないし？

「って言うか世界樹《ユグドラシル》の杖は影《レプリカント・》王《グレート》剣《ソード》と合体させて小さくしておけば全く邪魔にならないから仕舞う意味はなかったりする！　うん、いつも手ぶらだったよ？」

ミスリった？　そして縮地で間合いを詰めながら、肘を前に突き出し衝突の全体重を乗せて胸部へと突き込む太極拳の頂心肘《ちょうしんちゅう》。そのまま肘を跳ね上げ下顎を砕く。

「空歩で宙に浮かび上がりながらの……真空飛び膝蹴り《シャイニング・ウィザード》を左右で連打——っ！　からの延《えん》髄蹴《ずいげ》りー！　だあ——っ！」

違うよ！　ちゃんとした膝当ての試験だよ？

「違うって、新装備の確認は常に急務なんだよ……って言うレッグ・ラリアート！　からの延髄蹴りーっ！　いや、だから性能試験中なんだよ？」

カポエイラの倒立回転蹴りで性能を試し、性能は微妙なんだけど愉しい膝当てだった！

「いや、縮地からの真空飛び膝蹴り《シャイニング・ウイザード》と、空歩で反転してのレッグ・ラリアートからの挟み込む延髄蹴りは完璧だったじゃん？　うん、効果は微妙だったけど倒せたんだよ？」

トリプル・ヤレヤレ＋ポヨポヨだった！　まあ、斬れば一撃なのに膝蹴りでは中々倒せない。脚は全く痛くなかったけど、わざわざ蹴り殺す意味もない？　うん、だけど装備能力の確認は意味のある実験で決して遊んでたんじゃないんだよ？　まあ、楽しかったのは否定できない物があったけど厳しい試験だったんだよ？

「うーん、通用してもＬｖ60か70が限界な小手先の技だけど、敵の勢いを一瞬でも止められるんだよ？　うん、これができていれば女子さん達に戦争なんてさせなくて済んだかもしれない、とっても今更な力だけど……まあ、何千人もシャイニっちゃうのも大変そうだな？」（ポヨポヨ）

だけど、一瞬でも相手の勢いを正面から止められる。たったこれだけの事ができなくて女子さん達が人を殺さなければならなくなった。結局、未だ何も足りていない。今だって殺さずに倒す技なんて持ち合わせてもいない。

「今なら教国の低魔素でも魔法戦だってできるし、これなら軍隊だってちょっとくらいなら止められるよね？　いや、遅すぎるんだけどさ。今更すぎるんだけど……やっぱり悔しいんだよ？　守られてるのって？　うん、男子高校生だし？　一応？」

ポンポンだった。あれ、未だ無理なの!!　当時の状況を演算し、仮想現実化《シミュレーション》してみると

……皆殺しだ？

「ま、全く成長していない!?　って、破壊力が上がって制御力落ちてるから低Ｌｖの兵隊さんは真空飛び膝蹴り《シャイニング・ウイザード》で即死だったよ！」

うん、突っ込むと一人で中央突破で、全く軍隊は止められそうにない。予想結果は混乱のまま乱戦で、圧倒的な勝利だが敵味方ともに被害も甚大？

「駄目かー、やっぱり魔法職？　後衛からの華麗なる魔法で敵軍の進行を食い止め、輝きながら煌めく魔法使い《シャイニング・ウィザード》……って、それって蹴ってるよ!?　あれ、敵を魔法で止めたのに、飛び込んで膝蹴りで敵中に躍り込む中央突破な後衛の魔法使い職？」

それは一体何を目指せば良いんだろう？　ヤバい、ぽんぽんが心に染みて来たんだよ？

偽装工作で隠蔽されているが現実と伝説の乖離が一番有効だった。

126日目　昼前　迷宮　62Ｆ

杖《つえ》で払い落とし、肘と腕で受け流す。それでも駄目なら肩盾で逸《そ》らし、脚で蹴り払って踏み倒す。

足を止めて戦えないけど、逃げ回るのではなく受けられる。それは自己満足でしかないし、一方的に攻撃した方が疾《はや》くてリスクもない。そう、無駄で無意味な意地だけど、戦え

る力は欲しい。そう、守るなんて無理でも、殺すだけじゃない選択肢が。

「まあ、結果は皆殺しで一緒だけど、足止めくらいはできるようになりたいよね？」

いつか、勝てない敵と対峙《たいじ》した時のために。うん、勝てない味方は大暴れ中なんだよ？

「あれを見ちゃうとねー、少しくらい意地だって張りたいんだよ？」（ポヨポヨ）

罠部屋《わなべや》――魔物の無限湧きは残念ながら無限だった事がなく、無限に無節操に惨殺しているといなくなる？　うん、限りある儚《はかな》い魔物の無限湧きなんだよ？

「軽装のスケルトン・ナイトさんは、あんまり練習にならなかったな？　装備も安っぽいし？」（プルプル）「うん、もうちょっと魔物の無限湧きが頑張ってくれたら、魔物の奪い合いも起こらずに平和な迷宮攻略ができるんだけど……儚いな？」（ポヨポヨ）

ただ、一攫千金《いっかくせんきん》が高確率な隠し部屋さんも多数付いている素敵物件で、また中に無意味にでっかい骸骨がいるけど……どうしよう？

極限集中――右手に全ての魔纏《まてん》を集約し、筋繊維の一本一本に精密な制御と神速の反応を求める。呼吸を深く、練気で身体中《からだじゅう》に気を循環させて限界を超える！

「じゃんけん、ぽん！　がはあああーっ!!」

変幻に変化しながら刹那を無限に変転する。それは至高に至った迷宮《ダンジョン》皇のみが可能とする極限の妙技たる奥義、「後出しジャンケン」！

「くっ、羅神眼でも見きれない超高速の変化と、未来視ですら予測不能で智慧《ちえ》による超高速演算すら上回る完全なる後出し！　うん、俺だけが負けるんだよ!!」

そして、4人で籤引《くじび》きしてる？　俺も籤が良かったな？　だって絶対に運なら勝てる！　なのにLuKが限界で限界突破してるのに、毎回俺だけじゃんけんは負ける……それは、つまり俺が勝つ可能性が完全なる無って言う事で、運の要素が欠片《かけら》もない完璧な後出しをしてるんだよね!?

「1番、です！」「くっ！」（プルプル）

限界を超えて酷使された指と、掌の筋肉と骨が再生されていく。最後の瞬間の超反応すら後出しに超えられたけど、絶対に最後の瞬間みんながパーだったのに指の筋肉と骨を砕きながら出したチョキが……あの速度から握り込んだ奇跡の迷宮皇の技!!　恐るべき超高速の肉体の限界を超えし力！　うん、ズルいな!?

「お疲れー、楽しかった？　うん、眠りっ娘《こ》さんと骨って言う組み合わせが虐待にしか見えない粉骨砕骨で複雑骨折で……惨《むご》いな？」

うん、破壊行為で終わりだった。宝箱からは甲冑《かっちゅう》が出てきたので鑑定は後回しにして回収だけする。

「いや、後出しにおいて究極の速度の甲冑委員長さんと、変化自在な制御の踊りっ娘さんと、力技と見せながら繊細な魔力制御の眠りっ娘さんに、粘体だからわからないスライムさんと後出しの技術が豊富すぎるよね？　うん、LuKがMaXで限界突破しているのに、運だけの俺だと確率の勝負にすら持ち込めない刹那に変わる神速の後出しって……俺も籤引きが良いな？」（イヤイヤ、フンフン、ノンノン、ポヨポヨ）

うん、羅神眼なら籤を見分けられるし、運なら必勝。なのに……じゃんけんが憎い！

よし、下りよう。

階層に降り立った瞬間に「ストーム・タイガー　Ｌｖ63」の一撃。ちゃんと肩盾と胸当てで受け、『魔導の重鎧《じゅうがい》』の『魔動絶対防御（不動）』の効果を発動して軽気功で飛ばされて逃げたのでダメージはない。だけど、一瞬で追い付かれ、喰《く》い付かれる！　それは野生の勘なのか、獣の本能なのか完全に縮地の終わる瞬間を狙われた。

「もしかするとストームの風属性で、空気の流れとかが読まれちゃってるの？」

流し損なっていれば即死間違いなしの直撃だった。実戦では初めてだ……うん、甲冑委員長さん達《たち》のジト目が怒ってる？　うん、帰ったら訓練という名のボコが始まりそうだ！

試しに火炎弾を撃ち込んでみるが躱《かわ》される。勘なのか風感知か？

「雷撃は避け方が大きいし、どっちもみたいだな？」

飛び掛かり覆い被《かぶ》さるように喰らい付いてくる虎の頭に、そっと杖を添えて……ぶった斬る。うん、『一之太刀《いちのたち》』は超至近戦に強い。

縮地と『一之太刀』が合わされば無敵の攻撃になる。飛び込んだ至近距離からの最高速で放たれる必殺の一撃は、回避不可能で防御不能。ただ、飛び込む瞬間が無防備。

完璧だからこそ、斬る行動以外の全てができない。今のところ制御が難しすぎて使えないんだけど、使えたとしても怒られそうだな……これは相打ちの技になる。

「嵐虎なのか、竜巻虎なのか、瘋癲《ふうてん》の虎なのか知らないけど噛《か》むな！　囓《かじ》るな‼」

躍りかかる虎を軽気功でいなし、躱す動作で斬り払う。問題はストーム・タイガーだけあって竜巻を身に纏《まと》っているから、軽気功が危うい。吹き飛ばされていると思ったら、急に引き込まれる!?

「まあ、斬るけど? いや、軽気功って風に弱いから、その対策が縮地だったのに……相性が悪いな?」

但し襲いかかってくれるから、一之太刀との相性はとても良い。だからこそ丁度良く最適な最悪の相性だ。縮地で飛び込む。虎が反応した瞬間に、超反応で進路をズラし。そっと杖を添えて、撫《な》でるように切断する。その縮地の終わり際を狙われるのも読んでいる。半歩下がりながら『一之太刀』で斬り落とし、即縮地で詰めて斬り込む。

杖と爪が交錯し、弾《はじ》け飛ぶように身体《からだ》が交差し斬り回る。死地こそが『一之太刀』の間合い。そこを虎が狙っているとわかっていれば、狙っている虎を狙う大混戦の大乱闘。獣の反射速度と俺の超反応が錯綜《さくそう》し、乱反射のような乱戦に剣閃《けんせん》が乱舞する。刹那の死地で、先に殺した者勝ちの瞬速の応酬。湧き上がる笑いを堪《こら》え、怯《おび》える虎を斬り払う。襲う者同士が至近距離の死地で出逢《であ》えば、ただ殺し合うだけだ。

「なのに怯《ひる》んでどうするの? 獣の反射速度に野生の勘と、魔法の感知能力と強靭《きょうじん》な魔獣の体を持ちながら本能が生を求めるって……ないんだよ、生は? うん、殺し合いには殺す以外のものは持ち込めないから死地なんだよ? うん、退《ひ》いたら死ぬよ、殺すから?」

軽気功もなく、『魔動絶対防御（不動）』もなし。ただ斬り込み、縮地で狂乱を舞う。

生きるか死ぬかどちらかの殺し合い。制御できていない身体が超反応で壊れて裂ける。だから押し込む。腕だけではなく、脚だけでもなく、超速の反射反応に合わせて身体ごと捩《ね》じ込み死地を押し通る。但し、一撃で殺《や》れないと俺が死ぬ。

だから、丁度良い相手だった。これ以上の相手は早々見つからないだろうという、巡り合わせ的にも最適な敵だった？　でも、滅茶《めちゃ》オコだ？　うん、あの泣きそうな瞳のジト混じりなオコは……本気のオコだ⁉

「いや、大丈夫だって⁉　因果論を超える結果論という学問でも、大丈夫だったら大丈夫というお墨付きの大丈夫で、少し壊れたけど攻撃は肩盾や胸鎧《むねよろい》に肘当て膝当てを掠《かす》った程度？　うん、徹頭徹尾《いまいち》信用が置けないから腰鎧には掠ってもいないんだよ？　うん、『シャキーン！』って開くあの音が信用できないんだよ！　開くなよ、鎧が！　みたいな？」

ストーム・タイガーの『風纏《ふうてん》』は、こっちの『風天のマント　SpE、DeX　30％アップ　風特性増大（大）風鎧《ふうがい》　風刃　疾風』の『風鎧』で無効化できていた。

安全策の魔糸によるワイヤーカッターは全て避けられていたけど、ちゃんと『魔力変換の脚飾（雷）InT30％アップ　雷撃属性増大（極大）雷撃　雷天　雷鎧《らいがい》　雷刃』を纏っていたから『雷撃』は躱せても感電で体勢を崩していたし、『雷天』は無効化しきれずに浴びていた？　それに、いざという時は全力の『雷天』を放って逃げる準備だけはできていた。うん、ちゃんと安全策は用意されていたんだよ？

「いや、弱くなったって、最初から強くなんてなくても殺ればできる子だったから大丈夫

に決まってるんだよ？　うん、だって大事なのは殺る気らしいんだよ？」

　交互に頭を撫でながら謝る。どうやら、見ていて心配なレベルまで危険に近付いていた。俺の主観では圧倒的だったが、客観では際どすぎる戦い。虚実自体がそういう技で、俺にできるのは最初から最後までそれだけだ。

　だから、もう一度『虚実』に至るまで何でもやるしかない。きっと、際どすぎると看做《みな》される死地の淵《ふち》でだけ、そこでしか勝てないんだから。

「はい、本邦って言うか本異世界なのか本辺境初公開の『新・安慈恵凜華焼《アンジエリカや》き』で、前回の安慈恵凜華焼《アンジエリカや》きは焼印で『安慈恵凜華《アンジエリカ》』って焼印しただけの大判焼きだったんだけどすごい売り上げで急遽《きゅうきょ》作成された『新・安慈恵凜華焼《アンジエリカや》き』は古《いにしえ》の戦女神の姿柄をデフォルメした甲冑姿の人形焼なんだよ？　うん、姉妹品にスライム焼きも作ってみたんだけど丸いだけだったんだよ？　まあ、お食べ？」

　脚から食べられていく「新・安慈恵凜華焼《アンジエリカや》き」と、頭から齧《かじ》られていく「新・安慈恵凜《アンジエリ》華焼《カや》き」を複雑そうな顔で眺めながらも、甲冑委員長さんも美味《おい》しそうに食べている。スライムさんは嬉《うれ》しそうに試作品スライム焼きをプルプルと食べてご機嫌だ。うん、ただの人形焼と丸饅頭《まるまんじゅう》だけど？

　そして、怒られたのでまた後衛だ。もう回復も充分なんだけど、前に出ると怒られるのでずっと後衛？　虎との戦いで摑《つか》めた感じを試したいんだけど、次はもう70階層の階層主さんで、そこからはＬｖ70を超えた戦いが始まり遊び気分では危険な領域。

「喰らえ、真空飛び膝蹴り《シャイニング・ウィザード》！　後衛だから輝ける魔法使い？　いや、別に輝いてはいないんだけど……突っ込んできたから俺は悪くないんだよって言うギロチンドロップ！　からのただの蹴りー！」

硬い「ヒートメタル・ゴーレム　Lv70」は全身ホットプレートで一家に1台常備したい便利そうな魔物さんなのだが暴れるから料理には不向きなようだ？

「うん、ひりつくバトル以前に、焼《や》き蕎麦《そば》も飛び散りそうなホットプレート・ゴーレムさんの大暴れってご家庭が危険そうだな？」

真空飛び膝蹴り《シャイニング・ウィザード》は全く効いていないし、勿論《もちろん》ドライブシュートでも飛んでいかない空気を読まないホットプレートなゴーレムさんだ。って言うか、蹴ったら熱かったんだよ！

「えっと……こっち見んな？」

そして例の如《ごと》く空歩からの跳躍で打ち込む真空飛び膝蹴り《シャイニング・ウィザード》と、頭上からのギロチンドロップから蹴りを放ち、その勢いで宙を舞う俺を見上げているホットプレート……ではなく、ゴーレム？

「うん、デカいのに見上げちゃったら、足元不注意で無防備なんだよ？」

天井に着地して、岩石雪崩しでもしようかと下を見上げると既に終わっていた。迷宮皇さんの前後左右からの同時攻撃で、1人で余裕で倒せるのにわざわざ囲んでタイミング合わせた一斉攻撃で破壊する……うん、自分達だって遊んでるじゃん！　滅茶決めポーズだったよ……ま、まさか異世界にまで恐るべき厨《ちゅう》二病《びょう》の魔の手が!?

「しかし、意味があるかと言えば微妙で、役には立つけど意図して使ってあげないと出番がない防具って……本当にいるのかな？」「「「いります！」」」

だから、わざと肩盾と胸鎧で攻撃を逸らし、肘当と膝当で上下から人形の頭部を叩《たた》き潰す。71階層は人形さんの襲撃で、その「グラディエーター・ドール　Lv71」をスコーピオン・デスロックしてたら……他は全滅でジトられている？　いや、訓練なんだよ？

「迷宮での訓練は技術向上に欠かせない重要事項なんだよ？　だって宿屋で訓練すると訓練って発音から意味合いまで別の何かになって、戦闘技術を鍛える暇もない生存技術だけが極められる謎の生き残り訓練で技術とは関係ない別の何かの生存本能に関わるものだけが鍛えられちゃうんだよ？　耐恐怖心とか？」「「「魔物に関節技掛ける技術、訓練しなくていいです！　危ないです！」」」

グラディエーター・ドールは蠍固《さそりがた》めで固められても、隠し持っていた毒ナイフで突きかかり、更には絡繰《からく》りの紐《ひも》で首を絞めようと果敢に戦っていた。そして人形は人型だが、人に非《あら》ざる動きをする。そう、最後には自分の脚を外して攻撃してきたんだよ？　但し密接した間合いでは、身体の稼働距離は零に近い。すると超反応を起こしても移動距離が短くて反動が小さく近いほど闘いやすい。うん、極《き》め技《わざ》はロメロ・スペシャルだったんだよ？

「せめて五行拳《ごぎょうけん》を使える所までは戻して、できれば太極拳の形だけでも使いこなしたいんだよ？　うん、超反射でも咄嗟《とっさ》にできるレベルまでいけば、型通りで振り回されないし、対応ができるんだけどねー？」（プルプル）

太極拳ができるなら、乱戦に持ち込まれた際の対処が全く変わる。零距離までが攻撃の間合いにできると言うのは、それだけで相手からすれば脅威。そして初心者用でも防具が揃《そろ》い、攻撃を受けられるなら格闘戦に持ち込める。そう、組打ちこそが恐ろしいからこそ、組打ちを覚えておかなければ殺られる。だって死兵なら躊躇《ちゅうちょ》なく組み付いてくる、抱き付かれ拘束されて戦闘力が封じられたまま数に謀殺される……嫌だ。絶対に嫌だ。おっさんに抱きつかれたまま死ぬとか男子高校生さんの恥だよ！

そう、甲冑委員長さん達を殺す最も簡単で、唯一の方法は俺が人質にされる事。それ以外の方法では死兵の山を積み上げ、国ごと焼き払う覚悟が必要になるだろう。

「ならば狙われるのは俺で、いつかは素性がばれて……うん、美人女暗殺者さんが来る日も近そうだ！」

既に甲冑委員長さん達は美人すぎて、超目立っている。幸いにも女子さん達までいて美人だらけだから目先が攪乱《かくらん》され、そしてあまりに伝承と掛け離れているせいで誰一人気付かない……うん、誰も気が付かないかも？

「凜々《りり》しくも儚い戦女神に、神秘に包まれた剣の舞姫に、物静かな癒やしの聖女って……1人掠りもしてなくない？」(プルプル)

まあ、日常では気付かれない。ただ人前では見せないようにしてるけど、戦闘が不味《まず》い。甲冑委員長さんの剣技に、踊りっ娘さんの剣舞は伝承に残っている。まあ、眠りっ娘さんだけは伝承詐欺でバレないかも？　うん、麗しき楚々《そそ》たる聖女は、魔物を吹き散らす万

夫不当の一騎当千なあの姿とは絶対に欠片も一致しないだろう？

唸《うな》りを上げ旋回する両刃のハルバートの大車輪が暴風の如く閃《ひらめ》き、「バット・エイプLv72」と蝙蝠《こうもり》っぽい羽付きの類人猿をズタズタに斬り裂きながら弾き飛ばす。あの蝙蝠羽が『物理無効』で衝撃を吸収し、滑る皮で斬撃は防げるはずだったのに……うん、暴力と破壊力が無効化できてないんだよ？　そのうち名前が呂布《りよふ》っ娘になりそうだな!?

異世界では売れないものは価値がないという市場原理すら理解できないらしい、嘆かわしいな？

126日目　朝　オムイの街の何処《どこ》か

街の音が変わる。賑《にぎ》やかさが騒がしさに変わり、街の景色が変わっていく。笑顔は笑い顔へと変わり、笑い声が街中に拡《ひろ》がっていく。街は幸せ色に色付くみたいに景色が変わり、黒髪の道化師がやってきた。

黒髪のお姉さん達《たち》は「立てば災厄、座れば地獄、歩いてきたら大迷惑」と困った顔をしながらぼやく、だけどその瞳は誇らしげで愛《いと》おしそう。

宿屋の看板娘ちゃんは「悩み事を話すと、話を聞かずに悩みの原因を破壊する」と泣き笑いしながら憧れの目で夢みたいに語っていた。

洋裁工房で働くお針子のお姉さん達は「幸福の不法投棄で、遠慮すると倍増するんです」と疲れた顔で幸せそうに笑い合ってた。

孤児っ子ちゃん達も「みんなに幸せをばらまくお兄ちゃんなの、だからお兄ちゃんだけ幸せにして貰えないの！　だから早く大きくなって僕達がお兄ちゃんを幸せにするの」と小さな手をいっぱいに広げて語り、「でも、お兄ちゃんは痛くても笑ってるから、痛くないように『痛いの痛いの飛んでいけ』をしてあげるの」と、そう言って毎日薬草や茸《きのこ》を採りに森へ行く。

「ぎゃあああーっ！　孤児っ子誘導型集中砲火《ランチャー》の子狸《こだぬき》混入でガジガジ齧《かじ》ってビッチーズに入会するの？　背が足りないし、お胸がぺったん……ぐあああああーっ！」

そして、今日も街には笑い声と笑顔が溢《あふ》れる。街に優しい陽《ひ》が射《さ》すように、明るく微笑《ほほえ》みに色付いていく。

「「「今、ビッチーズ関係なかったよね!?　って言うか私達は齧《かじ》った事ないわよね!!」」」

「って言うか一体いつまでビッチのままなのよ！！！」

雑貨屋のお姉さんは言っていた。「私、馬鹿なのに、あの少年はもっと狂った馬鹿なのよ！　平気で『茸なんて生えてるんだから値段なんて適当でいいんだよ？　払えるだけ払ってくれたら大儲《おおもう》けすぎて貰《もら》いすぎなんだよ。うん、だって落とし物《ただ》なんだよ？』って、端金《はしたがね》しかない小銭を嬉《うれ》しそうに握りしめて、馬鹿みたいに茸を置いていくのよ！」って泣き笑いで罵っていた。

だから私は生きている。

ずっと「あとどれくらい生きられるんだろう?」って、「お父さんとお母さんが悲しまない死に方ってないのかな?」って考える日々だった。生まれ変われたらしたい事を夢想して日々を過ごし、自分のおしまいの日を待っていた……ら、治っちゃった。

霊薬《エリクシール》。それは神薬《エリクサー》とも言われる奇跡のお薬。物語では治療不可能な病気を和らげるんじゃなくって、なんでも治しちゃう奇跡のお薬。だから伝説でも、御伽噺《おとぎばなし》の中でも偉い王様達ですら手に入れられない高価な高価な貴重な奇跡のお薬。

私は泣いた。怖くって震えながら泣いた。私だけじゃない、お父さんとお母さんとお姉ちゃんも泣いた……だって、そんなの払えるわけがないから。

そして払えなければ、ずっと私を助けてくれていた雑貨屋のお姉さんが大変な事になる。また魔の森へ行こうとするかもしれないから。

だから、私なんかのためになんでって泣いた。そうして会わせて貰ったのが、噂《うわさ》に聞いていた黒髪の外国人さん。それは、お金をどうしようって怯《おび》えている私達家族の前で不思議そうに困った顔をしている男の子だった。でも、実は年上のお兄さんだった。

泣きながら謝った。偉い王侯貴族様達ですら手に入れられないような、高価なお薬の代金なんて払いきれないと。だけど生涯働いて少しでも返しますって、だからどうか雑貨屋さんのお姉さんを責めないでって……そう言うと、不思議そうな顔でこう言った。

「偉いかどうかは非常に疑問で、チャラいのだけは確認済みな王とか貴族のおっさん達は

貧乏で、だから買えない高価なお薬って誰にも買えないから売れなくて売れ残り在庫品なんだよ？　うん、売れ残りの過剰在庫品ってタダ同然だからタダでも良いくらいなのに小銭をいっぱい貰ったから、もうお金は要らないんだよ？　うん、でも雑貨屋さんのお姉さんは責め立ててお説教だよ！　商品の茸弁当をまた食べちゃってたんだよ！　自分で食べといて在庫がなくなったって内職屋さんをこき使う、悪辣な悪徳雑貨店の陰謀で説教だよ！　あっ、茸代も払いすぎだから痩せすぎだしお菓子で返金？　うん、返したいけど現金がないからお菓子とお弁当と……洋服も付けて割増返しでいい？」

そう言って山のようにお菓子と、美味《おい》しいご飯と夢みたいに綺麗《きれい》なお洋服を貰った。何も言えなかった。吃驚《びっくり》しすぎて、圧倒されてのべつ幕なしに語られる荒唐無稽な騙《かた》りに納得してしまい……家族みんなで頷《うなず》いてしまった。

渡したのはちっちゃなちっちゃな布袋に入った、ありったけの石貨と僅かな銅貨。私の病気のせいで貧乏な我が家の全財産は、惨めなほど僅かだった。どう考えたって綺麗な新品のお洋服1枚分もなかったはずなのに、服が山になっていた。靴も鞄《かばん》もアクセサリーまでついて、しかも何故《なぜ》だか全部家族にピッタリのサイズだった。

そうして治ったけど弱っていた身体《からだ》は沢山貰ったご飯とお菓子でみるみる健康になり、回復してからは一生懸命に働いた。ずっと苦労をかけたお父さんとお母さんとお姉ちゃんに少しでも返したくて、そしてずっと助けてくれた雑貨屋さんのお姉さんにも今までの代金をちゃんと払いたくって。そして……それでも茸代は返せそうにない。って言うかその

後も貰いすぎた。しかも、返しに行くと、その度に何故だか貰い物が増えて余計に負債が膨らんでいる（泣）

「だから、なんであの一瞬姿が消えた隙に、もう破産してるの！　何で秒単位でお大尽様と一文なしを超高速で反復横跳びしてるの！」「有罪《ギルティー》、明日のギルドからの支払いは没収します！」「いや、違うんだって！　市場価格を割り込んだ余剰製品を買い占める事によってデフレを防ぎつつ製品化して販売する際の値崩れを防ぐ投棄的な意味合いだってあったかもしれないんだよ？　マグロ経済的視点で？　みたいな？」「自分で投棄的って言ってる時点で全然投機的じゃないでしょ！」「何で安いと全部買っちゃうの、どうして珍しいと買い占めるの！　そして、何で全てが経済規模で普通に買い物できないの!!」「あと、巨視《マクロ》的な視点でなら有り得そうだけど、何で鮪《マグロ》の視点で見てるのよ！　何のスキルなのよ、マグロ視点って!!」

笑う街の人達。ただ笑う人達と、困った顔で笑う人達。そして涙目で笑う人達。だって涙が止まらないから。嬉しくて泣けるまでに随分とかかった……あんなに元気になったらと夢見て想像していたはずなのに、唐突に叶《かな》った夢は夢想していた夢物語では遠く及ばない巨大さで激突して何が起きてるのか理解できるまでに随分とかかったから。

「いや、マグロ経済学的視点はきっとぎょぎょっ娘《こ》のお父さんが『経済は止まると死ぬんですよ。マグロだから（ドヤッ！）』とか言う学問？　みたいな？」「家のお父さんを勝手に鮪《マグロ》経済学者さんにしないで――っ！　経済とマグロのどっちの学者さんでもないし、

ぎょぎょぎょっとも言わないんです！」「「「千佳《ちか》ちゃんを虐《いじ》めないの！　有罪《ギルティー》OR断罪《ギルティー》？」」」

温かい。まるで陽が射し込んだかのように、街中が笑顔で温かい。それは心がポカポカしてくる優しい幸せ。だけど、これは悲しみの中で見る儚《はかな》い夢なんかじゃない、圧倒的な怒濤《どとう》の災害規模の巨大な幸せ。だから、幸せの災厄さん。

「いや、トリック・オア・トリートみたいに言ってるだけで、実はどっちもギルティーで選ぶ余地が全く用意されていない孔明《こうめい》の罠《わな》だよね!?　うん、まあでも痴漢ちゃんがいたなら虐めた方が法的に良いと思うんだよ？　うん、痴女ちゃんなら朝沢山……いえ、何でもありません！　はい、お菓子《トリート》？　孤児っ子達もお食べ？」「「「わーい！　ありがと——♪」」」

まるでお小遣いを使い果たして、ちょっとお小遣いを稼ぎに行くような気軽さで笑い騒ぎながら歩く一団は「迷宮殺し」。

それは辺境の英雄さん達。だけど讃《たた》えられ喝采される訳でもなく、みんなの満面の笑顔の中を歩くお日様みたいにポカポカと温かい一団。嬉しそうに飛びつく孤児っ子ちゃん達と、笑顔で見送る街の人達の中のあちこちに泣き笑いして感謝の瞳で見つめる人達……それは私と同じように、嬉し涙が止まらない憧憬の瞳で見詰める沢山の瞳。

賑やかだけど落ち着きを取り戻した街は、ようやく日常へと動き始める。それは毎日2回の笑顔の英雄達《パレード》の行進が終わったから。遠くの町や村からは感謝を込めて、このためだ

けに来る人も多いらしい。

だって、ありがとうって言うと照れて逃げるから……だから笑顔で見送る。みんなの笑顔を守ってくれた英雄さん達を拍手や喝采ではなく感謝の笑顔で、守って貰った笑顔で、幸せを貰った笑顔で見送る。

そして笑顔だったみんなの瞳が変わり、表情が引き締まる。だって、これだけの幸せを貰った、だからせめて自分にできる事を一生懸命やらないと恥ずかしすぎるから。貰った幸せすら自分達で守れなかったら、あまりにも情けなくて惨めすぎるから。

また笑顔でお出迎えをして、また笑顔でお見送りをできるように。そうじゃないと、顔なんて合わせられないから。もう決してこの幸せを手から零《こぼ》さないと、今度は絶対に誰かを幸せにする人であろうと顔付きが変わっていく。

活気が溢れる。一斉に仕事が始まり、街が活動を始める。せめて豊かで幸せでいる事は辺境の絶対的の義務だから。だって、こんなにも素晴らしい日々を台無しにするなんて許されないから。

そう、せめて優しい英雄さん達にふさわしい街でありたい。そして、もし願いが叶うなら……この街を守って良かったと思って貰える街でありたいから。

うん、今日も一日頑張ろう。この幸せに相応《ふさわ》しいくらいに。今日もいい日でありますように。

過酷なまでの徹底的な駄目出しは褒めずに伸びずに的確だった!

126日目　昼過ぎ　迷宮　80F

軽気功で躱《かわ》しきれない鋭い突きは杖《つえ》で受け流し、腕甲と肘当てで逸《そ》らして肩盾で流す。

「掠《かす》っただけでHPが533／628って言う事は95持っていかれてる？　直撃だと死ぬなー……これって？」

縮地と格闘の組み合わせで難なく70階層台を抜けて調子に乗っていたのか、ただの油断だったのか縮地で間を詰めた瞬間に咄嗟《とっさ》に緊急回避したが狙われていた。そう、想定外に階層主が強い。

視《み》た限り「ファントム・ナイト　Lv80」ではステータス的に特筆するところもなく、スキルもそつなく無難だった。ただ槍《やり》と鎧《よろい》が出物そうだったので、即座に至近戦で仕留めようと考えたのが甘かった……そう、この亡霊自身の技量が高かった。

疾《はや》いのより、動作がなかった。だから、飛び退《すさ》って距離を取り、もう一度羅神眼で視る。

「うん、今の一撃はスキルでも何でもないただの突き……？」

何の動きもないのに、急に槍先が大きくなったなーと思った時は目の前に突き出されていた。咄嗟の超反応で反射的に崩拳の形で踏み出し、杖を突き出したから掠めながらも流せて逸らせた。そう、キレッキレな腰の回転でギリギリ追い付けたから逸らせたけど、今

のは肩から腕一本持っていかれずに済んで運が良かったっていうレベルでヤバかった！

視る――緩やかな流れるような静かな動き。だけど亡霊の槍先が外せない、縮地と空歩の組み合わせで残像を撒《ま》き散らし周囲を旋回しても、ずっと槍先はこっちを向いていて飛び込む隙がない。

「極自然に構えているだけで泰然……って、強いな？　うん、籤引《くじび》きで勝てて良かったよ……って言うか、やっぱり籤引きなら勝つんだよ！　問題はあの超絶速度下の技術と駆け引きの粋が凝らされた後出しジャンケンだよ!!」

そう、じゃんけんは全戦全敗、籤引きは全勝中？

「危ない、交代です！」「順番、次です!!」「ちょ、まだ掠ったただけだから俺の番なんだよ！　寧《むし》ろ俺の番って言うか、やっと出番なんだよ？」

縮地は捨て、軽気功も解く。無駄だ。全く無駄なく、予備動作も気配もなく、ただ最短距離を疾《はし》走る槍の刺突は微風すら巻き起こさない。だから軽気功は発動しなかった。

そして滑走するように距離を詰める縮地は、その滑り込む位置を狙われれば自殺行為。うん、使えるわけがない。

そもそも、身体能力は当然総じて負けている。魔法戦で持久戦に持ち込みながら逃げ続ければ勝機は有るかもだけど、剣戟《けんげき》で挑むのは正気の沙汰ではないが地獄の沙汰。

「うん、つまりボコれば簡単解決で、困った時のボコとか転ばぬ先のボコとか1発だけならボコかもしれないとか聞いた記憶が微《かす》かに掠めた感じな気もするんだよ？」

世界樹《ユグドラシル》の杖と影王剣《レプリカント・グレートソード》を1本に纏《まと》め、軽く握り締めて前に出る。未来視には刺される未来しか見えない。つまり避けても無駄。もう、この一歩先は槍の間合い。未来視る——払えば槍の回転で逆に杖を流される。打てば弾《はじ》かれるし、斬り落とそうにも斬る前に刺される。だから突く。

1歩踏み込みと同時に、瞬速の突きを放って突きを突き止める。そう、兎《うさぎ》っ娘《こ》お母さんに使ったダグラスショットだ……だが、間に合わない。

「うわっと——？って、まだ当たってないからノーカンなんだよ!?」

間に合わなかった。超反応の瞬間反射で加速したけど、その超反応が制御できていないから突きの軌道が僅かだがズレて槍先が捉えきれない。そうして激突する杖先と槍先、力は向こうが上だけど、乗りと勢いはこっちが速い！　だけど先端がズレていて、一瞬の拮《きっ》抗《こう》の後、直後に互いの突きが擦過音を立てズレて擦れて交差する。

その外せなかった槍の先端は、肘当てと肩盾で逸らしたけど身体《からだ》の勢いは止められて俺の杖だけが届かない。だから……伸ばす？

「うん、伸縮自在なんだよ？」

亡霊が身体を捻《ひね》り首を捻《ねじ》って杖の先端を躱す……から曲げる？

「うん、自由変形なんだよ？」

体勢を崩したままの亡霊騎士の顔面を捉えた！　即座に杖をバールのようなものロングバージョンに変形させて兜《かぶと》ごと顔面を潰す!!　そして、側宙しながら空歩で空へ逃げる!?

槍の2撃目が疾い。まあ、勢いも削《そ》がれていて潰しきれなかったから反撃を受け、ジグザグの立体機動で空中に避難しながら批難を浴びせつつ回避し距離を取る。まだ、あの槍の連撃とやり合えるだけの制御力はない。だから剣激戦ではいつか襤褸《ぼろ》が出る。

「強いねー、兎っ娘お母さんと戦ってなかったら殺《や》られてたんだよ？　技量としては兎っ娘お母さんが上だったけど、身体能力と経験はこっちが上で隙がなくて攻めにくいな？」

向こうもこっちもＨＰは半分を切ってるから痛み分け。だが、俺には打てる手が一つしかなかったのに失敗して、奇策は2度は通じない。だからもう1回踏み込み、そしてまた突きを放つ！　うん、ゴリ押しだ！

当然、余裕で待ち構えている甲冑《かっちゅう》の亡霊。その腕が振れると、槍先がきえる。残像で鞭《むち》のようにうねって見える槍の閃光《せんこう》。うん、視えてる、全身を使い右腕で放つ神速の突きを、身体で隠している左手で操作して軌道を変えている。それも、視えている。

完全な身体能力と技量の差で出遅れる杖の瞬撃を、超反応の加速と腰のキレで一気に加速し槍の先端を捉える。なのに激突の寸前に槍先が残像を残し消え去る。

雷光の如《ごと》き槍撃《そうげき》の瞬間操作、凄《すご》い技量だ。同じ手には引っかからないと、当てにいった杖を避けて俺を突き殺しに来た。その完璧な必殺の一撃が、俺の心臓を捉えて疾走る。

「避けちゃった？　まあ、それだけの技量があるんだもんね？　うん、でも退《ひ》いたら……押すのがお約束なんだよ？　強いられているんだ？」

世界樹《ユグドラシル》の杖は形を変え七支刀になり。その7本の鈎刃《かぎば》が交差する槍を捉えて切断する。

切り飛ばした槍先は勢いに乗ったまま高速で飛来するが……股間で食い止められた!!

「こ、腰鎧さんがちゃんと守ったよ！　うん、信じてたんだけど不信感が凄くって……まあ、微黄麗のおっさんなら開かないよね？」

賭けに勝った。あれで「シャキーン！」って腰鎧が全開していたら、色んな意味で男子高校生さんの最大の危機《ノーダメージ》だった！　無事に逸らしながら腰の回転で弾き飛ばして、男子高校生さんは無傷！

これで終焉《おしまい》。凜々《りり》しく悠然としていた甲冑姿が崩れ落ちる。

「最期の一撃は神剣だったから成仏できるよね……いや、宗教とかまで知らないから、神は自分で選んでね？　うん、でも爺《じじい》だけはお薦めしないいんだよ？　あと……戦女神さんはいないから好みの女神様で我慢してね？　おつかれ」

息を吐く。永い永い時間は砕け散り、時間の流れが加速し通常状態へと戻る。きっと10秒も掛かっていなかったはず、数秒かそこらだろう。でも、永い戦いだった。うん……だから塩を掛ける隙すらなかったんだよ？

「って言うか地味に最後の股間攻撃でＨＰが71／628まで減ってるよ!?」

掠ってこれで、打ち合っていたら死んでいた。つまり掠ったのに死んでいないんだから、おれはちゃんと強くなれている。

昔なら最初の一撃を流した時点でＨＰは尽きていたけど、今は1割しか削られてなかった。覚えた技も全部なくしたけど、気功を覚え体術や装備強化と身体錬成で遠回りしても

強くなっている。その身体の制御が今は未《ま》だ覚束《おぼつか》ないけど、強くなったから戦えた。

「うん、女子さん達《たち》が異常に心配してるけどさー、Ｌｖ28でＬｖ80の階層主と戦えて、掠っても死んでいないんだよ？　充分すぎるよね？」（（ジトー……））

逸らして逃げ回るのではなく、逸らしながら踏み込んで打ち勝てた。うん、充分だよ？

珍しく甲冑委員長さん達もウンウンしている。でもジト目なんだけど及第点だ？　教国に行く前よりかなり弱くなっているけど、それは制御できていない1割程度の力と5割まで抑えた魔纏《まてん》で……昔よりかなり弱い程度。うん、充分なんだって？

「教国に行く前はあそこでもう限界なのかとか思ってたけど、殺れば何とかなるもんだねー？　うん、自壊も殆《ほとん》どしてないよ、治るのは前より速いし？　うん、やっと手応え？」

「初撃から、外してました！」「踏み込みも、身体が流れて、ました。駄目です」「動きがバラバラ　体の軸　振れてる。だから、遅れる。全然です」「魔纏が、5割で、もうバラけてます」「だから、自壊する。不可です」（ポムポム）

いや、駄目駄目だったのはわかってるんだけど少しくらい褒めて伸ばそうよ？　まあ、とっても正直だ。

「ちょ、なんでお説教だけ饒舌《じょうぜつ》なの!?　まあ、褒めて伸ばすなんて言うのは『何様？』って言う上から思考で、『こいつ程度なら騙《だま》して煽《おだ》ててやれば制御《コントロール》できるよね』って言う醜悪な意識高い系の思想が透けて見えて感じ悪いよね？」

褒めたって煽《おだ》てたって、人は必ず挫折する。全てが上手《うま》く行く事はないし、上手《うま》くいっ

ても失敗する時は失敗する。それが騙されて自惚《うぬぼ》れ、都合の悪い事から目を背ける肯定主義だと現実には打ち勝てない。

「うん、現実を認めないなら上手《うま》く行くだろうけど、現実から認められない虚栄の賞賛なんておぞましいだけだよね？　だったら駄目出しの方が良いな？　と超楽観主義《ポジティブシンキング》？」「「「反省は、何処《どこ》に行ったんですか!!」」」

　それこそが現実で、きっと何かを目指す限りはずっと一生駄目なままなんだから。だって、未《いま》だ差がどれほど遠いのかも見えない最果てにいる3人と1粘体。この4人が自分を不十分だと新たな技術を求め、持ち得た技を切磋琢磨《せっさたくま》している。未だ強くなれるのだと、未だ高みを目指している。うん、自惚れ不可能な環境なんだよ？

だから、もし褒められたとすれば……それは諦められた時だろう。もう限界だからこれで充分だ。よくやった。だから、もう……無理《ここまで》だよって褒められた時が終焉《おわり》だ。うん、駄目出しだった。だったら未だ先に行ける！　以上、自己愛型自画自讃完了《ポジティブシンキングOK》！

「「「駄目です、全く反省していない……です!?」」」（プルプル）

　魔石と壊れた甲冑と槍を拾い、下へと向かう。

「62階層の罠部屋《わなべや》の隠し部屋のドロップも『身体強化の甲冑』と出物だったけど、こっちも良いものっぽいな？　まあ、50Fのドロップだった『鍵開けのナイフ　DeX30%アップ　回避補正（中）差し込むと鍵を開く（Lv7まで）罠解除』が泥棒さん装備だったから、女子さん達にあげるか尾行っ娘にあげるかすら決め兼ねているし？　うん、俺は『マ

ジックキー　ＬｖＭａＸ』を持ってるし、持ってるのに鍵を見かけなくって使う事がないんだよ？」

回復待ちでトコトコと後を付いて回る。妙にお手本を見せるように突きを多用して見せてくれているけど、その技術に格段の差がありすぎて勉強にはなるけど真似《まね》はできない。だが羅神眼が視て、智慧《ちえ》が覚える。

その技の原理から力の流れ、身体の使い方から呼吸に至るまで微細に知識に変えられて流れ込んでくる。

「うん、兎っ娘お母さんの全身全霊を込めるような神速の突きのイメージが強かったから、変な癖がついていたのかな？」

あれは獣人特有の種族特性を活《い》かした技。俺に合わせて情報は脳内で書き換えられてはいるけど、その原理自体は有効でも身体操作は最適ではない。

ただ突くだけなのに、幾千のバリエーションがあり展覧会のように次々に披露されていく。同じに視えて、力の入れ方や僅かな肩や腕の動きで別物へと変わる。突き通す突きと突き飛ばす突き、疾い突きと強い突き。そんな千差万別に技を見せつける……うん、つまり滅茶《めちゃ》駄目出しされてるんだよ!?

次々に階層を下りる。だって、80階層級の魔物さん達が手も足も出ない。４人いると圧巻だ、つまり俺は入れて貰《もら》えないので鑑定してる。

「うーん、『身体強化の甲冑　Ａｌｌ30％アップ　身体強化（大）　剛力　金剛　加速』は

売却だな？　ただ一般販売には物が良すぎるし、騎士団にでも売りつけようかな？」

　基本性能は俺が作る甲冑に劣る。だけど効果は堅実でＡｌｌ30％アップ。これと同等のものを作ると高くなりすぎて買い手がつかないから……投げ売りになる？

　そして襤褸襤褸《ぼろぼろ》になった槍は『血狂いの魔槍《まそう》（呪）　Ａｌｌ40％アップ　？？？　必殺吸血回復　致死毒生成　武器魔法破壊：【何かを殺すまで手から離れない】』と、滅茶呪われてはいるが良い装備だ！

「うん、オタか莫迦《ばか》にやろうかな？　あいつらなら呪われても気付かないだろうし、どうせ毎日魔物倒すんだから問題もないし？　でも、その辺の虫でもいいなら……はっ、対Ｇ兵器さんなの!?」

　うん、刺されてたらヤバかったな？

「えっと、必殺されて致死毒を受けて、血を吸われて回復されちゃうんだ……殺りすぎだよ！　うん、刺されなくってよかったよ……死んでたな？」

　80階層の階層主さんだから警戒はしていたけど、その武器までは視ていなかった。っていうか余裕がなかった。

　だが迷宮王だったら絶対に確認していたはず。つまり自分より強い相手を舐《な》めていた。世界樹《ユグドラシル》の杖だから破壊できたけど、普通の武器ならこっちが武器ごと破壊されて殺されていた。だから怒られた。うん、駄目出しの理由よくわかった！　褒められて伸び伸び増長してたら死んでるよ！　よし、これからは謙虚に堅実にをもっとうに？　ですわよ？

最良の策で一気に倒すとジトるのに、こつこつと訓練すると遊んでると言われる9／10地点の不条理な困惑の感情？

１２６日目　昼過ぎ　迷宮　90Ｆ

万全の状態まで戻り、ＨＰも完全復活！　ようやく参加の戦闘は90階層の階層主さん。

「なのにまたこっち見てる？　うん、こっち見んな？」

どうも魔物さんは顔面を蹴られる事があまり好きではないようで、顔面に蹴りと膝の集中砲火を浴びせるとこっちを見る。そうして天井に立つ俺を見上げるから、俺は見下《みお》ろす？　うん、当然だ？

「いや、迷宮皇から目を離すような無能な魔物なんて見下《みくだ》すんだよ？」

どれだけ強くても、愚かすぎる。

「迷宮皇舐《な》めてんの？　うん、舐めると愉《たの》しいんだよ……あれは良いものだ！」

顔面に紫電の雷撃を放つ。ただの嫌がらせ、そしてこれで終わり。再生の能力を持つ複数の魔物の巨大複合生物「リバース・キメラ　Ｌｖ90」は、最初は反転させるリバース《Reverse》かと思ったら生き返るリバース《Rebirth》だったという表記問題による罠《わな》だった！

「まったく、馬と鹿と蛙《かえる》と牛とオークのキメラで、それって纏《まと》めて馬鹿な牛蛙みたいなオークで良いじゃん！」

別々に5箇所の核《コア》を同時に破壊しないと『蘇生《そせい》』と『再生』で生き返る面倒な複合獣《キメラ》さんで、しかもLv90の階層主だけあって強い。そして5匹分のスキルを使うのがうざかったけど、やっぱり馬鹿な牛蛙貌《うしがえるがお》のオークだった。うん、見上げちゃってるんだよ？　だって、俺でも気付いてるんだから甲冑《かっちゅう》委員長さん体が気が付かない訳がない。3人は二刀に持ち替えて、スライムさんも複数の武器を生やして詰める。見えているのは5体分だけだが、羅神眼に核《コア》は9個視《み》えている。

（ギュオワアアアー！）「うん、でかすぎて複数の核《コア》を同時攻撃しにくかっただけで、目線を外し動きを止めたら死ぬんだよ？　うん、俺もよくエロい下着さんでやられてるんだよ？」

電光石火の滅多刺しで愚痴《ぐち》る。

「うん、たった9個くらいで核《いのち》で余裕ぶってるって……オークを混ぜたのが失敗だったんだよ？　うん、頭悪いんだよ？」

3人の二刀流と1体の三刀流で同時破壊され、きっと最後は俺が決めるんだよねと思い天井で格好良いポーズで待っていたらスライムさんが3個壊して俺の分は残らなかった？　もう、世界樹《ユグドラシル》の杖《つえ》も螺旋槍《ドリルやり》風に変形させて待ってたのに……ドリルだったのに……（泣）

「おつかれー、休憩は良い？　結構しつこかったねー？　まあ、本気の連撃で殺し尽くせば一瞬だった気もするけど、せっかく5人もいるんだし、いつか連携が必要になる事があるかもしれないしね？って言うか本気でやられると俺の出番がないから、策まで弄したの

にやっぱり出番がなかったよ！　普通1人2個までだよね!!」（プルプル）「くっ、取り放題で早い者勝ちだと!?　敗因はやはり輝ける魔法使い《シャイニング・ウィザード》で、後衛の魔法職の辛《つら》いところでつい真空飛び膝蹴り《シャイニング・ウィザード》しちゃうんだよ？　目立ってるし囮《おとり》には良いけど、巨大なキメラに膝蹴りしても全くダメージが通ってないんだよ？　いや、愉しいんだけどさ？」（ポヨポヨ）

ドロップは『生命分割の核《コア》　ViT50％アップ　蘇生再生回復付与（特大）：【核《コア》の複数化】』と石だった。そして、やっぱりスライムさんが欲しがる？

「石マニアさんなの？　でも、石コレクターさんかも？　まあ、いらないからあげるんだよ？」（プルプル♪）

うん、喜びのぽよぽよの舞いだ。

「でも、前にも『魔核の宝具　魔核作成操作』を食べていたけど、あれ以降核《コア》が見つけられないのに今度は複数化しちゃうの？」（ポヨポヨ）

もう、スライムの概念を超越している気がする。だけど生命力が上がり、それで長生きしてくれれば不死の可能性が高い甲冑委員長さん達《たち》も寂しくないだろう。うん、嬉《うれ》しそうに踊ってるし？

そして91Fで迷路《メイズ》。壁から染みが浮き上がり立体化して現れる「パーミエーション・デビル　Lv91」。物質に浸透《パーミエーション》する物理無効の液状の悪魔が浮き上がるように出現する？　そう、わざわざのんびりと染み出してから現れるのを剣を突き付けて待ち構える？　そう、待ち時間が長いだけの楽な階層。そして俺達が楽な階層って……大体が攻略不可能階層

だったりする。

「液体か気体かわからない微妙な浸透《とうじょう》で、物理も魔法も効かない特殊体の悪魔が——……って、悪魔だから神剣なら死ぬよね？」（（ギュワアアアア——ッ!?））

何度か試すと液体か気体に変化し、透過して物理を無効化しているようだけど神剣は無効化できないらしい？

「まあ、甲冑委員長さん達なら変化して透過している間に斬るし、壁に染みていれば壁ごと斬られるし、空気に気化していれば大気ごと斬り飛ばすし……もしくは食べる？　うん、美味《お》しいの？」（ポヨポヨ♪）

隠し部屋もあったが、迷宮装備品としては微妙な剣で売却決定。特殊な魔物は対応が難しく、普通は現れるのを待って、延々と弱らせて消滅させるしかないらしい？

それがLv91で次々と現れれば囲まれて殺される。壁を透過してくるから360度どこからも襲撃を受けるし、迷路《メイズ》で集団防御もできないとなると攻略は難しいらしい？

そんな倒せない敵、攻略不能な階層が俺達の分。だって斬れない相手を斬り、殺せない魔物も斬り、不死の魔物も斬って、俺の出番まで斬られてるんだよ？

そして92Fは2階層連続で迷路《メイズ》で、通路型かと思って進んでいたら分岐？

「ちょいちょい分岐があるけど、その先は行き止まりの罠って罠《トラップ》階層？」

正しい通路は一本道で、曲がり角や分岐路に健気《けなげ》に「アサシン・マンティス　Lv92」達が隠れて待っている。

「いや、確かに蟲《むし》魔物さんは壁や天井にいて油断すると、視覚に捉えるのが遅れるし斑濃《まだらのう》茶《ちゃ》な体色が保護色になっていて見つけ難《にく》いし気配遮断を持ってて……うん、空間把握で地図化《マッピング》してるから全部見えてるんだよ？」

90階層に至ると魔物は全てが階層主並で、中層なら迷宮王並の魔物達が複数で現れる。

「うん、現れるんだけど現れた先が迷宮皇級で、しかも4人もいるんだよ？」

ずっと潜み続けて、ようやく満を持して待ち構えていた魔物さんも不条理にお嘆きの事だろう？

(((キシャアアアアアア——ッ!!)))

蟷螂《カマキリ》さんは人より大きい程度の体軀《たいく》だけど、その分敏捷《びんしょう》で動きが鋭い。そして鎌は『防御無効』と『防具破壊』の効果を持ち、迅速且つ的確に襲い掛かってくる蟷螂さんが……分解され、解体されていく。

「貴社って言われても内職屋さんで、蟷螂の入社希望は受け入れ拒否なんだよ？」

精密に関節部位のみを切断する妙技と、瞬速の移動。それは蟲汁の噴出を最小限に抑えつつ、斬った時にはもうそこには在《い》ない迅速な回避能力《ばつくれ》。うん、女子さん達だと確実にぶっかけられて蟲汁どろどろなんだよ？

剣閃《けんせん》が弧を描き、曲流《きよくりゆう》の斬線が蟷螂の頭を落とす。邪道で奇を衒《てら》う無駄な動作を多用し、速度と力を分散させてしまうが捉えにくい技。ファントム・ナイトが最期に使った、槍がうねり曲がる突きの秘密——それは一撃の中での左手による操作。

「直線ではなく曲線で、弧を描く斬撃って……剣閃の直線を体技で回す円だった？」

蟷螂は翻弄される。受け止めようと、鎌で守ろうとも、剣尖《けんせん》は角度を変え円を描くように脆《もろ》い関節部分を斬り落とす。

「うん、邪道で無駄が多すぎる、だが踊りっ娘《こ》さんの踊る剣技の舞で閃《ひらめ》く弧を描く技はこれだな？」

ただ、踊りっ娘さんは2刀。つまり操作は片手でやっていた。

「えっと……確かこうすると……成るほど？　肘と肩で角度を変えつつ、掌と手首が調整なのかー。うん、無理！」

そして俺が弧の剣を試していると、一斉に始まり見せ付けるかのような3人と1粘体《ポヨ》の弧線と弧光が超煌《きら》めく！　うん、大人気ないんだよ!!

流麗に弧が流れ、三日月を描くような美しい流線が舞う。きっと異世界に月があれば円月殺法も生み出された事だろう……うん、ドヤ顔してるんだよ！

「あれは駆け引きの、虚の剣。賭けになる、諸刃《もろは》の剣です」「騙《だま》す技、失敗したら、隙になります、危ないです」「力が、分散。速度も、落ちます。奇を衒うだけの技になります」

（プルプル）

まあ、当然だろう。直線の方が曲線より距離が短いから早く届くし、力だって集約される。そんな合理的な直線とは違い、方向という力が分散される曲線運動は弱い。だが魔物ですら対応しきれず、人ならば惑《まど》う。そして警戒すれば選択肢が増え、判断が鈍る。だか

らこそ疑心暗鬼に囚《とら》われる、虚の剣技……そう、邪道だ。

「いや、でも一番難しくて無駄が大きいのは曲線の斬撃で刃筋を立てる事だよね？　うん……俺のは棒なんだよ？」「「……!!」」

吃驚《びっくり》してる？　うん、「そ、その考えはなかった！」的な吃驚っマークだな？

「寧《むし》ろ棒に刃筋があった方が吃驚だと思うんだよ？　だって先《ま》ず刃がないし？」

常に刃先を前に弧を描くが故に、複雑さが求められ猥雑《わいざつ》な動作で力が集約されずに斬線が乱れる。だが自由自在に変化する世界樹《ユグドラシル》の杖なら、刃筋も変化自在？って言うか、どこが刃なのかもわからない？

「つまり、微細な制御、全部杖に丸投げ……」「方向だけを制御、力と速さの分散《ロス》は、最低限!?」「ある意味、全方向が刃の刀!!」

そう、斬るという意思が刃を生み出す。つまり、それまではシュレディンガーな刃で、結論は集約されないまま無限の可能性として……うん、決めないと殴打《ボコ》？

「秘技燕《つばめがえ》返し返しからの返しな返し《カウンター》！　からの返し？　って言う返し？」

一直線に飛来する燕が急速度で角度を変え、視界から消える……つもりだけど、視えている。

迎撃の剣閃が燕の軌道に合わさる瞬間に、身を翻し角度を変える燕の軌道を追うように剣閃が曲線を描き燕を捉える。瞬間に、またも反転する燕と剣閃が描き出す弧が舞い荒れる？

「って言うか返しな秘技燕返し返しからの返しな返しの返しからの返す返《かえ》すも燕返《がえ》してるんだよみたいな……」「「うるさいです！　絶対わざと！　普通に斬る！」」

怒られた。いい練習相手なのに？　93階層は、疾《はや》く鋭い飛来する燕の群れ。その軌跡を捉え、斬線を重ねる。

それは未来視も変化する飛翔《ひしょう》。斬ろうとする動き、その斬撃が起こす微風に乗って躱《かわ》す回避。引き付けられないと一之太刀《いちのたち》が使えず、燕さんが逃げるから逃げた方へと逃れられない秘剣「燕返し返しからのお返し的な返し返《カウンター》し」を見舞ったのにオコだ？

「いや、20匹位は落としてるんだよ？　うん、普段はワイヤーカッターの霞網《かすみあみ》で一網打尽に殺し尽くすんだけど？」（ポヨポヨ）

スライムさんが跳躍し、その粘体無限触手《カッター》で一斉に斬り落とされる燕さん達。だけれど、それを回避して低空に逃げ込めば――死が待っている。

「あっ、俺の燕返し返しからの返し中の返しの返してる返し中の燕さんが殺《や》られたんだよ！」

スライムさんに羽を斬られた可哀想《かわいそう》な燕さんは、墜落し地面に落ちる事も叶《かな》わず踊りっ娘さんの剣舞に斬り散らされて魔石になって飛んでいった……燕さ――ん！

「せっかく仲良く遊んでくれる可愛《かわい》い燕さんは結構ノリも良かったのに、可哀想に撃墜って……まあ、ちょっとやんちゃに羽で斬り裂いて来て、脚の爪が毒で、あと嘴《くちばし》が『即死』効果で全身は針だったけど……」「それ全然可愛くないです、普通に魔物です！　仲良く

してません！」「燕は殺す気　遊んでるの御主人様《ますたあ》だけ。あれ、魔物！」「燕、途中から、泣き顔、でした。滅茶《めちゃ》逃げ回って、ました！」（ポヨポヨ）

いや、心が通じ合ったような気がしたんだけど……まあ、殺し合ってたんだけど？　遂《つい》そうして男子高校生さんときゃっきゃうふふと戯れる「ヘルズ・スワロー　Lv93」は絶滅してしまった。

「いや、ほら？　燕さんと戯れて遊ぶ男子高校生さんって好感度が上がりそうじゃん？」

うん、微笑《ほほえ》ましいな？　まあ、なんかジトだけど？　うん、どうやらあの目《ジト》からすると好感度は上がっていなかったようだ？　どっかでドロップしないかな？

桃なお姫様を攫って亀がくぱあってすると事案だからきっと人違いだろ。亀違い？

126日目　昼過ぎ　迷宮　94F

深層迷宮。それは最悪の地獄である「大迷宮」に最も近しい最凶の迷宮。その最下層90階層台は、この世の地獄。

そこには迷宮王に匹敵する凶悪な魔物達《たち》が跋扈《ばっこ》し、ボッコされボコボコの地獄絵巻……うん、最強級のLv94の魔物「ラケー」さんがフルボッコだ？

「いや、『ラケー』さんはチベット出身の人食いの悪鬼さんで、猛烈なスピードで村を駆け抜け人を攫《さら》うネワール族の伝説に残る悪鬼さんなんだけど、退治された後は人間に戻って染め物屋に匿《かくま》われたりする庶民的な悪鬼さんなんだよ？、うん、迷宮では匿われる事なく魔石になられちゃったようだな？」

素速い子鬼が醜い顔を歪《ゆが》め、大きな口を開き涎《よだれ》を溢《あふ》れさせて飛び掛かってくる。その細く長い腕を振るい、長い爪で襲い掛かる邪悪な悪鬼の群れ……を、バールのようなもので撲殺し、脚を捕まえてジャイアントスイングで振り回して群がる悪鬼を巻き込み叩《たた》き落として踏み潰す？

「ひゃっはああああっ！　良い悪鬼は悪鬼じゃない悪鬼だけだあぁっ、って言うか悪いから悪鬼？　みたいな？　ひゃっは？」

速いし数が多く、そして小さいからこそ狙いにくく。なまじ知恵があるから悪辣極まりなく、群がり殺到して殺しにくる子鬼達。そんな悪鬼羅刹な一般魔物さんは極悪非道の化身にして不条理の体現者たる迷宮皇さん達に千変万化の剣閃《けんせん》で斬り散らされていき、数と速さの飽和攻撃と言う脅威が技術《わざ》と言う暴力で吹き散らされる。

豪雨のように降り注ぐ子鬼達が竜巻のような剣戟《けんげき》で弾《はじ》き飛ばされ、3人の聖女が揃《そろ》った事で死角が消えて数の暴力を攻撃力が超えている。更にはスライムさんが遊撃に回る事で隙が一切なくて男子高校生さんが暇なんだよ？

「いや、あの？」（イヤイヤ！）

女子さん達の位置的連携とは違う個人技の連携。それは意思疎通を超えた最適行動に則《のっと》った1つの解を、瞬間的に4人が共有し理路整然と最善の攻撃を振るう。最も最適な敵の殺し方を見抜き、即座に実行する凶悪な連携に階層を覆う子鬼の群れが消し飛ぶ。だから剣閃と斬撃の暴風雨が吹き荒れ……俺のところだけ台風の目で晴天快晴？

「ちょ、待っ！」（フリフリ）

百華繚《ひやっか》乱《りようらん》の白刃の狂乱は白い花びらが舞い、狂うように剣閃を煌《きら》めかせる。刃の白光を血飛沫《ちしぶき》で染め上げ、血色の桜吹雪の花嵐の中に佇《たたず》む戦姫《せんき》……わかりやすく言うと一瞬の隙に全部取られた！　ちょ、あんなにいっぱいいたのに!!

「えっと、俺にも」（シーンー！）

最後の1匹を大事に大事にツンツン突いていると、閃光《せんこう》と共に首が飛ぶ？　1匹《こいつ》しか残ってなかったのに、最後のラケーさんまで横取りされたよ!?

「出番……は全滅だ？」（プルプル）

満足そうだ。きっとこの3人は迷宮に通う限り痩身運動《わんもあせつと》の必要はないだろう。

「もしかして……わんもあせっとのために横取りしてまで大暴れなの!?　うん、身体《からだ》に及ぼす効果は夜確かめようよ！　うん、じっくりねっとり検証だな？」

灼熱《しやくねつ》の熱量を燃やし尽くし、豪火が一瞬で燃え上がる。天すら焦がしそうな激しく美しい燃焼に照らされた、美しい3つのジト貌《がお》が結構なジトだな？

「いや、一瞬の油断が死に繋《つな》がるとか言われてる迷宮の中で、俺だけ武器を伸ばしても繋

がるどころか触れられないまま魔物さんが死んじゃってたんだよ？」

つらつらとぼやき、つかつかと階段を下りる。長い長い階段を最下層に向かうと空気に混じる鉄と死の香り。そんな殺戮《さつりく》の舞台にゆっくり足を踏み入れる。

「と、見せかけてからの縮地の連続加速！　からの、横取られ！って、それ技じゃないよ、深刻な出番被害なぼっち問題なんだよ!?」

白光が幾何学模様を描くように階層を舞い、輝く斬線が迷宮王を穿《うが》つ。だが我等《われら》が迷宮王さんは四肢を抉《えぐ》られても微動だにせず、その巨体を揺すって絡め取る銀鎖を弾く。

「1番です　でも、決めきれない！　2番か3番が当たり!?」

なのに一瞬に閃光が巨大な身体を揺るがせる。そう、迷宮王さんは頑張っているけど、無情なる眠りっ娘《こ》さんの呂布《りよふ》っ娘な剛撃の膨大な衝撃で大重量の身体を浮かせて動けない。

「じゃんけん、順番。私は、3番目！」「くっ、2番でしたが、硬くて大きすぎ、です」

そして静かに燦《きら》めく白銀色の剣閃。その刹那の一刀は核を正確に消し飛ばす……うん、俺の出番も消し飛んだ！　スライムさんもオコだ！

(ポヨポヨ!!)「ちょ、じゃんけんだと絶対に俺が5番手になっちゃうんだけど、迷宮皇級4人の必殺攻撃の連撃を耐えられる迷宮王さんがいたら……それ迷宮王さんから昇進を考えた方が良いほどの逸材だから、当然滅多にいない訳で俺に出番がないんだよ!?　うん、不平等じゃんけんに異議を申し立てて、公平公正な籤引《くじび》きを推奨するんだよ！」「「「籤引きこそ反則！」」」「全部、一引きで……ズルい、です！」」」（プルプル）

だが、5番手に出番はない。だって、絶対に迷宮王さんが耐えられない！

「うん、5撃目まで耐えられそうなのって、当時迷宮王してた頃のスライムさんだけだよね？」（ポヨポヨ）

そのスライムさんが元気いっぱいに強化されて4番目にいるんだよ？　うん、5番目には絶対に回ってこない。万が一に回ってくるようなら、その迷宮王さんは迷宮皇級に強いからに逃げないとヤバすぎなんだよ？

そうして巨大な亀さんは鑑定する間もなく神速の連撃で魔石に変わり、俺の華麗な抜け駆けが横取りされて順番通りの惨殺だった。

「あれっ、これってドロップが滅茶《めちゃ》良さそうな気が……『神亀甲の祭壇：【呪われた物を浄化する箱】』って神亀さんだったの!?　いや、魔物だったよね？　うん、鑑定できなかったからわかんないけど？」

神亀さんの割に凶暴に攻撃的で甲羅は棘棘《とげとげ》だったし、棘をいっぱい飛ばしていた。しかも巨大な亀さんだったから、その棘は丸太のようで先端こそ尖《とが》っていたけど刺突っていうより衝突って感じの砲撃のような棘を連射していたんだよ？

「魔物でした。名前、くっ、くっぷ、くぱ？」「いや、ク○パさんだったら見たらわかるし、出てきたら大事だよ！　やつは攻撃無効で……でも溶岩で死ぬから倒せそうだな？」

クッで始まる亀の魔物に心当たりはないけど、6本脚の陸亀さんだった。寧《むし》ろガラパゴスな雰囲気を漂わせていたんだけど、あれって誰だったんだろう？

「うん、俺は抜け駆けからの速攻が忙しくて、甲冑《かっちゅう》委員長さん達も抜け駆け横取りの超速攻で、名前まで意識しなかったよ？　全く迷宮王に無確認で突っ込むなんて困ったものだな？」「「「御主人様《ますたあ》が順番、守らない、せいです！」」」「だから、視《み》る暇、なかったです！」「スキルだけで、名前まで、見てる、時間なかったです!!」

うん、でもスキルはハンマー投げではなかったんだよ？

「いや、違うんだよ《俺悪くないんだよ》？　不幸な出来心《ちょっとだけだよ》な出来事で不幸な偶然が偶々連鎖な偶発的偶然の《じゃんけんで決めると抜け駆けしないと出番》自己《が来ないん》だったんだよ？」

俺の抜け駆けからの速攻で亀の棘連射を誘い、囮《おとり》になっていたから作戦としては有意義だった。まあ、その棘弾のせいで抜け駆け失敗だったんだよ？

「「「音声多重言い訳、しても、駄目です！　しかも、一個『自己』って自白してます。有罪です！　お説教《有罪》確定《ギルティー》です！」」」

返された!!　音声多重弁論が音声多重冤罪《えんざい》で相殺されただと！　しかも悪徳女子さん達に多大な影響受けたようで、しかもどうやら深夜の性皇蹂躙《じゅうりん》大爆撃の阿鼻叫喚《あびきょうかん》を根に持っていたようだ？

怒られながら祭壇的な箱を開けてみると、大きさ的には人が横になって2列3段程度？　うん、押し込んで無理やり蓋閉めて重しを置けば9人いけるかな？

「呪いが解けるらしいからオタ莫迦《ばか》でも突っ込んで封印してみようか？　もしかすると100万年後くらいには真人間に変質してるかもしれないし、更生するまで閉じ込めておけ

ば静かで良さそうだ？　あっ、壊れたけどさっきの槍《やり》もあったよね？　柄は切断しちゃったけど」（ポムポム）

さっきのファントムさんの『血狂いの魔槍《まそう》　A11 40%アップ　？？？　必殺　吸血回復　致死毒生成　武器魔法破壊：【何かを殺すまで手から離れない】』の他にも、兎《うさぎ》っ娘お母さんが呪われていた装備や、ちょいちょい出てきては放置されてる呪われた武器防具が溜《た》まってる。うん、全部突っ込んで蓋をしてアイテム袋に仕舞う。

「どのくらいで解けるんだろう？　解呪されたらチンッとか音でお知らせ機能とかついていないのかな？　一々開けて確認しないとわからないって、絶対忘れちゃうよね？」

扉から地上に戻る。未《ま》だ陽《ひ》があるし結構時間に余裕はあるが、もう一個行くほどでもない？　まあ、街ぶらでもするか？

途中で経過を計測するために『神亀甲の祭壇』を覗《のぞ》いていると、幾つかはもう名が変わっていて元に戻っているけど解呪まではまだ時間が掛かりそう……って、おい！

「切断されてた槍は『ゲイ・ボルグ』さんって……うん、よく死ななかったよ俺!?」

完璧に逸《そ》らして防具で被害を最小限に抑えた気でも、HPをごっそり削られると思ったら……ケルト神話の伝説上の槍『ゲイ・ボルグ』だった。

「これを知らないものは中学2年生以下と言われる伝説中の伝説の槍で、影の国の女王スカサハから与えられたクー・フーリンさんの槍として伝えられる槍なんだけど、問題は幾多の伝承に残る性能で有名所では投げれば30の鏃《やじり》となって降り注ぎ、突けば30の棘となっ

て破裂して稲妻のような速さで敵をまとめて貫き必ず命中するし、なんか奇妙な軌跡で突き刺さって傷が治らないし毒を残すし、挙げ句の果ては刺された者は必ず死ぬとか逸話多数なんだよ？　間違いなく神剣級の危険装備だよね!?」（ポヨポヨ）
未だ名前だけで、効果も不明だが神槍《しんそう》ゲイ・ボルグ。うん、ヤバそうだな!?　まあ、この様子だと解呪にはかなり掛かるだろう……ヤバい、封印されし黒歴史が疼《うず》きそうだ！

お説教に対する最終兵器がいつもお菓子だがむちむちスパッツのわんもあせっとはある意味仕返しなのだろうか？

１２６日目　夕方　オムイの街　門前

迷宮踏破――とは言っても74階層で終わりだった。30階層までは冒険者さん達《たち》が潰していた迷宮の踏破だったから、思いの外に簡単に済んで帰ってゆっくりしようと街に戻ると……遥《はるか》くん達に合流しちゃったの？　うん、どうやら第一師団を見つけ、彼女といちゃついてた柿崎《かきざき》くん達に気付いて追いかけ回して遅くなったみたいだね？

「ああー、柿崎くん達が森に逃げ込んだせいで、魔の森が一区画消えちゃったんだ？」

「「「うん、どんだけ僻《ひが》んでるのよ!!」」」

そして街に入る。賑《にぎ》わい活気ある街の大通りは、笑い声と笑顔が溢《あふ》れている。そして賑

わう群衆の隙間を疾走け飛来《かけぬ》する孤児っ子ちゃん達。

「「おかえりなさーい♪」」

懐かれてる。それは辺境の悪夢にとっての悪夢で、最果ての地獄にとっての地獄。悲しみ《マイナス》に悲劇《マイナス》を掛けて、幸せ《プラス》に変える数式世界上の理論現象を現実に具現化する生ける非常識。そんな魔物にとっての悪者さんは、今日も孤児っ子ちゃん達に飛びつかれながら街を駆け回り賑やかな街を大騒ぎと笑い声に変える。

そう、幸せの災厄さんのお通りだ。街に溢れる笑顔と、感謝の瞳。その視線の先の当人《はんにん》だけはこっそりしている内緒だと思っているけど、辺境の人達はとっくに気付いてる。誰が魔物の大虐殺の真犯人なのかを、誰が迷宮破壊行為の常習犯なのかを、誰が幸せと豊かさと平和をばら撒《ま》き散らして大量不法投棄しているのかを。もう。とっくに気が付いているの。うん、だって他に容疑者がいないの？

「ちょ、孤児っ子が山のようだ……って最後に山を付けると四股名《しこな》っぽいけど、女子高生山や女子高生海はよく見かけるんだよ？」「「わ——い♪」」

本人だけが血塗られた悪役のつもりで、裏でコソコソしてる一般人のつもり。そうして、守れなかった何かを嘆き、自分を責めて褒められるのを嫌がる。だから誰もが、その瞳で讃《たた》え笑顔で感謝する、きっと辺境で誰よりも有名な一般人さんを見詰める優しい瞳々。

「あれ？　これって梨？　これって売れてないの!?　うん、タルトもありだな……全部買うんだよ！」「「きゃああーっ、梨のタルト様が降臨されるー♥」」

売れていない物があれば買い占める。そして有名にして更に料理を広めていく。

「いや、ここをこうしたら解決なんだから……こんな感じ？　完成したら売ってね？　予約なんだよ？　うん、これ手付け金？」

そして珍しい新製品があれば助言し、見本まで渡して資金まで渡す。だから発展し続け便利に変わる街と、相変わらず歩くだけで破産する貧乏な御大尽様《おだいじんさま》。

「ああー、また破産してる？」「うん、まだ門を潜《くぐ》っただけなのに……早いね!!」」

だからアンジェリカさんは崇拝し、ネフェルティリさんが憧憬し、ファレリアさんが賞賛する。スライムさんもポヨポヨと懐く。

それが御大尽様、これこそが「辺境の奇跡」を生み出す無尽蔵な有限の無駄遣い。

アンジェリカさん達は悲しみの原因である魔物は倒せても、苦しみの原因の貧困は力があっても何もできなかったと悲しんでいた。

だから、それをやってのける遥くんを見る瞳は尊敬と羨望に満ち溢れている。強さではなく幸せを現実に変える力こそを崇拝している。だって、それこそがアンジェリカさん達には叶《かな》えられなかった夢だったから。

「まあ、普通は貧困とか飢饉《ききん》って殺せないもんね？」「うん、だってこれって……魔物さんを倒して人々を救うと駄目で、魔石置いてけって魔物さんを大殺戮《だいさつりく》して無駄遣いしないと起きない現象だもんね？」

悲劇に抗《あらが》う事しかできなかった。だから悲劇を惨劇で蹂躙《じゅうりん》し尽くす残酷な殺戮者を崇拝

し、奪われる前に奪う者を殺し尽くす悪逆な虐殺者を敬愛する。

「お兄ちゃん、プレゼントだよ。みんなで作ったのー♪」「うん、いつもお菓子をありがとー」「ご飯も美味《おい》しかったー♪」「服もありがとう！　お洋服可愛《かわい》いの、見て見て！」

それは何人も逃れられない幸せの絨毯爆撃《じゆうたんばくげき》。

「髪留めも、ありがとー、似合うー♪」「これもプレゼントー、いっぱい作ったのー！」「私も作ったんだよー」「僕もー」「お兄ちゃん♪」「こっちも、こっちもー♪」

そんな爆弾魔さんが大量の花冠と、膨大な花輪に埋もれていく。そうして莫大《ばくだい》な花飾りで飾り付けられたお花の山が進む、まるでお花のパレード。

「好かれてるねー？」「「「って言うか、孤児っ子ちゃんってまた増えてる？」」」

幸せの花弁を撒き散らし、今日も大通りをお花の小山が行進する。孤児っ子ちゃん達の山のような笑顔を載せて……ついに重すぎて魔纏《まてん》で身体強化を始めているの？

「遥くんって、ＰｏＷ低いもんねー？」

毎日の大騒ぎは宿まで続き、それに笑顔のお帰りなさいが続く。ずっとずっと自分の身体《からだ》を破壊しながら戦ってきた。気の狂うような激痛に耐えて殺し尽くしてきた。そうして地獄のような苦しみの中で、皆に笑いかけていた……ちょっとくらいは報われたのかな？

きっとこんな日を見たかったんだろうから、皆が笑って幸せにしている毎日を。

笑顔の行列は宿まで続き、そしてゆっくりと宿の扉を閉じる……閉じた！

「「「危ない事しないって言った端から、何で迷宮で格闘戦始めてるの！」」」

してたらしい。うん、笑顔終了！　だって、超接近戦を超えて接触格闘戦。ＶｉＴが低く、ＨＰの少ない遥くんが決してはしてはいけない危険行為。

「って言うか、強くて頑強な冒険者でも階層主相手に格闘戦で直接攻撃しないのよ！」

「いや、危ないのは駄目って言われたから、後衛で魔法を……輝きながら魔法使い《シャイニング・ウィザード》で俺は悪くないんだよ？　うん、悪いのは真空飛び膝蹴りにシャイニング・ウィザードって名付けた魔法職への不当労働を強要した人なんだからシャイな男子高校生には仕方ない迷宮での出来事だったんだよ？」「迷宮で近接格闘と囮《おとり》って、それより危ない事って何があるのよ!?」

　軽気功で逃げに徹すれば被害を受ける可能性を極限まで減らせる……はずなのに真空飛び膝蹴り《シャイニング・ウィザード》を連発していたらしい？　うん、途中からはネックブリーカーからの触手ホールドで触手バスターまで開発して遊んでいたらしいの！

「何で危なそうな相手と一対一で戦うの？　ファレリアさんの聖魔法なら苦戦なんてしなかったでしょ!?」「いや、甲冑《かっちゅう》委員長さんの関係者の可能性があったから、ちゃんと倒してたら持ってた槍《やり》から全く無関係のおっさんの亡霊さんだと判明で無意味だったんだけど秘剣『燕返《つばめがえ》し返《がえ》し返しを返してみたら返されたんでお返しに返す返す返すも返って来た返しだったんだよ？』が編み出されたんだよ？　うん、有意義だったな？」

最古の聖女。戦女神。始まりの戦姫《せんき》。甲冑委員長さんと、幾多の名を持つアンジェリカ

さんは多くの英雄達を率いて伝説の闘いの中で仲間を失い、自らも迷宮の底で永劫《えいごう》に囚《とら》われ人としての生を失った。その仲間達の亡骸《なきがら》や魂とは人違いだったらしい。

「遥くんのHPが、9割持って行かれる相手って……」「しかも直撃なしででしょ?」

そう、80階層の階層主が迷宮王よりも危険だったらしい。それはステータスや純粋な力ではなく、技と経験が突出した亡霊。

だから関係者と間違えた。スカル・ロードさんのように、アンジェリカさんの関係者だと思ってしまった。

「だから、自我すらなくした悪霊と闘いに及んだら……燕を虐《いじ》める技を身に付けたってなんなのよ!」

嘗《かつ》て迷宮と闘い、迷宮で命を落とした誰か。それは槍の名手で、神槍《しんそう》を持ち迷宮と戦った英雄。だから戦って強さを見せ、俺の方が強いと、後は大丈夫だよって……危ないのに戦った。

「くっ、ズルい!」「くっ、食いたいです(泣)」「「「くっ、クアトロ・フォルマッジさんだ!?」」」

四種《クアトロ》のチーズ達《フォルマッジ》の名の通り、チーズ尽くしの濃厚で芳醇《ほうじゅん》な香りが乙女心を……そしてお説教は晩御飯のピザ祭さんに封じられ、お小言は唐揚げとポテトで埋められていく。

他にも言いたい事はあったけれど、デザートの梨のタルトさんには誰もが抗えなかった。

うん、言葉も消える無言の美味しさに、幸せすぎて怒る力が圧殺されちゃったの?

「「「あ――ん、美味しかった（泣）」」」「うん、あのフォルマッジさんがマジ太る罠《わな》だったんだね（泣!!）」」」

そして、お風呂前のわんもあせっと！　ピザもタルトもカロリーが……だから炎獄の如《ごと》くカロリーさんを焼き払い、灼熱《しゃくねつ》の熱気が渦巻く模擬戦。遥くんもなにか訓練してたけど、甲冑を外してヨガが始まると、途端に型稽古が乱れ始めて逃げていった。

そう、きっと気配を読んで消えていた小田《おだ》くん達を虐めに行った。空気読まないけど危険察知能力の高い小田くん達と、集中し過ぎると視《み》て予測できるのに気付かない遥くん。

ちょいちょい邪魔しないと熱中しすぎる、訓練だけで身体を虐め破壊し始める……そして強さを身につけると一層危険な事を始める。きっと本当に強さを持つ事ができていたなら独りで戦っていただろう、自分だけで全てを抱え込み人の心配ばかりして自らを酷使し尽くす。

「「「ぷはぁ――――、極楽ー♪」」」

絞りに絞ってカロリーを汗に変え、お風呂で流しお肌を磨き上げて徹底的に綺麗《きれい》にする。

「委員長、皮が剝《む》けちゃうよー？」「委員長、皮膚がふやけちゃうよ？」

全身くまなく、微塵《みじん》の油断なく洗浄する。お肌を磨き上げ、汚れの一片も残さない！

「委員長……どうせ後でもう1回お風呂だよ？」

そう、下着再製作の途中で技術革新してしまった。だから1組目の私達の下着は改めて再補整で、より高い精度で計測と感知が可能となって採寸から全部見直して情報を再構築

し直すらしいの！

「委員長と副Bかー？」「まあ、確かに完全採寸に耐えられるのって『再生肉壁委員長』と『自動治癒大賢者』だね？」「でも、この2人が基本情報って……オオキスギナイカナ（泣！）」「「ソウダヨネ（泣!!）」」

つまり下着を始め、衣服の全てが1ランク上に置き換わる。現状で全く問題を感じ得ない完璧が、更なる技術向上で基本設計から全て見直し。だから綺麗すぎる位にしないと！

「委員長、洗いすぎだよー？」「うん、お肌が炎症を起こしちゃうと……心配されて茸汁《きのこじる》ぶっかけられてねちょねちょ状態で採寸されちゃうよ？」「うん、どうせ……お風呂だよ？　完全採寸の触手地獄天獄往復循環の旅が待ってるんだし？」

湯船に浸《つ》かる。全身のサイズだけでなく、肌の状態から筋肉の可動変化値まで全身計測されるんだから。特に要望の多いブラとショーツのための徹底調査で、今まで計測不可能だった部分まで解明し完全なる基本設計を作り上げるのが目標らしい。つまり本気で耐久力が高い私と副Bさんが指名されてて、それほどまでに過酷な検査になるの！

「一応最新技術は島崎《しまざき》ちゃん達が味わっちゃったんだよね？」「うん、メリエールちゃんと一緒に？」「「死ぬかと思ったわよ！」」「って言うか途中から……あれで、計測で記憶が……」「ううぅ、思い出したら羞恥で死ぬ!!」」「技術革新はそこまでイッちゃったの!?」

耐えないと。危険があると計測は中止されるから平常心が求められるけど、あの採寸で

平常な人がいたらその人こそ異常だと思うんだけど……自制心と忍耐力！

「まあ、これで再生肉壁委員長の生贄力《いけにえりょく》が試せるね？」「「「うん、ある意味肉玩具委員長の強度実験になるかも？」」」

遥くんは一生懸命に性皇の能力を抑え、悦技の発動と影響を最小限に抑え込もうと苦心している。なのに……何故《なぜ》か味方の女子組が酷《ひど》いの？　うん、生贄力って何!?

「だって、じっくり真剣に調べられちゃうんだから、変な事になったら恥ずかしいでしょ!!」「「「うん、頑張って♪」」」

そう、乙女の沽券《こけん》に関わる勝負が始まる。うん、耐えられた事がないのに強化されちゃってるらしい技術革新もだけど、その真摯に作ってくれるのがとっても嬉《うれ》しいんだけど……嬉しいけんだど、乙女が乙女的に過激に嬉しいのは乙女の清純が危ないの（泣）

坩堝からの発案で発明された新技術により技術革新は改革的だが壺だった。

126日目　夜　宿屋　白い変人

静寂――その息遣いだけの沈黙の間が重く、ただ衣擦《きぬず》れと床に落ちる服の音だけが耳に響く。その様子を気配探知が精密に脳裏に3D映像化（補色補正済み）で描き出すと、窮屈そうに押し包まれた我儘《わがまま》いっぱいの柔らかな球体が溢《あふ》れ出して……揺れるTHE降臨！

「いや、違うんだよ？　スライムさんの仲間に視《み》えるかもしれないけど、それは粘体とは違う肉体って言うか球体？」(ポヨン、ポヨン♪)「そうそう……って増殖した……だとっ！」

いや、動揺するな。2匹いるのはわかりきっていたはず。そう、たゆんたゆんとスライムさんとポヨポヨしているけど……胸部からスライムさんを2匹発生させていたら、それはただの平穏なる魔物さんなんだよ？　そう、これはもっと凶悪で危険なものなんだ！

うん、だって緊迫した危険な気配が溢れ出し、空間に緊張感が満ちている。

(プルプル？)(プルン、プルン♪)「いや、そこ！　会話しないように!!」

うん、滅茶《めちゃ》気になるんだよ!?　このスライム形状のプルンプルンさん達《たち》をむにゅんむにゅんと押し込んで包み込む壮大なプロジェクトが開幕されたというか、御開帳したら飛び出したというか？　ぽよぽよ？

情報の海へ潜る。汎《あら》ゆる情報を蓄積し、解析して演算する事により可能性すら見通す叡《えい》智《ち》こそが『智慧《ちえ》』。そんな膨大な情報処理でも理解不能な神秘、それは解析は可能な矛盾に満ちた謎。

そっと触れた触手が柔らかく沈み込むが、張りがありしっかりと持ち上がり、危険な先端部の凶器はツンと生意気に上を向いている？　その本体は柔らかに柔和で豊穣《ほうじょう》に膨らむ謎の球体であり、柔らかに揺れながら形は崩れず復元していく。ふるふると揺れる様は水属性と思わせつつ、仰向《あおむ》けになっても流れず隆起する美しい球体の曲線構成。

（プルン♪）

くっ！　3匹目の出現に智慧は熱暴走寸前の思考歪曲《わいきょく》の歪《ひず》みで脳が溶けていく！　うん、目を開いたら確実に脳死する！

（プルン、プルン♪）

そして、4匹の出現に脳が蕩《とろ》ける！　思考が暴走の危機なのだが、暴発を抑制する係のはずの目隠し係さん達は蛇《ヒユド》さん鶏《コカ》さん蜥蜴《バジ》さんと牽制《けんせい》し合って動けない。勿論《もちろん》、味方は蛇《ヒユド》さん鶏《コカ》さん蜥蜴《バジ》さんなんだよ！　うん、目を隠してくれてるの蜥蜴《バジ》さんだけなんだよ!!

（ポヨポヨ？）（ポヨヨン♥）（プルルン♪）「いや、5匹で会話で盛り上がるのはマジ勘弁して下さい!!」

豊満に、はち切れんばかりに盛り上がる。軟らかく震えて、艶《あで》やかに輝く……いや、見てないんだよ？　うん、脳内映像の再現度が高すぎて、なんだか眼で見るより生々しい気がしている今日この頃？　だが、建前は必要だ。誰にも見せた事がないものを俺が見たら、それは良くない。

「うん、良くないから瞼《まぶた》引っ張るの止《や》めてくれるかな？　うん、蛇《ヒユド》さん鶏《コカ》さん蜥蜴《バジ》さんも純粋な戦闘拘束戦だけでは迷宮皇さんには到底勝てないんだけど、報復のにょろにょろ感度上昇技を繰り広げて迷宮皇さん達が悶《もだ》え喘《あえ》ぎ回る中で下着作るのっておかしいと思うんだよ？」

微細な空気の揺れすら感知する繊細な感知能力が恨めしい！　うん、揺れてるんだよ！

超感知中なんだよ！　脳内映像に天国が映って……あっ、川の向こうでオタ達が手を振ってるよ……狙撃しよう！　滅多打ちだあぁあっ！

「うわっ、危なかった！　意識が根こそぎ持っていかれるところだったよ？　うん、桃源郷と竜宮城が極楽浄土と並んで見えて……オタが湧いてなかったら危なかったな!?」

沢山いるほど絶え間なく数値が押し寄せ、高速の思考は分割され並列化されて意識自体は希薄化していく。ただ、だからこそ演算が膨大で却《かえ》って時間が掛かっていた。

だから2名、だけど2人だからキツかった！　そう、最近では毎晩3人分感知してるから2人だと余裕で、そのせいで目を瞑《つぶ》っていても脳内映像が精緻に生々《なま》しくて艶めかしい。寧《むし》ろ全身を多方面から立体で感知できちゃってリアル感は目で見るよりも凄《すご》いし、しかも委員長と副委員長Bさんのwコンビ！　そう、普段なら副委員長AさんCさんのマイナス分で中和されて平均化されるが……これはもう暴力だ。質量という名の破壊兵器だ！

「遥《はるか》くん脱いだよ〜、委員長もぷるんぷるんで待ってるよ〜。そ〜れ〜♥」「揉《も》まないで！　揺らさないで！　震わせるのも駄目ー!!　いやーん、つまんで引っ張らないで——！」「ああー、綺麗《きれい》なお花畑だなー？　遠くには川が流れて向こう側でオタ達が手を振りながらパラパラを踊ってる……一斉砲撃開始！　はっ、危なかった！　たった今、白昼夢の世界で永遠の眠りにつきかけたよ!?」

なんだか、むにょーんってお餅みたいに伸びるスライムさんを見た気がしたんだけど……夢オチ？

「うん、再補整と調整の上で作り直しも検討するから委員長達をぷるんぷるん振り回すの止《や》めようね？　うん、計測できないし、その情報は使う事ないからね!?　って言うか今はブラだけ再補整のつもりだったんだけど……何でショーツ1枚になってるの？　スカート履いてて良いんだよ？」

　限界だ。既に限界突破を果たした、限界の向こう側の限りなき地平の果ての崖っぷちだ！　もう、一切の余裕はない。うん、余裕がないから悪さする迷宮皇3人は怒濤《どとう》の連続感度上昇の波状攻撃で、一気呵成《いっきかせい》に蛇《ヒュド》さん鶏《コカ》さん蜥蜴《バジ》さん達が復讐《ふくしゅう》中？　うん、背後が要モザイクで、音声が嬌声《きょうせい》で台詞《せりふ》が伏せ字で絶叫中？　まあ、もう悪さする余裕はないだろう……替わりに委員長と副Bさんが滅茶震えてるようだ？

「うん、あれは見たら駄目なんだよ？　なんか気配察知に痙攣《けいれん》しながら凄い格好で悶絶《もんぜつ》中な感じが伝わってくるし？」

　でも、45秒で回復してるし、未《ま》だ余力がありそうだな？　そう、集中して一気に終わらせないと、持久戦は男子高校生的な事情で耐え抜けない。

「だって、背水の陣って言うか、背後が既に見ちゃうと滅茶参加したくなる危険極まりない映像が阿鼻叫喚《あびきょうかん》に絶賛上映中でヤバいんだよ？」（ポヨポヨ？）（プルンプルン♪）

　さて、前方の未確認ぷよん球体の確認からだな。球体をなぞる、円を描くように下から先端へ。そして上へと撫《な》で上げ、はち切れんばかりの瑞々《みずみず》しい双球のなめらかな肌を触手が触診する。

柔らかな肉の球体を変形させないよう、表面を筆で撫でるように優しくゆっくりと丹念に丁寧に形をなぞる。そして余すところなく幾度も撫で回して確認に確認を重ね、僅かに圧力をかけてゆっくりと持ち上げて震わせる。その揺れる柔肉の表面を無数の魔糸が刷毛《はけ》で丁寧に触診し計測する。じわじわと揉み、揺らしながらつぶさに極細の魔糸の大群が触れ擦《さす》り測定する。

「あふぅ♥　ぅうはぁ、あ〜んんんっ♥」「あぁっ……んっ、んぅ。あっ……んんっ！」

空間で把握し、内圧の変化を掌握していく。揺らされても形は崩れない、上向いた先端もツンッてしたまま震えている？　蕩けそうな柔らかさでありながら、復元力が高くはち切れんばかりの張りと波打つ肉感。その弾力はゴム鞠《まり》のようにプリプリとしながら、揉むと柔らかく沈み込み埋まるたっぷりとした柔肉の艶めかしさ……うん、理解不能。

「って言うか、これって本当に男子高校生が研究を極め探求しても良いものなのかな？」

だけれど戦闘に関わるなら、命に関わる。特に先端部の擦《こす》れ問題は重要らしく、別途に微細に徹底した計測と摘《つ》まみ揉み幾重にも確認を繰り返し数値化して検証を重ねる。

極細の繊維を撚《よ》って編み合わせ、繊毛の刷毛のように触れさせて確認しながら包み込み張り合わせていく。締め付けては緩めて最適を探して調整し、揺らしては再調整して全体の負荷を見ながらしっかりと包み優しく押さえる……そう、そんな矛盾した球体を無謬《むびゅう》なく包み込む深遠な神秘の作業こそがブラ作成！

「ひっ……んあああああああぁ……」

うん、この2人を徹底解析し基礎情報とするために集中的に検査し測定する。何故《なぜ》ならこの2人が最も耐久値が高い……まあ、床には超吸水絨毯《じゆうたん》が敷いてあるけど？

今日も色々あった。中でも神槍《しんそう》ゲイ・ボルグの出現だが、今はそれどころじゃない！　だって、性槍《せいそう》『男子高校生さん』の貫き禁止の謹慎中な禁固刑で、大人しく収まっているはずの腰鎧《こしよろい》を「シャキーン！」させる勢いなんだよ！　うん、一糸纏《いつしまと》わぬ裸体のJKを前に股間が「シャキーン！」は好感度さんへの致命傷で、事案な案件の断罪のギロチンが「シャキーン！」でMさんとお揃《そろ》いになってしまう!?

集中する。汗ばみ濡《ぬ》れて艶《なまめ》かしくくねる白い肌を幾重もの触手が騒々《ざわざわ》と、きつく閉じられた内腿《うちもも》の隙間まで極細の魔糸が丹念に撫で拭き取る。うん、適温に室温は調整してあるが風邪でもひいたら可哀想《かわいそう》だし、丹念に丹念に丁寧に丁寧に柔らかな無数の布で撫でるように汗を……まあ、拭こう？

「あああぁぁん♥」

こう、気を紛らわせたいんだけど、迷宮皇組は既に恍惚《こうこつ》の蕩け切った駄目なお顔でへたり込んでいる。うん、あっちも見たら駄目だ！

ガクガクと首を振り、髪を振り乱して哭《な》き喘ぐ。そんな息も絶え絶えな呼吸に合わせて弾む身体《からだ》は戦闘状態が再現されるかのように縦横無尽に揺れて形を歪《ゆが》ませる。

「成るほどー、予測値よりも跳ね上がるんだな？　うん……ゲイ・ボルグなんてかまってる場合じゃねえええっ！」

全身の筋肉は連動する。つまり個別の部分測定では見落としが出る事はわかってはいたけど、対応する技術がなかった。それが、「分離融合の腕肘甲」による触手の微細化で、触手の測定力向上が可能になった。そう、新測定方法こそが完全全身同時採寸を可能にした触手壺《しよくしゆつぼ》さんだ！

すっぽりと全身を覆う壺状の触手籠の内部は、繊毛のような魔糸で全身を一度に計測できる新技術だ。問題は通常の測定でもビッチーズは危険域だった、それはあまりに激しい痙攣と動悸《どうき》でとっても大変だった。そう、だからこの2人。

片や再生と自動再生に性豪と絶倫まで持った不屈の復活型な委員長さん。そして自動治癒を持つ高耐久型の副Bさん。そのどちらもお胸《ブラ》問題の第一人者で、大変にけしからん我儘さが豊満な委員会コンビさんなんだよ？

「うん、極度の興奮状態に陥ると、脳の毛細血管が切れて頭痛や吐き気を起こすらしいけど……再生や治癒があればバッチリ限界まで実験と検証ができそうだな？」

触手壺は未《いま》だ未知数の技術。その測定の正確性と身体的安全性は、尊い迷宮皇さん達のあられもない毎晩の犠牲で実証されているが、精神的破壊力は未だ制御不安定。うん、かなりの耐性がないと……入った瞬間に壊れる？

「ひいいいいぃ……ぃいぃ♥」「うん、甲冑《かつちゆう》委員長さん達の使用後の感想も記憶喪失で大変に壊れたお顔で意識が飛んでいたようで感想は聞けなかったんだよ？」

そう、感想は聞けなかったのにお説教は聞かされた？　うん、記憶がないんなら無罪な

はずなのに滅茶オコだった？

「涙目のオコで、唯一の感想が3人共「100回死ぬかと思った」だったんだけど、不死属性を引き継いでるはずだから死なないと思うんだよ？　うん、生きてるし逝き逝きしてたんだよ？」「あああああああ……んあうぅっ♥」

　丁寧に丁寧に身体を触手で拘束し、一点に荷重がかからないように吊《つ》り上げ……触手壺に落とす？　すると、ぽってりとした可憐《かれん》な唇が戦慄《わなな》き大きく開いて、一気に全身の数値が有機的な3D情報として脳裏に書き込まれていく。爪先から魔糸の坩堝《るつぼ》に沈み、震え痙攣する度に脚部の連携する筋肉の連動が解明され数値化されていく。

「このビクンビクンは内転筋から連動なのかー……ガクガクは膝なんだ？」

　じわじわと沈み、太股《ふともも》の付け根が近づくと声にならない絶叫が唇を戦慄かせて震えだす。

うん、舌を噛《か》まないように綺麗で清潔な触手さんを口に入れておいてあげよう？

「「「――――――!!」」」

　激震に触手が軋《きし》み、震えて口を塞ぐ触手を噛み千切らんばかりに力が入っている。うん、顎が疲れないように、太く固めにしておいてあげよう？

「うん、戦闘情報に近い全力って、さすが委員長さん達は協力的で助かるんだよ？」

甲冑委員長さん達は触手さんを引き千切って大暴れで大変だったんだけど、委員長と副Bさんは絶妙な千切れそうで千切れない見事な暴れ方で親切丁寧に情報を上げてくれる。

うん、期待を裏切らないように全力採寸だな！

お臍《へそ》まで触手壺に浸《つ》かり、下半身全体の測定結果が集計されて数値が並ぶ。

「腹筋もだけど内転筋と背筋は上半身まで連動して痙攣《びくびく》して……なるほどー、腸腰筋か外腹斜筋と連動しているのか？　となると外腹斜筋まで徹底的に全測定だな！」

「「「――――――!?」」」

精密に蠢《うごめ》く無数の魔糸の海が、沈んでいく肉体を正確な凹凸まで調査し測定し観測する。下半身を呑《の》み込み、締め上げるように騒々と蠕動《ぜんどう》して全身を隈《くま》なく触診しながら微弱な振動で震える下腹部の動きまで綿密に調べ上げていく。

「まあ、強いて難を言うと安全のために内部を潤滑剤で満たしているから音が気になる点？　うん、なんか音が卑猥《ひわい》だな？」（ぬぅちゃ、にちゃっ、ぐちゅちゅぐちゅぅ♥）

うん、防音も考慮しないと、何だかこの音には俺の好感度さんへの攻撃能力があるような気がする？　何故だろう？

「可動域はやっぱ鼠径部《そけいぶ》を中心に綿密に徹底した調査を繰り返さないと？」「あうううううっ♥」「うん、内転筋も重要項目だから、擦過傷対策に丹念に丹念に繊毛にたっぷりと潤滑剤を塗り込んでと？」（ひいいいいっ♥）「うん、たっぱり臀部《でんぶ》から広背筋までが連動の要のようだな……滅茶仰《の》け反ってるし？」

特にデリケートな部位は安全に配慮し潤滑剤をたっぷりと滴らせ、無数の極細触手の先端が丁寧に徹底的に隙間なく潤滑剤を塗り込みゆっくりゆっくりと往復する。うん、安心安全だな？

（ああああぁ♥）

震える肢体は胸まで触手壷に浸り、採寸作業の佳境を迎える。唯一の問題は舌を噛まないようにお口に挿入った触手さんのせいで言葉が聞き取れない点だけど……まあ、言葉じゃなさそうだから良いか？

智慧さんによる自動制御で無数の触手と魔糸は綿密な測定で敏感な部分を探り当て、刺激し触手壷の中で肉体がくねりながらビクビクと反応する。そうして細やかな筋肉の伸縮が測定され、何度も何度も繰り返し差異を調査されていく。もう肩も首も浸かって触手が蠢くように執拗《しつよう》に丁寧に調査を始め、ぬちゅぬちゅと水音を響かせ……お顔がエロいな？

「おつかれー、首から下の全ての連動運動と身体の伸縮率まで取れたから、これを基本情報として個人個人の個別の身体情報と合わせればブラやショーツの紐《ひも》のズレと擦れの問題は大部分解決できると思うよ？　うん、寧ろむちむちスパッツさん装備で筋肉の伸縮を補助できちゃいそうなんだよー……って聞いてる？」

どうして、目は大きく見開いているのに瞳から光沢が消えて焦点が合わずに虚《うつ》ろなお目々になっているのかが深遠なる謎なんだけど、快く協力して貰《もら》えたおかげで人体構造情報が作れた？　うん、聞いてないな？

「あれっ、心拍血圧は安全値で意識も覚醒しているはずだけど……無反応？　ああー、眠いの、遅くまでおつかれ？　みたいな？」

綺麗に洗浄して、最新作の現段階での最高傑作級の下着とトップスとスパッツを着せ付

けてから目を開く。うん、目隠し係さん達は蛇《ヒュド》さんに拘束されたまま、鶏《コカ》さん蜥蜴《バジ》さんの復讐に悶絶で痙攣中なんだよ？

「まったく倫理の世界を超えてR108とかになりそうな騒ぎなんだけど、逆に108のお爺《じい》ちゃんにはきっと刺激が強すぎて……ぽっくり確実だな!?」

思わず集中しすぎて熱中して一気呵成に調べ尽くし、何度も何度も再計測してしまったが、この基本情報で演算に至れば人工筋肉を兼ねる防御服が現実になり得る。その可能性は装備の概念を超える近代科学的な人体構造学と錬金科学の複合された、新しい革新技術が……おや？　動き始めたようだ……

「うん、お疲れだったね？　疲れてるんだから過激な運動は控えた方が良いと思うんだけど、鉄球運動って言うか室内でモーニングスターを持って何で無言で無表情なのかが不可解だな？って言うか目が怖いんだよ？　うん、光沢がないな？」（（…………））

【無言の無限制裁発動で激動、鳴動、衝動中。触手壺のご利用はお気を付け下さい？】

冤罪を晴らそうにもハラハラ展開だがパワハラではなくパワボコだった!

127日目　朝　宿屋　白い変人

この世界がどうやってできているのか。金、力、愛、友情？　欲望、憎しみ……そんなものでは世界なんて作れるわけがない。そう、理想や感情なんて微塵《みじん》も入る余地のない現実の世界は、きっと冤罪《えんざい》でできているんだよ？　あと、ボコ？

「ちょ、だから俺は悪くないんだよ!?」

世界はどんよりと鈍色《にびいろ》に輝きを失い、色鮮やかさはモノクロームへと消えていく。時間の流れは歪《ゆが》んで淀《よど》み、重く蒼《あお》い刹那の中で白光が火花を散らして時間の流れを斬り裂いていく。

「……です!」「それ、迷宮皇さん達《たち》っぽく簡潔かつ完結な丁寧語で言いながら、実はただの殺害予告《Death》なんだよね!?」

剣戟《けんげき》で乱流を起こして暴風を撒《ま》き散らし、その暴風に乗って飛ぶ。自重《じじゅう》を消し去り、風に舞う花びらのように儚《はかな》く軽く乱流に舞い後ろへと逃れる!

「「「良いから正座!」」」「逃げるなー!!」

着地——即座に爪先で床を叩《たた》く、歩術《ステップ》、足捌《ステップ》、舞踏《ステッピング》。ドラムロールみたいな連打が床を鳴らし、駆け巡る歩法に世界が歪む。

そんな怒濤《どとう》の一踏み一踏みに『縮地』が発動し、縦横無尽の右往左往で往復反復で大忙しに駆け回る。時間を歪《ゆが》め空間を捻《ね》じ曲げ物理法則を騙《だま》して世界と踊る。

「なんで怒られながらタップダンスで踊ってるのよ!!」「いや、俺なんで怒られてるの!?」

回転《スピン》&円転《スピン》。振って振られて振り回され、回り回って巡り巡る。

旋回《ターン》&転回《ターン》。勝てないものには勝てない、抗《あらが》えないものには抗えない、防げないものは防げない。

旋廻《ラウンド》&廻転《ラウンド》。だって、健全で健康的な男子高校生は密着ぴっちり薄々むっちり新型スパッツさんの女体地獄に捕まれば死ぬ！　あれは触れてはならぬ禁忌。うん、だってJCも交じってるんだよ？

そう、新たに販売した長槍《ながやり》「蜻蛉切《おつさん刺し》」や「十文字槍《じゆうもんじ》」の槍衾《やりぶすま》で、空歩で宙へ逃げても下りられない。だから……平面を飛ぶ。地面を跳び、地平を飛ぶ。

方向転換《ターン》、反転《ターン》、変化《ターン》。進路未定の行き先未確定の終わりなき踊り？

「って、終わるといろいろと終わるんだよ！　うん、主に生命活動的な意味で！」

袈裟《けさ》斬りを往《い》なし、足元を薙《な》ぐ剣閃《けんせん》を蹴る。そうして突き出される槍先を逸《そ》らし、無人の野を征くが如《ごと》く逃げる！　逃亡《ばっくれ》だ!!

剣風に舞い、剛槍《ごうそう》の旋風に踊り、ぽよぽよの風圧に吹き荒《すさ》ぶ。側宙の連続で槍先の間を

縫い、側宙で逆様なのに目と目が合う……新体操部っ娘《こ》だ！

「立体機動《アクロバット》では逃げ切れない超軟体の不規則な攻撃って、側宙しながらの海老反り蟹挟《かにばさ》み！　いや、それって海老蟹アレルギーさんも吃驚仰天《アナフィラキシー》な変態攻撃で、その薄々食い込みスパッツさんで男子高校生さんの頭を蟹挟みって変態行為なのに、きっと捕まったら俺が変態扱いな理不尽極まりない攻撃なんだよ！」

　縮地で消えた一瞬前の残像が斬り払われる、一切の容赦も予備動作もない一刀。そう、ぎょぎょっ娘の必殺海鮮ぴちぴち剣（ぴちぴちスパッツVer）だ！

「「待てって言ってるでしょ！」」「いや、待ったらボコられるんじゃん!?」

　しかも連携の裸族っ娘の居合抜きをバク宙で逃げると、8閃《せん》。副Aさんの八刀流の連撃を縫い、短刀の二刀流で高速回転で切り込んでくる子狸《こだぬき》を潜《くぐ》り抜けて頭を齧《かじ》られる前に逃げる。

「いや、だからなんで俺は怒られてるの!?」「「自分の胸に聞いてみなさいよ!?」」

　強い。逃げ場はあるが誘い込まれたら死地。そう、ビッチーズが展開し待ち構える中央部に嵌《はま》れば連携攻撃の的だ！　密《ひそ》かに一切そつのない理に適《かな》った戦闘スタイルで、スタイルも良いから囲まれると超ヤバい。

　手強《てごわ》い。屈《かが》み込むように右斜め前に手を突いて、前宙捻《まえちゅうひね》りで身を翻す。常に数十の動きを知覚し、超高速戦闘で『未来視』と予測演算で先手先手で動くが……図書委員の差配で追いつかれる！　虚を突いて惑わせてもエルフっ娘が見抜き指示を飛ばし、中衛で動く

文化部が厄介で……三つ編みが舞い、青龍刀が旋回する!!

「怖っ!って、俺の胸は喋《しゃべ》らないし胸《ハート》も鳩胸《はとむね》でもないし、あと鳩胸だったとしてもポッポッポ胸が喋りだしたら人族としてヤバいと思うんだよ?」

手芸部っ娘の斬り込みに行く手を遮られ、即座に縮地で方向転換を掛けて飛び退《の》く!

強くなっている。服飾部っ娘と料理部っ娘が珍しく盾装備だと思ったら、盾に弓矢を隠し持っていた! 瞬転で体《たい》を入れ替え、ハルバートの一閃から後ろ回し蹴りで牽制《けんせい》を掛け包囲網に閉じ込めようとする美術部っ娘の背中に背中を合わせてくるっと反転《ターン》。そして射線を逃れて脱出成功したのに上下と左右の同時連携攻撃。

うん、俺への当たりが超強いよ! 慌てて飛び込み前転で手を突いて跳ねると、狙いすましたビッチリーダーの突きを回転の勢いのまま回し蹴りで払う。剣を持った右手の肘を押すように蹴って突きを逸らし、回転のままに飛んで距離をとる。その返しの刀が薙ぐ……その差は2㎜。思考加速が限界を迎え、急速に世界が色と音を取り戻す。うん、肌色成分が多いな!

「「乙女のお口に何をしちゃったの! 初めてが触手って何!?」」

どうやら舌を噛《か》まない安心安全な設計で、お口の安心《セーフティー》触手さんが御不満だったみたいだ?

「いや、ちゃんと綺麗《きれい》で衛生的でお口にちょうど良い太さと弾力を維持してたんだよ?

うん、思いの外感触の情報伝達《フィードバック》がヤバかったんだよー? うん、舌がねっとりと触手を舐《な》

め上げて、唇を窄《すぼ》めて締め上げる感触が……って言うか、何で女子さんが性技の極み覚えちゃってるの!?」

交互に縮地と瞬歩を刻んで予測を外し、反撥《フェイント》も織り交ぜ距離と間合いをズラしたのに包囲は完璧に展開されている。

「違うよ！　魔力体《しょくしゅ》で舌を噛まない安全設計と、口内が乾かないように綺麗なお水を定期的にぴゅっぴゅって噴出する安心安全な設計思想を加えた咥《くわ》えても安心な恵方巻きサイズだったんだよ？」

暗器《クナイ》！　残像の分身と連続の縮地で狙いを拡散するが、誘導されて王女っ娘の剣戟と、その影からのメイドっ娘の刺突の上下同時連携攻撃！　1歩詰めて身体《からだ》がぶつかるほど接近し死角に……（もにゅん）、緊急回避！　思ったより暴力的なもにゅんだった、近すぎたよ！　合間を縫うメリメリさんの突きが危ない、三位一体に進化してるよ！

「「何で壊れちゃうまで壊しちゃうの！　帰ってきたら目が死んじゃってたよ！」」「いや、ちゃんと無理無理って言うとムリムリさんが勘違いして登場しちゃうから合言葉はストップなんだよって言ってねって合言葉にしておいたし、触手さんが言葉は感知してたからいつでも停止《ストップ》可能だったんだよ？　うん、俺悪くないよね？」

停止の合図はなかった。

「うん、謎言語の『りゃめぇえ』とか『いゃぁあ』とか『むりぃ♥』とか『じぃにゅぅうっ！』や『いぎゅぅうっ♥』とかは多々感知されたけど、合言葉は最後まで言われな

かったから頑張り屋さんで触手を嚙み締めて頑張ってたんだよ？　うん、感動の生産秘話が絶賛で凄惨悲話？」「「「察しなさいよ!!」」」

刹那、残像が残像に打ち消される。妹狼《おおかみ》っ娘の瞬速の機動戦！　だから飛び込む、避ければ上からの跳躍で姉兎《うさぎ》っ娘弾が突っ込んでくる！

「死中に活あり――って言うか、日々死中で生活中？　うん、冤罪被害って怖いな？」

軽気功と制御された連続縮地と、空歩による空中機動の組み合わせは回避の究極と言える形だ。それが潰される！　原因は地味にオコな委員長様と副B様の朝オコ『突撃！　お隣の殺害現場拝見？　その時スライム様が見てた、ごきげんよう？』の巻な静かなる怒りのハンマーの乱舞で突風が荒れ狂い、情け容赦のない指揮と狙撃し追い詰める鞭《むち》の遠隔攻撃！　そして意表を突き縮地での突撃……マジオコだった⁉

「え～い～～♪」

そして、男子高校生には触手壺《ぽつと》全身さわさわ採寸は刺激が強すぎて、お仕置きで壊れていた甲冑《かつちゆう》委員長さん達が刺激という名の激動の男子高校生のままに大激震で激しかったら……朝オコで、朝ボコで、危険な早朝のオコとボコのコラボが孤高の俺を追い詰めているんだよ？　うん、笑顔が怖いな？

「いや、ちゃんと触手壺《しよくしゆつぼ》は完璧な精密採寸で究極のスパッツさんができてるじゃん⁉」

そう、危機的状況の最大の原因こそが、その朝配布した新型の「超薄々ぴっちり食い込み圧着むちむちスパッツさん超肉感Ｖｅｒ」！　そんな肉感溢《あふ》れる超接近戦によって至近

距離は事案に封じられ、近接位置には入れない！　うん、だって触ると全部危険だ！

「乙女は触手壺に入れちゃ駄目なの——!!」

　それはあまりにも薄く、キツく、くっきり食い込み、それは全身網タイツさんと同等の破壊力に昇華されてしまっている超絶な男子高校生の好感度破壊用の危険物だった!?

「ちょ、それ絶対人前で着ちゃ駄目なやつなんだよ？　うん、なんかもう……着てない方が平穏《セーフ》な気がするんだよ？　痴女いな!?」「「「誰が作ったのよ!!」」」「凄《すご》く着心地も性能も良いけど……エロいね？」「って言うか、乙女に痴女は禁句なの!!」

　一分の隙すらない死線の狭間《はざま》。その境界線を半歩だけ躱《かわ》し、空隙を作り出し避けては逃げて接近を避ける！　そう、あの肉感押《お》し競饅頭《くらまんじゅう》を食らったら死ぬ！　きっと最後の砦《とりで》の腰鎧《こしよろい》は全く守らずに「シャキーン！」って開く未来しか想像できない!!　だって、既に内部圧力は臨界点《ぱおーん》なんだよ!!

「何気に助けてくれないかなー……って、通《とお》り縋《すが》りのスライムさんとデモン・サイズさん達に視線を送ってるんだけど、大量の朝御飯を確保して孤児院に向かっちゃうの？　うん、何だかマスター・ゴーレム以外で俺への気遣いが見られる被使役者がいない気がするのは何故《なぜ》なんだろうね？　ちょっと、癒やしを求めて偽迷宮に行ってこようかなー？」

　逃げる、逃げ惑う。甲冑委員長さんと、踊りっ娘さんと眠りっ娘さんの間合いに入った瞬間に死ぬ！　逃げて躱しながら女子さん達を壁に使わないと死ぬから、結局包囲から脱出ができない！　だが押し潰されて揉《も》み苦《く》茶《ちゃ》にされたら男子高校生さんの誤射が待ったな

しな危機で、ましてJK&JCの揉み苦茶むちむち押し競饅頭で男子高校生さんの誤射を乱射は確実に好感度さんが永久消滅する！　うん、間違いない！

「隙間を空けずに、脚を絡ませて！」「押し込んじゃえ～♪」「「「待て——♪」」」

甘い匂いと、荒い呼吸が集中を乱す。掠《かす》っただけで柔らかく、触れて逸らしただけで肉感がムニュンと危険だ！　捕まれば死あるのみ。うん、だって何かもう滅茶苦茶《めちゃくちゃ》エロいんだよーっ!!

「ちょ、マジ無理です、勘弁して下さい？　だって、ずっと智慧《ちえ》さんと羅神眼さんが別件《REC》で御多忙で集中《コンセントレーション》が足りてないんだけど、男子高校生がむちむちスパッツさんに全集中しちゃったらそれはそれで事案なんだよ!!」

そう、これこそが弱点だ。致命的と言って良い『智慧』の構造的弱点。そう、あれって分割され並列化されてるけど……全部俺なんだよ？

「「「逃さないよー♪」」」

「くっ、鎖だと——っ？　うん、凄く良く知ってるプロメテウス感だった!?」

足を絡められて、一瞬地に倒れ伏すと柔らかな生温かい瑞々《みずみず》しい肉の海に揺蕩《たゆた》い、ゆらゆらと揺られ、むにゅんむにゅんと顔面を潰されポヨンポヨンに全身を押し包まれ揉み撫《な》でられる!?　視界零の回避不能の女子中高生満載もにゅんもにゅん押し競饅頭が絶賛むっちり密着生肉地獄が開催中だった!!

危険が危機的に危ない！　だって、誤射こそが危険だ。既に腰鎧の防備が限界を超えて

元気いっぱいになっていて、その元気は発射しちゃいけない元気《げんき》溌剌《はつらつ》なんだけど手も足も出すと事案な柔肉の感触で全身が地面を捉えていない？　つまり縮地はおろか、空歩すら……もがあああっ！

「ちょ、今『シャキーン！』って盛大に全開で開く音が！　そこは男子高校生さんが……ぐはあああああっ!!」

【性皇完全撃破、及び蹂躪《じゅうりん》を確認。隠し称号『性皇討伐者』、効果「対性皇、耐性皇の補正（特大）」発生×26を確認……確認中……確認続行中？　過剰確認中です？】

異世界迷宮に癒やしを求めるには建築基準が心配だ？

127日目　朝　宿屋　白い変人

永い永い夢を見たんだ。その永い夢の中では……滅茶《めちゃ》エロかったな!?

「ヤバいよ、あれって男子高校生さんの欲求不満が願望として夢に投影されちゃって智慧《ちえ》さんがリアルに描写しちゃったの!?」

そう、異様に生々しい夢だった。うん、思い出しちゃ駄目だ、女子さん達《たち》の顔がまともに見られなくなる。うん、凄《すご》かった!!

「いや、桃源郷Ver珠優池肉輪《しゅちにくりん》のワルプルギスの夜が、妖艶に大宴会で無礼講な……はっ、思い出すと意識が奪われる!!」

幸《さいわ》い夢の中での誤射発射《ミス・ファイヤ》は免れたようだし……?

「あれっ？　朝は紺《ネイビー》のボクサートランクスだった気が……灰色《グレイ》だったっけ？　あれれ、俺、疲れてるのよ!?」

そして並べられる御々馳走《おごちそう》は遅めの朝御飯で、女子さん達の手作り料理が満載だった。そして、さっきまでオコだったはずなのに満面の笑みで超御機嫌なんだけど、何故《なぜ》だか妙に……艶《なま》めかしい？　そう、なんかいつもよりお肌が艶やかで、張りがあり妙に瑞々《みずみず》しい。肌理細《きめこま》やかに潤いに溢《あふ》れて、透き通るような透明感だ。しかも、滅茶機嫌が良い？なのに、なんか……怖いな!?

「「「おはよー！　ご飯できてるよ」」」

何故だか一瞬、肉食獣の群れに囲まれた草食動物さんの映像《イメージ》が脳裏をよぎる。不思議だな？

「いっぱい食べてねー♪　おかわりも沢山あるよー」「「「そうそう、いっぱい栄養を補給しないとね♪」」」「いただきます……って、あれ？　何でMPだけ満タンで体力が枯渇してるんだろう、そこまで激しい戦いじゃなかったはず……怠《ダル》いな？」

多分、もう昼に近い。そう、怒濤《どとう》の「密室女子高生押し競饅頭《おくらまんじゅう》、男子高校生窒息殺人事件！　密室の隠されたトリックの謎は、それもう絶対謎を解く鍵でわざわざ解かなくても

押し競饅頭していた女子高生の犯行だよね？」のせいで出発が遅くなったようだ……だって、起きたのは早朝だったよね？

「まあ、睡眠不足だったのかな……それで変な夢を……思い出しちゃ駄目だ、生々しい上にリアルで……うわっ！　ちょ、智慧さん映像化禁止!!」

美味《おい》しいけど味わう余裕がない。そう、目のやり場のない極薄むちむち超食い込みスパッツさんは破壊力が高い上に、さっきまでの感触と明晰夢《めいせきむ》のせいで見ると動揺するんだよ……トラウマ？

だって薄い！　そう、この新型インナーは密着して筋繊維の流れを纏《まと》めつつ、伸縮して補助する新機構。そうして筋力に補正をかけて強化しながら疲労を軽減し、打撃の衝撃も拡散する人工筋肉の役割を果たしているから超ピッチリなんだよ？　更には織柄による魔法陣で防御効果を生み出し、回復と各種耐性を極限にまで高める高伸縮率で食い込み方もヤバい！　魔素を吸収して魔力と体力を維持するお得な秘密兵器なんだけど、とにかくエロい？　うん、滅茶豪華素材を満載で技術の粋を集結させた、これと改良型甲冑《かっちゅう》や軽鎧《けいがい》にローブがあれば一気に安全性は高まるけど思わず勢いでエロさまで一気に高まって天元突破な危険な雰囲気。

そう、何が恐ろしいって朝ちらっと見ただけでオタ達がいない……危険を感じたなら教えろよ！　怖かったよ!!

「食べて、食べて♪」「うん、栄養は大事だよ♪」

沢山用意されているし、しっかりと食べよう。うん、何か怠《だる》くて活力を搾り取られたかのようだし？　それに比べて女子さん達の漲《みなぎ》る元気と溢れる機嫌の良さ、そして輝くような肌の艶やかさ？

再起動。呼吸法で体内練気を活性化し、気功と魔力を混ぜ合わせて錬成して練り上げ循環させる。干乾びた大地に水が染み込むように全身に吸収されていく気と魔力が、体の隅々にまで行き渡り生気が満たされ蓄積されていく……って、なんか女子さん達が俺を見る目が怖いな⁉

（あ、あれが秘密の精気！）（性皇の雫《ドロップ》が蓄積！）（すごい効果だったね、お肌がぴかぴか！）（力も漲ってる感じが？）（ステータスが微増してました！）（つまり永久性皇雫《ドロップ》が生産されてる状態？）（（（ゴクリッ！）））

あれ？　一瞬、悪寒と共に畜産されて育てられる子羊さんのイメージが？　めえめえ？

（私……『性豪』取れちゃった？）（あー、私も⁉）（私は『絶倫』でしたよ？）（（複数効果付与⁉））（これは次も……）（（ゴクリッ！））「「「いっぱい食べてねー！　おかわりも沢山あるんだから♪」」」「「「そうそう、いっぱい栄養を補給しないとね（じゅるりっ♪）」」」

なぜだか甲冑委員長さん達は嬉《うれ》しそうだが、俺の方を可哀想《かわいそう》なものを見る目で……ま、まさか誤射《ミス・ファイヤ》してないよね⁉

食事を終えても何故か上機嫌で、外も晴天だが恒例の孤児っ子豪雨《レイン》を潜《くぐ》り抜ける。そし

て冒険者ギルドでも雑貨屋さんでも御機嫌な女子さん達の謎の迫力の微笑《ほほえ》みに居心地が悪くて、そそくさと迷宮に入る！

「あぁー、やっと安らぎと憩いの迷宮感だけど、物件としての魅力には乏《とぼ》しいよねー？　なんで迷宮王さんは門《アーチ》からの玄関広間《エントランス・ホール》部分への通路《アプローチ》の重要性が理解できないのかな？　わざわざ冒険者さんが攻略に御訪問で最初に目に入る迷宮の第一印象《ファースト・インプレッション》が、その後の展開を大きく左右するっていうのに……何なの、この洞穴感？　せめて洞窟感だったら展開次第では自然《ネイチャー》さを大事にした感じにも持っていけるのに、なんか最初から駄目なんだよ？」

（ポヨポヨ？）

　何故か元気いっぱいな男子高校生さんの活力《エナジー》が気怠《けだる》い枯渇《エンプティー》したかのような倦怠感《アンニュイ》で調子が出なかったが、時間も経《た》ち迷宮の高濃度の魔素で『魔素吸収《マギドレイン》の坩堝《るつぼ》　InT上昇（極大）魔力変換効率上昇（極大）錬金補正（極大）魔素吸収保管　魔素錬成　魔素適応』が発動して体内で錬気される気功と相俟《あいま》って全身に気合が漲る。うん、超気合充分に踏み込む。流石《さすが》に1Fの雑魚は譲ってくれるようだし？

「とりゃ――――？」

　歌舞伎の蜘蛛《くも》の糸のように降り注ぐ魔糸が、群がる「ファング・ドッグ　Lv1」を一網斬尽に覆い尽くして包み込み切断する。要は大きく緩い触手壺《ポット》を逆様に被《かぶ》せる要領だ。

「ふっ、あの潤滑液《ローション》も漏らさぬ綿密な伸縮自在の触手壺《ポット》の制御に比べれば軽いお手軽な手を振るっただけで魔糸の蜘蛛糸が捕らえて斬り刻む。うん、瞬殺だ。

下りる。うん、迷宮皇組が作戦会議してるけど、見てただけで全く戦ってないから魔糸の蜘蛛糸対策を話し合っているのだろう。そう、狭い室内では逃げ場がないまま、魔糸に囚《とら》われて触手壺《ポット》にどっぷりご招待で全身に浸りながら目眩《めくるめ》く官能の旅《トリップ》に強制ご招待される事を見抜いたようだ!

そう、実は風に弱く迷宮では使えない見せ技。だから意識させるだけでいい、警戒すれば密集できなくなるから近接戦に隙が生まれれば儲《もう》けものな一発技なんだよ?

そして甲冑委員長さん達が会議に集中しているうちに、連続の超短距離瞬歩の連続で躍り込む。そこは世界が真っ暗になるほどの「ポイズン・バット　Ｌｖ２」の群れが階層を覆い尽くす、回避不能の圧倒的大群による飽和攻撃で空間を埋め尽くし一斉に襲い掛かってくる? うん、ベタだな?

「うりゃ?」

震脚——一歩踏み出し、踏み鳴らして空間を音波で揺らし激震させる。それは振動魔法の音波攻撃を震脚の地鳴りに乗せ、一気に大気を震わせて蝙蝠《こうもり》さんの超音波を用いた反響定位《エコーロケーション》を狂わせて混乱させる。そこへ魔糸をばら撒《ま》き、薙《な》ぎ振るう。

無数に広がった魔糸は竜巻のように旋回して、空間ごと蝙蝠達を薙ぎ払い斬り刻む。そう、近くに味方がいると使えない荒業で、この量の魔糸を振り回せば制御は不可能な暴激。

「あぶなっ! ちょ、小さいと撃ち漏らすから蝙蝠さんでもキツくて、これは小型の蟲《むし》相手だと無理っぽいな?って、別に魔糸じゃなくても触手は出せるんだよ!!」

魔糸の竜巻で捕らえきれなかった蝙蝠達は触手で迎撃し、撃ち漏らしは蛇《ヒュド》さん鶏《コカ》さん蜥蜴《バジ》さんの自動迎撃に任せる。そう、俺は数の暴力に弱いけど、暴力に対する暴力的解決は得意なんだよ？

蝙蝠を絶滅させて魔糸の蜘蛛糸を試し、遊びながら次々に低階層を攻略して踏破する。極《き》まれば一瞬の技。だけど雑魚のみ？　魔物の耐久力が上がり、強い効果《スキル》を持ち始めると正確に制御されていない魔糸では切断しきれない。そもそも捕らえ捕まえるのも難しくなってきて、17階層の「アーマー・ゴリラ　Lv17」も傷だらけになりながら咆哮《ほうこう》を上げ突進してきた！

「くっ、魔糸の迎撃網が突破されてしまったー？　うん、だからしょうがないんだよ&俺悪くないんだよー（棒）からの……輝き煌めく魔法使い《シャイニング・ウィザード》！　からの膝蹴り《テンカオ》、膝蹴り《テンカオ》、とどめに右ハイキック《テッカンコークワアー》！　アパいな？」（ポヨポヨ）

うん、Lv17程度の相手であれば、連撃なら『武装の膝甲』の効果の『脚部のみ打撃斬撃刺突全物理無効』と『衝撃反射倍加（膝脛《ひざすね》のみ）』で打撃戦が通用する。

「あと、姉妹品の『刻印の拳甲《ナックルダスター》』の打撃効果もあるし、『神機の手甲』で『武器、無手の攻撃力と防御力を増大』強化されているし、元々が『金剛力の服』の『金剛拳』で格闘戦闘能力はあるし武仙術持ちなんだから近接戦闘に特化型と遜色ないんだよ？」

ただ打たれ弱い。だから格闘戦ができなかっただけで、打たれなければできる？

「うん、Lv17のアーマー・ゴリラさん程度なら、最悪逸《そ》らせて流せるから直撃さえ連打

されなければ戦えるんだよ……睨《にら》まれてるけど？」（（ジトー！））

無手だと怒られそうなので、『武装の膝甲　脚部のみ打撃斬撃刺突全物理無効　衝撃反射倍加（膝脛のみ）武器装備破壊（膝脛のみ）武器装備が3つずつ収納可　+DEF』からガン・トンファーを取り出し、右上から振り下ろされる袈裟《けさ》斬りの剣を左手のガン・トンファーで受け流して逸らせる。そのまま右手のガン・トンファーで頭部を殴りつけて、刳《えぐ》り込ませて発射《ファイア》！

弾《はじ》け飛ぶ「ストーン・ゴーレム　Lv18」の頭部。即座に反転して、半歩躱《かわ》してゴーレムの戦斧《せんぷ》を避けて左手のガン・トンファーで左曲突《フック》き。

「からの真空飛び膝蹴り《シャイニング・ウィザード》！」

そして空中で逆様になりながらゴーレムの頭頂部に右手のガン・トンファーを叩《たた》き込む。そしてパイルバンカーで粉砕して、次のゴーレムへ八艘《はっそう》飛びで突っ込む。

「案外と近い方が当たらないもんだな？」

ただ、向いていない。ガン・トンファーは防御には良いけど、攻撃力はただの硬い棒。だから生物にならともかく、石とは言えゴーレムだと効果が薄い。

「うーん、内蔵弾丸《バレット》もパイルバンカーも単発なのが致命的で、しかも魔力消費だけ無駄に激しいし？」（プルプル）

いや、まぁ『武装の膝甲』から取り出してみたかったんだよ……うん、瞬間装備《クイックドロー》を夜こっそり練習してたんだよ……男子高校生だもの？

流れるように7体目のゴーレムにデンプシー・ロール・トンファーを連撃で打ち込みまくり、連撃で粉砕し破壊し彫刻していると、甲冑委員長さん達はお菓子を食べながら観戦《ギャラリー》を始めている。うん、時間稼ぎにお菓子を渡してあるんだよ？

「いや、∞を描いて近づくと当たらないってお約束なのに……空気読めよ！　うん、ゴーレムって拳が大きすぎるから振り下ろされたら普通に当たっちゃうんだよ!!」

頑強で分厚いストーン・ゴーレムの腹へボディー・ブローを打ち込み、その反動で距離を取る。破片を散らし刳《えぐ》り込んでも、一撃では核《コア》には届かない。だから振動波を送り込み破砕し、掘削機のように破壊する。

「ふっ、俺が毎晩毎晩どれだけの夜を越えて、迷宮皇さん達を振動で狂い震わせてきた事か。そう、我が振動魔法は超色々凄いんだよー！　うん、毎晩凄い事にぶるぶると悶《もだ》え狂い喘《あえ》ぎ泣く、素敵な振動波はお好みに合わせて無段変速の激震に痙攣《けいれん》の……いえ、何も言ってないからね？って言うかモーニングスターこそがストーン・ゴーレムに使われるべきで、石頭で頑固で愚鈍なゴーレムさん用の武器なんだよ？　一応使用上の注意に「罪のない男子高校生さんには向けたりボコったりしないで下さい」って書いてあったよね？うん、書いたんだよ。読んでないな！」

真っ赤なお顔でボコられた？　うん、勿論《もちろん》ゴーレムさんは無罪で、無実のまま無惨に粉々にされちゃったんだよ？

「うーん、ここって全体的に魔物が弱いね？　やっぱり魔法無効の魔物が多くて、遠距離

が効かないのが多いみたいだけど……近接が脆《もろ》くない？」（ウンウン）

だって、Ｌｖ18なのにトンファーで首に罅《ひび》が入り、シャイニング・ウィザードで首が捥《も》げていた。それはおそらく特化型だからこそ、弱点が明確。

「いや、正面から突っ込んだら超強そうだけど……普通、巨大な岩のゴーレムに向かって、正面からまっすぐって行かないよね？」（コクコク）

魔法に強く、遠距離攻撃に対応した魔物が多く、数が多いため軍も冒険者も被害が多くて上層までしか攻略しきれなかったらしい。でも……物理接近戦にめちゃ弱いよ？

「これって、能力《スキル》構成を耐魔法、耐遠距離に特化したから、近接用の能力《スキル》がないっぽい？」

（フムフム）

数と力で接近戦を押してくるが、避けて躱せば近接攻撃には脆い。そして一撃は強力だけど、巨大な右腕を振り上げて左足を深く踏み込んでくるから……全部シャイニング・ウィザードが決まってしまう簡単なお仕事だった？

「うーん、縮地の切れ目を消せれば中層までは通じそうなんだけど、背が低くて速い犬とかだと衝突事故多発で乱れて崩されたし……微妙だな？」（ポヨポヨ？）

組み合わせればどれも有効だが、未《ま》だ複数同時制御は難しい。何より魔力消費は最悪で、速度を上げ起動を複雑化させる度に自壊が増えていく。

「身体制御を２割程度まで開放しているし、世界樹《ユグドラシル》の杖《つえ》は正直上層から使いたくないし……身体制御２割、魔纏《まてん》５割の配合《ブレンド》でギリ？　みたいな？」

そう、まだ18階層なのに早くも制御が危ない。装備が増えて強くなった分だけ、また自壊現象が追いつき始めている。

今は上層で練習程度の相手だから良いけど、これが下の階層に行き敵に手応えが出てくると……迷宮皇さん達の抜け駆けと、独占と、後出しジャンケンの恐怖が始まる！

そう、そろそろ魔物の絶滅が始まる。お菓子を堪能し、腹ごなしの殺戮《だいえっと》劇が始まると……もう、30階層なんだけど、ずっと魔物さんがいないんだよ？

馬鹿な犬と馬鹿な莫迦だとどちらが飼い主になるのだろうか？

127日目　昼前　迷宮　38F

旋律《リズム》——敵の旋律《リズム》を壊し、爆音で旋律《リズム》を奏で上書きして強引に戦闘の旋律《リズム》を踏み鳴らす。縮地だけでなく、足捌《あしさば》きと体捌きを組み合わせ、距離だけでなく時期《タイミング》を打ち込み旋律《リズム》に変える。

「う——ん？　これだと瞬歩って言うかムリポ？」

屈《かが》み込み縮地で白刃の下を潜《くぐ》り抜け、一歩踏み込みながら伸び上がり逆袈裟《ぎゃくけさ》で斬り上げる。１拍子、虚実の無拍子は溜《た》めがないから読まれる事もない神速の瞬撃。やはり縮地法は溜めを消すのではなく溜めを活《い》かす法が向いている？

「っとっととおっとっとととと……徒歩歩《とほほ》？」

停止と超加速。静止と瞬動。残像を交えて幻影を振り撒《ま》き、思うが儘《まま》に相手の嫌がる旋律《リズム》で掻《か》き乱して踏み鳴らす。足捌きと体捌きこそがままならない。だから、縮地で滑るように詰め消えるように離れる。

一方的な舞踏会の、狂った激しい旋律《リズム》が混乱と絶叫を生む。中層用の技、縮地の変化技《アレンジ》で「ナイト・ドール　Lv37」を踊らせて、狭間《はざま》に踊り込み死の舞を舞わせて斬り回る。うん、ちゃんと訓練するって言って譲って貰《もら》ったから真空飛び膝蹴り《シャイニング・ウィザード》は自粛しよう！

「ふうぅー、踊りまで下手になってるから、縮地で誤魔化したけど狙われたら反撃《カウンター》の的だよね？　やっぱり足捌《ステップ》？」

できたが無様。一時期よりは身体《からだ》は動くのに、超反射と高速すぎる反応が抑えきれない。だから、勢いが制御しきれず、結果として足捌きが乱れていく。

「やはり感覚的には常識的な『乱撃』だ、こっちは訳のわからない所に斬撃が飛ぶと言う非常識な意味不明ではなく急に斬ったり払ったりの意味のわかる反射行動。だが意識した時には行動し終えている、莫迦《ばか》達の脊椎反射行動の超高速版。

「重心を落として、誤魔化すのは、悪い、癖です」「そう　あれが直線的　蹌踉《よろ》めくなら蹌踉《よろ》めくように」「攪乱戦《かくらんせん》、はできていました。でも綺麗《きれい》さより、速さ、に意識が、行き過ぎです」（ポヨポヨ）

流石《さすが》だ、昨晩の超短距離の男子高校生突撃縮地で攪乱しては襲いかかる戦法で奇襲と蹂《じゅう》躙《りん》で暴れまわって練習したのだが、既に弱点が見抜かれている。

「いや、どうしても縮地の終わりが狙われやすいし、縮地を縮地で繋《つな》いで進路変更するから、腰を落としてた方が次に繋げやすいんだよ……やり過ぎになってるって言う事?」

(ウンウン、コクコク、フムフム、プルプル)

腰を落としながら縮地、から伸び上がるように一撃の1拍。その単調さを消しつつ回避行動も組み込んだのが旋律《リズム》。腰を落として重心を安定させると、必ず次の動作は伸び上がる。安定させようと意識しすぎて腰が落ちすぎているから一之太刀《いちのたち》が使えない。そう、重心を落とす事は勿論《もちろん》、捻《ひね》りも制限され下半身が死んだ状態になっている。

「足が先で身体は後なんだ?」(ウンウン)

そして、怒濤《どとう》のお手本合戦が始まる!

そう、俺が「バイト・ワーム　Lv38」の乱立する密林を縮地で駆け抜けて斬り払う間に、瞬速の迷宮皇さん3人の豪華で華麗な突撃戦。それは滅茶《めちゃ》お手本を見せ付けるような縮地からの一刀。その加速を全て剣に乗せ、縮地の終わりから更に速度を乗せた踏み込みの一閃《いっせん》。それは縮地で最適な場所へ飛び込み、最適に最速で斬り払い見せ付ける一撃。

「そして縮地からポヨポヨと衝突する粘体の当たり屋!って、それは真似《まね》できないんだよ?」(プルプル)

こういう時だけは妙に動きに外連味《けれんみ》があり、姿が一々に様になっている。うん、厨《ちゅう》二

病《びょう》の発症も近そうだ！　やっぱ、感染源《オタ達》は焼却だな!!

一瞬で絶滅。しかも縮地を多用してみせたが動きに単純さが微塵《みじん》もない。縮地の前と後の動きで、縮地というただ突っ込むだけの能力を技へと昇華している。

そう、何が凄《すさ》まじいって、一斉に吹き散り階層中に撒き散らされる蟲汁《むしじる》の噴水の雨を、全て縮地で逃げ切っている！　そして蟲汁を踏みたくないから出口で待っている！

「いや、空歩で行くから良いけどさー？　うん、体液は魔石化すると消えるが噴射液は残るから拾うのが大変なんだよ？　うん、手伝う気ないな！」

下の階層は巫山戯《ふざけ》た奇妙な動きで行動を読ませない絡繰《からくり》の魔物、「ソルジャー・パペットＬｖ39」さんだ。不気味な動きの人形の軍隊を斬り飛ばし、疾走《はし》る一歩一歩を縮地にして超短距離の歩法《ステップ》。消えては現れる明滅の神出鬼没に、変幻自在の機動で軌道を変え混乱の坩堝《るつぼ》に陥れる。

「よし、乱戦だ。急がないと練習相手のお人形さんが……お人形さんが……お人形さーん！　かんばーっく！　うん、絶滅だ？」

まだ制御できないから空回り、甲冑《かっちゅう》　委員長さん達《たち》が先回り、あれよあれよと斬り回り、ちょ待ってよと追い掛け回してたんだけど……うん、魔石だな？

「パペットさんは武器は多いけど、鎧《よろい》が小さいよね？　孤児っ子用には良いかなと思ってたけど、性能が孤児っ子様達には到底物足りないんだよ……なんかデモン・サイズさん達が指導を始めてから、孤児っ子達の能力《スペック》が跳ね上がってる気がするんだけど？」「強さは、

安全、です」「弱かった。だから、強くなりたい　当然の事、です」「守れる人、なりたいって、言っていました。大丈夫、みんな、良い子」（プルプル）「いや、スライムさんのぷるぷるは『孤児っ子達は儂《わし》が育てた』的なぷるぷるなの!?」

まあ、確かにスライムさんと遊んでいると孤児っ子達の成長率が凄まじい。それをデモン・サイズさん達が人型《ひとがた》の戦う技を仕込んで鍛えるもんだから、動きが見違えるように良くなっている。

「うん、孤児っ子ランチャーのキレがキレッキキレに上がってて、飛び込んでくる動作に無駄も予備動作もなくなってて速くて鋭かったんだよ？　うん、犬には無理なんだよ？」

跳躍して降り注ぐ槍《やり》の豪雨「スピア・ドッグ　Lv40」の襲撃。それを縮地で舞い、明滅で擦り抜け、無限の槍雨を斬り払いながら潜り抜ける。うん、お酢を撒くと勿体《もったい》ないし酸っぱいから普通に斬り散らす、この程度では使う意味がない。

「ふっ、毎朝孤児っ子ランチャーの雨あられが降り注ぐ恐るべき修羅の街で暮らす俺には、槍が降ったくらい茶飯事《さはんじ》なんだよ！って、お昼何にしよう？　ホットドッグでいい？　いや、この犬じゃないからね？　硬そうだから食べないんだよ……って食べてるけど、まあいいや？」（（キャイ――――ン!!））

空間を薙《な》ぐ。次元斬Ｖｅｒ極小の一刀で、周囲一帯に血飛沫《ちしぶき》が噴き上がる。

「またつまらぬ次元を斬ってしまった……って、それだと仲間割れだった!?」

甲冑委員長さん達も呆《あき》れ顔《がお》だ。スピア・ドッグは知能が低いのか条件反射で襲い掛かり、

群れで連動し一斉に襲撃してくる？

「いや、そんな長い牙で飛び掛かったらさー、普通地面に刺さっちゃって動けなくなっちゃうと思うんだよ……うりゃ！」

縮地の残像を貫く伸縮自在の長い牙が地面を穿《うが》ち、やっぱり抜けなくなって一斉に動きが止まった……うん、連れて帰ったら莫迦達の愛犬にちょうどよかったかも？

そう、なんだか莫迦とかゴブとかと気が合いそうなお犬さん達だった？　そしてお昼休憩。レジャーシートを敷き、ホットドッグと唐揚げに茸《きのこ》サラダに卵スープの迷宮用簡易ご飯だ。踏破階層であっても戦場では常に危険の中にある意識が大事なので、ちゃんと迷宮内では簡易食を心がけているんだよ？

「こっちは生クリームとキャラメルソースのフレンチバゲットでデザート的な試作品？　うん、珈琲《コーヒー》はいらない……んだね？」（ウンウン、コクコク、フムフム、ポムポム！）

地味になんでも食べるスライムさんですら珈琲を飲まない。うん、不人気だな？

そして、今日は出かけるのが遅れたから急ぎ足だ。50階層までは俺の訓練を兼ねて普通に進み、50階層からは迷宮皇さん野放しの約束。そう、使役者の威厳で下層の強い魔物と引き換えに、上層の弱い魔物だけお願いして譲って貰ったんだよ（キリッ！）

だから征《い》こう、食後の運動は大事だ。身体を軽く動かす事で代謝を高め、循環を即して心身を活性化させる効果もある事だし？

「食後の真空飛び膝蹴り健康法《シャイニング・ウィザード》！　うん、魔物が沢山いる異世界ならきっとありそうなん

からだよー？　いや、だって何でも最後に健康法をつければだいたい健康法なんだよ？　からの！　ドラゴンスクリュー健康法？　うん、でも足捥《も》げてるから不健康そうだけど、『スケアクロウ　Lv41』の癖に二本足なのがいけないんだから俺の所為《せい》じゃなくない？　うん、スケアクロウって案山子《かかし》だよ？」

普通は一本足で問題ないから健康なんだけど、でもオズの魔法使いでは二本足だった？

「でも、まああれは実写だったし？　もしかして西洋では2本なの？」

ならばスケアクロウの二本足も当然なのかもしれないが、1mを優に超える長い脚を自慢するかのようにケンカキックって、それはドラゴン・スクリューなんだよ？

「って言うか、これって木のゴーレムさん？」

5mを超えていそうな、ひょろい長身からの打ち下ろしの右《チョッピングライト》！　その腕を絡め取り、回転してドラゴン・スクリューで捻り折りながら投げ飛ばす。捻り壊す回転系《スクリュー》の技がよく効くけど、背が高すぎてネック・スクリューには持っていけない。そして迷宮皇さん達が見てる!!

「あれはリリアンにごきげんような視線ではなく、技を解析している目で……はっ、ベッドの上が更なる危険地帯に！　うん、もう絶対に迷宮の方が宿のお部屋よりも平和なんだよ？　ヤバいな!?」

それは昨晩の恥ずかし固めからの触手さん攻撃への復讐《ふくしゆう》目的なのだろうか？　そして異世界の魔に君臨せし迷宮皇にプロレス教えてる女子は誰なの!?

そう、昨晩もいきなりのダイビング・ネックブリーカー・ドロップを食らって吃驚《びっくり》したけど、懸命な恥ずかし触手固めからのローリング触手スクリューで事なきを得たが危機一髪だった。うん、異世界って大変なんだよ？

寄生木は触手仲間で貫いて「絶命♥」ってあれにゲイさんがボルグっちゃて腐感度急上昇の槍だった！

127日目　昼前　迷宮　50F

24の肩剣盾が飛翔《ひしょう》し、魔力弾を打ち込みながら襲撃し斬り刻むが致命傷には至らない。上空から垂直降下《ダイブ》してくる岩の巨体。それを迎え撃つ槍衾《やりぶすま》で迎撃し、巨岩鳥を針鼠《はりねずみ》に変えて剔《えぐ》り砕く。

「ファンネルだと大質量には効果薄いけど、カウンターの触手槍《しょくしゅやり》なら楽々貫通かー？　まあ、魔纏《まてん》50％ならこんなもんかな？」（ポヨポヨ）

巨体以上に大重量の垂直降下《ダイブ》が脅威だったけど、止まる事もできずにズタズタに貫かれて砕け散る……って言うか落石注意？　危ないな!!

50階層の階層主は「ロック・バード　Ｌｖ50」の石の鳥さんで、焼鳥も石の宝珠も大好物なスライムさんも興味なさそうなので砕いた？

「って言うか石鳥さんの落石注意な槍衾追突事故だから俺は悪くないんだよ？　うん、勝手に突っ込んできたんだよ？」（（ジト――……））

普段は世界樹《ユグドラシル》の杖《つえ》で戦うがために感覚が狂うけど、階層主級なら岩の魔物でも硬い。それはもうモース硬度が物申すくらい不条理に硬い！　実際、肩剣盾《ファンネル》ですら斬り込んでも削りきれなかった……魔剣級の切断力を持つ肩剣盾《ファンネル》でだ？

なのに貫けなかった記憶がない。折れたり弾《はじ》かれていた記憶すらもない。試しに魔纏を解いて壁を穿《うが》つと、表面が剝がれて浅く穿つ程度。うん、魔力消費も制御も至って普通？

「うりゃ？」

なのに魔纏した瞬間に、槍先は壁を無抵抗に貫く。但し魔力消費もだけど、智慧《ちえ》さんの制御を一気に持って行かれる。

「ああー、これってミストルティンに影響されてるの？　そう言えば神槍《しんそう》扱いだけど、あれって寄生木《やどりぎ》で触手仲間だったの!?」

だとすると……はっ!!

「まさか、あの北欧神話の『矢となった寄生木《ミストルティン》が、何ものにも傷付けられない光の神バルドルを貫きバルドルは絶命した』ってあれは……触手がBLなやおい穴がアッ――――で『死んじゃうー♥』な意味だったの!?」（プルプル）

そう、急激な強化の原因は『ゲイ・ボルグ』。

「ちょ、BLな触手《ミストルティン》が貫いちゃってるのに、更にゲイさんがボルグっちゃってるの!!」（ポ

ヨポヨ!!）

なんて凶悪な武器だ。使われれば最悪の兵器だが、使うと好感度ではなく腐感度急上昇の危険な組み合わせだった！

「うん、触手槍は封印しよう！　非常時以外はMPも勿体《もったい》ないし、なにより好感度メーターさんが激減だよ!!」（プルプル……）

そう、なんだかヤバかった『血狂いの魔槍《まそう》（呪）　Ａｌｌ40％アップ　？《封印》？《封印》？《封印》　必殺　吸血回復　致死毒生成　武器魔法破壊　《憑依《ひょうい》》：【何かを殺すまで手から離れない】』は、「神亀甲の祭壇：【呪われた物を浄化する箱】」により解呪され眠りっ娘《こ》さんが神聖魔法で浄化してくれたら『ゲイ・ボルグ』さんだった。それを複合したら破壊力が上がった代わりに、正直未《ま》だキツいので慣らし中。発動は当分先だけど、だって中々に中2チックな機能を搭載していたんだよ？

そして、61階層には「グリーン・ウルフ　Ｌｖ61」。狡猾《こうかつ》に連携し、強く速いがそれだけ。目に染みる酸っぱいお酢を撒《ま》くまでもない、斬る。だって撒くと怒られる!!

速いが俺の反応の方が疾《はや》いから斬る。躍り掛かる跳躍も未来視《み》えてるから斬る。群がり跳躍し、死角の足元を後ろから狙っても羅神眼《み》えているから斬る？

周囲を駆け回り一斉に飽和攻撃を仕掛けてきも魔手《て》は足りてるから斬るし、巨体で圧《お》し掛かるように飛び掛かって来ても躱《かわ》しながら斬る？　うん、斬れるから斬る？

斬れる所にいるから斬り、斬れる時期《タイミング》だから斬り、斬れるものは斬り、斬れなくても斬

り、手当たり次第に斬り廻《まわ》る。10本の魔手による十二刀流で斬り刻む。

「敏捷《びんしょう》で膂力《りょりょく》が有って、獣としてはコボ以上の脅威だけど……こんなに強かったっけ？」

群がられ、縦横無尽に斬り尽くす。ずっと紆余《うよ》曲折《きょくせつ》で、行ったり来たりで3歩進んで月面歩行《ムーン・ウォーク》だったけど俺は強くなってるんだろうか？

技術は失われたけど、甲冑《かっちゅう》委員長さんに出会ってもいなかったあの頃よりは強い。今は身体《からだ》の制御も乱れているけど、2割程度の制御率でも昔と同等以上の身体能力《スペック》は出せているはずだ。

Lvもステータス値も上がった。基礎能力が身体錬成により底上げされ、俊敏な獣と戦っても明確に反応速度の差が縮まっていると感じとれる。そして、武器装備の能力は圧倒的に上がり、沢山の経験を得てきた。

「長かったのか短かったのかわからないけど、強くなったはず。うん、問題はグリーン・ウルフさんは覚えてるんだけど、何故《なぜ》だか全く戦闘の記憶がないから比較ができないんだよ？　うん、どっかで会ったよね？」（（キャイ——ン!!））

そして約束の通り50階層を過ぎると、迷宮皇さん達《たち》は容赦も大人気《おとなげ》もない。

「ちょ、いっぱいいた魔物さんが間もなくまたも絶滅で、絶滅危惧種に指定する暇もない速攻からの蹂躙《じゅうりん》って……うん、全部魔石で何が絶滅かも判別まで絶望的なんだよ？」

やはり分散が正解。女子で4組に分かれ、迷宮皇さん4人が分散して教官と護衛を兼ね下層まで進行する。そうして中層までの迷宮を潰し、下層迷宮で合流しながら深層までを

落とす。そして、深層だけを俺が攻略して回るのが最も効率的。ただ、女子さん達の揃《そろ》って戦う集団戦闘力は伸ばしたいし、迷宮皇組は俺と別行動を嫌がる？

「でも効率がな～？」（イヤイヤ、フンフン、ノーノー）

急ぐわけではないが、忙しくなる前に減らしておきたい。商国は謎だ、分裂と内輪揉《うちわも》めを繰り返しているが未《いま》だ崩れない。デリヘル屋の算盤《そろばん》のおっさんが切り崩しに動いているはずだけど、崩壊しそうで未だに粘っているらしい？

そして帝国は動かないが動き、何もしないが何かする。軍が動かないなら政治で圧力をかけ、経済で対抗できないなら謀略を用いる。

教国の最高級装備も魔道具も全てが帝国に流れていた。おそらくは商国が買い漁《あさ》っていた武具もそうだし、王国の貴族達が所有していたはずの武具の行き先もきっとそうだ。

「何もしないから放置でいいけど、小細工だけは仕掛けるだろうし面倒だな？　うん、時期的にそろそろかー？」

だが伝わるまでに時間が掛かる。王都と辺境間はお馬さんの超特急便《エクスプレス》を運行してるけど、毎日は無理で時間差《タイム・ラグ》がある。なら、既に動いている可能性が高いのかな？

「あっ、終わった？　うん、出遅れた時点で諦めてたよ。数が多いか、迷路《メイズ》がないかなー、出番がないんだよ？」

そして待望の迷路《メイズ》！　何が恐ろしいって、ずっと出番がないまままもう69階層なんだよ！

「会いたかったよ魔物さーん、的な出会い頭の膝頭真空飛び膝蹴り《シャイニング・ウィザード》！　ひゃっはああ

あーっ！」

はしゃいでみた！　うん、これからきっとまた出番がない、迷宮皇組がノリノリだし！

世界樹《ユグドラシル》の杖で薙《な》いでは蹴り飛ばし、縮地からの肘打ちの突撃で崩してから斬り落とす。カタカタと音を立てて崩れ去る骨、「スケルトン・ヴァイカウント　Ｌｖ69」と微妙な立ち位置な骸骨さんだ？

「ヴァイカウント《viscount》は貴族称号で子爵あるいは副伯だけど、英国貴族においては男爵《バロン》よりも上だけど伯爵《アール》よりも下って……スケルトン・ナイトの2つ上位種？　でもでも、最下位の貴族称号の男爵《バロン》よりも上だけど国によっては次は即伯爵《カウント》で子爵《ヴァイカウント》って微妙なんだよ？」

剣と杖が打ち合う事なく交差し、微妙な骸骨を斬り落とす。一瞬に極僅かな縮地で剣戟《けんげき》をずらし斬り殺す。うん、こっちの方が使いやすいが後《ご》の先《せん》でしか使えない。相手の攻撃に合わせる技は速度で勝てないと危険すぎる。

「さてさて、隠し部屋ｂなんだよ？」

だから迷路でこっちを選んだのだからお邪魔してみると……「スケルトン・カウント　Ｌｖ69」だった。一際豪華な甲冑に盾と剣を装備した上位種さんなんだけど？

「いや、ドヤって豪華装備で出てこられても、スケルトン・カウントとスケルトン・ヴァイカウントだと何故だかスケルトン・ヴァイカウントの方が格好良くって偉そうなんだよ？　うん、いや偉いのはわかってるんだけどさー……カウントって言われると計算とか勘定してそうじゃん？　みたいな？」

髑髏《しゃれこうべ》の眼窩《がんか》に幽《かす》かな感情が浮かぶ。オコなの？　うん、オコだった！

突然現れる盾の壁、巨大なタワーシールドによるシールドバッシュの縮地。俺を仰《の》け反らせて視線を盾で覆い隠し、尚且《なおか》つ反撃できる隙間を消しておいて……足を狙いに来る！　足の甲を切り裂きに来た鋭い一刀。その完璧な斬撃が空を切る……うん、狙われそうだから空歩で1歩、上に浮いてみた？　だから盾の下に俺の足はない。そして俺は盾の上からボコる！　ボコる！　ボコる！　ボコる！

「ボコ……脆《もろ》いな？　骨粗鬆《こつそしょうしょう》症!?　まあ、骸骨《スケルトン》はカルシウム取れないよねー？　牛乳駄々《だだ》溢《あふ》れだし？」

盾も剣もそこそこで、甲冑も良いものだ。だが、この程度なら騎士団だな……まあ、期待は宝箱なんだよ？

「うわ、装備も微妙で爵位も微妙でドロップもなしで魔石も普通なのに、宝箱の迷宮装備まで微妙《びみょう》な『微妙の指輪《リング》』だ！　うん、何が微妙《びみょう》って微妙じゃなくて『微妙《みみょう》の指輪《リング》』だった！　微妙だな？」

微妙《びみょう》によく使われるのは一言では言い表せないほど細かく複雑な様。また、際どくてどちらとも言い切れない様を表す意味合いで、現代風だと俗語としての否定的な気分を婉《えん》曲《きょく》に表す言葉なんだけど……他にも趣深く、何ともいえない美しさや味わいを表す使い方がある。

そう、微妙《みみょう》とは趣深く繊細である事を表す表現で、マジで微妙なんだよ？

「うわっ、『微妙《みみょう》の指輪《リング》　生産補正（特大）』って普段使いには微妙なのに、内職には良いよ？　まあ、指輪の複合枠は余ってるけど、複合するほどでもないかなー？」

現在指輪は『窮魂《きゆうこん》の指輪』と『吸魂《きゆうこん》の指輪』の2個だ。「うん、指輪もだけど空いた指も余ってる？　人族さんだからちゃんと10本あるし？　うん、俺怪《おいら》しいもんじゃないんだよ？」

みたいな？

感動の珊瑚さんとの再会秘話は卑猥な秘話で語られる事だろう？

127日目　昼過ぎ　迷宮　70F

深層迷宮の70階層を守護する階層主が、凄《すさ》まじい裂帛《れつぱく》の鬼気で威圧される！って言うか死にそうだな!!

「うわっ………うん？」

それは海月《くらげ》と言うには異形だが、磯巾着《いそぎんちゃく》でもなく藤壺《ふじつぼ》っぽく岩々しいが爬虫《はちゆう》類《るい》っぽさも持った階層主「テンタクルス・コーラル　Lv70」……が斬り刻まれて追い詰められていく！　珊瑚《コーラル》さんだった？

「この各種豊富な触手の形状には目を瞠《みは》るものがあり、歪《いびつ》かつ異色な襞《びらびら》形状も良いけど、

何と言っても繊毛の種類の多さは勉強になるんだよ？」

　見た事はあっても触手知識が必要ないため見過ごしていたが、コエダナガレサンゴのようなぶつぶつも良いし、ハナサンゴのようなウニョウニョも素晴らしいと見聞を広め知識を吸収していると滅茶《めちゃ》オコな迷宮皇さんが罪のないにょろにょろ珊瑚《さんご》さんをオコでボコで、期待のウィスカーズコーラルっぽい触手群も一刀両断された！

「あっ、あのアザミサンゴなぶつぶつと、シコロサンゴな襞々《ひだひだ》と、ツツミドリイシな触手さんは研究価値があったのに……って、目が怖いな！」

　うん、怖いから後ろで練習していよう？

「えっと、タチハナカザミドリイシがこんな感じだったかな、で、スリバチサンゴの分岐したウニョウニョ感が良さげな感じで今晩試運転だな……あとこれにフォックスコーラルな襞を混ぜると素敵な異形に……うわっ、大殺戮《だいさつりく》だ？　酷《ひど》いなー、ってなんでオコなの!?」（滅びろ！　許さない、あの目はやる気！　こいつの、せいで！）（これが侵入《はい》る絶対死ぬ　振動が、危険！）（いや、これ駄目、絶対無理！　進入禁止、の形！）

　まあ、女性は珊瑚をアクセサリーにしたりするし、案外と珊瑚が気に入ったようで話しかけながら……斬り刻んでいる？　うん、愛憎の縺《もつ》れなんだろうか？　まあ、気に入ったなら今晩いっぱい会わせてあげよう。よし、練習だ！

（疣々《いぼいぼ》が蠢《うごめ》いて振動、あれは……こいつの、せい！）（あの形　まさか……あれ　抉《えぐ》られる！　絶対そうだ！）（お逝きなさい！　私達《たち》も、あれで……絶滅、させないと！）

完全に気迫と狂気のような攻めに怯《おび》えて怯《ひる》んでいるが、決して弱くはない次々に再生し形を変えて伸びる数多《あまた》の触手と硬い躰《からだ》。

(ポヨポヨ)

うん、スライムさんも3人の気迫に圧《お》され参加できなかったようだ? まあ、そんなに好きなら練習を頑張らないと!

「えっと、アザミサンゴもなかなか良くわかってる形状で良い感じ? うん、もうちょっと本命のトランペットコーラルを極めておこうかな、きっと悦《よろこ》んでくれそうだ?」((いやあぁーっ、死ぬ! 死ね、お前のせい!))

珊瑚礁《さんごしょう》のように雄大だった巨体は、環境破壊どころか本体破壊で全滅し。砕かれて散ばり細分化され分解されて塵《エコ》に還《かえ》る?

「うん、珊瑚の事は忘れないんだよ? 永遠《とわ》に記憶の中で……って言うか完全記憶で保存したんだよ?」((ガクガクブルブル!!))

何故《なぜ》だか疲れ切った顔の甲冑《かっちゅう》委員長さん達は、その美しい顔に憂いを帯び憂鬱《メランコリック》な苦悩が見え隠れする。きっと珊瑚さん達の想《おも》いを馳《は》せているのだろ……帰ったら会えるのに? 不思議だな?

そして、怒りの大突撃? 美しき3人の阿修羅《あしゅら》が階層へ駆け下り殲滅《せんめつ》する修羅の宅配便! うん、降りたら全滅で鑑定すらできなかった? 何かひょろ長い何かが消えていったんだけど? 何だったんだろう、71階層の魔物さん?

一気に触手と『呼び寄せの指輪《リング》　DeX40％アップ　武器召喚操作　引き寄せ　誘引』の引き寄せで魔石を回収するが、抜け駆けと言うにはあまりにも堂々と駆け抜けて置いてけぼりのぼっちな使役者さんだった！

慌てて下りると魔石が転がっている？　はっ！　早く帰って珊瑚さん達に再会したいのかー、よっぽど気に入ったのだろう……滅多切《めったぎ》りにしてたけど？

「ちょ、やっと追いついたら階層主さんが虐《いじ》められてた⁉　これこれ階層主を虐めちゃ……って言うか亀なら竜宮城フラグがワンチャンありそうで助けるのも吝《やぶさ》かでないんだけど、瓶《かめ》でどうするの⁉　って無機物⁉　いや、ゴーレムだって雨樋《ガーゴイル》だって無機物だけどさー？　瓶《かめ》さん？」

瓶《かめ》だった。きっと瓶《かめ》は助けてもシースルーなお着物の乙姫《おとひめ》さんも出てこないだろう。うん、鶴でもないから内職業界の同業者の織姫さんにもならないだよ？

「でっかい瓶《かめ》で、瓶《びん》ではないけど……『マジック・ビン　Lv80』って瓶《びん》かよ!!」

一瞬、不条理にムカついて瓶《かめ》さんに魔弾《バレット》を叩《たた》き込んでしまったが、英語のビン《bin》は容器とか箱を意味していたはずだ。そう、瓶《びん》ならボトルだろう？

「間違ってるのに合ってたよ⁉　でも、ビン《bin》はケルト起源だったはずなのに普通に英語でも使われるんだけど……これって何が入ってるの？」

銀色の輝く鎖が瓶《かめ》の口を塞ぎながら滅多打ち、中から何かが蠢くと白銀の剣閃《けんせん》が斬り払い、瓶《かめ》の口の中にハルバートを刳《えぐ》り込み悲鳴があがる。うん、虐待だな！

瓶《かめ》が震え揺れる、中身は見えない？　華麗な技だが荒々しき荒ぶる攻撃。まるで怒り狂う荒神の如《ごと》く斬撃を繰り出し……何で瓶《かめ》部分を壊さず中身を集中攻撃なのだろう？　魔弾《バレット》で瓶《かめ》には弾痕が穿《うが》たれている、あの3人ならば硬い瓶《かめ》であれ破壊可能なはずなのに？

遂《つい》には瓶《かめ》が断末魔の叫びと共に……その瞬間に脅威の連撃が瓶《かめ》に刻まれる、無限の残線と共に遂《つい》に中身が現れる事なくマジック・ビンな瓶《かめ》が消滅《き》える。うん中身なんだったの!!

「お疲れー、ってなんか気合が入ってた割に変な闘い方だけど、出したらヤバいくらい中身はヤバい奴《やつ》でヤバヤバだったの？　なになに、何が入ってたの？」（イヤイヤ、ブンブン、フリフリ！）

教えてくれない。そして瓶《びん》からは魔石と……スライムさん？　ああー、姿を見ないと思ったら瓶《かめ》の中で中身食べてたの？　スライムさんが食べたがるほどの敵だった。マジで何が入ってたの!?

謎は解き明かされず何も解明されないまま下へと向かう。甲冑委員長さん達は妙に警戒して先へ進み索敵を行っているけど、速攻戦で片付いてたしそこまで強い相手とも思えないんだけど？　そう、階層戦では敵すら見えず、魔石が散乱し回収作業だけの簡単なお仕事です。うん、単純作業って辛《つら》いんだよ！

出番がないとゴネて説得活動《ネゴシエイト》を繰り広げていたら、83階層の魔物を確認した上で譲ってくれた。熊さんだ？

熊さんと出会ったらする事は一つ。踊る、踊る、踊る、爪激の乱舞と剣舞で舞い踊る

――超短距離縮地と軽気功を組み合わせ、群がる魔獣の狭間《はざま》で踊り、凶獣の狂乱の間隙を疾走《はし》る。更に一之太刀《いちのたち》を組み合わせ超短距離縮地の無限速度の斬撃の踏み込み《ステップ》で一刀を放つ。そして踏み込み踏み込み《ステップステップ》踏み込み《ステップ》、超短距離縮地、踏み込み《ステップ》、超短距離縮地、超短距離縮地、踏み込み《ステップ》、超短距離縮地、撲殺《ボコ》って噛《か》むな！　踏み込み《ステップ》、超短距離縮地――超短距離縮地！！

踏み込めば一刀に一之太刀が振れている。形にはなってきたのだろうか。発動条件の距離と体勢と時期《じき》が予測でき、合わせられれば斬れる。超短距離縮地の組み合わせで超至近距離に1歩で踏み込める。

緩やかな時間の中で血飛沫《ちしぶき》の噴水が巻き上がり、スローモーションの世界が赤く変わる。

「うん……限界だな？」

思考加速《アクセラレーション》が解けた。全部纏《まと》う魔纏《まてん》を抑える弊害で、能力《スキル》の上昇も制限されてしまっている。しかも身体制御の抑制をこなしているんだから、智慧《ちえ》さんも大変にご多忙なんだよ？

何も言わない甲冑委員長さん達、そして物言わぬ熊さん達の骸《むくろ》って言うか魔石を回収する。

どうやらウンウンと納得させられるような綺麗《きれい》さはなかったが、ぎりぎりの狭間で攻撃を肩盾や肘当てで流し、手甲で逸《そ》らし、胸当てで防ぎ、膝当てで膝蹴りしながら脚甲で蹴ってみた？

「いや、丁度良い位置に超短距離縮地できないから、ちょっと脚で押したり蹴ったりして

調整してただけなんだよ？　だって、白鳥さんも水面では優雅に泳ぎながら、水中では一生懸命にバタバタしてるもんなんだよ？」

どうやら何も言わないのはウンウンとジトの狭間でお悩み中のようだから、評価は＋－《プラマイ》0《ゼロ》だったのだろうか？　難しいな？

深夜の迷宮皇女子プロレスの衣装も制作しなければならないようだ……ポロリ？

１２７日目　昼過ぎ　迷宮　84Ｆ

僅かにだが地面が揺れている。感知能力がなければ感じない微細な振動だけど、低周波とも違う空気が揺れる感じが皮膚に不快感を伝えてくる……うん、クワガタだよね？
輝々《テラテラ》とした黄緑色の甲殻の、人と変わらぬ大きさの異形な昆虫「フリークエンシー・スタッグ　Lv84」が無数にいる。スタッグ《Stag》だからクワガタさんに確定だな？
だけど、気になる。空気がざわめくような、聴こえない耳障りな騒音のような不快感。フリークエンシー《frequency》は頻度や頻繁や頻発と言ったしばしば起こる事象を表すが、度数や周波数や振動数にも使われる。低周波《Low-frequency》の揺れなのか地面にまで幽《かす》かな震えが……埋まってるの!?

「地面に埋まってるんだよ！　下にも気を付けて!!」（ウンウン、コクコク、フムフム、

ポムポム）

地面と空気の振動で気配が摑《つか》めないでいると、足元から大きな顎が挟み込もうと開きながら飛び出し……フライングニードロップの餌食になる。いや、ジトられても気配が探知できないだけで、羅神眼なら魔力も熱も振動源も視《み》えるし、何より未来視でわかってるから？　うん、潰してみた？

だから宙を舞い上がり、軽気功を解除して重力で加速する自由落下からの……！

「サマーソルト・ドロップ！ってギロチン・ドロップ、でボマイエからのキングコングニードロップ！　うわぁ、震脚《スタンピング》、震脚《スタンピング》、震脚《スタンピング》、でのスターダストプレス！　うおっ、震脚《スタンピング》、震脚《スタンピング》、震脚《スタンピング》、蹴り《サッカーボールキック》、震脚《スタンピング》、震脚《スタンピング》、蹴り《サッカーボールキック》、オスカッターって蹴り《サッカーボールキック》、震脚《スタンピング》、震脚《スタンピング》、シャイニング・ケンカキック……いや、真面目にやってるんだよ？」

地面すれすれの敵は攻撃しにくい。何故《なぜ》ならば対人戦闘の多い武術や格闘技において、寝ている相手と戦う方法は考えられていないからだ。そうした技がないから攻撃手段が限られ、故に読まれ易《やす》く待ち構えられ易い。それ自体が地面を武器にした剣を無効化する闘い方けど……グラウンド・スタイル相手だとやたらプロレス技は便利だったりする？

「うりゃあ、スターダストプレス！　だああっ！って、真面目にやってるって！　ほら、滅茶《めちゃ》倒してるじゃん！　最後《ラスト》だ、ダブルローテーション・ムーンサルトプレス!!　だあああっ！って、ジトなの？」（（ジトー……））

拳法の練習をしていると喰《く》いつくのに、何故だかオタ莫迦達《ばかたち》とプロレスの練習に勤《いそ》しん

でるとヤレヤレされる？

「いや、使えるんだって、結構マジで？」（（ヤレヤレ））

身体制御が不調な今は、精密な技より勢いで行ける技が有効。そして魔法がある世界では空歩で空中を蹴れるから、シャイニング・ウィザードやシャイニング・ケンカキックがガンガン決まる。人体構造がLvで強化され身体能力が上がる異世界だからこそ有効な常人離れした力技であり、しかも飽きの来ない楽しさ！　うん、ちょっと楽しかった！

「地面の敵に剣を使うのって効率が悪いんだって？　打ち下ろしで叩《たた》きつければ強いけど、連撃が難しいし何より動きが止まっちゃうんだよ？」

僅かに興味を覚えた。そう、甲冑《かっちゅう》委員長さん達は武術に貪欲だから興味を持ち、すぐに取り入れる。だが、プロレス技にはあまり興味を示さなかったが、ここに来て迷宮皇女子プロレスリングが戦いの幕を！　うん、観戦に行かねば！　そして深夜に参加せねば!!

「いや、でも誰に習ったのか深夜だけはプロレス技を覚えていたよね？　何故だか絡め技と寝技ばかりだったけど、かなりの数の関節技《サブミッション》は覚えていたのに……華のある技には興味ないって通すぎなんじゃないかな？」

暴れて遊んでいるように見えるのだろうが、それは身体制御ができず勢いとノリで誤魔化しているからだ。

「まあ、ひたすら肉体強化して戦う珍しい格闘技なんだけど、Lvで強くなっちゃう世界では案外と逆に使えるみたいなんだよ？」

甲殻に覆われ、振動波を帯びた大顎の鋏《はさみ》を持つクワガタムシさんは強かった。

「だが、正面から待ち受けるなら、上から潰す《フェニックス・スプラッシュ》。地面にいる敵を攻撃する稀有《けう》な技が豊富で多種多様で、しかも読まれ難く一撃が強い。うん、遊んでないんだよ?」

そして、また下りては乱戦に次ぐ乱戦。80階層台まで来ると魔物が単純に強い、隙だらけの取って付けた身体制御と付け焼き刃の技では強さに押し切られる。だから疾《はや》さ任せに斬りかかり、技《スキル》に任せて暴れ回って回り巡るまま装備の力で薙《な》ぎ倒す。意表を突いて掻《か》き乱し、混乱させて乱戦のどさくさに誤魔化し騙《だま》して都合良く殺す。

離合集散《ばらばら》だ。使えるようにはなってきたし、単独の能力はみんな上がり全体で見れば強くなった。だけど点々離々《てんでばらばら》。身体《からだ》の制御も操作も合わせて誤魔化し、技《スキル》も効果も混ぜて騙し切り、能力とその制御すらその場《ば》凌《しの》ぎの即興《アドリブ》のまま装備の強さであり合わせに取り繕う。相手の強さをはぐらかし、闘いの論理を論点ごと摺《す》り替え煙に巻き、自分の技を捏《こ》ね繰り回して敵の技を曖昧模糊《あいまいもこ》に有耶無耶《うやむや》にして、一方的にこっちの御都合主義を押し通して殺し斬る。

分離分裂《ばらばら》だ。手当たり次第に支離滅裂荒唐無稽《しっちゃかめっちゃか》に多彩な技と装備で誤魔化して、虚々を弄して策略と詭計《きけい》で騙して嵌《は》めて陥れ、その場凌ぎの技を手当たり次第に無理やり繋《つな》ぎ合わせて強引に繋いで混ぜ合わせて手札の数と速さで押し通す。

うん、上等だ。上々のできだ。名誉返上の汚名挽回《おめいばんかい》な惨憺《さんたん》たる状況だけど、ずっとこんなもんだった。そう、俺はこんなもので、いつだってこんなもんだったし、ずっとこれで

やってきた。だから乱れも誤魔化して技に変え、変幻に騙した隙に斬り殺す。

「そう、混乱させて混乱に乗じて、混ざって乱れて大暴れならば超得意だ！　うん、だって毎晩頑張って鍛えてるんだよ!!」

強いなんて過程はいらない、殺したという結果だけでいい。剣を振るい、刀で斬り、槍《やり》で突きながら杖《つえ》で誤魔化す。魔法で眩《くら》まし、体術で虚を突き、いい加減と適当を求め誤魔化し騙し殺し斬る。

「うん、ちょっと強くなった気になったのが不味《まず》かったんだよ？　あれで強さを求めてしまったけど……こんな歪《いびつ》な強さに如何様《いかさま》の技で強さを求める事自体が烏滸《おこ》がましかったんだよ？　だって、Ｌｖ28だし？」

綺麗《きれい》さなんていらない。ただ愚直に詰めて、無様に振るう。奇策と詭計で斬り払い、逃げ回りながら殺しにかかる。支離滅裂《ばらばら》なら四分五裂《ばらばら》に右足の縮地で踏み込みながら、左足で空を蹴る。右手を突き出して鉤爪《かぎづめ》を逸らし肩盾で流しながら、左手の杖で引き斬り、あとこっそり蛇《ヒユド》さんが咬《か》み、鶏《コカ》さんが吹き矢と毒羽を散らし、ちょこっと蜥蜴《バジ》さんが囓《かじ》る！

高速で飛来し、滑空して刃《やいば》の羽根を撒《ま》き散らし飛び去る鷲《わし》は強いけど許さない！　だって鳥だったんだよ!!

「ちょ、ハーピーさんに対する男子高校生さんの夢見る浪漫《ろまん》を返せ！　輝ける青春の思いと、迸《ほとばし》る熱き妄想に謝罪しろ！　鳥じゃん！　鶏醤《とりじゃん》ですらない、ただの鳥じゃん！　滅茶普通に１００％猛禽類《もうきんるい》じゃん！　美少女ハーピーさん要素はどこいったの!!」

回転しながら宙を駆け巡り、無限軌道に斬り回る。鳥にせよ空中の魔物さんは上を取られると弱い、動きを読めれば空中で……シャイニング・ケンカキック！

まあ、怒ってるんだがわかってる。「ハーピー・イーグル　Lv88」は鷲だ。「うん、扇鷲《オウギワシ》さんの英名がハーピー・イーグルで……うん、わかってはいるんだよ？　ただ、納得とかは別じゃん？　だって異世界なんだよ？　そこは鷲羽の美女のハーピーさんなのに、普通に扇鷲さん出て来てどうするんだよ!!」

結構ギリギリだ、向こうは空中戦の本職さんだけあって疾くて滅茶強い！　だが許さない、天井を蹴りつけた脚で縮地し追いかけて斬る！　だって、男子高校生の浪漫の敵《かたき》なんだよ！

身体の大きさは猛禽類でも最大級を誇り、最大20㎝にも達する爪の長さは熊さんよりも長く、鉤爪の握力たるや猛禽類最強の中でも最強と言われる扇鷲さんの魔物版。さらにLvは88で縁起も良さそうだ！

「だが我が男子高校生の想《おも》いの籠もった魔弾《バレット》は許しはしない、男子高校生の願いに満ちた魔弾《バレット》は逃しはしない！　逝け、怒りの魔弾《バレット》よ！」

瞬間的に呼吸を整え錬成された気と、仙術と内丹術が血流と気の流れで魔法陣を体内に描き出す魔法と仙術と錬金術による複合魔術。それを『百魔の服　InT30％アップ　100の魔法陣が縫い込まれた魔術衣裳《いしょう》　常時3つ発動』で増加させ加速させて魔弾《バレット》は光の線に変わる――いくら速く飛べても無駄なんだよ？

穿《うが》つ。避ける間もなく、認識されるよりも速く貫通する。飛行魔物は攻撃されるとだいたい落ちる、下では退屈そうな最強達が待っている？

「うん、ハーピーさんの敵《かたき》は取ったよ……って、ハーピーさんが敵《かたき》なんだけど別にハーピーさんはハーピーさんに殺されてないけど敵《かたき》ったら敵《かたき》なのに何故だか俺がハーピーさんの敵《かたき》になってる気がするって不思議だな？」

あっ、下からジトの対空砲火が!!

できない事はどうやってもできないが、騙して誤魔化せばどうにかできる。

127日目　昼過ぎ　迷宮　89F

無意識のショルダータックルで、逆に弾《はじ》き飛ばされて蹈鞴《たたら》を踏む。無意識に身体《からだ》が覚えていた太極拳の踏み込みからの肩撃を……もう、身体が別物だからできる訳もない、無様なショルダータックルで当然の如《ごと》く「ハンマー・エイプ　Lv89」の巨体に弾かれた。

「よっとっとっと？」

体勢を崩した——即座に眠りっ娘《こ》さんの斬撃が割って入り、鉄槌《ハンマー》の腕を斬り飛ばす。そして瞬時に踊りっ娘さんの鎖が他のハンマー・エイプを打ち払って俺を守る。

後ろは甲冑《かっちゅう》委員長さんが斬撃を閃《ひらめ》かせて守ってくれていて、頭にはスライムさんが飛

び乗ってぽよぽよと警護中だ……うん、ミスった。即座に守られた。ちゃんと肩に『護神《イージス》の肩連盾剣』を装備してるから弾き飛ばされただけだったけど、咄嗟《とっさ》に飛び込んでくるという事は危機だったのだろう。だから、4人が危険だと判断した。うん、完全な失敗《ミス》だな？

強化された身体は『術理』に対応して作り変えられている。なまじ「武仙術」があるがために誤魔化しが効いているが、身体制御にせよ武技にせよ術の理《ことわり》には程遠い……だって、それは本来届くはずのないものなんだから。

「うん、全部忘れて初心からやり直し。何度も繰り返しながら少しずつ制御を上げて抑圧《リミッター》を外して行くと決めてるんだけど……身体が無意識下で覚えてしまっていたんだよ？」

そう、もう今は違う身体だった頃の使い方の記憶が、地を震わせる震脚と全身の勁《けい》を爆発させる発勁の形を憶《おぼ》えていたようだ。うん、あれはもうできないんだよ？

きっと昨今最大の失策《ミス》だった。身体が当然の如く自然に動いてしまい、自然すぎて意識が釣られてしまった……なのに、普段は危ない事をすると怒られるのに誰も何も言わない。ジトすらない。

しかも、4人共が慌てすぎの過剰防御だった。それは自然すぎて違和感や危険を感じ取るのが全員遅れるほどに、至極当然の自然な動作だったから。

「ああー、ごめん。今のは失敗した、なんかつい身体が動いちゃったんだよ？　うん、気を付けないとね。うん、ごめん、ごめん？」「身体と心が、覚えるまで頑張った技。失《な》く

しても、忘れるのは、難しいです」「懐かしい、感じ、思わず自然すぎた。もう、できないの、忘れて……ました」「私のせいで……全部失くした。頑張ったもの、積み上げたもの、全部……ごめんなさむもがごがぁぁ!?」（ポヨポヨ）

眠りっ娘さんのお口に思わずカステラを突っ込んだら、全員がお口を開けて待っている！　いや、あげるけど普通は手を出さない？　うん、その舌動作《レロレロ》がエロいんだよ？

「違うんだよ？　いや、あれは失くしたんじゃなくて交換したんだよ？　だって、あの時の身体は動くだけで壊れるほど襤褸襤褸《ぼろぼろ》で、限界をとっくに超えて行き止まりだったんだよ？　うん、あれ以上は強くなれなかったから無理して余計に壊れてたんだよ……うん、逆にあのままだったらヤバかったんだって？　うん、だから交換？」

何をしても壊れるくらいにガタガタだった。あのままなら遅かれ早かれ、いつかは壊れていた。技を失くすのが怖くて、戦えなくなるのを恐れて、だから装備を減らして、瞬間だけの魔纏《まてん》を覚えて、あと体術重視で負担を減らしていた……あれは誤魔化してただけで、もうとっくの昔に限界だった。うん、ちょいちょい気楽に腕とか捥《も》げてたし？

頭を撫《な》でながら言い聞かせる。何度でも何度でも。

「うん、悪いのは丸投げして逝《バックレ》った賢者と長老衆達《たち》だよ！　全く古代のおっさん達まで、おっさんというものは古今東西を問わず迷惑極まりない困った生物なんだよ？　なかなか駆逐《くじょ》できないし？」

頃合いだ。最下層90階層で迷宮王が待つ、闇に備えて下がっている4人が何時《いつ》になく心

配そうに見える……丸い粘体なのに何でだろう？

だから、慎重に見に行く——ような顔をして縮地で飛び込む。うん、だって闇の気配がないのは実はわかっていた。

そして、闇でなければ心配して俺を戦わせようとしないのもわかりきっている。だけど、使役者たる者があんな悲しくて心配そうな顔をさせちゃいけない、うん、使役者失格だ。

だって、口で何と言っても眠りっ娘さんは気に病むに違いない。

だから頃合いだ。全くの時期尚早でできる当てがなく無謀な無鉄砲でも、必要があるならばそれが頃合いだ。

そこに待ち構える巨軀《きょく》の猛獣「アウルベア　Lv90」、梟熊《ふくろうぐま》さん。それは梟頭で熊の身体をした魔獣だが……まあ、ほぼ熊だ？

しかし相手は迷宮の王。俺の縮地に合わせて巨体を跳ね上げ、飛び込みながら逞《たくま》しい豪腕の凶爪を振り下ろす。それは回避不能の完璧なカウンターで、後から慌てて駆け込もうとする甲冑委員長さん達の足音が——止まる。鉤爪《かぎづめ》が刔《えぐ》り込むように縮地の直線と重なり、掠《かす》めただけで即死のカウンターの直撃……を、通り抜ける。だから甲冑委員長さん達は止まった。これは縮地ではないと見切った。

歩く、走る、駆ける。疾走《はし》る、加速し、縮地で跳ぶその先にあるものが『転移』のはず。超短距離を直線で移動しかできなかったが、実は縮地より先に発現していたスキル。使いこなせていなかったし、今でも無理だけど……いや、あんな顔させてたら男子高校生失格

だ！　うん、出席日数もヤバそうだ‼

本来は縮地が空間を歪《ゆが》めて加速する技であるなら、その上位に当たるであろう転移は距離を消す。その効果は体感ではどちらも刹那の瞬間移動で目でも捉えられないけど、あくまで空間を歪めて踏み込む縮地との決定的な差は空間の消失。

縮地は身体が空間を縮めて超加速させる技と言えるが、転移は消失《バニッシュ》。失敗すれば身体が分解しかねない危険な技だけど、空間を飛ぶ間は攻撃を受けない。だから狙いすました爪撃の豪打を摺《す》り抜けて現れる――縮地よりも疾《はや》い、零秒の一歩が光速の如き速度を斬撃に乗せて交差する。

如何様《いかさま》の最速で空間を無視し、時間を超越した斬撃に梟熊の筋骨逞しい鋼の肉体が両断されながら吹っ飛ぶ。力が振《ぶ》れずに一直線になって入れば抵抗なく斬れる、つまり吹っ飛ぶっていう事は剣筋が振《ぶ》れたな？

「うわっ、腕が捥《も》げそうだよ！」

幸い見咎《みとが》められてはいない。壊れたのはバレてそうだけど、止まれないから見切れていないはず！　そう、今も縮地からの超加速で突入した転移で、空間消失は迷宮では減速できない！

「うん、ちゃんと隠し部屋の直線上で空間跳躍《と》んだから通路に突入して、減速できないまま隠し部屋にいた何かに世界樹《ユグドラシル》の杖《つえ》で突撃して爆散させて壁に激突して、それに弾き返されて来た路《みち》を転がり戻るが軽気功で衝撃は最小限だ……けど、軽くて抵抗がないぶん止ま

らないんだよ!!」

結局90階層の階段を転がり登って89階層の壁に激突して、また転がり落ちてようやく停まった。コロコロ界最速間違いなしだな……コロコロ同好会からの勧誘はどうしよう？

「うわーっ……ただいまー？　いやー、激動だったけど一撃だったよ？　ほら、ちゃんと前よりも強いんだって。慣らしが時間がかかってるだけで全然何も失ってなんかないんだよ？　うん、きっと好感度さんだって消失せずに存在してるはず！」（プルプル!?）

眠りっ娘さんは初見で吃驚《びっくり》している。甲冑委員長さんも踊りっ娘さんも、消失《バニッシュ》自体は使っているところを見てるし知っている。だが、縮地から超加速消失《バニッシュ》は初めて見た……うん、ちゃんとジトだな？

延々と縮地の練習はしてきた。その一方通行軌道の切り替えも覚えて、今では進路《コース》取りもバッチリ。そう、問題は止まれない事だけで、その加速と消失の組み合わせに超速の斬撃が付けば充分にお得。あとは……落下傘減速装置《パラシュートブレーキ》が必要そうだな？

「あっ、風魔法でエア・ブレーキすれば良かったんだよ!!」（（ジトー……））

まあ、ちゃんと失っていないところは見せられて、強さだって示した。悲しい顔や心配そうな表情よりも、やっぱりジトだ！　うん、迷宮で浴びるジトはまたちょっと違うんだよ？　4人揃《そろ》ってあきれ顔のジトだ……丸い粘体の表情豊かさが謎だが、何故《なぜ》かちゃんとお揃いだ!?

でも、この顔が見られれば無理した甲斐《かい》はあったたし、狡《ずる》した甲斐もあった。うん、狡《ずる》した甲斐もあった。うん、狡だよ？　だって本来の転移は停止状態からの瞬間移動こそが真髄で、今のは加速して縮地で捻《ね》じ曲げた空間を加速度のままにちょっと跳んだだけ。それを勢いで誤魔化し、乗りで圧倒し、ついつい突っ走ってやってみたら……できた？

「いや、今のは勢いで止《や》むに止まれぬ止まれない思いが止まらない気分なノリのビッグウェーブで……なんだか身体が流れた？　みたいな？」

なんか久々に全身が破壊されているが、これは自壊というよりも失敗の反動。でも、これは以前の身体のままなら確実に即死で、きっと試す事もできなかった技だ。うん、だからちゃんと意味はあったんだよ？　破乱々々《ばらばら》になった感覚と制御、散離散離《ちりぢり》になった魔纏の効果を少しずつ合わせて此処《ここ》まで……あっ？

「ああっ！　迷宮王でゲイ・ボルグの試験運転をしようと思ってたのに、出番がなかったな？　うん、キャラ的にもミストルティンやロンギヌスとかと較《くら》べると若干の地味さが拭いきれないんだよー……まあ、忘れてた？」

魔石は高級感と透明度も良い感じで、ドロップは『圧力の大鎚《おおつち》　ViT、PoW40％アップ　物理防御無効（大）　瀑圧《ばくあつ》：【接触時に圧縮された破壊力を浸透させ内部破壊する】＋DEF、ATT』と女子さん達に不足気味な大鎚系の結構な出物だ。だから高価《たか》く売れそうなんだけど……なんか怖いな!!

そして、隠し部屋のドロップは強化系の指輪で、宝箱は耐性系のアンクレット。

「うん、今回は売り物ばっかりだな？」

扉《ゲート》を開き外へ出ると未《ま》だ時間は少し早めだった。まあ、街で遊べば良いか？　宿のお部屋で遊びたいが日の高いうちは怒られる可能性が高い、雑貨屋さんでも冷やかすか？

しかし、今日の事を考えると、どうやら少し訓練を増やした方が良さそうだ。それができなくても、一通りの技術を身体に馴染《なじ》ませて「できない」事を覚え込まさないと危ない。

うん、なんか異世界って……ぼっちなにーとのひきこもりさんが多忙を極めるんだよ？　忙《せわ》しいな？

あとがき

祝アニメ化（笑）いや、笑ってる場合ではないんですが、笑えば良いと思うよと言うしかないくらい話が大きくなって……一周回って笑っております。はい、もう全部ＯＶＬ編集部のせいだと決めました。

なにせ、凄《すさ》まじく無責任に「どうせ誰も読まないだろう」と好き勝手に書いて遊んでいたらアニメになるって割と珍しいのではないかと（汗）

そんな訳で榎丸《えのまる》先生やびび先生等々毎回御礼《おれい》の言葉は尽きませんが、アニメは……無理！　こんな時に限って1ページって全員書くの無理です。はい、皆々様本当にありがとうございます。

もう、世界観から設定まで全てびび先生の方へ丸投げ……ゲフンゲフン！　お願いして滅茶《めちゃ》頑張っていただきました。本当にありがとうございます。

そして、この後書きを書いてる現在も泣き言の多い編集Ｋ口さんにもありがとうございますを……書いておかないと文句が多そうだなとw

ようやく情報解禁という事でバタバタしてＷＥＢの方の更新が遅くなりまして、そちらにはすいませんと謝罪を（汗）

五示正司

マンガでも貫く俺のぼっち道。
ひとりぼっちの異世界攻略
LONELY ATTACK ON THE DIFFERENT WORLD
漫画 びび 原作 五示正司
コミックス①～以下続刊 好評発売中!!
COMIC GARDO
コミックガルド
オーバーラップ発
WEBコミック誌
連載はこちら

作品のご感想、
ファンレターをお待ちしています

あて先

〒141-0031
東京都品川区西五反田 8-1-5 五反田光和ビル4階
ライトノベル編集部
「五示正司」先生係／「榎丸さく」先生係

OVERLAP

ひとりぼっちの異世界攻略 life.14
果てなき星へのレクイエム

発　　行　2024年4月25日　初版第一刷発行
　　　　　2024年9月1日　　　第二刷発行
著　　者　五示正司
発 行 者　永田勝治
発 行 所　株式会社オーバーラップ
　　　　　〒141-0031　東京都品川区西五反田 8-1-5
校正・DTP　株式会社鷗来堂
印刷・製本　大日本印刷株式会社

Printed in Japan　ISBN 978-4-8240-0796-4 C0193

オーバーラップ　カスタマーサポート
電話：03-6219-0850／受付時間 10:00～18:00（土日祝日をのぞく）

第12回 オーバーラップ文庫大賞
原稿募集中!
イラスト：じゃいあん
【締め切り】
第1ターン 2024年6月末日
第2ターン 2024年12月末日
各ターンの締め切り後4ヶ月以内に佳作を発表。通期で佳作に選出された作品の中から、「大賞」、「金賞」、「銀賞」を選出します。
その物語は、
きっと誰かが
好きな物語。
【賞金】
大賞…300万円
(3巻刊行確約+コミカライズ確約)
金賞……100万円
(3巻刊行確約)
銀賞………30万円
(2巻刊行確約)
佳作………10万円
投稿はオンラインで! 結果も評価シートもサイトをチェック!
https://over-lap.co.jp/bunko/award/
〈オーバーラップ文庫大賞オンライン〉
※最新情報および応募詳細については上記サイトをご覧ください。
※紙での応募受付は行っておりません。